Rachel Cusk
Aufs Land

SERIE PIPER

Zu diesem Buch

Das Landleben hat schon seine Tücken – vor allem, wenn man wie Stella aus London stammt und nicht im geringsten darauf vorbereitet ist. Die Endzwanzigerin hat Job, Ehemann und Eltern hinter sich gelassen, um eine Stelle als Au-pair-Mädchen bei der begüterten Familie Madden anzunehmen. Doch diese stellt sich als Ansammlung von verrückten Exzentrikern aus der britischen Oberschicht heraus und ihr Landsitz als das dazugehörige undurchsichtige Labyrinth, in dem sich Stella immer wieder verläuft. Und daß sich ein schrulliger Nachbar als Stellas Verehrer entpuppt, hat ihr gerade noch gefehlt. – Um diesen überaus komischen und gleichzeitig literarischen Roman zu schreiben, hat sich Rachel Cusk selbst für neun Monate in eine Scheune zurückgezogen. Sie ist eine der wichtigsten jungen Stimmen der britischen Literaturszene, und das Buch wurde von der Presse vor allem für seine sprachliche Eleganz und seinen Witz gelobt – ein Lesegenuß in bester angelsächsischer Tradition.

Rachel Cusk, geboren 1967, wuchs in Los Angeles und England auf. Sie hat in Oxford studiert und schreibt unter anderem für den »Guardian«. 1993 wurde sie mit dem renommierten Whitbread First Novel Award ausgezeichnet. »Aufs Land« ist ihr dritter Roman.

Rachel Cusk
Aufs Land

Roman

Aus dem Englischen von
Margarete Längsfeld

Piper München Zürich

Ungekürzte Taschenbuchausgabe
März 2000

Titel der englischen Originalausgabe:
»The Country Life«, Picador, London 1997

Umschlag: Büro Hamburg
Stefanie Oberbeck, Katrin Hoffmann
Umschlagabbildung: Ariadna P. Jonas
Foto Umschlagrückseite: Macmillan
Satz: Ebner Ulm
Druck und Bindung: Clausen & Bosse, Leck
Printed in Germany ISBN 3-492-22983-2

Meinen Eltern in Liebe gewidmet

> Was mit Gedeihen Saatfelder erfreut, und welches Gestirn uns pflügen das Land, o Mäcenas, und hoch an die Ulme den Weinstock fügen heißt, was Rindern an Pfleg' und welcherlei Wartung Schafen gebührt, wie erfahrner Betrieb den wirtlichen Bienen, hiervon rede mein Lied.
>
> Vergil, *Georgica*

Erstes Kapitel

Man hatte mich angewiesen, den Vier-Uhr-Zug vom Bahnhof Charing Cross nach Buckley zu nehmen, einer Kleinstadt, so wußte ich nun, etwa fünf Kilometer vom Dorf Hilltop entfernt. Da man mich so dringlich herbeirief, blieb mir keine Zeit, mehr als einen Blick auf das Gebiet auf der Landkarte zu werfen, und ich erfuhr lediglich, daß die beiden Namen zur Niederung des Bezirks Sussex gehörten, und erhielt den Eindruck von einer Reihe Parzellierungen, die schließlich, in eine schmale gewundene Straße mündend, an meinem Bestimmungsort endeten. Die Aussicht zu reisen, London zu verlassen, hatte etwas Unnatürliches. Ein gewisses Schwerkraftprinzip schien sich dem zu widersetzen. Als ich die Wegstrecke mit dem Finger nachfuhr, schien die Entfernung untragbar zu werden, und jenseits der Stadtgrenze nahm sie in meiner Vorstellung die Konsistenz eines unwirtlichen Elements an, als sei ich im Begriff, mich auf eine Reise übers Meer oder durch einen unterirdischen Tunnel zu begeben. Die Stadt Buckley glich für mich einem so entlegenen Vorposten wie eine Antarktis-Station, und das noch fernere Dorf Hilltop – dargestellt durch einen Punkt – schien weder Sauerstoff noch menschliches Leben zu verheißen.

Es war freilich normal, daß mich angesichts der Abreise eine gewisse Ängstlichkeit überkam. Ich begab mich nicht nur an einen Ort, an dem ich noch nie gewesen war; ich brach auch zu einer Lebensform auf, über die ich nichts wußte; und mehr noch, mit diesem Kontrakt streifte ich alles ab, was mir vertraut war. Wir alle steuern auf der Reise durch das Leben auf einen besonderen geträumten Ort zu; und wenn wir aus irgendeinem Grund vom Kurs abkommen – oder wenn der

Ort selbst, haben wir ihn erreicht, nicht das ist, was wir uns erhofften –, dann müssen wir alles riskieren, um die Dinge ins Lot zu bringen. Nicht jeder dieser Streifzüge hat zwangsläufig die rigorose Würze meines Sprungs ins Unbekannte; mancher nimmt eine so subtile Wendung, daß man erst im Rückblick sieht, wohin das alles geführt hat. Doch sich treiben zu lassen, hierhin und dorthin geweht zu werden, vielleicht auch aus Furcht oder Stolz einen falschen Kurs zu verfolgen, das kostet Zeit; und niemand von uns hat zuviel davon.

Man hatte mir nur drei Tage gegeben, um meine Vorkehrungen zu treffen, die sofortige und klare Überlegungen erforderten. Glücklicherweise verfüge ich über ein ausgesprochen gutes Organisationstalent, und ich bin imstande, eine Reihe von Faktoren im Eiltempo zu bewerten. Da ich das Briefeschreiben für die allerwichtigste meiner Pflichten hielt, setzte ich dies an die erste Stelle. Die Regelung aller Dinge, die meine Wohnung betrafen, mußte an die zweite Stelle treten, obwohl mich die unmittelbar aufkommende Sorge, die diese Verschiebung verursachte, kurzzeitig in Versuchung führte, dieser Angelegenheit Vorrang zu geben. Das Packen des Koffers wurde auf die Stunden vor der Abfahrt des Zuges verbannt.

Wie ich erwartet hatte, benötigte ich für die Briefe weit mehr Zeit, als ihnen – zumal bei der Ungewißheit, mit der ich ihre Wirkung voraussagen konnte – eigentlich zustand. Ich sah mich hoffnungslos unfähig, das gewünschte Ergebnis zu erzielen, obwohl ich, wäre ich ehrlich gewesen, hätte zugeben müssen, daß ich derartige Briefe insgeheim in meinem Herzen geschrieben hatte, seit ich ein Kind war. Die Schwierigkeit mit den Briefen, wie sie vor meinem inneren Auge standen, lag darin, daß die Weitschweifigkeit, der ich im Laufe der Jahre unbewußt stattgegeben hatte, ebenjener Knappheit entbehrte, die unbedingt erforderlich war, um eine Atmosphäre der Trennung zu Papier zu bringen. Während aus einem Blatt vier wurden – auf beiden Seiten eng beschrieben –, wuchs meine Unzufriedenheit mit dem bekennenden, verletzten Ton, den ich angeschlagen hatte. Ein solcher Ton, wurde mir bewußt, war nur nützlich, wenn er verschleiert war, oder aber, wenn man die Beziehung zu der angesprochenen Person fortführen wollte, sich jedoch zuvor die Dinge von der Seele reden mußte. Ich zerriß die Briefe und begann von neuem. Nun aber beschnitt ich die Ausführlichkeit zu sehr. Der Ton war bitter, die Gefühlsregungen waren grausam gekappt. Ich arbeitete bis spät in die Nacht und erreichte schließlich ein Ergebnis, das, wenngleich weit davon entfernt, vollkommen zu sein, zumindest die benachbarten Abgründe von Selbstmitleid und giftiger Bosheit relativ gefaßt umging.

4 Hercules Street
London

Lieber Mr. Farquarson,
ich schreibe Ihnen, um Sie von meinem Austritt aus der Kanzlei mit sofortiger Wirkung zu informieren. Ich bitte um Entschuldigung für jegliche eventuelle Unannehmlichkeit, die dies verursacht.

Mit freundlichen Grüßen
Stella Benson

4 Hercules Street
London

Liebe Mutter, lieber Vater,
ich weiß, dieser Brief wird eine Überraschung und vermutlich ein Schock für Euch sein, doch ich denke, wenn wir alle unser Leben nur lebten, um zu vermeiden, unseren Eltern Sorgen zu machen, würde niemals viel erreicht werden. Tatsache ist, daß ich schon lange Zeit unglücklich bin. Auch wenn ich Euch nicht direkt die Schuld gebe, hat es vermutlich doch viel mit Euch zu tun, daher denke ich, daß es alles in allem besser für mich ist, wenn wir uns nicht mehr sehen. Ich gehe fort, und das wäre es dann. Ich habe Edward gesagt, was ich vorhabe. Bitte versucht nicht, mich zu finden.

Eure Tochter
Stella

PS: Ich weiß, Ihr werdet Euch Gedanken machen wegen der Wohnung. Vielleicht solltet Ihr sie einfach verkaufen, da ich sie bestimmt nicht mehr brauche. Ich habe nur ein paar Sachen hiergelassen. Die könnt Ihr auch verkaufen. Bitte seid mir nicht böse.

4 Hercules Street
London

Lieber Edward,
ich hoffe, Du hattest einen schönen Urlaub. Du wirst gemerkt haben, daß ich nicht da war, als Du zurückkamst. Ich bin für immer fortgegangen, also mach Dir keine Sorgen, daß ich einen Unfall hatte oder dergleichen. Ich sage Dir nicht, wohin ich gehe, und ich bin sicher, Du hast Wichtigeres zu tun, als zu versuchen, es herauszubekommen. Es tut mir leid, daß ich es nicht besser erklären kann, aber ich glaube nicht, daß Du es verstehen würdest. Ich hoffe, Du hast ein schönes Leben.

Deine Stella

PS: Ich sehe Dein Gesicht vor mir, wenn Du dies liest!

Ich versiegelte die Briefe, dort auf dem Tisch, mitten in der Nacht, nur für den Fall, daß ich versucht wäre, sie am Morgen noch einmal durchzulesen und dann zu zerreißen. Dies erwies sich später sowohl als ungenügende Abschreckung wie auch als ärgerliches Hindernis bei dem Wunsch, die Nachschrift im Brief an Edward durchzustreichen, wozu ich mich getrieben fühlte, als ich in der Nacht aufwachte. Ich verschloß dann den Umschlag mit Klebefilm.

Der Brief an meine Eltern hatte wenigstens den Vorteil, mir bei der Bewältigung des Problems meiner Wohnung zu helfen. Beim Schreiben hatte ich Gelegenheit, die Dinge zu durchdenken, und ich stellte fest, daß allein der Akt, den Stift aufs Papier zu setzen, die Angelegenheit vereinfacht hatte. Für die Wohnung war ich im strengsten Sinne nicht verantwortlich, in dem Sinne nämlich, daß ich mich zwar vom Tag des Kaufs an ihrer uneingeschränkten Nutzung erfreut hatte, daß sie aber tatsächlich meinen Eltern gehörte. Ich hatte beabsichtigt, sie für sie zu vermieten, da ich glaubte – so, wie ein kleiner Geldbetrag im Geiste Schulden von mehrfacher Höhe begleichen kann –, meine verbleibende Zeit in London sei derart dehnbar, daß ich Aktionen einplanen könne, die ganze Tage benötigten; doch jetzt sah ich dieses Vorhaben als das, was es war: eine Abschiedsgeste, bestimmt, um die Billigung jener zu buhlen, deren Zorn das einzig sichere Ergebnis meines Umzugs aufs Land sein würde. Gerade um diese Art von Intrige zu vermeiden, ging ich fort, und ohne zu zögern ließ ich die ganze leidige Angelegenheit fallen. Indem ich dies tat, hatte ich jenes Gefühl der Leichtigkeit, das mir von Rom her in Erinnerung war: Damals hatte es genügt, mich davon zu überzeugen, daß ich von hoch über der Stadt, wo ich stand, springen könnte, ohne zu fallen. Da ich dies nun erneut fühlte, konnte ich zugeben, daß das Fehlen dieser Empfindung mir seither Sorgen machte. Ich hatte mich auf die Erinnerung daran verlassen, und meine Erinnerung war ein zerfetztes Papier geworden wie ein Brief, der die Liebe zwischen weit voneinander entfernt lebenden Menschen aufrechterhält.

Natürlich wollte ich alles so ordentlich wie möglich hinterlassen, so daß meine Eltern, wenn sie schließlich am Schauplatz erscheinen würden, nichts vorfänden, was ihnen mißfiel; kurzum, keine Spur von mir. Dieses Vorgehen gab mir ein Gefühl, das sich steigerte, als die Stunden sich dahinschleppten, das Gefühl, allmählich, aber zwangsläufig vertrieben zu werden, nicht nur aus meinem Heim, sondern von allem, was bis dahin mein Leben ausgemacht hatte. So unerklärlich begann ich dies leibhaftig zu fühlen, daß ich, wäre ich nicht so beschäftigt gewesen, vermutlich ein Verbrechen oder sonst eine unverantwortliche Tat begangen hätte. Lassen Sie mich sagen, daß der stärkste Teil dieser Regung nicht in dem Gefühl lag, verstoßen zu werden, sondern vielmehr in der Empfindung, unwiderstehlich zu etwas Neuem hingezogen zu werden. Meine ehemalige Wohnung hatte die noch warme, dichte Leere eines Bahnhofs, nachdem ein Zug abgefahren ist. Damit dies nicht allzu poetisch wirkt, sollte ich hier hinzufügen, daß mein Großreinemachen über das Hygienische hinausging und das einbezog, was ohne Übertreibung als die Zerstörung jeglichen Beweises, daß ich jemals existiert hatte, bezeichnet werden könnte. Die Säuberung war alles andere als einfach, denn meine Erinnerungen gemahnten mich – ich vermute, unausweichlich – an vergessene Episoden, gute wie schlechte. Ich hatte nicht gedacht, daß mein Leben so groß war, und während ich – dort auf dem Wohnzimmerboden sitzend – mit ihm rang, fühlte ich mich gelegentlich in einen tödlichen Kampf mit einem Geschöpf verstrickt, das sich wand und biß, als ich es zu erschlagen suchte. Dann wieder fühlte ich ein dermaßen einschläferndes Zaudern in meine Gliedmaßen sickern, daß mein Entschluß mitten in seiner Ausführung ins Wanken geriet. In diesen Augenblicken fühlte ich mich vollkommen außer mir, als kümmere mich nicht, ob ich blieb oder ging, und auch nicht, was mir zustoßen könnte. Ein paarmal stieß ich auf etwas besonders Rührseliges und ertrank beinahe in einer Welle aus Selbstmitleid und Reue, und ich fragte mich, warum ich so begierig darauf war, jegliche Spur von Liebe, die ich jemals empfangen hatte, von mir abzustreifen. Wenige Minuten später versorgte ein peinlicher Gegenstand meinen kranken Gaumen mit einem bitteren Schluck zum Nachspülen; ich erwachte absichtsvoll zum Leben, und um es loszuwerden, arbeitete ich schneller, als gelte es, mich von einem auf mich gestürzten Balken zu befreien.

Gegen Abend stieß ich auf einen Packen Briefe, an mich in der Schule adressiert, die mir mein Vater geschrieben hatte. Sie kamen, sollte ich erklären, nicht direkt von ihm – meinem Vater fielen Gefühlsäußerungen schwer, und jeder Preisgabe von Zärtlichkeit folgte stets eine Pantomime des Verstoßens –, sondern vielmehr über die Person von Bounder, unserem Hund.

Hundehütte
Hundezwinger
Bellheim

Liebe Stella,
wie geht es Dir? Regnet es dort auch in Strömen wie hier, so daß man keinen Hund vor die Tür lassen möchte? Ich mußte das Dach von meiner Hütte reparieren, weil es dauernd leckt. Manchmal, wenn es regnet, läßt mein Herrchen mich ins Haus kommen, aber mein Frauchen findet gewöhnlich einen Vorwand, mich wieder hinauszuwerfen. Es ist ein »Hundeleben«.

Ich hoffe, Du arbeitest fleißig. Eine solche Chance für Deine Ausbildung bekommst Du nie wieder. Und bring Dich nicht in Schwierigkeiten – Du willst Dir doch keine Bestrafungen zuziehen!

Dein treuer Freund
Bounder

Ich war damals sehr unglücklich in der Schule, und wie Sie sich vorstellen können, trugen solche Briefe wenig dazu bei, mich zu trösten oder aufzuheitern. Es gibt Ihnen vielleicht ein vollständigeres Bild vom Charakter meiner Eltern, wenn Sie wissen, daß das »Hier« und »Dort«, von dem in Bounders Brief die Rede ist, tatsächlich nur eine Entfernung von anderthalb Kilometern war. Die Vorstellung, daß es an dem einen Ort regnen konnte und an dem anderen nicht, verrät eine tiefe Selbsttäuschung meiner Eltern, die ansonsten nie andeuteten, daß sie alles andere als überzeugt waren von ihrem Entschluß, mich in eine Internatsschule zu schicken, die in Gehweite von ihrem Haus lag. Damit Sie nicht denken, daß mir ein weiter entferntes Institut lieber gewesen wäre, daß sie mich also aus Anhänglichkeit in ihrer Nähe behielten, lassen Sie mich sagen, daß ich von meinen Eltern nicht mehr sah als die anderen Mädchen von den ihren, und weiter, daß ich jeden Tag verabscheute, den ich an diesem höllischen Ort verbrachte, und darum bettelte, woandershin geschickt zu werden.

Meine üble Lage war, wie ich jetzt sehe, die Folge der Unsicherheit meiner Eltern. Eine gesellschaftliche Stellung erstrebend, in die sie nicht hineingeboren waren, befanden sie es für richtig, ihre Kinder aus dem Heim der Familie zu verbannen und selbst in erbärmlicher Einsamkeit in den leeren, hallenden Schlafzimmern zu leben. Da sie jedoch auch von ausgesprochen provinzieller Natur waren, hielten sie es für unmöglich, daß irgendeine Schule besser sein könne als jene, die sie vor Ort fanden, und daß die Bequemlichkeit, mit der sie uns besuchen und an Schulveranstaltungen teilnehmen konnten – ganz zu schweigen von Ersparnissen bei Telefongesprächen und Reisekosten –, sowohl die Annehmlichkeit als auch die enormen finanziellen Vorteile, uns zu Hause zu haben, überwog.

Meine Brüder hatten es kaum besser, und sobald die Flut meiner eigenen Verletzung zurückgegangen war und die Jahre die Erinnerung etwas neutralisiert hatten, war ich imstande, um meine Brüder betrübter zu sein als um meine eigene Person. Wie ich wurden sie *fort*geschickt. Der ältere fühlte sich durchaus wohl innerhalb der hohen, privilegierten Mauern; doch als er schließlich heimkehrte, wurde deutlich, daß er etwas Lebenswichtiges und Kostbares zurückgelassen hatte. Es war vermutlich zu seinem Besten, daß er selbst den Verlust nie zu bemerken schien. Und wie konnte er? Denn während er seine äußere Erscheinung beibehielt, war es, als wäre alles in ihm zu einer undifferenzierten Masse zerhackt und dann zu einer faderen, homogeneren Form zusammengefügt worden.

Der jüngere, nicht geeignet, mit der Elite zu verkehren, war dazu verdammt, auf die eine oder andere Weise ihr Opfer zu werden. Der Vorfall ereignete sich auf dem Schulsportplatz, den mein Bruder auf dem Rückweg vom Geigenunterricht überquerte. Diese Unterrichtsstunden waren eine Tortur für meinen Bruder, der, ohne daß seine Lehrer oder Mitschüler davon wußten, unter Taubheit auf einem Ohr litt. Es ist schwer zu begreifen, wie seine Behinderung unbemerkt bleiben konnte; und bei einem selbstbewußteren Schüler wäre sie vielleicht bemerkt worden. Mein Bruder jedoch, Sprößling der grausamen Bourgeoisie, der die Last der Hoffnungen meiner Eltern auf seinen schmalen Schultern trug, war ein Komplize in Sachen seiner eigenen Unterdrückung. Er rackerte sich ab, um in der Schule mitzukommen, lernte mit bewundernswertem Geschick, sich an Gesprächen zu beteiligen, von denen er die Hälfte nicht hörte, kratzte kläglich auf seiner Geige und kam nicht einmal auf den Gedanken, daß er glücklicher sein könnte, wenn er sich von dieser unerträglichen Last befreite. Darunter leidend, bemerkte er damals beim Überqueren des Rasens nicht, daß am anderen Ende des Sportplatzes ein Wettkampf im Speerwerfen veranstaltet wurde. Zeugen behaupteten, daß sie ihm zuriefen, er solle sich ducken, als der Speer durch die Luft auf ihn zugeflogen kam; und ich vermute, es gibt keinen Grund, ihnen nicht zu glauben, eingedenk dessen, daß wenigstens drei von ihnen nach dem Vorfall einer »Beratung« bedurften, was zumindest vermuten läßt, daß sie als Individuen weniger abgestumpft waren als die sie umgebende Gemeinschaft. Die Schwerhörigkeit meines Bruders machte, wie Sie vermutet haben werden, jegliche Warnung zunichte. Das todbringende Gerät fällte ihn, wo er stand, sein kleiner Körper wurde auf das Gras gepfählt wie ein von einem Pfeil getroffener Vogel. Er war dreizehn Jahre alt, ein Jahr jünger als ich.

Viele Dinge ereigneten sich als Folge dieses entsetzlichen Vorfalls. Ich will jetzt nicht darauf eingehen. Bei allen Untersuchungen, unter dem Ausdruck von Bedauern und Schmerz durchgeführt, wurde eine Frage nie gestellt: nämlich kurz gesagt, was war das für eine geheimnisvolle und sinnlose Übung, die meinen Bruder seines Lebens beraubte? Daß meine Eltern nie danach fragten, war für mich ein Maßstab für die unverzeihliche Ehrfurcht, die sie nach wie vor dem Institut entgegenbrachten, das so sorglos mit ihrem Sohn umgegangen war. Sie wagten es nicht, als könnte durch das Infragestellen dieses Sports ihre Unzulänglichkeit zutage treten, deren öffentliche Entdeckung sie mehr fürchteten als allen heimlichen Kummer der Welt. Es hat mich über die Jahre verfolgt, verfolgt mich auch jetzt noch, da mein Bruder nur noch ein Schatten ist, ein Geist, der ruhelos durch meine Gedanken zieht.

Um auf mein Reinemachen zurückzukommen: Ich habe mich Bounders Korrespondenz mit einer Mischung aus Kummer und Gehässigkeit entledigt. Ein ähnlich dickes Bündel Briefe von meiner Mutter – mit dem Inhalt, der mich schon damals langweilte, werde ich Sie jetzt nicht aufhalten – folgte; und so weiter, bis alle unerfreulichen Relikte der Vergangenheit, angesammelt in großen Zeiträumen, errungen in mühsamen wie freudigen Auseinandersetzungen, bis der gesamte lange, ermüdende Feldzug meiner Existenz in drei großen Säcken gebündelt und zur Entsorgung durch die zuständige Behörde nach unten gebracht war.

Zweites Kapitel

Ich stand vor dem Bahnhof von Buckley, neben mir auf beiden Seiten einen Koffer, und wartete. Meine Befürchtung war, daß Mr. Madden, der mich noch nie gesehen hatte, Schwierigkeiten haben würde, mich zu erkennen, doch das Bahnhofsgebäude und der Vorplatz waren so gut wie leer. Als ich jedoch dort stand, durch meine Koffer hervorgehoben wie durch Ausrufezeichen, stellte ich fest, daß mein Bemühen, diesen schlichten Gedankengang auf logische Weise zu verfolgen, seltsam wirr war. Ich sah, daß der Bahnhof verlassen war, doch gelang es mir nicht, die Bedeutung dieses Anblicks mit meinen Befürchtungen hinsichtlich meiner Ankunft und meines Erkanntwerdens in den richtigen Zusammenhang zu bringen. Tatsächlich legte die Erkenntnis, daß meine Umgebung menschenleer war, mir nicht den Schluß nahe, daß ich, dort stehend, mit Leichtigkeit bemerkt werden müßte. Dieser Irrtum war, wie bald deutlich wurde, Folge einer vollkommen neuen Ängstlichkeit, die beim Anblick des verlassenen Bahnhofs – ein Anblick, den ich, wie gesagt, keinesfalls ermutigend fand – nun eintrat, um mich zu quälen. Mich überraschte, wie geschwind diese neue Ängstlichkeit die erste verdrängt hatte. Sie ließ auf eine gewisse Hilflosigkeit bezüglich meiner Position schließen, als sei es mein einziger Daseinszweck, meine einzige geistige Aufgabe, mit jeder vergehenden Sekunde das ungewisse Ergebnis der nächsten zu registrieren.

Meine Ängstlichkeit, die, nehme ich an, durchaus natürlich war, galt nun dem Verbleib von Mr. Madden, dessen Nichterscheinen am Schauplatz meiner Ankunft ich, gefangen in dieser neuen, bedingten und vollkommen linearen Denkweise, nicht in Betracht gezogen hatte. Ich fragte mich, ob er unterwegs einen Unfall gehabt haben könnte, ein Gedanke, den ich nur flüchtig und mit einem deutlichen Mangel an Besorgnis hegte. Als ich dort wartete, konnte ich mir eingestehen und tat dies auch, daß Mr. Maddens Existenz mir bislang völlig gleichgültig gewesen war und es bis zur Sekunde seines Erscheinens bleiben würde. Es war ein interessanter Gedanke, daß mir innerhalb von vielleicht fünf Minuten etwas am Herzen liegen würde, für das ich im Augenblick überhaupt nichts empfand. Die Tatsache, daß ich meinem Mangel an Gefühlen für Mr. Madden derart ungebührliche Aufmerksamkeit widmete, bekam als solche einen recht ominösen Anstrich. Ich fragte mich, ob mir etwas Bedeutsames aus der Zukunft telegrafiert wurde, einer Zukunft, in der ich, zum Beispiel, mich in Mr. Madden verlieben und auf meine frühere Gleichgültigkeit mit Erstaunen oder, wenn meine Liebe unerwidert bliebe, mit Sehnsucht zurückblicken würde. Andererseits erreichte mich diese Botschaft vielleicht nicht aus der Zukunft, sondern aus einem anderen Raum der Gegenwart. Sollte ich entdecken, daß Mr. Madden auf dem Weg, mich abzuholen, tatsächlich einen Unfall hatte, würde ich dann über meine Unbeteiligtheit froh sein oder sie bedauern? Könnte allein der Umstand, daß ich dachte, er hätte einen Unfall, den Unfall herbeigeführt haben? Und inwieweit würde dieser Unfall meinen Arbeitskontrakt mit den Maddens berühren? War es selbstsüchtig oder lediglich praktisch, diesen Aspekt der Dinge zu einer Zeit wie dieser zu betrachten, nachdem meine Gleichgültigkeit gegenüber Mr. Madden bereits feststand?

Dies alles brachte mich um einige Minuten weiter, und an dieser Stelle wurde ich gewahr, daß ein blaues Auto vorgefahren war und gut zehn Meter von mir entfernt auf dem Vorplatz hielt. Ich hatte das Gefühl, plötzlich ausgetrocknet zu sein, als sei der Stöpsel aus dem Teich einer inneren Welt gezogen worden. Das Auto stand ein paar Sekunden wie eine nichtexplodierte Bombe, bevor die Tür auf der rechten Seite aufschwang. Ein Gefühl ungeheurer Angst überrollte mich unversehens. Mir wurde nicht nur klar, daß der Mann, der aus dem Auto stieg und sich mir nun näherte, Mr. Madden sein mußte, sondern auch, daß mir die erste menschliche Begegnung – den Umgang mit Bahnsteigschaffnern, Zeitungshändlern und dergleichen nicht mitgerechnet – bevorstand, die ich seit jenem letzten Tag in Rom hatte.

»Verzeihung! Verzeihung!« sagte Mr. Madden, der mit flatternden Armen auf mich zukam.

Er war sehr groß und ziemlich füllig, mit schwarzen, glänzenden Haaren, die beim Gehen über sein gerötetes Gesicht wehten. Er hatte die Ärmel seines Hemds aufgekrempelt, und die absonderliche Bewegung seiner Arme gab ab und an den Blick auf zwei verborgene Schweißinseln frei. Von weitem hatte sein Gesicht seltsam zerknittert gewirkt, doch jetzt sah ich, daß er lächelte, ein Lächeln, so energisch, daß es das Zusammenspiel all seiner Züge erforderte, um es aufrechtzuerhalten, so daß es merkwürdigerweise ein feststehender Ausdruck seines Gesichts zu sein schien.

»Verzeihung!« sagte er wieder.

Er war jetzt unmittelbar neben mir, doch er war zu groß und zu mobil, als daß ich mir ein Bild von ihm machen konnte, so als sei ich am Steuer eines Autos und müßte mich mit aller Kraft darauf konzentrieren, auf der Straße zu bleiben.

»Haben Sie eine Ewigkeit gewartet?«

»Nein«, sagte ich. Es kam einfach heraus, ohne daß ich beschlossen hatte, was ich sagen würde. »Nur ein paar Minuten.«

Ich wußte, daß in diesem Augenblick alles festgelegt war. »Festgelegt« meine ich natürlich nur in einem äußerst spezifischen Sinne; ich möchte damit nicht andeuten, daß zum Beispiel Mr. Maddens Zukunft in meinen Händen lag, und auch nicht, daß der allgemeinere Ablauf der kommenden Ereignisse durch diesen einen trivialen Austausch feststand. Was ich zu schildern versuche, ist mein Glaube, daß die ersten Sekunden einer jeden Begegnung diejenigen sind, in denen die wichtigen Entscheidungen getroffen, die grundlegenden Eigenheiten angelegt, die strukturellen Richtlinien bestimmt werden. Hätte ich zum Beispiel im Verlauf meines ersten Austausches mit Mr. Madden eine witzige Bemerkung gemacht anstelle dessen, was ich tatsächlich sagte, hätten sich die Dinge zwischen uns womöglich ganz anders entwickelt. So aber entschied ich mich, bei allen Charakternuancen, unter denen ich hätte wählen können, für eine Art schüchterne Zurückhaltung. Er erwies sich, wie Sie gesehen haben, als heiter, gütig und leicht zerstreut. Ich sage nicht, daß unsere Bekanntschaft sich nicht jenseits dieser Rollen entwickelte und nicht gelegentlich über sie hinausging; nur daß dieser Augenblick die Form war, in die unsere flüssige erste Begegnung gegossen wurde, und daß selbst später, als wir erstarrt waren und uns zu etwas Festem, Freistehendem gebildet hatten, die Ursprungsform stets gewahrt wurde.

Ich muß ein ziemlich verblüfftes Gesicht gemacht haben, denn Mr. Madden stand mit einer Miene höflicher Ungeduld vor mir, als wartete er, daß ich zum Leben erwache.

»Sind Sie so weit?« fragte er schließlich.

Es war nur eine Sekunde vergangen, bevor er dies äußerte, aber, wie gesagt, diese ersten Sekunden schienen lang.

»O ja!« erwiderte ich, gab sogar ein kleines Lachen von mir. Ich wußte, daß ich versuchte, der Form zu entschlüpfen, die ich für mich geprägt hatte, und wußte auch, daß der Versuch vergeblich war.

»Ich nehme das Gepäck, ja?«

Er bückte sich, um meine Koffer zu ergreifen. Ich war sogleich besorgt, wie schwer er sie finden würde und was er daraus schließen mochte. Als er sich bückte, sah ich die Oberseite seines Kopfes. Da er so groß war, bekamen diesen Teil von ihm offensichtlich nicht viele Leute zu sehen – wie der Anblick wuchernder Vernachlässigung bezeugte –, und als ich ihn betrachtete, spürte ich eine eigenartige Zärtlichkeit, als wäre ich zufällig auf eine Geheimtür zu seiner Natur gestoßen, die das Labyrinth gesellschaftlichen Umgangs wahrscheinlich vor mir verborgen hätte. Er richtete sich auf und ging mit meinen Koffern zum Auto. Ich folgte ihm und sah zu, wie er den Kofferraum öffnete und sie hineinhievte. Dann kam er, entweder aufgrund guter Manieren oder weil ich immer noch etwas konfus wirkte, auf meine Seite des Autos und hielt mir den Wagenschlag auf.

»Vielleicht möchten Sie den Mantel ausziehen, bevor Sie

einsteigen«, sagte er. Ich fing den verstohlenen Blick aus seinen kleinen hellen Augen auf. »Ziemlich stickig hier drin. Hat den ganzen Morgen in der Sonne geschmort.«

»Gute Idee«, sagte ich.

Zum erstenmal seit meiner Ankunft bemerkte ich, daß es tatsächlich sehr heiß war und daß ich viel zu warm angezogen war. Die Sonne brannte unbarmherzig herab, und der Himmel war strahlend blau. Ich hatte London in einem eisengrauen Treiben aus jagenden Wolken und stürmischem Wind verlassen, und der Wechsel verwirrte mich. Ich versuchte mich zu besinnen, wann er stattgefunden hatte, und fragte mich, ob ich im Zug eingeschlafen war.

»Es war kalt, als ich aus London abfuhr«, fügte ich hinzu und zog meinen Mantel aus. Ich war froh, daß ich offenbar wieder im Besitz einiger meiner Fähigkeiten war. Mr. Madden würde nun wissen, daß ich mich nicht aus Gewohnheit an einem heißen Tag in Winterkleidung hüllte.

»Tatsächlich?« sagte er mit befriedigendem Staunen.

Er schlug die Autotür zu (ich hatte inzwischen auf dem Beifahrersitz Platz genommen) und ging vorne herum auf die andere Seite. Ich betrachtete ihn durch die Windschutzscheibe. Im Auto war es ein paar dumpfe Sekunden lang ganz still. Dann ging die Tür auf, er war drinnen, und Geräusch und Bewegung setzten abrupt wieder ein.

»Dann wollen wir mal!« rief er munter, ließ den Motor an, legte einen Gang ein und ruckte vorwärts, alles in einer einzigen Bewegung. »Noch mal Verzeihung, daß ich mich so verspätet habe.«

Ich wartete in der Annahme, er wolle eine Erklärung liefern, dabei hatte ich längst vergessen, daß er sich überhaupt verspätet hatte; und vergessen waren auch, wie zuvor, die Befürchtungen, die mit seiner Verspätung einhergegangen waren. Er lachte plötzlich, ein einzelnes Bellen, das, als es seinem Mund entfuhr, seinen Kopf zurückschnellen ließ.

»Das ist alles«, sagte er. »Keine Ausrede, leider.«

»Vielleicht sind Sie hinter einer Kuhherde steckengeblieben«, sagte ich, sehr zu meiner eigenen Verwunderung.

»Vielleicht«, erwiderte er und belohnte mich mit einem weiteren Bellen. Ich war drauf und dran zu erklären, daß ich mir so das Landleben vorstellte, wollte einen Scherz darüber machen, daß ich aus London kam, doch zu meiner Genugtuung schien er meine Bemerkung ohne weitere Erklärung verstanden zu haben.

Wir hatten Buckley offenbar bereits hinter uns, ich konnte mich jedoch nicht erinnern, von der Stadt etwas gesehen zu haben, obwohl ich aus dem Fenster geschaut hatte. Die Straße war jetzt sehr schmal, und auf beiden Seiten sah ich Felder und Bäume, denen der helle Sonnenschein Beständigkeit verlieh – wie eine Landschaft auf einem Gemälde. Ich dachte daran, dies zu äußern, entschied mich jedoch dagegen. Mr. Madden fuhr sehr schnell, mit einer Art gebieterischer Zuversicht, die in Frage zu stellen mir nicht anstand; bei jeder scharfen Kurve, der wir uns näherten, drückte er einmal kräftig auf die Hupe. Da unser Auto die gesamte Breite der Straße einnahm, war es unwahrscheinlich, daß dieses Hupen dem, was auch immer uns entgegenkommen könnte, eine zuverlässige Warnung wäre. Ich saß starr auf meinem Sitz, hin und her schwankend zwischen dem Gefühl eines ungefährlichen Jahrmarktskitzels und dem Schrecken echter Gefahr, und ich war beinahe erleichtert, als wir um eine Kurve bogen und ein riesiger schlammbedeckter Traktor vor uns aufragte. In dieser panischen geballten Sekunde wußte ich, daß wir zusammenstoßen würden, und ich muß aufgeschrien haben, denn nachdem Mr. Madden gelassen an den Rand geschwenkt war, wobei er sein Tempo kaum verringerte, und uns unbeschadet wieder zurück auf die Straße gelenkt hatte, drehte er den Kopf und sah mich an.

»Verzeihung!« sagte er. »Pamela sagt mir immer, ich sei eine Gefahr für die Menschheit. Hatte vergessen, daß Sie nicht dran gewöhnt sind.«

»War nicht so schlimm!« schrie ich gellend.

Mutlosigkeit überkam mich. Mir war, als hätte ich mit meiner Überreaktion alles verdorben. In Verbindung mit der Erwähnung Pamelas (bei der es sich natürlich um Mrs. Madden handelte) schien der Vorfall mich zu ermahnen, daß die sonnige Fahrt nichts als ein Vorspiel zu dem unverrückbaren und in diesem Augenblick abschreckenden Umstand meiner Anstellung bei den Maddens war, die ich so gut wie vergessen hatte. Ich hatte mich vorübergehend in dem himmlischen Glauben gewähnt, eher Gast als Angestellte in dieser Welt zu sein, die ich bislang so fasziniert betrachtet hatte. Ich sah, daß meine neue Lebenssituation eine umfassendere Reihe von Anpassungen erfordern würde, als ich vorausgesehen hatte. Jede Bewertung von Glück oder Leid, Zufriedenheit oder Klage würde nun das Gewicht meiner Abhängigkeit einschließen müssen. Es würde Vorteile bringen, das bezweifelte ich nicht, meinen Anteil an der Welt abzutreten – die Gewißheit, diese Vorteile einzuheimsen, hatte mich ja zu dieser Reise bewogen –, aber sie würden ihren Preis haben. Ich konnte mir bei diesem Budget nicht leisten, mir einzubilden – wie ich es, zugegeben, dort im Auto getan hatte –, daß ich eine Freundin der Maddens sei, zum Bleiben aufgefordert, und erst recht nicht, ein Szenario zu gestalten, in welchem Mr. Madden mein Ehemann war und mit mir diese heiteren Landstraßen entlangrollte. Ich kam jedoch nicht dagegen an, so wenig, wie ich umhinkonnte, eine unmittelbare, irrationale Abneigung gegen Pamela zu hegen. Meine verfrühte, aber glühende Feindseligkeit ängstigte mich. Ich fragte mich, ob der bloße Gedanke die Beziehungen zu ihr und auf eine Weise »festlegen« würde, wie ich es zuvor beschrieben habe.

»Sehen Sie da die Felder auf beiden Seiten?« Mr. Madden brüllte, um den Lärm des Motors zu übertönen. »Dies ist die Grenze von Franchise. Von hier an gehört das Land zur Farm.«

Ich blickte folgsam aus dem Fenster. Ich sah die wogenden Felder, die nicht drohender wirkten als die, an denen wir schon vorbeigekommen waren. Die Hitze und die einlullende Bewegung des Wagens machten mich schläfrig. Ich wünschte, die Fahrt könnte ewig so weitergehen.

»Wie lange haben Sie die Farm schon?« fragte ich, bemüht, mich wach zu halten.

»Hmm?« Mr. Madden warf mir einen hellauf bestürzten Blick zu. »Oh, sie gehört eigentlich Pamela. Ich bin bloß in eine lange Reihe von Gutsherren aufgenommen worden.«

»Oh«, sagte ich. Ich fühlte mich verdächtig unterlegen durch diese Auskunft, als hätte ich mich auf eine Art Wettstreit mit Pamela eingelassen, von dem ihre Überlegenheit als Gutsherrin mich nun disqualifiziert hatte. »Machen Sie die ganze Arbeit allein?«

»Ich?« brüllte Mr. Madden, das Lenkrad umklammernd. »Ich habe einen Manager.«

»Einen Manager? Wie ein Filmstar?« witzelte ich.

»Äh? Na, so was!« Er lachte schallend, nickte dazu fröhlich mit dem Kopf. »Er managt nicht mich. Er managt das Gut, macht den alltäglichen Kram. Ich bin ihm bloß ständig im Weg. Prima Bursche, obwohl die Mädels sich gern über ihn lustig machen. Schauen Sie, da ist Pamela«, sagte er unvermittelt. »Sie wird sich freuen, uns zu sehen.«

Wir fuhren durch eine kiesbestreute gerade Zufahrt, beiderseits von Bäumen begrenzt, die das Auto plötzlich beschatteten und mit einem stickigen Medizingeruch erfüllten. Direkt vor uns stand ein großes, imposantes Haus. Es war aus grauen Steinen erbaut und fast quadratisch, streng symmetrisch und mit drei Fensterreihen, deren Glas in der Sonne dunkel war. An der Front des Hauses war ein eleganter weißer Säulengang aus Gips, und auf jeder Seite davon befand sich eine große steinerne Ananas. Die Haustür war offen, und auf den Stufen stand, mit verschränkten Armen unsere Ankunft beobachtend, Pamela.

Drittes Kapitel

Nachdem Mr. Madden den Wagen zum Stehen gebracht hatte, ergab sich eine Lücke, jenen Pausen gleich, die im Theater eintreten, wenn es kurze Zeit dunkel wird und die Schauspieler sich zu einem Szenenwechsel einfinden, für eine Sekunde aus ihrer Rolle auftauchend, bevor sie sich wieder in das dramatische Geschehen stürzen, das sich entfalten muß, ob sie wollen oder nicht. Eine solche Sekunde verging dort in der Zufahrt. Als der Motor plötzlich verstummte, nahm ich eigenartigerweise Gerüche wahr, den Wachsgeruch von Mr. Maddens Jacke, den Hundegeruch des Autos, die eher leicht drückende als duftende Note, die von Mr. Maddens Haut ausging. Dann knirschten Pamelas Schritte auf dem Kies, und durch das Wagenfenster sah ich ihren Oberkörper, über dem sie die Arme verschränkt hielt. Sie bückte sich, und ihr Gesicht grinste direkt vor meinem durch die Scheibe.

»Hallo!« sagte oder vielmehr trällerte sie, das Wort so strahlend wie ihr Lächeln. Ein Gewirr von spröden braunen und blonden Haaren umrahmte wie Herbstlaub ihr Gesicht. Sie öffnete den Wagenschlag, und ich fühlte mich seltsam bloßgestellt wie ein Querschnitt in einem biologischen Diagramm. Mr. Madden stieg auf der anderen Seite aus, und da nun beide Türen offenstanden, war ich vollkommen wehrlos.

»Hallo, Liebling«, sagte Mr. Madden draußen.

»Wetten, du bist zu spät gekommen, stimmt's? Mußten Sie eine *Ewigkeit* warten?« fragte Pamela mich. Ihre Augen glitzerten erwartungsvoll.

»Nein«, sagte ich und blickte auf. Ich hatte das Gefühl, mein Stichwort verpaßt zu haben, das mich aus dem Auto steigen hieß, und als die Notwendigkeit, es zu tun, zwingender wurde, gerann zugleich mein Vorhaben, wieder einzutreten in den Fluß der Ereignisse, zu jener seltsamen, statischen Gleichgültigkeit, in die sich, meine ich, Höflichkeit jeden Moment verkehren kann.

»Schau sie dir an!« sagte Pamela zu meinem Schrecken. »Deinetwegen ist sie vor Angst auf ihrem Sitz erstarrt, Liebling. Kommen Sie, wir werden Sie hineinbringen und mit unzähligen Tassen Tee wiederbeleben.«

Somit war mein Stichwort endlich gefallen, wenngleich auf eine Art, die weit entfernt war von dem, was ich mir gewünscht hätte. Was das »Festlegen« von Dingen betraf, hatte Pamela mir wahrlich viel voraus. In meinem teigigen, ungemein fügsamen Zustand spürte ich sogleich die Macht ihrer Herrschernatur. Ich wußte, daß ich dringend Schritte unternehmen mußte, um zu verhindern, daß dieser Lauf der Dinge sich fortsetzte.

»Nun kommen Sie schon«, sagte Pamela aufmunternd.

Als ich aus dem Auto stieg, konnte ich meine zuvor begonnene Bewertung von Pamelas Erscheinung fortsetzen. Ich habe die Erfahrung gemacht, daß mit Menschen eines Typs, der sich drastisch vom eigenen unterscheidet, schwerer auszukommen ist als mit solchen, deren Fleisch das eigene instinktiv »erkennt«. Pamelas physische Präsenz kam mir von Anfang an fremdartig vor; nicht nur insofern, als sie sich so sehr von mir unterschied, wie es nur möglich war (weitergreifende Eventualitäten wie etwa Einbeinigkeit ausgenommen), sondern auch insofern, als ich mir nicht vorstellen konnte, wie es sein würde, *sie zu sein.* Bei der Betrachtung eines Mannes mochte diese Empfindung durchaus alltäglich sein; aber bei einer Frau wird das Problem unwillkürlicher. Er bezieht sich auf den Besitz gemeinsamer sexueller Merkmale, welche, während sie zu einer oberflächlichen Einschätzung von Gleichheit verlocken, eine tiefe und, glaube ich, gegenseitige Abneigung verbergen. Dies ist nicht allein die Abneigung einer unterdrückten heterosexuellen Natur gegenüber ihresgleichen. In den Umständen, die ich beschreibe, sind es gleichermaßen die Phantasie und der Körper, die die Rivalin verdächtigen und zurückweisen aus Mangel an gemeinsamem Terrain, auf dem der Verständigungsprozeß beginnen kann. Es gab, das bemerkte ich auf der Stelle, keine Ecke oder Spalte in Pamelas Gesicht, die ihre Geheimnisse mit meiner teilte; und daher, vermute ich, stufte ich sie als eine Bedrohung oder zumindest ein Mysterium ein. Vielleicht verstehen Sie, was ich meine, wenn nicht, dann liegt mein Fehler vielleicht nicht in der Art, wie ich die Dinge zu erklären versuche. Vielleicht liegt er vielmehr in meinem Versuch, die Dinge zu erklären, als seien sie universell, während sie in Wahrheit nur die unzulänglichen Impressionen meines Geistes sind.

Auf alle Fälle bin ich, nachdem ich so großes Gewicht auf Pamelas physische Erscheinung gelegt habe, verpflichtet, sie jetzt auf neutralere Weise zu beschreiben. Nicht eigentlich schön, war sie jedoch in einem Alter – über fünfzig –, wo die Leute sagen würden, sie müsse sehr schön *gewesen sein*. Ich allerdings glaube, daß sie immer so ausgesehen hat; das heißt beinahe schön oder postschön, wie der Himmel am Ende eines herrlichen Tages, wenn die Sonne verschwunden ist, ihre Aura aber bleibt, an Vergangenes gemahnend, eine Erinnerung, würziger noch als das Erinnerte. Pamela war sehr groß, von schlankem, fast drahtigem Wuchs, mit einer von der Sonne ledrigen Haut, und Haaren, die, wie gesagt, spröde und üppig waren. Ihr Gesicht war auf extravertierte und absolut unmysteriöse Art sehr attraktiv und, einem Affengesicht nicht unähnlich, knittrig und kindlich zugleich. Zusammen mit ihrer dynamischen und kompakten Gestalt erweckte dies den verführerischen Eindruck von Jugend, gepaart mit Erfahrung, und das ganze Energiebündel war mit einem zugleich unangreifbaren und sorglosen Auftreten garniert.

Wenn Sie im Sinn behalten haben, daß ich, was die Erscheinung anging, so verschieden von Pamela war wie nur möglich, dann werden Sie anhand dieser Beschreibung einen gewissen Eindruck von mir gewonnen haben. Anders als Pamelas war mein Aussehen nicht von der Art, das einem schlagartig Eindruck macht. Weder wies es Aufmerksamkeit von sich, noch suchte es sie. Man konnte in meiner Gegenwart mit dem anstehenden Thema fortfahren, was, wie ich feststellte, nicht ohne Vorteil war, und ich lernte, dies zu meinen Gunsten zu nutzen.

Ein weiterer Punkt erfordert Aufmerksamkeit, bevor ich fortfahren kann, und das sind die Bezeichnungen, die ich bislang verwendet habe. Es mag eine Diskrepanz aufgefallen sein, da ich den Ehemann Mr. Madden nannte, wogegen die Ehefrau, schon bevor ich ihr begegnete, für mich Pamela war. Anders als viele Menschen meiner Generation wurde ich dazu erzogen, Erwachsene stets förmlich anzureden, in manchen Fällen sogar dann, wenn sie mich aufforderten, sie beim Vornamen zu nennen. Meine Eltern verfochten diese Praxis – wie vieles andere – im Glauben, daß jenseits dieser offensichtlich fragilen gesellschaftlichen Schranken eine Wildnis unvorstellbarer Degeneration lag, vor der allein gute Manieren Schutz boten. Sie haben sogar gelegentlich tapfer in der jenseitigen Wildnis einen Missionarsposten errichtet und verlangt, daß allzu vertrauliche Freunde ihrer Kinder sich der höflicheren Form bedienten; und geschah es, daß jemand von uns *ihre* Freunde dermaßen ansprach – wie gesagt, selbst dann, wenn sie uns dazu aufforderten –, wurde uns unsere Vermessenheit gnadenlos vorgehalten.

Daher finde ich es noch immer unnatürlich, eine Person, die älter ist als ich, beim Vornamen zu nennen, und das, obwohl ich selbst nicht mehr jung bin. (Ich bin neunundzwanzig.) Ich sage dies, damit es nicht den Anschein hat, daß ich die Maddens aus einem Gefühl von Unterwürfigkeit oder Unterlegenheit mit Mr. und Mrs. anredete. Dies war ganz und gar nicht der Fall. Mein freier Gebrauch des Namens Pamela bedarf jetzt jedoch doppelt einer Erklärung. Es genüge zu sagen, daß ich ihn erst übernahm, *nachdem* Mr. Madden – Piers, nebenbei – ihn als Mrs. Maddens Namen offenbart hatte, und daß ich ihn überdies ausschließlich in Gedanken verwendete. Sobald erforderlich, wollte ich sie mit Mrs. Madden anreden, doch da in diesem frühen Stadium mein geistiges Interesse ausschließlich ihrer Rolle als Mr. Maddens Ehefrau und seinen Gefühlen für sie galt, schien es nur natürlich, sie in Gedanken bei demselben Namen zu nennen wie er. Würde es erst zur Gewohnheit werden – nun, ich denke, ich habe mich klar ausgedrückt.

Um zu der Szene in der Zufahrt zurückzukehren: Meine Koffer wurden von Mr. Madden hervorgeholt, wie er sie verstaut hatte. In der Zwischenzeit hatte Pamela meinen Arm genommen – eine vollkommen überflüssige besitzergreifende Geste angesichts dessen, daß ihre herrische Aura wie ein großer Baldachin über der Luft schwebte, die wir atmeten – und führte mich zu den Eingangsstufen des Hauses.

»Piers macht gern die Luken dicht«, erklärte sie mir in verschwörerischem Ton. »Dann wollen wir ihn lassen, ja?«

Die Haut ihres bloßen Arms auf meinem war trocken und sehr warm. Ich konnte ihr Parfüm riechen und nahm zugleich ihren eigenen Duft wahr, der, wie mir vage bewußt wurde, wirre Reizgefühle in mir erregte. Ich hatte ein fernes Gespür von einem inneren Durcheinander, dessen schwachen Ruf ich vernehmen konnte – wie vorübergehend von einem günstigen Wind aus großer Ferne herbeigetragen.

»In Ordnung«, sagte ich.

Ich blickte mich um und sah, daß Mr. Madden tatsächlich damit beschäftigt war, die Autotüren eine nach der anderen abzuschließen und, soweit ich es erkennen konnte, die verbeulte Karosserie zu inspizieren. Meine Koffer standen brav nebeneinander hinter ihm auf dem Kies. Meine Verbindung zu ihm schien mit einemmal traumhaft, und wie er da stand, war er mir weniger vertraut als noch vor ein paar Minuten im Auto.

»Jetzt erzählen Sie mir alles von Ihrer Reise«, fuhr Pamela fort und führte mich durch die offene Haustür in die kühle Eingangshalle. Ich hatte den Eindruck von vielen Bildern und Spiegeln, die sich in der geräumigen Düsternis an die Wände drückten. Direkt vor mir wand sich eine prachtvolle blank gebohnerte Treppe schwungvoll nach oben. Der Fußboden glänzte dunkel: Er bestand aus schimmernden Steinplatten, auf denen meine Schuhe beim Gehen klickten. Möbelstücke standen in eleganten Posen erstarrt über den Schatten, schlankbeinige Stühle mit geschnitzten Rückenlehnen, Beistelltische mit einer Vase oder einer Lampe darauf. Eine Standuhr ragte aufrecht wie ein Butler am andern Ende auf, ihr heiseres, gemächliches Ticken durchbrach die höhlenartige Stille. »Es war so liebenswürdig von Ihnen, sofort zu kommen. Ich habe ein schrecklich schlechtes Gewissen. Hatten Sie *entsetzlich* viel zu tun?«

Hieraus schloß ich, daß mir Gelegenheit zu sprechen gegeben wurde. Ich öffnete den Mund, doch genau in diesem Moment war ein heftiges Scharren und Keuchen zu hören, und urplötzlich kam vom Ende der langgestreckten Halle ein großer schwarzer Blitz aus Fell und Fleisch auf uns zugeschossen. Ich schrie überrascht auf, als das Tier auf meine Beine losstürmte, wahnwitzig aufgeregte Kreise um mich beschrieb, bevor es seine triefende Schnauze direkt zwischen meine Schenkel tauchte.

»ROY!« brüllte Pamela. »Laß das! Weg da!«

Der Hund beschnüffelte mich fieberhaft, die Nase tief in den Falten meines Rockes vergraben. Schließlich riß Pamela ihn am Halsband zurück und verabreichte seiner bebenden, glänzenden Flanke einen Hieb.

»Du bist einfach *widerlich*!« rief sie, an Roy gewandt. »Oh, er ist wirklich abscheulich«, sagte sie zu mir. »Hat er Sie über und über vollgeschleimt?«

»Ich glaube nicht.«

»Gott, ist das hier ein *Irrenhaus*!« Sie setzte sich wieder in Bewegung, Roy noch am Halsband haltend. Seine krummen Beine schlitterten und scharrten über den Steinboden. »Sie fragen sich bestimmt, worauf Sie sich da eingelassen haben!«

Wir gingen an der Treppe vorbei und verließen die Halle durch eine Tür zur Rechten. Nach mehreren Windungen und Biegungen und durch ein Manöver, das mir nicht ganz klar war, gelangten wir in einen großen, sonnigen Raum, den ich für die Küche hielt.

»Wollen wir Wasser aufsetzen, ja?« fragte Pamela und ließ Roy los, der sich in eine Ecke verkroch.

»In Ordnung«, sagte ich.

»Und dann können Sie mir *alles* erzählen.«

Sie entfernte sich von meiner Seite und machte sich an einer der Küchenanrichten zu schaffen. Der ganze Raum war mit altem Holz ausgestattet, weswegen ich unsicher gewesen war, ob es überhaupt die Küche war. Ein großer, altmodischer Herd – der »Aga«, wie ich ihn später nennen sollte – und ein riesiger Eßtisch waren die einzigen Hinweise. Ansonsten bestand die Einrichtung aus eleganten Schränken und Kommoden, wie sie die meisten Leute in ihre Salons stellen. Ich hatte noch nie etwas so Geschmackvolles gesehen.

»Was genau haben Sie gemacht?« fragte Pamela. Die Wortstellung, wenngleich ich sie für korrekt hielt, verwirrte mich einen Moment.

»Verzeihung?«

»Vorher«, präzisierte sie. »In London.«

»Ach so. Ich habe in einer Anwaltskanzlei gearbeitet. Als Sekretärin.« Es erwies sich als schwieriger, dies zu sagen, als ich gedacht hatte. »Eine herrliche Küche ist das. So eine habe ich noch nie gesehen.«

»Danke!« Pamela, die mir während des Gesprächs den Rükken zugekehrt hatte, drehte sich um und schenkte mir das breite Lächeln, mit dem sie mich schon früher bedacht hatte. Es war ausgesprochen angenehm, ein solches Lächeln zu empfangen. Sie drehte sich wieder fort. »Und Sie haben immer als Sekretärin gearbeitet? Oder war es eine Überbrückung auf dem Weg zu etwas anderem?«

Ich sah, daß ich mit Mr. Madden leicht davongekommen war, der mich so gut wie nichts gefragt hatte.

»Ich habe Verschiedenes gearbeitet, aber meistens als Sekretärin. Es hat mir nichts ausgemacht«, fügte ich in dem Versuch hinzu, dem Gespräch eine andere Wendung zu geben, »aber ich denke, es wurde mir einfach langweilig. Und deswegen bin ich hier.«

Pamela lachte, und ich mußte zugeben, daß meine Antwort geschickt war.

»Nun, langweilen werden Sie sich hier *bestimmt* nicht. Sie werden vielleicht erschöpft und außer sich sein, aber nie gelangweilt. Obwohl« – ihre zarten Schultern zuckten, als sei sie im Begriff gewesen, sich umzudrehen, hätte es sich aber anders überlegt – »wenn Sie auf ein geselliges Leben aus sind, dürften Sie kein Glück haben. Da ist das Dorf, kaum erwähnenswert, und Buckley ist nicht weit, aber wir haben absolut kein Nachtleben in dieser Gegend.«

»Das macht nichts«, sagte ich. »Einer der Gründe, weswegen ich überhaupt aus London heraus wollte, war der, von alledem wegzukommen.«

»Und wie steht es mit Freunden?« fuhr sie fort, sehr zuvorkommend, aber immer noch mit dem Rücken zu mir, was mein Gefühl verstärkte, daß ich, wenn auch auf subtile Weise, verhört wurde. Zum zweitenmal – die Erwähnung meiner unrühmlichen Sekretärinnenlaufbahn war das erstemal – hatte ich das verwirrende Gefühl, daß hinter mir Abgründe von Verrat klafften und einen Rückzug unterbanden. Mit jedem Schritt, den ich auf dieser schwindelerregenden Reise tat, entfernte ich mich weiter von der Möglichkeit der Umkehr. Natürlich erzeugte die Loslösung von der Vergangenheit ein Gefühl großer Freiheit, doch da ich so viel von mir abgestreift hatte, ergriff mich ein panisches Gefühl von Nacktheit, und ich empfand die Erniedrigungen, denen sie mich aussetzte.

»Im Moment habe ich keinen«, sagte ich, und ich glaube, es klang, als sei ich sehr unglücklich darüber.

»Nun, das werden wir bald sehen«, sagte Pamela und drehte sich um. Sie hielt eine große Teekanne in den Händen, die sie nun zum Tisch trug. »Vielleicht finden wir ja einen netten reichen Farmer für Sie.« Sie lachte laut, ungekünstelt. Mir blieb nichts anderes übrig, als einzustimmen. »Sie denken bestimmt, was hat die alte Schachtel bloß? Meine Kinder sagen mir immer, daß ich mich viel zu sehr einmische, aber ich kann wohl nicht anders. Ich kann es einfach nicht ertragen zu denken, daß reizende junge Leute vereinsamen.«

»Es ist nicht immer einsam«, sagte ich ziemlich scharf. Mir war unterdessen klargeworden, daß man Pamela entweder Paroli bieten oder klein beigeben mußte. »Manche Menschen sind eben lieber allein.«

»Ist das wahr?« fragte Pamela in beschwörendem Ton und fixierte meinen Blick mit ihren Augen, die von ungewöhnlich hellgrauer Farbe und ziemlich klein waren. Wir saßen unterdessen am Tisch, die Teekanne zwischen uns. »Oder *behaupten* sie das nur, weil sie sonst niemanden haben?«

»Vielleicht von beidem ein bißchen«, sagte ich höflich.

In diesem Moment trat Mr. Madden in die Küche. Ich freute mich sehr, ihn zu sehen, weil ich so besorgt war, daß das Gespräch in heikles Terrain abgleiten würde. Leider muß meine Freude sich allzu kühn in meinem Gesicht ausgedrückt haben; denn über den Tisch hinweg fühlte ich Pamelas stechenden Blick auf mir.

»Liebling!« sagte sie, zu ihm auflächelnd. »Ist alles in Ordnung? Ich habe die arme Stella fürchterlich ausgefragt, vermutlich ist sie sehr erleichtert, daß du gekommen bist, um sie zu erlösen.«

Mr. Madden sah von einer zur anderen, einen Ausdruck heiterer Leere in seinem rosigen Gesicht. Seine Erwiderung läßt sich schwer festhalten, eine Art Grunzen oder Wiehern – mit »Brrr!« wäre es wohl am besten beschrieben –, das, wie ich alsbald merkte, seine gewohnheitsmäßige Reaktion auf Pamelas Anzüglichkeiten war. Ich selbst war verärgert über ihre Bemerkung, die in meine Ohren eindrang und meine Wangen binnen Sekunden mit Zornesröte überzog.

»Ist das Tee?« fragte Mr. Madden und nickte zu der Kanne hinüber.

»Es ist noch genug da. Geh, hol dir eine Tasse«, sagte Pamela.

»Ich hole sie!« rief ich und sprang von meinem Stuhl; nur der Himmel weiß, warum. Es muß eine Art Reflexhandlung gewesen sein. Ich hatte begonnen, mich in meiner Situation unbehaglich zu fühlen, nicht, weil sie besonders unerfreulich war; im Gegenteil, sie war weit angenehmer, als ich mir meine Begrüßung vorgestellt hatte – ich hatte mich zum Beispiel gefragt, ob man mich gleich nach der Ankunft an die Arbeit schicken würde –, wenngleich es natürlich keinen Grund gibt, warum ich sie mir hätte präzise ausmalen können. Was wußte ich von den Maddens und ihresgleichen? Nein, indem ich so unerwartet aufsprang, versuchte ich in die Dienerrolle zu schlüpfen, die mir auf die eine oder andere Weise zugeteilt werden mußte, ehe noch mehr Zeit verging. Ich mutmaßte überdies, daß Pamela, als Mr. Madden Tee erwähnte, selbst erwogen hatte, mich zu bitten, die Tasse zu holen. Ich habe ein scharfes Gespür für derartige Nuancen, und schon in diesem frühen Stadium war mir in Pamelas Natur eine gewisse Launenhaftigkeit aufgefallen, was vermuten ließ, daß es ihr nicht in den Sinn kam, wie übermächtig die präzise Formulierung ihrer Befehle sich auf eine schnelle und korrekte Befolgung auswirken mußte.

»Sehr liebenswürdig!« sagte sie beifällig.

»Seien Sie nicht albern«, sagte Mr. Madden. »Ich hole sie selbst.«

»Sie kann ruhig lernen, wo die Sachen sind«, sagte Pamela bedeutungsvoll und fixierte ihn mit ihrem Blick. »Sie wird sich heimischer fühlen, wenn sie sich auskennt.«

»Ich tu es wirklich gern«, sagte ich, besorgt, daß mein Angebot in diesem Tauziehen untergehen würde. »Sagen Sie mir nur, wo die Tassen sind.«

»Im Schrank direkt vor Ihnen«, sagte Pamela. »Ja, der da! Das ist der richtige.«

Ich öffnete den Schrank, und wirklich, da waren die Tassen; übrigens nicht in ordentlichen Reihen, sondern als Sammelsurium aus nicht zusammenpassenden Formen und Mustern gestapelt. Ich wählte eine, die in fröhlichem Rot bemalt war.

»Thomas schon da?« fragte Mr. Madden hinter mir. »Ich will ihm das mit dem Tor sagen. So ein Mist!«

»Er hat vorhin angerufen. Er mußte seine Frau zum Zahnarzt fahren.« Pamela lachte und begann fließend in ländlicher Mundart zu sprechen. *»Mrs. Ma-adde? Der Frau ihr Zahn tut schrecklich weh. Sie hat Schmerzen noch und noch.«*

»Und hat er gesagt, wann er hier sein wird?« fragte Mr. Madden.

»Mr. Thomas ist unser Gärtner«, sagte Pamela zu mir. »Er ist ein sehr lieber alter Kerl, aber mit Dingen wie Telefonen hat er seine Schwierigkeiten. Jagt ihm einen fürchterlichen Schrecken ein. »*Sind Sie's, Mrs. Ma-adde?*« wiederholte sie ihre ohrenbetäubende Imitation trotz des spärlichen Zuspruchs, den sie dafür empfangen hatte. »Er hat gesagt, er kommt später, also mach dir keine Sorgen.«

Inzwischen saßen wir alle am Tisch, Mr. Madden hatte seinen Tee jetzt vor sich. Ich war unwillkürlich fasziniert von dem, was ich vom Umgang der Maddens miteinander sah, und von der Rolle, die ich bislang dabei gespielt hatte. Ihr Verhalten hatte etwas nahezu Kämpferisches, und damit, daß ich eine Rolle spielte, meine ich lediglich, daß die Anwesenheit einer dritten Person ihr Spiel in Gang gebracht zu haben schien wie ein Netz ein Tennismatch oder ein Pfosten ein Fußballspiel. Ich bemerkte – nicht ohne eine gewisse Genugtuung, muß ich leider sagen –, daß mir Mr. Madden im Auto viel glücklicher erschienen war als in Pamelas Gegenwart. Tatsächlich blickte er recht verdrießlich drein, starrte auf seinen Tee herab wie ein Halbwüchsiger, die schwarzen Haare über den Augen hängend, seine große Gestalt zurückgelehnt mit jener Schlaffheit, die bei Männern leicht bedrohlich wirkt, als könnten sie jeden Moment explodieren.

»Dann ist es ja gut«, sagte er.

»Ich denke, Stella möchte vielleicht ein bißchen Zeit, um sich zurechtzufinden«, sagte Pamela nach einer Pause. Sie sagte es munter und sah dabei Mr. Madden an. »Soll ich sie rüberbringen und ihr alles zeigen?«

Mr. Madden, noch zusammengesackt auf seinem Stuhl, holte mächtig viel Luft und behielt sie in den Lungen, so daß sich seine Backen aufblähten. Er nickte heftig, und dann stieß er die Luft langsam durch die Nase aus.

»Schön!« Pamela stand auf und grinste mich mit einem Anflug von Wildheit an. »Gehen wir?«

Ich stand gehorsam auf und machte mich unverzüglich auf den Weg zur Tür. Pamela blieb hinter mir zurück.

»Liebling, du vergißt doch nicht, ein paar Kartoffeln und Sachen zum Essen auszugraben, nein? Und wenn noch Stachelbeeren da sind, kannst du die auch mitbringen, dann mache ich einen Kuchen.«

Ein kurzes Schweigen folgte.

»Schön«, sagte Mr. Madden. Ich hörte seinen Stuhl auf dem Fußboden scharren. »Dann geh ich jetzt und mach das.«

Ich vernahm Pamelas Schritte, und ich ging durch die Tür. Vor mir war eine kleine, sehr dunkle Diele, an die ich mich nicht erinnerte, mit drei Türen, alle geschlossen. Ich blieb verwirrt stehen und spürte Pamela dicht hinter mir.

»Die linke«, sagte sie. »Ja, die.«

Wir traten in einen langen, engen Flur mit weißen Wänden und niedriger Decke.

»Hier entlang, ganz bis ans Ende«, sagte Pamela in meinem Rücken.

Ich ging um eine Biegung ans Ende des Flurs, wo ich eine Tür fand. Da es keine andere Möglichkeit gab, öffnete ich sie und war überrascht, als sich ein Streifen Sonnenlicht und dunstiges grünes Gebüsch vor mir auftaten. Ich hörte Vögel und das schwache Brummen eines Motors in weiter Ferne. Meine Füße knirschten auf Kies, und ich fühlte, wie die Sonne auf meinen Kopf knallte.

»Wir haben Sie drüben im Cottage untergebracht«, sagte Pamela und ging voran. Wir folgten einem Kiesweg, zu dessen beiden Seiten eine hohe, vollkommen gleichmäßig geschnittene Hecke wuchs. Wiederholt fuhr ich mit der Hand die grüne Mauer entlang, halb erwartend, sie massiv zu finden, und überrascht von ihrer stacheligen Nachgiebigkeit. »Es ist winzig, aber ganz süß, und ich dachte, Sie möchten gern für sich sein. Wenn es Ihnen zu einsam ist, können Sie jederzeit ins Haus spurten, und wir quartieren Sie in einem Gästezimmer ein.«

Ich brauchte eine Weile, um dies zu verdauen. Ich hatte natürlich angenommen, ich würde mit den Maddens unter einem Dach wohnen, und nachdem ich jeden Gedanken an Alleinsein oder Unabhängigkeit in meinem Leben aufgegeben hatte, begrüßte ich ihre unerwartete Rückkehr mit zwiespältigen Gefühlen. Auf einmal kam mir die Idee, daß die

Unterbringung im Cottage mit härteren Entbehrungen verbunden sein könnte, als jene es waren, von denen ich mich soeben befreit hatte; daß ich es höchstwahrscheinlich mit anderen Angestellten der Maddens würde teilen müssen, vielleicht mit Mr. Thomas und seiner kränkelnden Frau. Ich war nicht erbaut von dieser Aussicht, doch schien es unmöglich, daß ich ein Cottage ganz für mich allein haben würde. Da ich nicht habgierig oder undankbar erscheinen wollte, fühlte ich mich außerstande, Pamela zu dem Thema zu befragen, das mich, mal mit Freude, mal mit Frust, auf dem Weg verfolgte.

Wir kamen um eine Biegung, und plötzlich lag vor uns ein Traum. Es war ein altes weißes Cottage, ebenerdig gebaut, mit einem strohgedeckten Dach, das sich so tief über die Vorderseite zog, daß es langen Fransen mit zwei Augen und einer Nase – den Fenstern und der Tür – darunter glich. Oben ragte ein Schornstein heraus, und an der Seite konnte ich in der Dachschräge ein winziges Fenster erkennen. Das Cottage war so klein, daß man es von einem einzigen Standort voll überblicken konnte. Vor uns war ein schmiedeeisernes Tor, hinter dem ein schmaler Pfad zur Eingangstür führte. Zu beiden Seiten des Pfades befand sich ein quadratisches Stück Garten, und das Ganze war von einem hohen, dichten Gewirr aus Hekken und Bäumen umgeben, das dem Cottage eine Aura schattiger Heimlichkeit verlieh. Der Garten selbst war urwüchsig mit sprießenden Wildblumen und einem Obstbaum in der Mitte. An der Frontseite des Cottage rankten sich Kletterpflanzen empor, als hätte sich der Garten erhoben und an die Mauer gelehnt.

»Mrs. Barker hat drinnen aufgeräumt, aber weiß der Himmel, in welchem Zustand es ist«, sagte Pamela und öffnete das Tor. »Unser letztes Mädchen war nicht gerade ein Ausbund an Verantwortungsbewußtsein. Es steht Ihnen frei, das Häuschen aufzuheitern mit allem, was Sie finden können, und Thomas wird alle paar Wochen kommen und dem Rasen zu Leibe rükken.«

Hieraus folgerte ich mit vorsichtigem Übermut, daß ich die alleinige Gewalt über diesen Traum haben würde. Wir standen jetzt in dem summenden Garten in der Sonne, und die Hitze vereinte sich mit dem Vogelgesang zu einem pulsierenden Ton, der in meinem Herzen zitterte. Das Cottage erschien mir als das entzückendste Ding, das ich je gesehen hatte. Es lag mir schon auf der Zunge, Pamela zu fragen, warum sie nicht selbst hier wohnte, als mir einfiel, daß sie natürlich das große Haus hatten und daß mein Überschwang aus verschobenen Maßstäben und aus Erwartung gezeugt war. Wie ein Kind in einem Raum mit Erwachsenen hatte ich nur das herausgepickt, was in meinem Blickfeld lag, was meinen eigenen Proportionen entsprach, und infolgedessen fand ich an diesem Miniaturhaus mehr Gefallen als an seinem prächtigeren Nachbarn.

»Na, wie finden Sie es?« fragte Pamela geziert und wandte sich mir zu, die Hände auf den Hüften. Die Augen hatte sie zum Schutz vor der Sonne zusammengekniffen.

»Oh, es ist entzückend!« sagte ich. »Mit so etwas hatte ich nicht gerechnet.«

»Ja, es *ist* recht nützlich«, sagte sie mit sichtlicher Befriedigung. »Vereinbarungen wie unsere können heikel sein, und so ist es für alle etwas leichter, sich als eigener Herr zu fühlen.«

Sie ging voraus zur Haustür und öffnete sie mit einem Ruck.

»Sie müssen ihr einen kräftigen Stoß geben«, sagte sie.

Ich folgte ihr hinein und spürte sogleich die steinerne Kälte, die älteren Gemäuern eigen ist. Von der Haustür kam man direkt in ein kleines Wohnzimmer – eine Diele gab es nicht – mit einer niedrigen, mit dunklen Balken verstrebten Decke und zwei Fenstern gegenüber von der Seite, an der wir uns vor Sekunden befunden hatten. Nie war ich an einem Ort mit einer so unscheinbaren Grenze zwischen drinnen und draußen gewesen. An einem Ende des Zimmers war ein Kamin mit einem weiteren Balken darüber, und davor standen ein Sofa und ein Lehnstuhl, mit geblümtem Stoff bezogen, dazwischen ein niedriger Tisch. Mehrere verblaßte, braunfleckige Bilder hingen an der Wand. Sie sahen aus wie Landkarten, deren Linien allerdings so schwach waren, daß unmöglich zu erkennen war, was sie darstellten.

»Ich weiß, es ist schrecklich, jetzt in dieser Hitze daran zu denken, aber im Winter können Sie hier Feuer machen. Das ganze Haus wird sehr gemütlich. Zur Küche geht's hier entlang«, sagte Pamela und ging voraus durch eine Tür am anderen Ende des Raumes. »Es ist leider alles ganz bescheiden, aber Sie können jederzeit abends zu uns rüberjoggen, um fernzusehen und ein bißchen Komfort zu haben.«

Pamela sprach, wie mir klarwurde, eine energische Notfallsprache, mit der Probleme ebenso heftig angegangen wie verworfen wurden. Wir traten in die Küche, die dürftig war und nur ein, zwei altmodische Schränke enthielt und einen Herd, wie ich ihn aus Küchen meiner Kindheit in Erinnerung hatte. Sie roch entsprechend, ein schwacher, nicht unangenehmer Geruch nach Gas und Resopal. Es gab einen Holztisch, zwei Stühle und ein klappriges kleines Fenster, das von der Hinterseite des Cottage direkt auf eine grüne Heckenwand hinausging.

»Nicht ideal für Abendgesellschaften«, sagte Pamela. Sie schien keineswegs zu scherzen. »Aber es gibt keinen Grund, warum Sie nicht ab und zu jemanden bei sich beherbergen sollten.«

Ich vermutete, mit »jemanden« meinte sie Verwandte oder Freunde. Wieder spürte ich den flüchtigen Schatten ihrer mutmaßlichen Mißbilligung, die tief unter ihrer Konversation schwamm wie ein Raubfisch. Sie öffnete eine Tür zur Rechten und ging in einen winzigen Flur. Auf einer Seite führte eine Treppe nach oben, und ich sah, daß es entgegen meiner ursprünglichen Annahme wahrhaftig einen ersten Stock gab.

»Das Badezimmer«, sagte sie und öffnete forsch eine Tür, hinter der ich eine ziemlich beengte Anordnung aus Wanne, Toilette und Waschbecken sah, mit einem schrägen Fenster mit derselben Aussicht wie von der Küche. Sie schloß die Tür wieder. »Gehen wir nach oben.«

Die Holztreppe knarrte, als wir hinaufstiegen, und Pamela zog unter der niedrigen Decke den Kopf ein.

»Und das ist Ihr Schlafzimmer«, sagte sie. »Ich finde, es ist ganz reizend, was meinen Sie?«

Wir waren durch eine niedrige Tür getreten und standen jetzt in einem Zimmer mit schräger Decke. Ich erkannte die Fenster als die, die ich von außen gesehen hatte. Es war ein recht helles Zimmer, mit Balken ähnlich denen unten, und einem Fußboden, der sich jäh zur Außenmauer hin neigte. Drinnen standen ein Doppelbett mit einer geblümten Daunendecke, eine hölzerne Nachtkonsole mit einer Lampe darauf, ein dunkler, glänzender Kleiderschrank, der sich mit dem Boden zur Seite neigte, und ein Bücherregal mit Büchern.

»Es ist entzückend«, sagte ich und ging zum Fenster. Als ich hinaussah, erschrak ich. Aus einem schrägen Winkel waren die Rückseite des großen Hauses und ein Teil seines Gartens deutlich sichtbar. Ich hatte versäumt, mich auf dem Weg hierher zu orientieren, und gedacht, das Cottage sei viel weiter entfernt. Ich sah, als sei es Absicht, Mr. Madden, einen Spaten in der Hand und sich unbeobachtet glaubend, langsam über den Rasen gehen.

»Schauen Sie, da ist Mr. Madden«, verkündete ich.

»Sie können uns von hier aus gewiß ausspionieren«, sagte Pamela, während sie sich hinter mir ans Fenster drängte und hinaussah. Sie lachte. »Wie schade, daß wir so schrecklich langweilig sind.«

Nach wenigen Minuten kehrten wir um und stiegen vorsichtig die schmale Treppe hinunter, und als ich alles zum zweitenmal sah, erfüllte mich ein beglückendes besitzerisches Gefühl. Ich hielt Pamela die Haustür auf und stand, ganz Gastgeberin, auf der Schwelle, als sie sich verabschiedete.

»Nehmen Sie sich ruhig ein, zwei Stunden Zeit, um sich zurechtzufinden«, sagte sie und trat in den Garten hinaus. »Und dann kommen Sie gegen sechs auf einen Drink rüber ins Haus. Martin wird bis dahin aus dem Zentrum zurück sein, dann können wir alle vor dem Essen ein bißchen plaudern.«

»Schön«, sagte ich und nickte. Ich akzeptierte den Plan, als sei ich Teil der Mechanik eines vollkommen neuen Systems, das um mich herum funktionierte – wie von einer Anzahl Seile, Hebel und Flaschenzüge betrieben.

»Bis später!« sagte Pamela, und mit einer Hand winkend,

schritt sie leichtfüßig in der Sonne den Pfad entlang. Ich sah ihr von meiner Haustür aus nach, bis sie um die Ecke zwischen den Bäumen verschwand.

Viertes Kapitel

Ich möchte mich an dieser Stelle weder näher über meinen Geisteszustand auslassen noch über meine Gefühle, als ich Pamela aus meinem Blickfeld verschwinden und mich allein gelassen sah. Es war noch gar nicht lange her – vielleicht alles in allem nicht mehr als eine Stunde –, seit meine Einsamkeit vor dem Bahnhof unterbrochen worden war, und da ich nun zu diesem mir während der letzten Tage vertraut gewordenen Zustand zurückkehrte, stellte ich überrascht fest, daß ich mich trotz des gewaltigen Szenenwechsels eigentlich genauso fühlte wie in London. Der kurze, strahlende Reiz des Neuen bei der Ankunft auf der Franchise Farm schien nichts weiter zu sein als ein Umweg auf der langen, nichtssagenden Straße meiner Einsamkeit. Als ich die erste Gelegenheit wahrnahm, mich zu prüfen, hatte ich erwartet zu entdecken, daß meine Verwandlung sich bereits vollzogen hatte oder daß zumindest sichere Zeichen erkennen ließen, wie sie vonstatten ging. Meine Enttäuschung, daß bislang nichts mit mir geschehen war, war ungeheuer; aber heute weiß ich, daß eine persönliche Veränderung ein langer und langsamer Abnutzungsprozeß ist, dessen zahlreiche treffsichere Schläge für das bloße Auge unsichtbar sind. Meine erste Begegnung mit den Maddens war, auch wenn ich das damals nicht sah, nichts als eine Welle, die gegen einen Felsen krachte, und der nasse Glanz trocknet und vergeht in der Sonne innerhalb von Sekunden. Es würden viele, viele Wiederholungen dieser Überflutung vonnöten sein, um den harten, unnachgiebigen Stein auszuwaschen; doch am Ende würde es gelingen. Die Flut hatte die Bewegung auf ihrer Seite, und den Mond. Natürlich stand in meiner Metapher ein dunkleres Geschick geschrieben, sofern man sich die Mühe machte, danach zu forschen, denn schließlich würden diese ewigen Fluten unverändert sein, während ich verkleinert wäre.

Wie die Dinge lagen, hatte ich nicht viel Zeit, mir über derlei Angelegenheiten Gedanken zu machen. Ich hatte die Tür geschlossen und wanderte langsam durch das Erdgeschoß; vertieft in das subtile Ringen um Überlegenheit, das gewöhnlich die erste Begegnung zwischen zwei Menschen kennzeichnet, zwang ich meine Umgebung, sich Vertrautheit und Zuneigung zu unterwerfen. Ich hatte, ziemlich primitiv, fürchte ich, begonnen, die Küchenschränke zu öffnen und hineinzuspähen, als es laut an die Tür klopfte. In einem so kleinen Cottage mit dieser fragilen Schranke zwischen drinnen und draußen, die ich zuvor erwähnt habe, kann ein Klopfen an der Tür ziemlich beängstigend sein. In einem größeren Haus ist ein Klopfen oder Klingeln eine Bitte um Einlaß, in einem kleinen Haus wie dem meinen ist es eine Forderung. Es klopfte abermals. Da wurde mir klar, daß ich das unerwartete Geräusch mehr gefürchtet hatte als die Identität des Klopfenden; denn wer konnte es sein außer jemand von den Maddens oder vielleicht der gute alte Thomas, der Gärtner? Jetzt sprang ich durchs Wohnzimmer und öffnete die Tür. Und wirklich, da stand Mr. Madden, groß und ziemlich fehl am Platz in meinem malerischen Miniaturgarten. Er brachte einen Hitzeschwall herein.

»Schon ein bißchen eingewöhnt?« fragte er. Sein Gesicht war ganz rot, und er war naß. Sein Hemd klebte an seiner Brust und bildete ein langes, feuchtes Dreieck zwischen seinen Rippen. Zuerst dachte ich, er müsse unterwegs in einen Tümpel gefallen sein, merkte dann aber, daß er nur ausgiebig schwitzte. »Ich bringe Ihnen Ihr Gepäck.«

»Oh, danke«, sagte ich und überlegte, ob ich ihn hereinbitten sollte, wußte ich doch, daß meine Entscheidung jedes zukünftige Verfahren für Besuche zwischen den beiden Domizilen »festlegen« würde. »Es ist schrecklich heiß, nicht?«

»Wir kriegen eine Hitzewelle«, keuchte Mr. Madden und wischte sich die Stirn. »Gut für uns natürlich.« Er drehte sich um und blickte auf den heiteren, zwitschernden Garten.

»Tja, dann laß ich Sie jetzt weitermachen«, sagte er schließlich. Er hob die Koffer auf und wuchtete sie an mir vorbei unmittelbar hinter die Haustür, worauf er sich unverzüglich von der Schwelle zurückzog. »Sie kommen nachher rüber, ja?«

»Pamela sagte um sechs.«

»In Ordnung.«

Ich sah, daß unsere anfängliche Vertrautheit ums Überleben kämpfte und daß wir jetzt durch Pamela sprachen wie an Telefonen, die durch eine Vermittlung verbunden wurden. Leider fiel mir nichts ein, was ich sagen konnte, um unsere aufkeimende Freundschaft zu retten. Mr. Madden drehte sich mit einem Ruck um und schritt schwerfällig den Pfad entlang, die Hand zum Abschied erhoben.

Da ich die Tür nicht unhöflich hinter seiner verschwindenden Gestalt schließen wollte, schlenderte ich nach ihm in den Garten, mit der vagen Vorstellung, mich dort zu beschäftigen. Ich ging ein wenig umher, meine Augen vor der Sonne abschirmend, doch meine botanische Unkenntnis – im Gegensatz zu der häuslichen Gewandtheit, mit der ich mich im Cottage zurechtfand – ließ mich mit meiner Umgebung ziemlich uneins sein. Ich möchte nicht den Eindruck vermitteln, daß der Garten mir in irgendeiner Weise mißfiel. Es war einfach so, daß er mir weniger zu gehören schien als das Haus, und ich erinnerte mich mit Freuden, daß Mr. Thomas die Verantwortung für seine Bändigung übernehmen würde. Trotzdem blieb ich einige Minuten dort auf dem Rasen stehen, bis etwas Großes, Surrendes vor meinen Augen auftauchte und mit meiner Stirn kollidierte. Ich schreckte zurück, schrie auf, obwohl ich keinen Schmerz spürte. Und jetzt, da mein Herz vor Schreck hämmerte, wurde mir das bedrohliche Element der Hitze dieses Tages bewußt, als wäre die Sonne übergekocht oder hätte irgendwie ihre Grenzen gesprengt. Mit einemmal hielt ich es nicht länger aus und eilte zurück ins Cottage.

Die zwei Stunden vergingen dort recht schnell. Da ich das dringende Bedürfnis hatte, mich abzukühlen, ließ ich kaltes Wasser in die enge Wanne laufen und legte mich eine Weile hinein. Der intime Anblick meines nackten Körpers war seltsam peinlich in dem fremden Badezimmer. Es fiel mir schwer, mich zu entspannen, derart entblößt an einem neuen Ort, dessen Rhythmus von Unterbrechungen und Notfällen mir noch nicht vertraut war. Ich machte mich furchtsam auf ein neuerliches Klopfen an der Tür gefaßt oder auf ein Gesicht, das an dem winzigen Fenster neben mir erschiene. Als ich triefend aufstand, stellte ich zu meinem Schrecken fest, daß ich kein Handtuch aus London mitgebracht hatte. Ich blickte mich nach etwas um, womit ich mich abtrocknen konnte, und als ich nichts fand, war ich gezwungen, geduckt und naß, eine dunkle Spur hinterlassend, die Treppe zum Schlafzimmer hinaufzulaufen. Dort hatte ich auch kein Glück. Ich stand nackt mitten im Zimmer, vor lauter Niedergeschlagenheit unfähig, mich zu rühren, so wie man außerstande ist zu akzeptieren, daß die Lösung eines lächerlichen und unvorhergesehenen Problems nicht auf der Hand liegt. Schließlich begann ich, beschämt und von Selbstzweifeln erfüllt, mich mehr schlecht als recht mit der papierdünnen geblümten Kante der Daunendecke, die auf dem Bett lag, abzutrocknen. Das erinnerte mich daran, wie ich einmal als ganz kleines Kind auf einer Toilette ohne Papier festsaß und mich dort auf ähnliche Weise umgesehen hatte. Schließlich war mir nichts anderes übriggeblieben, als mich mit einem Badetuch abzutupfen. (Genau das, was mir jetzt natürlich fehlte; der Gedanke, daß ich damals eins übrig gehabt und es auf diese Art verschwendet hatte, verdoppelte meine Niedergeschlagenheit.) Meine Eltern hatten, obgleich ich mich nicht erinnern konnte, wie, meinen heimlichen Fauxpas herausgefunden, und wie ich nun in dem schiefen Schlafzimmer stand, wurde ich von der schmerzlichen Erinnerung an ihren – meiner Ansicht nach ganz ungerechten – Zorn heimgesucht.

Am Ende genügte die Kraft der durch das Schlafzimmerfenster strömenden Sonne, mich rasch trocknen zu lassen. Als ich meine so hastig gepackten Koffer öffnete, wurde ich leider daran erinnert, daß ich sehr wenig mitgebracht hatte, was für heißes Wetter geeignet war. Ich bin oft von Widerwillen gegen meine Kleidung gelähmt und von der Überzeugung besessen, daß es für jede Situation, in der ich mich befinde, eine Bekleidung gibt, die ich nicht besitze; eine Bekleidung überdies, in der ich die Situation auf eine gänzlich uncharakteristische Weise bewältigen würde. Mit dem Gefühl, am Abgrund der Befangenheit zu stehen – eine Leere, in die ich oft falle, so daß ich, sogar über mehrere Stunden, unfähig bin, mich anzuziehen –, wühlte ich tiefer in den Koffern und fand zu meiner Überraschung ein Sommerkleid, das eingepackt zu haben ich mich nicht erinnern konnte. Es schien unumgänglich, daß ich es sofort und mit Entschlossenheit seinem Zweck zuführte, bevor erste schwache Proteste – daß es zum Beispiel zu schick sei; daß es umgekehrt sehr zerknittert sei – Boden gewannen. Ich suchte nach einem Spiegel und fand einen auf der Innenseite der Schranktür; einen alten, trüben Spiegel, der ein schwaches Bild von mir zurückwarf, so als zögere das Glas zuzugeben, daß ich hier war. Meinen Blick von dem Kleid abwendend, um ja keine Krise zu provozieren, kämmte ich mir die Haare und legte gewagt ein wenig Lippenstift auf.

Nach diesem aufwendigen Zwischenspiel schritt ich in meiner Aufmachung durch den Garten und stellte zu meiner Erleichterung fest, daß die Hitze sich zu einer laueren Abendstimmung gemildert hatte. Ich ging den Weg, den ich mit Pamela gekommen war, als eine eindrucksvollere Gestalt zurück. Ich wand und schlängelte mich an den hohen Hecken entlang, den Kies scharf und angenehm knirschend unter den Füßen, und kam anscheinend an der Stelle beim großen Haus heraus, an der wir es verlassen hatten. Wie ich dort stand, überlegte ich, ob es schicklich sei, unbegleitet durch den Hintereingang einzutreten. Die Alternative – klingeln oder klopfen an der Haustür – erschien mir jedoch zu förmlich. Also drückte ich die Klinke der Hintertür, fand sie aber zu meiner Verwunderung verschlossen. Ich zog fest daran, vergebens. Als ich sie jetzt jedoch näher betrachtete, schien es gar nicht dieselbe Tür zu sein, durch die Pamela und ich das Haus verlassen hatten. Ich blickte mich um und entdeckte ein paar Schritte weiter noch eine Tür. Ich lief hin und zog sie auf; Sekunden später befand ich mich in einem Raum, der ein

Holzschuppen zu sein schien, ein dunkles, moderiges Kabuff, das nach Erde und Sägemehl roch. Der wenig elegante Raum schien eine bewußte Verhöhnung meiner Person in dieser Aufmachung darzustellen. Ich verließ ihn augenblicklich und kehrte auf den Kiespfad zurück. Als ich mich nun umsah, konnte ich nicht einmal den Weg zur Vorderseite des Hauses erkennen. Der Pfad war von einer Hecke zu meiner Linken versperrt, und als ich vorsichtig nach rechts ging und um eine Ecke spähte, sah ich eine unbekannte Seite des Gebäudes, offenbar die Rückseite. Ich stand ganz still, wußte nicht aus noch ein, und genau in diesem Augenblick hörte ich hinter mir das Knirschen von Schritten.

»Wollen Sie reinkommen?« fragte Mr. Madden und blieb einige Meter von mir entfernt an der Schuppentür stehen, die Hand auf der Klinke. Seine Miene war freundlich.

»O ja, danke«, sagte ich und eilte zu ihm. »Ich hab mich ein bißchen verlaufen.«

Er öffnete die Tür und verschwand. Als ich ihm folgte, sah ich, daß ich mich in dem langen, engen Flur befand, durch den ich mit Pamela gegangen war. Ich schloß die Tür hinter mir.

»Man kann sich hier leicht verlaufen, wenn man sich nicht auskennt«, sagte Mr. Madden. »Aber Sie werden sich bald zurechtfinden.«

»Oh, bestimmt.«

»Ich denke, die andern sind im Salon.« Er öffnete eine Tür zur Linken, ich folgte ihm und befand mich in der großen Eingangshalle. Ich hörte Stimmen, Pamelas Stimme und die eines Mannes.

»So was *Hysterisches*«, sagte Pamela, und schallendes Gelächter drang durch die offene Tür.

Mr. Madden blieb an der Tür stehen und trat zurück, die Hand ausgestreckt. »Nach Ihnen«, sagte er.

Ich trat in einen sehr großen, in dramatischem Dunkelrot gestrichenen Raum, dessen zwei riesige, mit langen schweren Vorhängen aus goldfarbenem Stoff drapierte Fenster auf die vordere Zufahrt hinausgingen. Mir fiel sogleich die Decke auf, reichverziert mit blattartigen Vertiefungen und einer Blume in der Mitte, die nach einer Sonnenblume aussah. Vor einem gewaltigen Marmorkamin mit einem Spiegel darüber lag ein Teppich in satten Farben. Der Raum schien eine Menge Möbel zu enthalten, und ich nahm schimmerndes, fein geschnitztes Holz wahr, Samtsofas und Beistelltische mit zierlichen Beinen. An den Wänden hingen Gemälde, groß und dunkel, mit geschnitzten Goldrahmen. Pamela saß auf einem der Sofas am Kamin, die Beine neben sich hochgezogen, ein Glas in der Hand. Mir fiel sogleich auf, daß sie dieselben Sachen trug wie zuvor, ein verblaßtes Hemd und abgetragene, enganliegende Jeans. Ihr gegenüber saß ein Junge mit glänzenden schwarzen Haaren wie die von Mr. Madden.

»Da sind sie ja!« sagte Pamela, die sich umdrehte und uns aus anscheinend weiter Ferne ansah. »Kommen Sie herein, Stella. Meine Güte, haben Sie sich aber feingemacht! Piers, holst du Stella was zu trinken?«

»Was möchten Sie?« fragte Mr. Madden.

»Wir sind bei Gin-Tonic«, sagte Pamela hilfsbereit und hob ihr Glas.

»Sie können auch Wein haben«, warf Mr. Madden ein, »oder Wodka oder Sherry. Was hätten Sie gern?«

»Gin-Tonic wäre prima«, sagte ich schnell.

»Kommen Sie hierher«, sagte Pamela und klopfte neben sich auf das Sofa. Sie lachte, der Nachklang der Ausgelassenheit, die ich mit angehört hatte. »Martin hat mir gerade *so* eine lustige Geschichte erzählt.«

Ich sah Martin an. Er sah Pamela an. Er hatte einen sehr großen Mund und einen schlechten Teint. Neben ihm, zu einem schimmernden schwarzen Haufen zusammengerollt, lag Roy; ein Bündnis, fühlte ich, das es zu fürchten galt. Ich zögerte, bevor ich mich setzte, fragte mich, ob Pamela uns förmlich vorstellen würde, und wenn ja, ob von mir erwartet wurde, daß ich wieder aufstand. Ich fand es ein wenig ungehörig von ihr, uns nicht vorzustellen, und mit der Kühnheit, die in unvorhergesehenen Situationen manchmal an die Stelle von Schüchternheit tritt, streckte ich die Hand aus.

»Ich bin Stella«, sagte ich.

Er wandte mir sein Gesicht ziemlich drohend zu. Mit einem rasenden Stich kam es mir in den Sinn, er könne vielleicht seine Arme nicht gebrauchen. Schließlich jedoch, nach langen Sekunden, nahm er mühelos meine Hand. Mich überraschte es, am Ende seines dünnen, tentakelhaften Armes eine trockene, warme Hand riesigen Ausmaßes zu finden. Langsam drehte er den Kopf fort von mir und sah Pamela wieder an. Ich hatte das Gefühl, einen Fauxpas begangen zu haben, und nahm verlegen Platz.

»Ich denke, ihr zwei werdet euch gut vertragen«, sagte Pamela. »Vielleicht färben Stellas gute Manieren ja ein wenig auf dich ab, Martin.«

Plötzlich war es ganz still.

»Ach, die kann mich mal am Arsch lecken«, sagte Martin schließlich, ganz lässig, versichere ich Ihnen, das mächtige Kinn aus seiner eingefallenen Brust vorspringend, die direkt mit seinem Kopf verbunden schien, ganz ohne Hals. Ich blickte verstohlen nach unten und sah seine Beine, die dünn und spitz wie Wurzeln an seinem knolligen Körper hingen. Sein Kopf und seine Gesichtszüge paßten nicht zu dem übrigen; sie waren unverhältnismäßig groß wie der dicke wakkelnde Kopf einer Stabpuppe. Seine übermäßigen Züge machten sein Gesicht sehr ausdrucksvoll wie das einer Comicfigur. Der einzige andere Teil von ihm, in dem Leben zu sein schien, waren die langen Arme.

»Wie haben Sie sich zurechtgefunden?« fragte Pamela, sich von ihm abwendend.

»Oh, gut«, sagte ich zu laut. Ich wollte unbedingt die gespannte Atmosphäre im Raum durchdringen.

»Da wären wir«, sagte Mr. Madden, der mit einem Tablett durch die Tür kam. Er reichte mir ein schweres Glas aus geschliffenem Kristall. »Kippen Sie's runter, Mädchen.« Er setzte sich schwerfällig auf das Sofa uns gegenüber.

»Wie geht's, alter Knabe?« fragte er, beugte sich vor und zauste Martins Haar.

»Ganz gut«, sagte Martin. Sein Ton war mürrisch; seine Lippen klappten auf und zeigten einen unvermuteten Abgrund. Sein Mund war innen sehr dunkel. Er schüttelte nach Mr. Maddens Tätschelei leicht den Kopf.

»Er war sehr ungezogen zu Stella«, sagte Pamela.

»Oh, er hat es bestimmt nicht so gemeint«, sagte Mr. Madden heiter. »Oder, alter Knabe?«

»Nein«, sagte Martin laut. »Können wir's einfach vergessen?«

»Nein, verdammt, wir können's nicht einfach vergessen«, sagte Pamela. Ihre wütende Stimme stürzte so plötzlich aus ihrer Kehle, daß ich zusammenfuhr. Ich fühlte, wie das Sofa unter uns vibrierte. »Stella war sehr liebenswürdig und hat nur deinetwegen alles stehen- und liegenlassen und den ganzen Weg hierhergemacht, und es ist deine Pflicht und Schuldigkeit, sie zu begrüßen, wie es sich gehört.«

»Brrr!« machte Mr. Madden und blickte zur Decke.

Martin hatte seine Hände auf die Räder seines Rollstuhls gelegt und fing an, sich vor und zurück zu wiegen.

»Du wirst dich verdammt noch mal bei Stella entschuldigen!« sagte Pamela.

Martin wiegte sich weiter, den Kopf auf die Brust gesenkt, die Haare flatterten ihm übers Gesicht.

»Nun mach schon!« sagte Pamela. »Sonst kannst du in deinem Zimmer vom Tablett essen! Ich dulde ein solches Benehmen nicht in meinem Haus. Ich habe nicht übel Lust, dich wieder ins Zentrum zu schicken, und da kannst du gerne über Nacht bleiben, verdammt noch mal.«

»Ist schon gut«, warf ich ein; wie Sie sich denken können, war mir äußerst unbehaglich zumute.

»Nein, es ist nicht gut!« brauste Pamela auf, das wütende, knittrige Gesicht mir zugewandt.

»Liebling«, sagte Mr. Madden erwartungsvoll.

»Verzeihung, Stella«, sagte Martin laut. Die Worte kamen von seiner Brust, so tief hielt er den Kopf gesenkt. »Gut so?«

»Danke«, sagte Pamela.

Martin murmelte etwas.

»Was war das?« fragte Pamela.

»Nichts«, sagte Martin.

»Ich hab dich gehört!« sagte Pamela, die starr und steif neben mir auf dem Sofa saß. »Los, sag es laut, du Feigling!«

Martin hob langsam den Kopf und sah sie an. Sein Blick war ausgesprochen furchterregend.

»Blöde Kuh«, artikulierte er deutlich.

Es folgte ein schrecklicher Augenblick der Stille. Dann brach Pamela zu meinem Erstaunen in lautes Lachen aus. Martins Augen, die dunkel und schmal gewesen waren, weiteten sich vor Vergnügen, als er sie ansah, und sein breites Lächeln klaffte wie in einem hölzernen Mund. Die beiden sahen sich lachend an.

»Wann wird gegessen?« fragte Mr. Madden.

»In einer Minute«, sagte Pamela, immer noch lachend. Sie beugte sich vor und zog Martin liebevoll an den Haaren. »Du *bist* ein verdammtes Miststück.«

»Verdammt, verdammt«, sagte Martin.

Ich war während dieses Wortwechsels sehr nervös geworden; ich umklammerte mein Glas und trank, als biete es eine Zuflucht vor der Unziemlichkeit meiner Anwesenheit bei einem Familienstreit. Es war eine große Erleichterung für mich, als Pamela aufstand und uns alle zu Tisch bat. Ich ließ mein Glas auf einem Beistelltisch stehen, wie es die anderen getan hatten, drehte mich um und wollte hinter Pamela aus dem Zimmer gehen. Martin jedoch hatte, von mir unbemerkt, seinen Rollstuhl um das Sofa herum gewendet, um abzukürzen, und tauchte dahinter hervor, so daß er mir den Weg versperrte. Einen Zusammenstoß befürchtend, blieb ich stehen und ließ ihm den Vortritt. Er sah mich nicht an, sondern fuhr im Eiltempo in die Halle; Roy trabte schwerfällig hinterher. Über die Schulter sah ich, daß Mr. Madden die abgesetzten Gläser auf seinem Tablett einsammelte.

»Kann ich helfen?« fragte ich im Versuch, mich mit ihm zu verbünden.

»Was?« Er sah überrascht auf, als hätte er sich allein geglaubt. »Nein, nein, gehen Sie nur, ich komme gleich nach.«

In der Halle war von Pamela und Martin nichts zu sehen,

und meine einsamen Schritte hallten laut, als ich auf eine Tür am Ende zusteuerte. Ich schien mich jedoch schon wieder verlaufen zu haben. Die Tür öffnete sich nur auf einen Wandschrank mit Schirmen, Mänteln und Hockeyschlägern. Ich ging zurück in die Halle, und da ich keine andere Tür sehen konnte als die, die in den Salon führte, blieb mir nichts übrig, als auf Mr. Madden zu warten. Nach langen Minuten, während ich wie gelähmt in der Halle stand, erschien er mit dem Tablett, und ich glaubte in seiner Miene einen leichten Verdruß über meinen Anblick zu erkennen.

»Schon wieder verlaufen«, sagte ich schnell mit einem Lachen.

»Wir werden Ihnen eine Karte zeichnen müssen, was?« erwiderte er ausgesprochen fröhlich. »Wir essen heute abend in der Küche, denke ich. Hier geht's durch.«

Ich konzentrierte mich angestrengt, um mich nicht noch einmal so dumm anzustellen. Mr. Madden stieß mit der Schulter gegen die Wand zur Rechten, und da erkannte ich meinen Fehler. Ein Teil der Wand war in Wirklichkeit eine Tür, mit demselben dunklen Holz verkleidet und so vor den Blicken getarnt. Auch war es keine Tür mit Klinke, sondern eine Pendeltür, so daß Mr. Madden sie mit der Schulter hatte aufstoßen können. Ich folgte ihm hindurch, und sie schwang hinter mir zu. Wir befanden uns jetzt in einem dunklen Vorraum. Mr. Madden öffnete die Tür unmittelbar vor sich, und schon waren wir in der hellen Küche. Pamela und Martin waren an einem Ende, dicht beieinander, als hätten sie sich unterhalten. Jetzt sprachen sie nicht. Pamela blickte sich um und lächelte. Die Art, wie ihr Lächeln uns beide umfaßte, machte mich nervös.

»Ah, *da* seid ihr«, sagte sie.

Wir aßen am großen Küchentisch, ich und Mr. Madden auf der einen Seite, Pamela und Martin, der in seinem an den Tisch gezogenen Rollstuhl aß, an der anderen. Das Essen war vorzüglich – ländliche Kost würde man es wohl nennen, da es sehr einfach war –, und dazu tranken wir Rotwein. Ich kann nicht sagen, wieviel ich trank, denn Mr. Madden schien mein

Glas immer wieder nachzufüllen, ohne daß ich recht darauf achtete, aber nach einer Weile war ich nicht mehr so nervös und fühlte mich ziemlich abgehoben. Ich fragte mich, ob ich immer mit den Maddens essen würde, und verneinte es sogleich – mein Cottage hatte schließlich eine eigene Küche, und ich erinnerte mich, daß Pamela etwas davon gesagt hatte, wenn ich wollte, könne ich abends herüberkommen und fernsehen, was mehr nach Ausnahme als nach Regel klang. Dann kam mir der Gedanke, daß mir die Mahlzeit vielleicht vom Lohn abgezogen würde, und als ich versuchte, ihren Wert zu schätzen, befiel mich erhebliche Besorgnis. Es wurde mir klar, daß die Maddens mir meine Stellung nicht ganz deutlich gemacht hatten. Ich rief mir die Annonce noch einmal vor Augen – ich hatte sie mir Wort für Wort eingeprägt – und fand es interessant, wie anders die wenigen Zeilen, die ich so gründlich nach Hinweisen abgesucht hatte, mir nun erschienen, da ich tatsächlich hier war.

> GESUCHT: Nettes, intelligentes und umsichtiges Mädchen, das Eltern mit ihrem behinderten Sohn zur Hand geht. Hauptsächlich ist eine gute Gesellschafterin gefragt, doch es werden auch einige Dienstbotenpflichten anfallen. Neigung zum Leben auf dem Lande von Vorteil. Führerschein Bedingung. Unterkunft, ein kleines Gehalt und ein freier Tag pro Woche inbegriffen.

Wir waren inzwischen beim Stachelbeerkuchen angelangt, und wie ich so die Anzeige deutlich vor meinem inneren Auge sah, begann ich an einem Mundvoll Kuchen zu würgen. Ich hatte unglücklicherweise genau in dem Moment einen Schrecken bekommen, als ein großes Stück auf dem Weg meine Kehle hinunter war, und auf den Schock hin blieb es dort stecken, so daß ich laut husten mußte. Klappernd legten die Anwesenden ihre Löffel hin.

»Ach, du meine Güte!« sagte Pamela.

»Stillhalten!« sagte Mr. Madden und packte meinen Arm mit festem Griff.

»Du mußt sie klopfen«, sagte Pamela.

Mr. Madden versetzte meinem Rücken einen kräftigen Schlag, und das Stück Kuchen flog in meinen Mund. Ich preßte die Lippen zusammen, um zu verhindern, daß es heraus und auf den Tisch fiel, und es gelang mir mit Mühe, es hinunterzuschlucken.

»Geht's wieder?« fragte Mr. Madden.

»Ist schon gut«, sagte ich, leicht hustend. Meine Augen tränten. Mr. Maddens Finger hinterließen einen warmen Abdruck auf meinem Arm. »Danke.«

Wie Sie sich denken können, verdroß mich die Vorstellung, die ich gegeben hatte, auch wenn die Maddens sehr liebevoll gewesen waren, ausgenommen Martin, dessen Augen ich, als ich würgte, ungerührt auf mich gerichtet fühlte. Sein Blick hatte etwas Böswilliges, was die kleinste und natürlichste Geste in einen Akt der Falschheit verkehrte. Infolge meines Mißgeschicks herrschte Unruhe am Tisch, und in diesen Sekunden der Ablenkung konnte ich unbeobachtet zur Betrachtung des Gegenstandes zurückkehren, der das Mißgeschick ausgelöst hatte. Tatsache war, ich hatte keinen Führerschein. Mir kam allerdings der Gedanke, daß ich die Anzeige falsch in Erinnerung hatte; denn meine Fahrtüchtigkeit war bei meinen bisherigen Verhandlungen mit den Maddens nicht ausdrücklich erwähnt worden. Doch tief im Inneren war ich überzeugt, daß die Worte, die ich im Gedächtnis hatte, korrekt waren. Es fiel mir schwer, mir meine erste Lektüre der fatalen Forderung vor Augen zu rufen; oder vielmehr, ich erinnerte mich flüchtig, wie an etwas nebenbei und mehr unbewußt Beobachtetes, das später ein entscheidender Beweis wird. Ich rüttelte und durchforschte mein Gedächtnis, wollte mehr von ihm, als es zu enthalten schien. Ich hatte, vermutete ich, in meiner großen Hast, die Stellung zu bekommen, diese Bedingung einfach verdrängt, und die Maddens hatten natürlich angenommen, daß ich mich gar nicht erst beworben hätte ohne Fahrerlaubnis, die, wenn auch »unerläßlich«, zu profan war, um erwähnt zu werden.

Schrecken über Schrecken entfalteten sich in meinen Gedanken, als ich die Konsequenzen erwog, und wären die Maddens jetzt nicht in eine lebhafte Unterhaltung über einen anderen Gegenstand vertieft gewesen, ich glaube, ich hätte meine Täuschung an Ort und Stelle gestanden. Wie es schon so oft der Fall war, sah ich mich jedoch, nachdem ich den richtigen Moment verpaßt hatte, mit jeder vergehenden Sekunde immer weniger imstande, an der für eine Erklärung erforderlichen Courage festzuhalten. Dieser erste Kompromiß mit der Falschheit führte zu weiteren, und als aus einer Minute zehn wurden, sah ich, wie mein Abscheu gegen Unwahrheit sich langsam in eine listige Übereinstimmung mit ihr verwandelte. Schon überlegte ich, wie ich das Hindernis umgehen könnte, ohne es tatsächlich darzulegen, und während mein Verstand sich auf diesen Abwegen befand, sah Pamela auf ihre Uhr.

»Zeit fürs Bett, junger Mann«, sagte sie. Sie stand auf und begann, Teller aufeinanderzustapeln. Roy, vielleicht in der Hoffnung, sich an den Resten der Mahlzeit gütlich tun zu können, sprang aus seinem Korb und schlich schnüffelnd zum Tisch.

»Warum?« quengelte Martin, während er Roys Schnauze liebkoste. »Es ist noch früh!«

»Ich bringe ihn nach oben«, sagte Mr. Madden, streckte sein langes Gestell und gähnte. Er stand auf, schob seinen Stuhl zurück, ging auf die andere Seite des Tisches und packte die Haltegriffe von Martins Rollstuhl. Von meinem Platz aus konnte ich beide sehen, Vater und Sohn, und wenngleich Martin sich seinem bevorstehenden Abtransport willig zu fügen schien, erregte diese plötzliche Aussicht auf seinen Fortgang mein Mitgefühl. Für einen Augenblick vergaß ich meine Sorgen und fühlte nichts als Scham über meine anfängliche Abneigung gegen den Jungen. Unsere Blicke trafen sich, und da ich Pamela mit dem Zusammenräumen des Geschirrs abgelenkt sah, wagte ich es, Martin ein so freundliches Lächeln zu schenken, wie ich es zustande bringen konnte. Nachdem das Lächeln eine Weile angehalten hatte, sah ich, daß er nicht zurücklächeln würde. Dann streckte er zu meinem Entsetzen die Zunge heraus, ganz langsam und keineswegs heimlichtuerisch, als sei es ihm egal, wer es sah. Seine Zunge war lang und dick wie die eines Hundes, und es fiel mir schwer, den Eindruck davon zu vertreiben, selbst nachdem sie wieder in seinem Mund verschwunden war.

»Gute Nacht, Liebling«, sagte Pamela und beugte sich hinter ihm herunter, um ihm einen Kuß auf den Kopf zu geben. Ein unerquickliches Feixen erschien in Martins Gesicht. Mr. Madden schob ihn in Richtung Tür. »Sag Stella gute Nacht, du Schuft!« rief Pamela.

»Gute Nacht, Stella!« rief Martin spöttisch von der Tür, ohne den Kopf zu wenden.

Ich stand auf und begann, die Teller vom Tisch zu räumen. Ich konnte es nicht erwarten, aus dem Haus zu kommen und allein zu sein; nach meiner eigenen Gesellschaft dürstend, hatte ich das Gefühl, Stunde um Stunde des Alleinseins trinken zu können. Zu meinem Entsetzen sah ich, daß Roy sich auf die Hinterbeine gestellt hatte und die Schüsseln auf der Anrichte ausschleckte.

»Oh, du abstoßendes Geschöpf«, sagte Pamela in herzlichem Ton, offenbar ohne die Absicht, ihm Einhalt zu gebieten. »Machen Sie sich wegen Martin keine Sorgen«, setzte sie, an mich gewandt, hinzu. Ich sah, daß es ihr gefiel, sich einzubilden, sie könne anderer Leute Gedanken lesen. »Er ist ein kleiner Affe. Er bringt erst einmal jeden zur Verzweiflung, bevor er jemanden an sich heranläßt. Er wird Sie in kürzester Zeit anbeten, das verspreche ich Ihnen.«

»Ich mag ihn«, sagte ich matt.

»Das ist sehr süß von Ihnen«, sagte Pamela. »Er ist ein lieber Junge. Er kann sehr viel geben.« Sie drehte sich abrupt um und sah mich am Tisch lehnen. »Arme Stella, Sie müssen erschöpft sein nach einem Abend in diesem Irrenhaus. Wollen Sie nicht zu Bett gehen?«

»Ich sollte Ihnen helfen«, sagte ich in der Hoffnung, sie würde ablehnen.

»Seien Sie nicht albern! Piers hantiert gern bis spät in die Nacht hier herum. Er denkt dabei über den Sinn des Lebens nach und so. Wir stellen ihm einfach alles ins Spülbecken.«

Beinahe widerwillig fuhr ich mit Abräumen fort. Ich beschloß, die Gelegenheit wahrzunehmen, Pamela nach meinen Pflichten zu fragen. »Wann soll ich morgen hier sein?«

»Morgen?« Pamela machte ein überraschtes Gesicht. »Wir erwarten Sie morgen nicht. Sonntag ist Ihr freier Tag.«

»Oh«, sagte ich, von Erleichterung übermannt.

»Es steht Ihnen natürlich frei, herüberzukommen. Wir haben Gäste zum Mittagessen, aber Sie können kommen und gehen, wie Sie Lust haben. Sie werden den Tag gewiß für sich haben wollen, um sich zu orientieren.«

»In Ordnung.«

»Montag fangen wir richtig an. Martin ist meist begierig, um halb neun rauszukommen. Arme Stella!« sagte sie. Pamela war in der Unterhaltung bemerkenswert selbstzufrieden und schien von ihren Gesprächspartnern kaum Erwiderungen zu erwarten. »Wir haben Ihnen wahrhaftig gar nichts erklärt, nicht? Es ging alles so schnell, ich komme kaum noch mit.«

»Keine Sorge«, sagte ich. Als ich meine eigene Stimme hörte, erschrak ich, wie furchtbar dumpf ich mich anhörte. »Das gibt sich alles von selbst.«

»Aber nein!« versetzte Pamela scharf. »Sehen Sie denn nicht, daß man sich bei einem Jungen wie Martin nicht einfach darauf verlassen kann, daß sich alles von selbst ergibt? Alles muß sorgfältig geplant und überlegt werden. Er ist ganz hilflos ohne uns, und er braucht seine gewohnten Abläufe, also denken Sie nicht, wir können uns schon irgendwie durchwursteln oder uns darauf verlassen, daß es sich von selbst ergibt, wie Sie sagen.«

Die Dinge hatten sich plötzlich gewendet, ohne daß ich recht wußte, wie. Wieder klopfte mein Herz vor Verlegenheit und Angst. Pamela schien sich nicht vollkommen in der Gewalt zu haben.

»Verzeihen Sie«, sagte ich. »So habe ich das nicht gemeint.«

»Na gut«, sagte Pamela unfreundlich. »Solange wir uns verstehen.«

»Wenn Sie mir einfach sagen könnten«, fuhr ich, den Tränen nahe, fort, »was genau seine gewohnten Abläufe sind, würde es mir die Dinge sehr erleichtern.«

Diese Bemerkung wurde ausdrücklich zu meiner Verteidigung geäußert und machte Pamela deutlich, daß es ihre Schuld war und nicht meine, wenn meine Vorstellung von meinen Pflichten unklar war. Ich hatte sie für eine gutmütige Frau gehalten, doch ob infolge der Müdigkeit oder einfach durch das allmähliche Verschwinden ihrer anfänglichen Höflichkeitstünche, sah ich nun, daß sie sich einer gereizten, schlechtgelaunten Stimmung überließ, die durch meine bloße Gegenwart garantiert auflodern würde. Selbst ihre Figur schien scharfe Ecken und Kanten angenommen zu haben, und als sie sprach, gestikulierte sie sehr heftig mit den schmalen Händen.

»Stella, ich habe wirklich nicht erwartet, Sie zu jeder Minute des Tages verhätscheln und an die Hand nehmen zu müssen. Wir brauchen hier jemanden, der uns hilft und nicht unsere Last verdoppelt. Wenn Sie denken, daß Sie dem nicht gewachsen sind und keine Verantwortung übernehmen können, dann sagen Sie es mir lieber gleich.«

»Mrs. Madden«, sagte ich. Der Abend hatte einen surrealen Charakter angenommen. Ich war außerstande, meine eigene Stimmung auszuloten, und ausgerechnet jetzt hatte ich keine Ahnung, was ich tun könnte. Wir hatten beide getrunken, fiel mir ein, und ausnahmsweise hatte ich kein Vertrauen in meine Fähigkeit, die Beherrschung zu bewahren. »Ich denke, Sie sehen die Dinge vielleicht nicht im richtigen Verhältnis.«

Es schien in diesem Moment tatsächlich möglich, daß ich Streit mit Pamela bekam. Die späte Stunde, die gesichtslose Dunkelheit draußen vor den Küchenfenstern, der abgeräumte Tisch und der Dunst von Speisen und Getränken, dies alles sowie der Umstand, daß wir uns kaum kannten, schien alles zuzulassen. Sie sah mich nicht an und machte sich hektisch am Spülbecken zu schaffen. »Ich sehe nicht, wie ich Verantwortung übernehmen kann, wenn Sie mir nicht erklären, was Sie von mir erwarten. Vielleicht«, sagte ich, »sollten wir besser einfach beide ins Bett gehen und morgen alles durchsprechen.«

Pamela erwiderte nichts.

»Wäre das in Ordnung?« hakte ich nach.

»Schauen Sie«, blaffte sie plötzlich, noch mit dem Rücken zu mir. Sie hielt mit ihrem Tun inne und stützte sich mit beiden Händen auf die Anrichte, den Kopf gesenkt. Ihre Schultern waren starr. »Seien Sie einfach Montag um halb neun hier. Denken Sie, daß Sie das schaffen können?«

»Ja«, sagte ich. Ich war zugleich wütend und bestürzt. Ich konnte nicht begreifen, wie dies alles gekommen war. »Gute Nacht.«

Sie sagte nichts und drehte sich nicht um. Ich verließ hastig die Küche, und dank meinem Instinkt oder einem glückhaften Zufall befand ich mich gleich darauf draußen auf dem Kiesweg. Ich rannte im Dunkeln an den Hecken entlang, mein Herz hämmerte gegen meine Rippen, mein Atem ging rasend schnell, mein Kopf war überflutet von Verwirrung. Die schwarze Masse der Bäume flog an mir vorüber, und plötzlich war ich am Cottage-Tor und durchs Tor hindurch, und dann raste ich den Weg entlang zur Eingangstür. Ich öffnete sie, schlug sie hinter mir zu und stürzte, ohne Licht zu machen, die schmale Treppe hinauf in mein Schlafzimmer. Dort warf ich mich im Dunkeln aufs Bett und weinte.

Fünftes Kapitel

Einige Zeit später – vielleicht nur drei, vier Stunden, meinte ich, denn es war noch dunkel (es war Ende Juli, und der Morgen kam früh) – wachte ich auf. Ich war sehr verwirrt, als ich die Augen öffnete. Ich erkannte meine Umgebung nicht; teils, weil sie mir nicht vertraut war, teils, weil die Dunkelheit auf dem Land viel schwärzer ist als in der Stadt. Tatsächlich war ich einige Augenblicke ganz verstört, denn als ich die Augen aufschlug, schienen sie nicht mehr zu sehen als im geschlossenen Zustand. Ich machte sie ein paarmal auf und zu, unfähig, über mein Bedürfnis, die physische Welt zu erfassen, hinauszudenken. Ich war so tief in mich selbst versunken, daß mein Bewußtsein in diesem Moment nichts als eine einfache Verbindung der Sinne war wie bei einem Tier. Ich dachte zuerst, ich sei erblindet, und dann, ich sei tot und liege in meinem Grab. Dann hörte ich ein schwaches Blätterrauschen vor meinem Fenster, und durch diesen einen Hinweis war es mir möglich, die Verhältnisse zusammenzufügen.

Dies war ein mühsamer Prozeß, und als jeder Baustein an seinen Platz gerückt wurde, war mir, als plage ich mich unter einer wachsenden Last wie ein Packpferd, das mit einer Fracht beladen wird. Ich begann mit der Tatsache, daß ich in einem fremden Bett lag und mein Nachthemd trug. Während ich mich zu erinnern suchte, wann ich dieses Nachthemd angezogen hatte, fiel mir ein, daß ich weinend auf dem Bett gelegen hatte, und mein Herz zog sich zusammen, als ich erneut in die schreckliche Szene mit Pamela eintauchte, eine Szene, die mit der konfusen Zähigkeit eines Traums in meine Gedanken gewoben war. Ich brauchte einige Zeit, um die Realität zu entwirren, doch schließlich erschloß sie sich mir in ihrer ganzen grauenhaften Klarheit. Wie einen unschönen Schmuckstein paßte ich sie in die Fassung des vorigen Tages ein, die Ankunft auf der Franchise Farm, meine erste Begegnung mit den Maddens, das Cottage, in dem ich jetzt lag. So ungeheuer dies alles schien, ihm fehlte, fand ich, das Bedrohliche, was der Wahrheit anhaftete. Es gab noch mehr, was zu meiner Misere beisteuerte, doch da ich den Gedanken nicht ertrug, noch weiter aus der Betäubung der Konfusion geweckt zu werden, versuchte ich, mich in Unwissenheit und Schlaf zurückgleiten zu lassen. Das Gesicht Martins, des Jungen, sprang mich jedoch an wie das eines Dämons. Ich schlug die Augen wieder auf, und eine unwiderstehliche Munterkeit erhob sich flutartig in meinem Bauch.

Nun richtig wach, nahm ich etwas anderes wahr, etwas Pochendes, sich Verfestigendes, was mich vom Schlaf zum Bewußtsein getragen hatte. Langsam tastete ich mich zur Quelle dieses neuen Unbehagens vor und entdeckte bald, daß es ein körperlicher Schmerz war. Meine Haut – hauptsächlich auf Armen, Beinen und Rücken – fühlte sich an, als würde sie brennen, und als ich dem Gefühl nachhing, übermittelten mir meine lethargischen Nerven die Information, daß ich mich verschlafen kratzte und dies schon getan hatte, bevor ich aufgewacht war. Plötzlich quicklebendig, fuhr ich mit den Fingerspitzen über die entzündeten Hautpartien und fand dort Erhebungen, die sich anfühlten wie lange, schmale Wulste. Ich setzte mich erschrocken auf, und nach einigem Umhertasten gelang es mir, die Nachttischlampe anzuknipsen. Als ich den Raum um mich erhellt sah, befiel mich angesichts der Fremdheit ein nachmaliges Zittern, da die Szene meiner treibenden Gedanken der Dunkelheit beraubt war und sich enge, unfreundliche Mauern und unheimliche Möbelstücke präsentierten. Ich untersuchte meine Arme und sah, daß sie flammend rot waren, mit Hunderten von dicken, erhabenen weißen Linien schraffiert, als hätten sich Würmer unter meiner Haut eingenistet. Aufschreiend warf ich die Daunendecke zurück. Meine Beine waren ebenso entzündet; ich sprang aus dem Bett, rannte zum Schrankspiegel, hob mein Nachthemd und verrenkte mich, um meinen Rücken zu sehen. Dort war die Haut am schlimmsten, und dies sehend, hörte ich mich eine Reihe katzenhafte Miautöne ausstoßen.

Ich kratzte ein paar Minuten, zerrte wie eine Wahnsinnige an meinem Nachthemd und begriff dann, daß ich die Gewalt über mich verlieren würde, wenn ich so weitermachte. Ich setzte mich heiß und erschöpft auf die Bettkante, den Kopf in den Händen. Meine Haut kribbelte und juckte jetzt, da meine Finger von ihr abließen. Ich zügelte meinen Drang zu kratzen, zwang meine Hände in den Mund. Mein Rücken fühlte sich unerträglich heiß an. Die Nacht um mich herum war verdichtet wie eine zum Stecknadelkopf zusammengezogene Pupille. Ich war auf einer Zeitinsel gestrandet, von der Schlaf das einzige Entkommen war. Zögernd ging ich wieder ins Bett. Sekunden später setzte ich mich abermals auf und zog mein Nachthemd über den Kopf, wissend, daß ich irgendein Zugeständnis an die Entzündung machen mußte, bevor sie mich wieder einschlafen ließ. Als ich mich dann hinlegte, fühlte sich das Bettlaken etwas kühler an, und in dem Bewußtsein, daß dieses Neue nur Sekunden anhalten würde und ihm ein noch schlimmerer Ausbruch als der erste folgen könnte, knipste ich das Licht aus, schloß die Augen und zwang mich – wie man einem Menschen den Kopf unter Wasser zwingt, um ihn zu ertränken – in den Schlaf.

Als ich wieder aufwachte, strahlte das Zimmer im Sonnenlicht. Das Fenster war ein Viereck aus tiefem Blau, und dahinter konnte ich das morgendliche Zwitschern und weiter weg das Surren eines Rasenmähers hören. Ich blieb einen Augenblick liegen, ließ mich treiben in dieser formlosen, unberechenbaren Sphäre, die unmittelbar jenseits des Schlafes strudelt, bevor alle Merkmale des Selbst sich einfinden. Das Tageslicht war heiter, und in ihm schienen meine nächtlichen Unternehmungen, die ich gegenwärtig mehr oder weniger vollständig in Erinnerung hatte, scharf und verkleinert wie das kleine glänzende Negativ einer Fotografie. So widersinnig schien der morgendlichen Vernunft mein Streit mit Pamela, daß ich das Gefühl hatte, es werde kaum von mir verlangt, mich darüber zu grämen; als hätte sich der Streit durch Übertreibung selbst aus dem normalen Lauf der Dinge ausgeschlossen. Mir war bewußt, daß dieser Leugnungsprozeß eine Form der Unterwerfung unter das war, was ich eindeutig als falsch erkannte; doch war es gut, so schmerzlos von meinem Groll gegen Pamela befreit zu sein, der zugegebenermaßen in einem so frühen Stadium meines Lebens auf dem Lande eine lästige Bürde war. Nachdem ich mich dazu durchgerungen hatte, eine Ungerechtigkeit zu vergeben, sah ich mich versucht, alle Bedenken, die mich in den Tiefen der Nacht verfolgt hatten, zu vergessen, und so wurde ich, wie man ein Pferd ins Geschirr locken würde, durch gutes Zureden in einen Zustand der Zufriedenheit zurückversetzt.

Meine Haut zeigte keine Spur des nächtlichen Ausschlags, und da es weder begründet noch sinnvoll war, länger darüber zu grübeln, verbannte ich ihn aus meinen Gedanken. Weil ich mich danach sehnte, draußen in der Sonne zu sein, stand ich auf und zog mich rasch an. Ich machte das Bett, räumte das Zimmer ein bißchen auf und wollte mich gerade daranmachen, meine Koffer auszupacken und meine Sachen in den Schrank zu hängen, als ein Mangel an Überzeugung oder vielleicht an Gewißheit mich einhalten ließ. Ich faltete meine Sachen in den Koffern zusammen und schob diese mit dem Fuß an die Wand.

Mein erster Gedanke war, in den Garten hinauszugehen, und tatsächlich war dies, als ich die Haustür aufstieß und die Landluft tief einatmete, eine liebliche Aussicht. In genießerischer Stimmung hatte ich Lust, mir ein Frühstück zu machen und draußen in der Sonne zu essen. Ich ging zurück in Küche und setzte meine Untersuchung der Schränke fort, wo ich gestern nachmittag aufgehört hatte. Die Sonne stand jetzt vor dem Haus, und im Schatten war die Küche schäbiger, als ich sie in Erinnerung hatte. Die Schränke waren arg ramponiert, und mehrere Linoleumplatten, die den Fußboden bedeckten, rollten sich an den Ecken auf. Zwei, drei Fliegen schwebten in einem tranigen, ziellosen Kreis in der Mitte der niedrigen Decke, und ich schlug energisch mit der Hand nach ihnen.

Sie zerstreuten sich still, aber Sekunden später waren sie wieder da. Abgesehen von einer Garnitur altmodischen Steingutgeschirrs – zwei von jedem Bestandteil – waren die Schränke mehr oder weniger leer. Ich entdeckte jedoch ein Glas Pulverkaffee und nahm es heraus, zusammen mit einer Tasse und Untertasse. Neben dem Herd stand ein kleiner, gelblich angelaufener Kühlschrank, und als ich ihn aufmachte, fand ich einen halben Liter frische Milch. Wissend, daß Pamela sie hineingestellt oder es zumindest angeordnet haben mußte, sah ich in dem Karton sowohl etwas Liebenswürdiges als auch Vorwurfsvolles verkörpert. Ansonsten enthielt der Kühlschrank nichts.

Ich ging ein paar Minuten mit mir zu Rate, versuchte zu entscheiden, was ich tun sollte. Die Vorstellung, Kaffee zu machen und ihn dann in der Sonne sitzend zu trinken, war verlockend. Da ich auf mich allein gestellt war, verhieß dieser Tag jedoch keine andere Verköstigung als das, was ich mir selbst besorgte. Es kam nicht in Frage, ins große Haus zu gehen und zu bitten, mir mit Vorräten auszuhelfen; tatsächlich hatte ich bereits beschlossen, am heutigen Tag jede Begegnung mit den Maddens zu vermeiden. Infolgedessen konnte ich sie nicht um Auskunft bitten, wo ich meine Einkäufe tätigen könnte; aber da ich über kein Transportmittel verfügte, stand für mich ohne Zweifel fest, daß die Lösung im Dorf Hilltop lag. Ich hatte das Dorf nicht gesehen, wußte nur, daß es in der Nähe war, und mich an die Straße erinnernd, auf der ich mit Mr. Madden gefahren war, folgerte ich, daß das Dorf vermutlich in der anderen Richtung zu finden wäre. Ich war unterdessen sehr hungrig, und dieses Nagen spürend, beschloß ich, zuerst den Gang zu machen und mir den Rest des Tages zu gönnen, um den Garten zu genießen.

Ich kehrte ins Schlafzimmer zurück und holte mein Portemonnaie. Zu meinem Verdruß sah ich, daß sehr wenig Geld darin war. Ich zählte die Münzen, und dabei wurde mir klar, daß im Hinblick auf das zuvor erwähnte Transportproblem die Chancen, zu einer Bank zu kommen, dürftig waren. Überdies fiel mir ein, daß Sonntag war, und gleichzeitig wurde mir klar, daß ich ja jederzeit mit Scheck bezahlen konnte. Während ich in diesem Anfall von Optimismus nach meinem Scheckheft suchte, sagte mir jedoch ein tieferer Instinkt, daß es hoffnungslos war. Ich versuchte mich zu besinnen, warum, und erinnerte mich dann, daß ich es in dem Glauben, ich würde keine Verwendung dafür haben, mit allem anderen weggeworfen hatte. Ich verfluchte meine Kurzsichtigkeit und die Unbekümmertheit, mit der ich mir alle Fluchtwege unwiderruflich abgeschnitten hatte. Die Szene mit Pamela kam mir in den Sinn, rasselte mit ihren Ketten. Ich zählte die Münzen noch einmal und versuchte, klar zu denken. Was würde ich an Lebensmitteln brauchen, um einen Tag zu überstehen? Gewiß könnte ich bis Montag überleben, wenn ich imstande wäre, die Maddens um einen Vorschuß auf mein Gehalt zu bitten? Ich hatte schließlich ein Dach über dem Kopf und fließendes Wasser; und Kaffee, der mir jetzt als ein großer Luxus erschien. Die ungemeine Schlichtheit dieser Gedanken erfreute mich selbst in meiner Niedergeschlagenheit. Nicht lange, und das Geld kam mir absolut ausreichend vor; ich steckte es in die Tasche, ging die Treppe hinunter und machte mich für einen Spaziergang bereit. Vernünftigerweise trank ich eine große Menge Wasser, bevor ich aufbrach, bedenkend, daß ich in der Hitze großen Durst bekommen könnte und meine Mittel nicht für ein Getränk verschwenden wollte. Solche praktischen Überlegungen waren aufregend für mich. Ich schloß die Cottage-Tür, sah zum erstenmal den großen Schlüssel, der darin steckte, drehte ihn herum und schob ihn zu meinem Portemonnaie in die Tasche.

Ich marschierte los, durchquerte den Garten; doch obwohl es noch sehr früh war, wurde mir, schon bevor ich das Tor erreichte, das bedrohliche Element der Sonnenhitze bewußt, das ich tags zuvor bemerkt hatte. So gewaltsam knallten die Strahlen auf meinen Kopf, daß mir, als ich erst wenige Sekunden draußen war, der Gedanke kam, umzukehren und wieder hineinzugehen. Ich ignorierte diesen Drang – auf mein Risiko – und ging entschlossen weiter auf dem Kiespfad zum großen Haus. Am Ende angekommen, wendete ich mich nach links, und da erinnerte ich mich, daß ich den Weg zur vorderen Seite des Hauses tags zuvor versperrt gefunden hatte. Bei näherem Hinsehen jedoch stellte ich fest, daß die Hecke, von der ich von weitem dachte, sie erstrecke sich über die ganze Breite des Weges, tatsächlich eine kleine Lücke aufwies, durch die ich schlüpfen konnte. Auf der anderen Seite angekommen, befand ich mich in dichtem Unterholz. Als ich mich hindurchschob, zerkratzten die scharfen, krallenartigen Zweige meine Beine. Minuten später kam ich zu meiner Erleichterung in der Zufahrt heraus und konnte an der verschlafenen Fassade des Hauses erkennen, daß dort alles noch ganz still war. Ich ging rasch die Zufahrt entlang, trat vorsichtig auf dem Kies auf, um kein Geräusch zu machen, und befand mich alsbald auf der langen baumbestandenen Allee, an die ich mich von meiner Fahrt mit Mr. Madden erinnerte.

Mir wurde sogleich klar, daß die Straße viel weiter entfernt war, als ich gedacht hatte; doch war es angenehm, im Schatten zu sein, und ich war noch gehobener Stimmung wegen der Leichtigkeit, mit der ich der Farm entkommen war, ohne Aufmerksamkeit zu erregen. Nach einer Weile jedoch begann mir die Endlosigkeit der Allee Sorgen zu machen. Ich habe ein gutes Sehvermögen, und die Allee erstreckte sich gerade vor mir, so weit ich blicken konnte. Ich trottete eine Weile weiter, ohne daß sich etwas änderte, und da ich ans Gehen nicht gewöhnt war, ermüdete ich bald. Ich konnte mich beim besten Willen nicht erinnern, wie lang die Allee sich hinzog, bevor sie auf die Straße traf, und verfluchte mich, weil ich im Auto nicht besser aufgepaßt hatte. Gerade als sich meine Schritte mit der Versuchung umzukehren verlangsamten, sah ich ein großes Flügeltor vor mir. Ich konnte mich überhaupt nicht daran erinnern, aber es bezeichnete eindeutig die Grenze des Grundstücks. Ich eilte darauf zu, und als ich hinkam, fand ich die schmale geteerte Straße, auf der Mr. Madden und ich gefahren waren. Ich nahm an, daß wir von meinem Standort gesehen von rechts gekommen waren, und da ich bereits den Entschluß gefaßt hatte, auf der Straße weiterzugehen, von wo wir abgebogen waren, wandte ich mich ohne zu zögern nach links.

Der Teer war weit weniger angenehm unter meinen Füßen als der Kies, und auf der Straße war es sehr viel heißer als auf der Allee, doch der Reiz des Neuen, eine zweite Etappe meines Ausflugs erreicht zu haben und wahrhaftig auf einer Straße zu gehen, auf der keine Autos fuhren, genügte mir vorerst. Der Eindruck der Straße in der Sonne war sehr reizvoll. Zu meiner Rechten sah ich unter mir eine herrliche Landschaft in einer Art Dunst bis zum Horizont wogen. Darauf verstreut waren kleine Baumgruppen und ein paar Häuser, so winzig, als würde ich sie aus großer Höhe sehen. Das überraschte mich, denn soweit ich es erkennen konnte, ging ich nicht bergauf. Zu meiner Linken war eine hohe Böschung mit Hecken, die ich für die fortlaufende Begrenzung des Grundstücks hielt.

Da ich mich nun auskannte und vorerst nichts anderes zu tun hatte, gestattete ich mir, mein Denken auf andere Dinge zu lenken. Die Straße und die Erinnerung an die Fahrt mit Mr. Madden stellten natürlich mein Unvermögen, Auto zu fahren, in den Vordergrund meiner Gedanken. Meine Täuschung machte mir nach wie vor die größten Sorgen, doch ich betrachtete sie ganz ruhig. Der Umstand, daß meine Ankunft auf der Franchise Farm ziemlich mißglückt war, hatte mich seltsamerweise von dem Bestreben erlöst, alles in meinem Leben müsse perfekt sein. Ich hatte, vermute ich, aus meinen Erwägungen das ausgeschlossen, was ich nur als das menschliche Element beschreiben kann. Obwohl ich enttäuscht war, daß die Dinge in einem so frühen Stadium meines Abenteuers schiefgegangen waren, konnte ich doch sehen, daß ein gewisses Maß an Unvollkommenheit in jeder menschlichen Situation zulässig und vielleicht sogar unerläßlich war. Sie finden es vielleicht lächerlich, wenn ich sage, daß ich es mir als möglich vorgestellt hatte, in einem Zustand ohne jegliche Komplikationen zu leben; doch ein Mensch hat ein Recht auf seine Träume, und dies war mein Traum. Er erwies sich bald als unhaltbar, aber ich bedaure nicht, ihn gehabt zu haben. Tatsächlich fällt es mir schwer zu sehen, wie ich streng verurteilt werden könnte, wenn mein Wille, meine Bestrebungen einzuschränken, so offensichtlich war. Viele Menschen hätten, glaube ich, angesichts einer solchen Enttäuschung die ganze Sache auf der Stelle abgebrochen.

Um auf mein Autofahrproblem zurückzukommen: Ich schmiedete beim Gehen diverse Pläne. Diese praktische Seite meiner Natur kommt mir oft zugute. Es war tatsächlich dieses Attribut, das mir gestattet hatte, unter meinen Eigenschaften, obwohl es im strengsten Sinne nicht zutraf, die »Neigung zum Leben auf dem Lande« aufzulisten, die die Maddens in ihrem Inserat angeführt hatten. Ich meinte, die Befähigung zu jeder Art von Leben zu besitzen, auf dem Land oder sonstwo. Um fortzufahren: Meine diversen Pläne waren so angelegt, daß sie das »menschliche Element« bedienten, das ich jetzt in meiner Situation entdeckt hatte, und sie sollten, einzeln, nacheinander oder mehrere auf einmal, je nachdem, in welche Richtung der Wind wehte, zum Zuge kommen. Der erste und am wenigsten favorisierte Plan war, den Maddens ein volles Geständnis abzulegen, falls und wenn sich die Gelegenheit ergab. Der zweite Plan, eine subtilere Version des ersten, war, ganz vorsichtig eine zögernde Atmosphäre um das Thema Autofahren zu errichten. Ich könnte zum Beispiel sagen, ich sei lange Zeit nicht gefahren und daher nervös. Aus dieser Atmosphäre könnte sich eines von zwei Dingen ergeben: Entweder, die Maddens würden mich von meinen Fahrpflichten entbinden, oder sie würden mir das Fahren selbst beibringen – beziehungsweise, in ihren Augen, meine Kenntnisse auffrischen. Keins dieser Ergebnisse war besonders befriedigend, nicht zuletzt deshalb, weil, selbst wenn ich lernte, mich am Steuer durchzumanövrieren, dies mir noch keinen Führerschein verschaffte. Binnen Minuten hatte ich eine logische Folge für die zweite Hälfte dieses Plans entwickelt. Während ich mich wochentags hinterm Steuer durchwurstelte, könnte ich an meinem freien Tag richtige Fahrstunden nehmen. Dieser Plan war kostspielig und im einzelnen beschwerlich, aber er war wenigstens durchführbar.

Meine übrigen Pläne waren weniger dramatisch. Ich könnte eine Verletzung vortäuschen, etwa einen Beinbruch oder eine Sehnenzerrung, was mich vom Fahren befreien würde. Oder aber ich könnte überhaupt nichts sagen und einfach drauflosfahren, komme, was da wolle. Ich könnte mich einer Mischung aus all diesen Plänen bedienen; sagen wir, das Fahren unter dem Vorwand eines Beinbruchs aufschieben, während ich heimlich an meinem freien Tag Fahrstunden nahm, und dann, sobald ich über ein Minimum an Können verfügte, meine Fahrpflichten aufnehmen und später die Prüfung ablegen.

Unterdessen hatte ich eine gute Strecke auf der Straße zurückgelegt. Mir war ungewöhnlich heiß, aber ich war nicht mehr so erschöpft. Tatsächlich fühlte ich nach dem ersten Anfall von Lethargie neues Leben in meinen Gliedmaßen erwachen, und ich ging jetzt mit beachtlichem Schwung. Die Straße neigte sich ganz langsam bergab, und ich schwenkte meine Arme mit einem Gefühl von großer körperlicher Geschmeidigkeit. Ich hatte vor einer Weile eine Ortschaft vor mir erspäht, doch weil ich mich nicht enttäuschen wollte, versagte ich mir die Gewißheit, daß es das Dorf Hilltop war. Ich hatte schon begriffen, daß auf dem Land die Dinge stets weiter entfernt waren, als man zunächst annahm. Meine Taktik zahlte sich aus, denn wenige Minuten später kam ich in das Dorf, nachdem ich zunächst ein Schild mit der Aufschrift »Hilltop« passiert hatte, und war erfreut und überrascht, mein Ziel so geschwind erreicht zu haben.

Das Dorf war sehr hübsch und voller Leben. Die Häuser waren entlang der Straße aufgereiht, die im Ortszentrum zu einer Art malerischer Hauptstraße wurde, eine Ansammlung sehr alter Gebäude – überwiegend aus roten Ziegeln oder weiß getüncht –; viele hatten mit reizenden Blumenkörben umkränzte Haustüren oder mit Topfpflanzen geschmückte Fensterbänke. Mein erster Gedanke beim Anblick dieser Töpfe und Körbe war, sie in Stücke zu schlagen. Ich habe keine andere Erklärung für diesen Impuls als die, daß meine Gedanken in diesem frühen Stadium im wesentlichen noch städtisch geprägt waren. In London, dachte ich wohl, würden diese Töpfe höchstwahrscheinlich zertrümmert werden, und vielleicht nahm ich, indem ich mir solch einen vandalistischen Akt vorstellte, etwas vom Charakter eines Vandalen an.

In der Dorfmitte fand ich ein kleines Postamt, natürlich geschlossen, da Sonntag war, und ein einladendes Pub mit Tischen und Bänken im Freien, wo bereits ein paar Leute saßen. Etliche schlenderten auch umher, meist Kinder, aber auch Erwachsene, ungefähr im Alter der Maddens oder älter. Einige Kinder hatten Fahrräder und fuhren in Kreisen auf der Straße. Ich blieb einen Moment stehen und genoß die stille Zufriedenheit der Ortschaft, bevor mir einfiel, daß ich hergekommen war, um Lebensmittel zu erstehen; aber noch konnte ich kein Geschäft sehen, wo es welche zu kaufen gab. Ich ging noch ein Stück weiter auf der Straße, und da überkam mich ein seltsames Gefühl des Zutrauens; Zutrauen, nehme ich an, daß das Dorf, da es ein so reizvoller Ort war, mich wie durch Zauberei mit dem Gewünschten versorgen würde, aber auch Zutrauen zu mir selbst, als ob mein Wunsch wandelbar sei und das, was ich benötigte, erschaffen würde, um ihn zu befriedigen. Gerade als dieses Zutrauen in mir aufkam, erspähte ich weiter vorn auf der Straße einen kleinen, sichtlich gut besuchten Laden. Ich nehme an, dies war nur ein glücklicher Zufall. Beim Anblick dieses Geschäftes hatte ich jedoch eine seltsame Vision – seltsam, weil ich mir nicht denken konnte, woher sie gekommen war –, eine Vision, wiederhole ich, und zwar von der Ladentür, an der, wenn ich eintrat, eine kleine Klingel bimmelte. Diese Klingel würde mich als Fremde kenntlich machen, als Eindringling, und sie würde ihre Warnung ertönen lassen, so daß die im Geschäft Anwesenden sich umdrehen und mich mit dem leeren, wenig entgegenkommenden Blick von Kühen anstarren würden. Nicht lange, und ich wußte genau: Wenn ich die Tür öffnete und das Bimmeln hörte, würde ich wahnsinnig werden. Zugleich erfüllte mich die entsetzliche Gewißheit, daß dies alles tatsächlich geschehen würde – und mehr noch, daß das Ergebnis befrachtet oder symbolisch wäre, wenngleich ich nicht sagen könnte, womit oder wofür.

Stellen Sie sich nun meine Erleichterung vor und auch mein Gefühl, auf eine obskure Art »gesiegt« zu haben, als ich gegenüber dem Laden anlangte und sah, daß die Tür weit offenstand, vielmehr offengehalten wurde von einem Zeitungsständer, auf dem die Sonntagsblätter feilgeboten wurden. Schwungvoll nahm ich eine Zeitung aus dem Ständer und trug sie hinein, als mich abermals dieses seltsame symbolische Empfinden befiel. Wie das Bimmeln der Klingel schien der Kauf einer Zeitung eine unbestimmte Bedrohung herauszufordern. Ich legte sie rasch in den Ständer zurück, deutete eine Gebärde der Unentschiedenheit und dann der Entschlossenheit an und betrat den Laden zum zweitenmal.

Drinnen standen mehrere Kunden, alle mit dem Rücken zu mir, da sie an der Theke eine Schlange bildeten. Hinter der Theke standen eine ältere Frau und ein Mann, beide unabhängig voneinander beschäftigt, aber irgendwie im Gleichklang – wie ein Puppenpaar –, was offenkundig machte, daß sie verheiratet waren. Die Frau trug einen blauen Kittel wie die Frauen bei der Essenausgabe in Schulen oder wie eine Putzfrau. Der Mann war dünn, wogegen seine Frau recht wohlbeleibt war, und hatte graue, glatt aus der Stirn gestrichene Haare. Von hinten sahen die Leute in der Schlange nicht ganz real aus. Sie waren vollkommen still – ihr Schweigen überraschte mich, denn ich hatte mir vorgestellt, daß die Leute auf dem Land sich selbstverständlich alle kannten – und standen geduldig an wie angewurzelt; die meist unter die Arme geklemmten Einkäufe verliehen ihnen von hinten das Aussehen von seltsamen, warentragenden Pflanzen: eine Zeitung hier, ein Karton Eier da, eine Packung Milch zwischen weißen Fingern. Ihre Körper sahen keineswegs normal aus; sie hatten ganz unterschiedliche Formen wie aus Papier ausgeschnitten, und erweckten den Eindruck, als seien sie – unter Kleidern, die ebenfalls dieses »ausgeschnittene« Aussehen hatten und in einheitlichen Schattierungen von Taubengrau und Blaßblau gehalten waren – nicht aus Menschenfleisch gemacht, sondern aus einem fremden Material: Matratzendrell vielleicht oder Waltalg oder Karton. Die Frau hinter der Theke redete fast ununterbrochen, aber ich konnte nichts von dem verstehen, was sie sagte. Das lag nicht daran, daß sie einen ungewöhnlichen Akzent hatte, vielmehr konnte ich die Bedeutung ihrer Worte nicht erfassen, weil das Anliegen mir fremd war. Ich habe dies oft erlebt, wenn Leute über andere Leute sprechen, die ich nicht kenne, oder über Orte, wo ich nicht gewesen bin.

Das Ladenlokal war lang und schmal, und auf beiden Seiten standen Regale an den Wänden. Ihr Inhalt entsprach dem eines Mini-Supermarktes, ein hastig zusammengestelltes Abc menschlicher Bedürfnisse, auf das Grundsätzliche reduziert. Ich war mit nur ein, zwei Schritten an flüssigen Putzmitteln, Waschpulver und Körperpflegeartikeln vorbei, und als ich bei den Nahrungsmitteln ankam, fiel mir sogleich die Vorherrschaft von Pulverkaffee auf, den ich freilich schon besaß. Ich hatte, das sah ich bald, kein Glück. Es war schwer zu ergründen, nach welchem Prinzip man die Waren ausgesucht hatte; abgesehen vom Kaffee schien es nichts für den Notfall oder den Appetit zu geben. Fast alles war in Konservendosen, die wirkten, als seien sie nicht zu verkaufen, als seien sie schon so lange unverlangt dort gewesen, daß sie adoptiert worden waren oder die Erlaubnis zum Bleiben erhalten hatten – wie alte, gebrechliche Menschen in einem Heim. Die Dominanz von Zeitungen, Glückwunschkarten und den erwähnten flüssigen Putzmitteln bedrohte diese Abteilung noch mehr, als sei mit der Zeit die Begrenzung zwischen den Regalen unterhöhlt worden und die Unterscheidung sei nunmehr eher eine Sache der Verpackung als des Inhalts. Der Tag war zu heiß, als daß selbst die akzeptableren unter diesen Lebensmitteln, wie etwa Dosensuppe, einen Reiz besessen hätten, und doch war ich so hungrig, daß es notgedrungen eine Wahl zu treffen galt.

Ich hatte unterdessen schon so lange dort gestanden, daß das gesamte Menschenbündnis, das der Existenz des Geschäftes zugrunde lag und die Kunden von den Besitzern unterschied, Gefahr lief, auseinanderzubrechen. Die Schlange war vorgerückt und hatte sich aufgelöst. Ich war in der Tat allein, die stechenden Augen der Frau und ihres Mannes waren auf mich gerichtet. Ihre Blicke bewirkten, daß ich mich unbehaglich fühlte, als hätte ich mich die ganze Zeit in ihrem Heim befunden, das ich irrtümlich für einen Laden hielt. Ich bezweifelte, daß dem Abschnitt des Regals, vor dem ich gerade stand, jemals so viel Aufmerksamkeit zuteil geworden war, und dies allein genügte, um mich ihnen verdächtig zu machen. Sie sprachen mich jedoch nicht an, wenngleich die Luft um mich von der Spekulation vibrierte, daß sie es wohl tun mochten. Sie hatten Anrecht und Anlaß genug, sich zu erkundigen, ob ich Hilfe brauchte, und dies nahm schließlich, wie vorauszusehen war, in meiner Vorstellung dieselbe Bedrohlichkeit an wie die Zeitung und die Klingel. Nun begierig fortzukommen, bevor das Unglück mich mit seinen Klauen packte, schnappte ich eine Dose vom Regal und trug sie vor mir her zur Theke. Dort angekommen, sah ich etwas, was mir entgangen war: ein Bord mit diversen Brotsorten in Zellophanverpackung. Mein Herz hüpfte vor Erleichterung bei der Aussicht, etwas Frisches zu essen, und ich nahm eine Packung Brötchen und legte sie neben meine Dose auf die Theke.

Die Frau betrachtete die beiden Erwerbungen – der Mann war unterdessen durch einen bunten Plastikfransenvorhang verschwunden, hinter dem ich einen schmalen Flur ausmachen konnte, der in ein kleines Zimmer mit einem Tisch führte, an dem der Mann nun saß und Zeitung las – und begann, umständlich mit einem Plastikstift auf einen kleinen Block mit liniiertem Papier zu schreiben, der vor ihr lag. Ich sah, sie rechnete zusammen. Ihre Haare, grau und zu einem adretten steifen Kranz gesteckt, sahen aus wie Gehirnmasse oder Blumenkohl, und das Gesteck wippte auf und ab, als sie die Zahlen aufschrieb.

»Das macht genau zwei Pfund«, sagte sie, den Kopf noch gesenkt.

Ich gab ihr das Geld, streifte dabei ihre trockene Handfläche, und sie drehte sich zur Kasse um. Da ich nichts herausbekommen sollte, hätte es mir freigestanden zu gehen, doch der Einkauf schien unvollständig. Ich hatte das Gefühl, daß mehr von mir – oder ihr – erwartet wurde, bevor ich den Laden verlassen konnte. Sie schien jedoch nicht dieser Meinung zu sein und machte sich, noch mit dem Rücken zu mir, mit irgend etwas zu schaffen. Schließlich drehte sie sich um und blickte überrascht drein, als sie mich noch da stehen sah.

»Möchten Sie eine Tüte?« fragte sie.

»O ja, danke!« rief ich, da mir klarwurde, daß sie das Rätsel gelöst hatte.

Sie brachte eine kleine blaue Plastiktüte zum Vorschein, und es entstand ein Augenblick der Spannung – für mich jedenfalls –, als ich mich fragte, wer in dieser fragilen Situation des Rollenspiels die Aufgabe übernehmen würde, die Lebensmittel hineinzupacken. Ich streckte eine Hand aus, aber die Frau schüttelte gleichmütig die Tüte auf, wehrte mich geschickt ab mit Bewegungen, die keine Unterbrechung duldeten und glatt ineinander übergingen, und tat die Brötchen und die Dose umsichtig hinein.

»Haben Sie vielen Dank«, sagte ich beeindruckt. »Auf Wiedersehen.«

»Auf Wiedersehen«, sagte sie.

Ich legte den Nachhauseweg recht fröhlich zurück, weil sich alles so zufriedenstellend gefügt hatte. Während ich im Sonnenschein dahinwanderte, vergaß ich mehrmals so gut wie vollständig, wer und wo ich war: So zwingend war der Rhythmus meiner ausschreitenden Beine und des Ein- und Ausatmens meiner Lungen, daß er mein Bewußtsein zu überdekken schien. Wenn ich an die Maddens dachte, was ich hin und wieder zwischen diesen Phasen des Vergessens tat, hatte ich ein leicht unangenehmes Gefühl vorübergehenden, doch unabänderlichen Eingesperrtseins, dem Gefühl im Wartezimmer eines Arztes oder Zahnarztes nicht unähnlich, wenn man, von einer Illustrierten aufblickend, fremde Wände sieht, die man für kurze Zeit vergessen hatte.

Schließlich wurde ich sehr müde, eine tiefe Erschöpfung, die sich bei dem Gedanken verstärkte, daß ich meinem Ziel nahe war, es aber noch nicht erreicht hatte. Es war jetzt später Vormittag, die Sonne stand hoch und brannte sehr heiß. Bis dahin hatte ich mir eingebildet, daß meine weiße Haut, wenn sie Luft und Licht ausgesetzt war, allmählich abgehärtet würde; doch jetzt fühlte ich, wie die Beziehung zwischen Sonne und Haut eine tückische Wendung nahm, insbesondere an der linken Seite von Hals und Gesicht und an meinem bloßen linken Arm, wo sich die Hitze am brutalsten konzentrierte. Die Straße bot keinen Schatten, und selbst wenn ich beim Gehen meinen Körper drehte, konnte ich die angegriffenen Stellen nicht vor den direkten und immer stärker werdenden Strahlen schützen. Ich sah, daß das Tor zur Zufahrt nicht weit entfernt war, und da mir keine andere Möglichkeit blieb, war ich gezwungen, mich umzudrehen, so daß die Sonne rechts von mir schien, und mich dem Tor rückwärts zu nähern. Das mag lächerlich scheinen – tatsächlich ist es leichter, als man denken mag –, aber ich habe es immer für wichtig gehalten, daß man seinen Körper vor Beschädigung bewahrt, selbst auf die Gefahr hin, gegen die Etikette zu verstoßen. Schon im frühen Kindesalter gewöhnte ich mir zum Entsetzen meiner Eltern an, Essen sofort auszuspucken, wenn es mir zu heiß war. Ich bin jedoch nicht unempfindlich gegen Peinlichkeiten, und als ich hinter mir – oder strenggenommen vor mir – den Motor eines Autos hörte, wollte ich mich unbedingt richtig herumdrehen, sobald es vorüberkäme. Leider war es zu schnell für mich, so daß ich nicht rechtzeitig auf die Warnung reagieren konnte, und es fuhr an mir vorbei, während ich noch zuversichtlich rückwärts ausschritt. Als ich es vor mir, oder hinter mir, die Straße entlangrasen sah, gewann ich den deutlichen Eindruck, daß der Wagentyp dem der Maddens bemerkenswert ähnlich war. Ich stöhnte auf vor Scham, als ich die Möglichkeit bedachte, daß ein Mitglied der Familie meinen seltsamen Spaziergang gesehen hatte, und diese Aussicht, zusammen mit dem Gefühl des Wundseins an meiner linken Körperseite, dämpfte die muntere Fröhlichkeit, mit der ich noch vor wenigen Augenblicken mein Vorhaben ausgeführt hatte.

Tor und Allee ließ ich rasch hinter mir – ich ging jetzt normal, da ich im Schatten war –, während ich über diese neue Entwicklung nachsann und versuchte, mir verschiedene Erklärungen zurechtzulegen, mit denen ich mich herauswinden könnte. Alsbald war ich bei der Vorderseite des großen Hauses angelangt, wo ich das blaue Auto der Maddens an derselben Stelle stehen sah, wo es war, als ich fortging. Statt mich aber der Erlösung von meiner Scham zu überlassen, fand ich den Gedankengang, den ich den ganzen Weg von der Straße zum Haus verfolgt hatte, plötzlich durch den Anblick eines fremden Autos abgeschnitten, das in der Zufahrt neben dem Wagen der Maddens parkte. Wie tags zuvor am Bahnhof, fühlte ich im Geiste den Ruck eines Zusammenstoßes, wo ein glatter Übergang von einer Besorgnis zur nächsten hätte sein sollen. Was ein vollständiges unterirdisches Netzwerk gewesen war, das eine mannigfache Fracht von Sorgen umspannte, war jetzt offensichtlich eine frustrierend eingeschränkte Anordnung geworden, außerstande, mehr als einen Gedanken auf einmal zu fassen. Jegliches Interesse am Auto der Maddens verschwand sogleich, während ich mich mit der Bedeutung des Neuankömmlings abquälte. Wem gehörte dieses Auto? Hatte es etwas mit mir zu tun? Wenn ja, ergab sich ein zweiter Strang von Fragen: War jemand gekommen, um nach mir zu suchen? Hatte man mich der unerlaubten Abwesenheit bezichtigt? Sollte ich verhaftet werden? Wenn nicht, ließe sich gefahrlos zu der Vermutung übergehen, daß das Auto Gästen der Maddens gehörte, höchstwahrscheinlich dem Mittagsbesuch, den Pamela am Vorabend erwähnt hatte.

Da mir dort in der Zufahrt weiter nichts zu tun blieb, schlug ich mich durchs Unterholz, aus dem ich nach einer Weile ziemlich außer Atem auf dem Weg neben dem Haus auftauchte, wo ich Mr. Madden wenige Schritte von mir entfernt stehen sah. Er trug ein Tablett mit Gläsern und wollte augenscheinlich gerade durch den Seiteneingang das Haus betreten, als er mein Scharren in der Hecke hörte.

»Was machen Sie denn hier?« fragte er, nicht unfreundlich, mit einer Art amüsiertem Erstaunen.

»Ich wollte nicht durch das Haus kommen«, keuchte ich. »Ich habe das Auto in der Zufahrt gesehen und dachte, Sie haben vielleicht Gäste.«

»Ah!« sagte Mr. Madden und nickte, als verstünde er. »Sie

hätten sich keine Sorgen machen müssen, wir sind alle im Garten.«

»Oh«, sagte ich.

»Wußten Sie, daß da ein Tor ist?« fragte Mr. Madden.

»Nein«, erwiderte ich. Meinte er, ich wäre durch die Hecke gekrochen, wenn ich das gewußt hätte?

»Es ist gleich dort«, sagte er, das Tablett auf einer Hand balancierend und mit der anderen deutend. »Es führt direkt in die Zufahrt. Wissen Sie, wir erwarten nicht von Ihnen, daß Sie sich jedesmal, wenn Sie fort wollen, durch die Hecke kämpfen müssen.«

Er stieß sein sonderbares Bellen aus.

»Welche Erleichterung«, sagte ich mit gekünstelter Heiterkeit.

In diesem Augenblick hörte ich hinter Mr. Madden auf dem Kiesweg Schritte nahen.

»Piers!« rief Pamela, als sie um die Ecke kam. Bei meinem Anblick blieb sie abrupt stehen. »Um Himmels willen, wie sehen Sie denn aus?« fragte sie, ebenfalls nicht unfreundlich und mit derselben amüsierten Verblüffung wie ihr Mann.

»Sie hatte ein Gerangel mit der Hecke«, sagte Mr. Madden.

»Großer Gott«, sagte Pamela und trat näher. »Sie sind ja ganz zerkratzt – und schauen Sie, Sie haben Ihren Rock zerrissen! Was *haben* Sie bloß gemacht?«

Ich blickte an meinen Beinen hinunter und sah, daß sie tatsächlich böse zerkratzt waren. Ein oder zwei Kratzer bluteten.

»Ich bin durch die Hecke gekommen«, wiederholte ich kläglich. »Ich wollte Sie nicht stören.«

»Du liebe Zeit, sie muß uns für regelrechte Monster halten. Wir müssen sie gestern zu Tode geängstigt haben, Liebling«, sagte Pamela zu ihrem Mann.

»Nein, überhaupt nicht!« rief ich.

»Sie wußte nichts von dem Tor«, unterbrach Piers. »Sie dachte, sie müßte sich durchkämpfen.«

»Ist irgend etwas beschädigt? Sie dürfen das nicht tun, wissen Sie«, sagte Pamela. »Mr. Thomas wird am Boden zerstört sein, wenn er seine Beete zertrampelt sieht.«

»Das tut mir leid«, sagte ich.

»Na ja«, sagte Pamela, »Piers kann sich das später ansehen. Sie gehen jetzt besser und machen sich sauber. Liebling, kommst du dann mit den Getränken?«

»Aber sicher«, sagte Mr. Madden und öffnete die Tür.

»Und tu noch einige von diesen Lachshäppchen auf einen Teller, ja?« rief Pamela ihm nach.

Ich setzte mich in Bewegung, in der Hoffnung, mich verziehen zu können, während sie mir den Rücken zukehrte.

»Stella, schleichen Sie sich nicht davon«, sagte Pamela, die sich unversehens umdrehte und mir den Weg verstellte. Sie legte ihren Arm um mich. Ihr Körper fühlte sich neben meinem klein und fest an. Ich konnte ihr Parfüm riechen. »Piers und ich wünschen so sehr, daß Sie sich hier zu Hause fühlen. Ich weiß, bis jetzt war es ein ziemliches Irrenhaus, aber morgen dürfte sich alles beruhigen.«

Sie legte den Arm fester um mich und neigte mir besorgt ihren Kopf zu. Ich kam mir sehr unbeholfen vor. Ich hielt die Plastiktüte noch krampfhaft in der Hand.

»Okay«, sagte ich.

»Sie dürfen nicht meinen, Sie müßten herumschleichen«, sagte sie. »Wollen Sie nachher nicht rüberkommen zum Schwimmen, wenn alle weg sind? Es ist so heiß, Sie können bestimmt eine Abkühlung brauchen. Das Schwimmbad ist zur Zeit einfach herrlich. Nur zu, es wird Ihnen guttun.«

Ich wußte nicht, daß die Maddens ein Schwimmbad hatten, aber wie zum Beweis hörte ich in diesem Moment hinter dem Haus ein schwaches Platschen und quiekendes Gelächter.

»Vielleicht«, sagte ich. »Ich möchte heute nachmittag ein paar Dinge erledigen.«

»Wie Sie wollen«, sagte Pamela und nahm ihren Arm fort.

»Wenn nicht, sehen wir uns morgen«, fügte ich hinzu, besorgt, daß sie böse auf mich sei.

»Ist gut«, sagte Pamela kühl und sah durch die Tür ins Haus, als erwarte sie Piers' Erscheinen.

»Um halb neun«, fuhr ich fort.

Pamela sah wieder zu mir, als hätte sie vergessen, daß ich da war.

»Schön, kommen Sie, wenn Ihnen danach ist«, sagte sie, drehte sich um und ging knirschend den Weg entlang.

Ich stand einen Moment verwirrt da. Hatte sie gemeint, ich sollte morgen kommen, wenn mir danach war, oder schwimmen kommen? Ich ging eilends zum Cottage, weil ich nicht noch dort stehen wollte, wenn Mr. Madden zurückkam.

Sechstes Kapitel

Das Ausmaß des Schadens, den ich mir während meines Spaziergangs zugefügt hatte, überraschte mich; denn auf dem Hinweg wie auf dem Rückweg war ich von dem Gefühl beseelt gewesen, bei guter Gesundheit zu sein. Als ich mich, durch den Garten kommend, in einem Fenster des Cottage spiegelte, sah ich ausgesprochen wild aus. Was mußten die Leute in dem ehrbaren Dorf Hilltop von mir gedacht haben? Schlimmer noch, welchen Eindruck hatten wohl die Maddens von mir bekommen? Meine Beine sahen am schlimmsten aus, besonders an Waden und Knöcheln, die wund waren und mit einem Muster aus Kratzern schraffiert. Auch hatten mich Insekten an mehreren Stellen gestochen, und dort hatte sich meine Haut zu einer Reihe kleiner roter Pusteln aufgeworfen.

Ich ging ins Badezimmer, um kaltes Wasser über meine Beine laufen zu lassen. Als ich die Schuhe auszog, bemerkte ich, daß sie mit klebrigen schwarzen Flecken gesprenkelt waren. Ich berührte sie vorsichtig, roch daran und kam nach einer Weile zu dem Schluß, daß es Teer war. Meine Schritte zur Haustür zurückverfolgend, stellte ich fest, daß ich auf dem Wohnzimmerteppich und dem Küchenboden Teerspuren hinterlassen hatte. Der Teppich, von hellbeiger Farbe, war mehr oder weniger ruiniert. Für einen Augenblick war ich bestürzt über dieses Bild der Verwüstung. Da ich sehr müde war, widersetzte ich mich beharrlich dem Gedanken, etwas anderes zu tun, als auszuruhen, und als ich dort stand und auf den Fußboden blickte, überkam mich ein Gefühl von Ablehnung und Gleichgültigkeit. Wenn ich auch untröstlich war beim Anblick des Schadens, den ich dem Eigentum der Maddens zugefügt hatte, und obwohl ich wußte, daß die Verantwortung, ihn zu beheben, bei mir und allein bei mir lag, konnte ich mich in diesem Moment nicht aufraffen, irgend etwas zu unternehmen. Ich kam immerhin zu dem Schluß, daß der Teer von der Straßendecke stammte, die sich stellenweise sehr weich angefühlt hatte und, wie mir jetzt klarwurde, in der Hitze geschmolzen sein mußte. Ich wußte nicht, daß Straßen schmelzen konnten; tatsächlich hatte ich Straßen, da ich nie richtig auf einer gewandert war, bislang in meinem Leben nicht die geringste Betrachtung gewidmet.

Ich öffnete die Haustür und stellte meine ruinierten Schuhe hinaus, dann kehrte ich zurück ins Badezimmer. Ein Blick in den ramponierten kleinen Spiegel über dem Waschbecken zeigte mir ein entsetzliches Bild. Der kurze Spaziergang zum Dorf und zurück hatte mir das Aussehen einer Wilden verliehen. Meine Haare glichen einem auf dem Kopf gebauten Nest, ein kläglicher Korb, mit Zweigen und Blättern bestückt, und sie entließen einen leichten Samenschauer, als ich sie über dem Waschbecken schüttelte. Der Anblick meiner Haut, die, wie ich mir eingebildet hatte, während meines Spaziergangs eine gesunde Bräune annehmen würde, versetzte mir einen gehörigen Schock. Die rechte Hälfte meines Gesichts war kränklich weiß und hatte eine unschöne Struktur angenommen, die Poren vergrößert, der Teint fleckig, durch glänzenden Schweiß rohem Teig ähnelnd. Die linke Hälfte dagegen war übel verbrannt: Die Haut, nicht nur im Gesicht, sondern auch seitlich am Hals und am Arm, glühte in heftigem Rot und strahlte Hitze aus, als stünde sie in Flammen.

Ich gelangte in meiner üblen Lage rasch an den Punkt, wo das Elend stärker ist als der Wunsch, die Situation zu bewältigen. Es schien unglaublich, daß so viel in so kurzer Zeit schiefgegangen sein konnte; eine Enttäuschung, die um so bitterer war angesichts der großen Hoffnungen, mit denen ich in mein neues Leben auf dem Lande aufgebrochen war. Schon schien es mir, als ich so im Badezimmer stand, so verpfuscht wie alles, was ich hinter mir gelassen hatte; und während unter normalen Umständen der Wunsch zu entfliehen von Unzufriedenheit mit der Welt angetrieben wird, läßt dieser

Wunsch, wenn man ihn an einem Ort der Zuflucht empfindet, die Unzufriedenheit nach innen wachsen. Nachdem ich das begriffen hatte, wußte ich, daß ich gefangen war und meine Probleme in Angriff nehmen mußte; es waren dies der ruinierte Teppich und die verdorbenen Schuhe, die zerkratzten Beine, die wirren Haare, die schweren Verbrennungen auf einer Gesichts- und Körperhälfte; und, in größerem Maßstab, die mageren Vorräte, mit denen ich bis Montag zu überleben hoffte, das Angebot zu schwimmen, das ich ablehnen mußte, weil ich keinen Badeanzug und kein Handtuch hatte, die Feindseligkeit, die das Verhältnis zu den Maddens auszuzeichnen begann, die noch ungelöste Angelegenheit des Führerscheins sowie die Tatsache, daß ich obendrein weit fort war von zu Hause, ohne Freund oder Familie, um mich zu trösten, und ohne Mittel, um zu fliehen.

Die Teerflecken konnte ich unmöglich ganz aus dem Teppich herausreiben, aber mit einem Messer und der geschickten Umstellung einiger Möbel gelang es mir, sie größtenteils zu mildern oder zu verdecken. Ich wusch meine Kratzer und spülte meine Haare mit Wasser, wozu ich eine Teetasse aus der Küche zu Hilfe nahm. Daß ich kein Handtuch hatte, bekümmerte mich nicht weiter, denn ich war noch so überhitzt, daß ich es als angenehm empfand, das Wasser auf meiner Haut trocknen zu lassen. Ich beschloß, meine Schuhe bei nächster Gelegenheit wegzuwerfen, und mein zerrissener Rock kam zusammengelegt zuunterst in den Koffer, wo er auf eine zukünftige Fleißwelle wartete. Nachdem ich mich gesäubert und in Ordnung gebracht hatte, fühlte sich mein Sonnenbrand schon besser an, doch ich bestrich ihn reichlich mit einer Lotion, die ich zum Glück vorsichtshalber eingepackt hatte.

Mich umzuziehen war schon problematischer. Nachdem mein Rock nicht mehr zu gebrauchen war, hatte ich nur das schicke Kleid und drei Hosen zur Auswahl. Ich stand im Schlafzimmer, meine brennende Haut widersetzte sich der Vorstellung, Hosen anzuziehen, und als ich lauthals nach Shorts schrie, beglückte mich eine bemerkenswert erfindungsreiche Idee. Mein Problem war, ein Werkzeug zu finden, mit dem sich die Operation durchführen ließ, und eine kurze Hausdurchsuchung förderte nur eine Nagelschere aus meinem Necessaire zutage. Ich zögerte, weil mir die Vorstellung zuwider war, mit hastigem Gemetzel zu opfern, was Geduld – in Gestalt von Nähzeug vielleicht, von Pamela irgendwann in freundschaftlicherer Zukunft, auf die ich hoffte, geborgt – mit Präzision und Geschick zu erreichen versprach; aber ich war jetzt ganz begierig auf Shorts, und mit dem Gesicht meiner Mutter vor meinem inneren Auge, entsetzt, weil ich eine tadellose Hose mordete, schritt ich zur Tat.

Eine Weile schnippelte ich drauflos, nahm mir nicht einmal die Zeit, um die Linie zu markieren, an der ich entlangschneiden wollte, und als beide Beine abgetrennt waren, hielt ich die amputierten Stümpfe in die Höhe, um das Ergebnis zu betrachten. Natürlich waren die gekürzten Beine von drastisch unterschiedlicher Länge, und außer Atem und schweißgebadet nahm ich die Schnippelei langsam und mit mehr Sorgfalt wieder auf. Nach einer Weile hatte ich, im Bemühen um Genauigkeit, so viel von dem Stoff abgeschnitten, daß sehr wenig übriggeblieben war. Ich probierte die Shorts vor dem Schrankspiegel an, bereits bereuend, was ich getan hatte.

In Anbetracht dessen, daß ich bei der Umänderung in Kauf genommen hatte, daß Abstriche von meinem Aussehen gemacht würden, statt ihm Positives hinzuzufügen, war die Verwandlung, die ich mit der kleinen Nagelschere bewirkt hatte, kaum zu begreifen. Ich glaubte, als ich dort stand, daß ich noch nie so gut ausgesehen hatte, und noch nie war ich von einer so eigentümlich prickelnden Macht erfüllt gewesen, die ich nur als sexuelle Attraktivität auslegen konnte. Die Shorts waren, obschon gleichmäßig, sehr kurz, und obwohl ich nie für freizügige Zurschaustellung von Fleisch gewesen war, mußte ich zugeben, daß diese Enthüllung etwas Aufregendes hatte. Plötzlich schien es, daß ich viel mehr besaß, als mir bewußt gewesen war; daß mein Körper, den ich immer für irgendwie unveränderlich oder begrenzt gehalten hatte, in Wahrheit eine ganze ungeförderte Persönlichkeitsschicht in sich barg, ein frisches Potential, auf das ich, wie ich nun sah, ein unleugbares Anrecht hatte.

Ich stand eine Weile gebannt vor dem Spiegel und gewöhnte mich an diese Fremde, deren Wünsche und Beweggründe mir nicht ganz klar waren. Gedanken an Edward, schwach wie das Knattern und Zischen eines fernen Feuerwerks, flammten vereinzelt in meinem Kopf auf. Ich konnte diese Version von mir nicht mit Edward in Einklang bringen. Er würde mich mit Sicherheit nicht erkennen; und meine Erinnerungen an ihn schienen mit einemmal frustrierend und unbefriedigend, so unwesentlich und eintönig wie Erinnerungen an Kindheit oder an Betrunkenheit, als sei die Zeit, die wir zusammen verbracht hatten, nicht voll gelebt worden. Ich hatte ein starkes Verlangen, mit neuen, weniger eindringlichen Augen gesehen zu werden, einen ungebärdigen Austausch der Oberflächen zu erleben. Explodierend von Möglichkeiten, schien meine Haut auf einmal eine erschreckende Eigenständigkeit zu besitzen, als könnte sie lechzen und verzehren, als könnte sie mich mit ihren Gelüsten überwältigen. Die Welt draußen vor meinem Fenster vibrierte von Verheißung und Verlockung. Ich fühlte eine innere Ohnmacht, ein Schwinden von Widerständen: Das Verlangen nach körperlicher Berührung mit einem anderen Menschen begann in meinem Geist zu wüten wie Kopfschmerzen, übertönte das Geräusch anderer Gedanken und erlangte schließlich eine eigenmächtige Gestalt und Absicht, so daß es sich anfühlte wie ein großes Horn, das aus meiner Stirn wuchs. Da ich so wenig von mir wußte, verlor ich buchstäblich die Kontrolle, und in dieser seltsamen Wildheit begann ich mich vor dem Spiegel zu berühren; die schwachen Proteste meines zivilisierten Ich blieben unbeachtet.

Wie lange ich in diesem sonderbaren Zustand, halb Raserei, halb Trance, verharrte, konnte ich nicht sagen. Vielleicht eine Viertelstunde, vielleicht länger; doch am Ende kam ich zu mir, und als ich mich in meinem Schlafzimmer umsah, das ich vollkommen vergessen hatte, fühlte ich mich entsetzlich bloßgestellt und beschämt, als hätten die strengen Möbel und der mißbilligende Ausdruck des Fensters meine Eskapaden beobachtet. Ich verließ rasch das Zimmer und ging nach unten. In der Küche machte ich mich an die Vorbereitungen, um meinen unterdessen sehr grimmigen Hunger zu stillen. Mein Körper war zittrig und schwach. Die Hände wollten mir nicht gehorchen, als ich mich abmühte, die Zellophanverpackung um die Brötchen aufzureißen, und ein-, zweimal mußte ich innehalten und mich an die Küchenanrichte lehnen, bis das rasende Schlagen meines Herzens nachließ. Ich betrachtete die Konservendose, die ich gekauft hatte und die etwas namens »Luncheon meat« enthielt, das, glaube ich, im letzten Krieg – aus dieser Zeit stammte die staubige, düstere Dose wahrscheinlich – häufig konsumiert wurde. Obwohl ich wenig Appetit auf das Zeug verspürte, entdeckte ich erleichtert, daß die Dose eine Öffnungsvorrichtung hatte; doch als ich Minuten später in einer Schublade nach Besteck suchte, fand ich auch einen Büchsenöffner. Ich richtete meine Mahlzeit her, die aus zwei Brötchen ohne Butter mit rosa Scheiben Luncheon meat und einer Tasse Kaffee bestand, und trug sie auf einem Teller in den Garten.

Es mußte unterdessen früher Nachmittag oder etwas später gewesen sein, und die Hitze draußen war so sengend, daß sie den Garten farblos gebleicht zu haben schien. Ich ließ mich auf einem knallheißen Grasflecken nieder, wobei ich darauf achtete, nur meine rechte Seite der Sonne auszusetzen, und begann zu essen. Ich habe keinen besonders schwachen Magen, aber das Luncheon meat sah grotesk aus. Eine phantasievollere Person als ich hätte zweifellos alle möglichen Schrecknisse in der unheimlichen breiigen rosa Masse gesehen, und ich schlang sie hinunter, wobei ich bedachtsam vermied, selbst derlei Bilder heraufzubeschwören. Ich war beim Kaffee angelangt, während ich auf eine Horde Wespen und andere Insekten einschlug, die von den Krümeln auf meinem Teller angelockt wurden und mich plagten, als Pamelas Stimme mich zusammenfahren ließ.

»Didi, Liebling, könntest du mir wohl meine Sonnenbrille rüberwerfen?«

Ich sah mich erschrocken um. Die Stimme schien aus nächster Nähe gekommen zu sein, und doch war Pamela nirgends zu sehen. Einen Moment saß ich äußerst verwirrt da, aber als ich weiter nichts hörte, dachte ich, ich hätte es mir eingebildet. Sekunden später vernahm ich jedoch abermals deutlich Pamelas Stimme.

»Danke, Liebling.«

Diesmal war ich regelrecht verstört. Ich drehte den Kopf hierhin und dorthin, sagte mir, daß Pamela irgendwo im Garten sein müsse, und fühlte es doch in der Magengrube, daß sie nicht da war. In diesem Augenblick hörte ich ein Lachen, lange und leise, ebenfalls eindeutig Pamelas. Ich hatte dieses Lachen abends zuvor in der Halle des großen Hauses vernommen und würde es, wie alles andere an jenem Abend, wohl nicht so schnell vergessen. Als ich jetzt das Lachen hörte, dachte ich, ich würde verrückt. Pamela konnte unmöglich mehr als ein paar Schritte entfernt sein, und am Ende sah ich mich getrieben, aufzustehen und nach ihr zu suchen, indem ich lächerlicherweise hinter den Apfelbaum und an die Seiten des Cottage spähte. Als ich nichts fand, blieb mir nichts weiter zu tun, als mich wieder hinzusetzen. Ich wartete wie elektrisiert, mit klopfendem Herzen. Diesmal hielt die Stille viel länger an, doch schließlich kam die Stimme wieder.

»Ist sie, ist sie«, sagte sie. »Aber es ist noch zu früh, weißt du.«

Ich konzentrierte mich dermaßen, daß ich das Bumpern meines Herzens in meinen Ohren hörte. Es war so laut, daß es alle anderen Geräusche übertönte, und ich schlug mir mit der Hand an den Kopf, um es zu verscheuchen.

»Ach, letztens war es so verdammt schrecklich. Wir waren drauf und dran, sie einfach auszuzahlen und eine Professionelle einzustellen.«

Diesmal konnte ich das Geräusch genauer definieren, und am Ende jedes Wortes hörte ich ein schwaches Echo. Durch eine Laune der Landschaft und die außergewöhnliche Stille der heißen Luft mußte Pamelas Stimme hinter dem Haus den ganzen Weg herübergetragen worden sein. Mir war jetzt klar, daß das, was ich hörte, eine Hälfte einer Unterhaltung war; die erwähnte »Didi« befand sich offenbar hinter einer Barriere, die verhinderte, daß ihre Antworten zu mir drangen. Fast im selben Moment, als ich dieses bizarre Rätsel löste, erkannte ich, daß es einen erheblichen – ja unvorstellbaren – Zusammenhang mit mir hatte. Pamela, das war mit einemmal klar, sprach mit ihrer Freundin über mich.

»Ich weiß es wirklich nicht«, sagte sie. »Vorher war keine Zeit, und wir beide haben uns bemüht, sie nicht auszufragen, bevor sie wieder zu Atem kam. Sie *scheint* aber sehr nett zu sein. Etwas hausbacken.«

Ich hielt den Atem an.

»Ganz recht!« kreischte Pamela lachend. »Ich weiß, ich weiß.«

Diesmal kniete ich, meinen Körper straff zum Haus hin ausgerichtet. Die Sonne schmerzte auf meiner wunden Haut, nagend, quälend.

»Mittlerer Durchschnitt, würde ich sagen«, meinte Pamela. »Drückt sich gewählt aus. Scheint sehr intelligent zu sein.« Dann, Minuten später: »Oh, nichts Interessantes. So was wie Sekretärin.«

Ein paar Minuten konnte ich gar nichts hören. Die Stille verstärkte die Geräusche des Gartens, und nach einer Weile wurden sie so laut, daß ich fürchtete, etwas zu verpassen.

»Weißt du, ich glaube, er merkt nicht mal, wenn wir eine Neue haben«, sagte Pamela dann. »Es ist so ein Schatz. Alle *beten* ihn an. Die hier ist jetzt schon *schrecklich* in ihn verknallt.« Ich hörte ein langes, gräßliches schallendes Gelächter. »Hab ich natürlich nicht. Er wäre gekränkt. Gott, ich bin wohl die einzige Frau der Welt, die nicht fürchten muß, daß ihr Mann es mit dem Au-pair-Mädchen treibt.«

Ich schrie dort im Garten bestürzt auf und schlug mir rasch eine Hand vor den Mund, da mir der Gedanke kam, daß das merkwürdige Echo ebensoleicht in der anderen Richtung funktionieren könnte. Es verging einige Zeit, ich kniete und blieb wachsam, aber es drangen keine weiteren Worte zu mir. Ich war zutiefst verärgert und verstört über das, was ich mit angehört hatte. Ich konnte mir nicht einmal den düsteren Trost gewähren zu denken, das hätte ich verdient, weil ich gelauscht hatte; schließlich waren Pamelas Bemerkungen meinen Ohren ja versehentlich aufgedrängt worden. Mein Haß auf Pamela, der seit meiner Ankunft auf der Franchise Farm darum gerungen hatte, die Grenzen der Schicklichkeit zu sprengen, brach sich Bahn und durchströmte kochend meine Adern. Ein paar Minuten war ich ganz wahnsinnig vor Wut und Scham, ich schlug um mich und wand mich wie ein wildes Tier. Meine Gedanken waren in Aufruhr – ein Wirrwarr aus Sorgen, dem ich keinen Sinn abringen konnte –, und alsbald hatte ich mich dermaßen erschöpft, daß ich keuchend ins Gras sank. Da ich sogar mitten in diesem Chaos an meine Haut dachte, gelang es mir, meinen ermatteten Körper auf die Seite zu hieven, so daß die verbrannten Stellen aus der Sonne waren, worauf ich sehr zu meiner Verwunderung einschlief.

Siebtes Kapitel

Als ich aufwachte, war der Garten in zartes Sommerabendlicht getaucht. Ringsum war alles still, abgesehen von den letzten verklingenden Vogelgesängen, und ich fühlte einen tiefen Frieden, der mich an der Schlafgrenze hielt, ein Innehalten, in dem weder mein Geist noch mein Körper richtig arbeitete und in dem ich, unschuldig und arglos wie ein Kieselstein, im warmen Gras lag, ohne Erinnerung an meine Fähigkeit, zu denken oder mich zu bewegen. Dieses Innehalten währte geraume Zeit, und dann geschahen mehrere Dinge auf einmal. Der dämmrige Garten, dessen sanfte Stille mich vor wenigen Minuten umhüllt hatte, zog sich in drohende Fremdheit zurück. Das Schweigen der hoch aufragenden Bäume wurde unheilvoll. Ich hatte nicht die geringste Ahnung, wo ich war, und sprang unvermittelt hoch. Dabei schrie jeder Knochen in meinem Körper seinen Protest heraus. Krämpfe schossen blitzartig durch meine Beine, und meine Haut fühlte sich an, als würde sie knistern oder krumpeln wie Papier. In diesem Moment stieg eine ungeheure, unangekündigte Welle der Übelkeit durch meinen Magen in meinen Mund. Ich beugte mich vornüber und erbrach mich ausgiebig.

Daß dies alles geschehen sein sollte, ohne daß ich richtig ergründet hatte, wer oder wo ich war, versetzte mich in einen Schockzustand. Ich starrte in dem trüben Licht auf den Haufen Erbrochenes und staunte über das Rosa, das selbst im Dämmerlicht grell leuchtete. So wurde mir das Luncheon meat ins Gedächtnis gerufen und mit ihm die zögernde Folge der Ereignisse des Tages, die der Schlaf so unerwartet abgeschnitten hatte. Ich wischte mir mit dem Handrücken den klebrigen, nassen Mund ab und wandte mich dem Cottage zu.

Die Haustür hatte ich weit offengelassen, und angesichts meiner Unachtsamkeit überkam mich ein schuldbewußtes Zittern. Ich hatte keine Lust hineinzugehen. Die Aussicht auf Abgeschlossenheit war für meine Lebensgeister so abschreckend wie ein warmer Pullover für meinen Sonnenbrand. Der Garten, der nun verunstaltet war durch mein Erbrochenes und von Sekunde zu Sekunde finsterer wurde, besaß auch keinen größeren Reiz. Ich fragte mich, wie ich mir die Zeit vertreiben sollte ohne Fernseher, Radio oder menschliche Gesellschaft, um die Leere des Abends zu füllen. Ich erwog, hinüberzugehen zum großen Haus, doch selbst wenn ich die Schwierigkeiten außer acht ließ, die bereits in dem kaum kultivierten Boden meiner Bekanntschaft mit den Maddens gediehen, hatten mein einsamer Tag und die durch dieses Alleinsein ausgelösten sonderbaren Handlungen mich zerstreut und gestaltlos gemacht und mir das Vertrauen in meine Fähigkeit genommen, die für den gesellschaftlichen Verkehr notwendige gefällige Form vorzuweisen.

Der Gedanke an ein Bad und eine frühe Nachtruhe, die restlichen Brötchen zur Hand, sollte ich ihrer bedürfen, war zumindest erträglich, und so ging ich hinein und schloß die Tür hinter mir. Als ich das Wohnzimmer durchquerte, fiel mir etwas ins Auge, ein Schatten oder eine Bewegung, aber dann glaubte ich, sie mir nur eingebildet zu haben. Ich setzte meinen Weg fort, doch da kam es wieder, ein ganz schwacher Schatten, beinahe außerhalb meines Blickfelds. Ich blieb klopfenden Herzens stehen. Ich spürte den Druck eines anderen Wesens im Zimmer, einen leichten Luftzug. Es war jedoch nichts Konkretes, da ich es nicht sehen konnte. Ich fragte mich absurderweise, ob es im Cottage spukte. Dieser Gedanke überraschte mich; denn ich bin kein abergläubischer Mensch und habe diese Dimension in meiner persönlichen Landschaft der Ängste auch nie wahrgenommen.

Wie ich da stand, bemerkte ich auf dem Teppich zu meinen Füßen einen weißen Streifen, etwa von der Größe eines Fingers. Durch das Erlebnis mit dem Teer hatte ich eine detailliertere Erinnerung an den Teppich, als man für normal erachten würde, und ich war sicher, daß dieser Streifen vorher nicht da gewesen war. Ich bemerkte einen weiteren auf der geblümten Rückenlehne des Sofas und dann noch einen, der auf den kleinen Beistelltisch gespritzt war. Was um alles in der Welt konnte das sein? Ich war inzwischen ganz verstört und fühlte mich von einer engen Hülle aus Gespanntheit umschlossen. Ich ging zur Tür und knipste das Licht an, um sie zu verscheuchen. Das Licht war für kurze Zeit tröstlich und beruhigend; aber dann gewahrte ich den Schatten wieder, drüben am Kamin – noch immer mehr ein Gefühl als eine sichtbare Gegenwart.

Mein wachsendes Empfinden von Unwirklichkeit wurde unerträglich und ängstigte mich mehr als das Ding selbst – ich hatte immer noch keine Ahnung, was es war. Im Versuch, den Lauf der Ereignisse wieder auf die richtige Bahn zu schubsen, stieß ich einen lauten Schrei aus. Darauf fühlte ich mich sogleich besser, und so schrie ich mehrere Male, rannte dabei durchs Zimmer und hieb auf die Möbel ein, um den Geist zu vertreiben, der von mir Besitz ergriffen hatte, wie auch immer er beschaffen sein mochte. Ich kam, noch schreiend, zum Kamin, und auf einmal war da ein fürchterliches Kreischen und Flattern, und ein großer Vogel erhob sich wie eine Furie hinter dem Sessel in die Luft und stürzte auf mich zu. Er verharrte über meinem Kopf, sein dicker gefiederter Leib durch einen irrwitzigen Flügelwirbel in der Schwebe gehalten, die Klauen ausgestreckt. Ich fühlte Federn meine Wange fächeln und schrie wie eine Irre, fast fühllos vor Schrecken, trommelte mit den Fäusten in der Luft und sprang auf und ab, um das Entsetzen abzuwehren.

Was als nächstes geschah, konnte nur eine Sache von wenigen Sekunden gewesen sein, dennoch besaß es eine erschreckende Klarheit, die sich meinem Gedächtnis, obwohl ich außer mir war vor Angst, für immer eingeprägt hat. Immer noch in der Luft schwebend, scheute der Vogel vor meinen dreschenden Fäusten zurück, einen beleidigten Ausdruck in seinen winzigen Augen. Er stieß herab, eine Art gemächliches Tauchen, schlug dann mit einem Bums gegen die Wand und rutschte auf den Teppich herunter.

Eine Weile war ich außerstande, mich zu rühren. Anfangs war ich darauf gefaßt, daß der Vogel sich von seinem Schlag erholen würde, als ich aber nach ein paar Minuten keinen Laut von ihm hörte, schlich ich auf die andere Seite des Zimmers, um nachzusehen. Er lag auf dem Fußboden, vollkommen still. Ich war überrascht von seiner Reglosigkeit und von der Schlaffheit seines gefiederten Halses, der auf die Seite gerollt war. Auf alle Fälle war ich erleichtert, daß er nicht zu atmen schien; denn ich fürchtete, daß jedwede »Neigung zum Leben auf dem Lande« die Befähigung einschloß, ein leidendes Tier seelenruhig von seiner Not zu erlösen. Ich konnte mich jedoch nicht überwinden, näher heranzugehen, geschweige denn, es anzufassen, tot, wie es war. Ich erkannte es als eine Taube. Sie mußte durch die offene Tür geflogen sein, während ich schlief, und ihre Häufchen im Zimmer verteilt haben.

Da ich nicht gewillt war, das Tier anzufassen, und da durch bloßes Herumstehen nichts gelöst wurde, befand ich mich alsbald erneut auf dem Weg ins Badezimmer, wohin ich strebte, bevor der unglückliche Vorfall mir auflauerte. Ich ließ Wasser in die enge Wanne laufen und betrachtete mich im Spiegel über dem Waschbecken, und für ein paar Minuten erfaßten mich bei meinem Anblick zwanghafte Empfindungen von Entfremdung und Besorgnis. Wie im Traum stieg ich in die Wanne. Das Wasser war sehr heiß, und nach einer Weile spürte ich ein schmerzliches Kribbeln an meiner rechten Körperseite, insbesondere an Bein und Arm. Ich wusch mich rasch, wegen dieses Kribbelns außerstande, das tröstliche Eintauchen, das ich mir vorgestellt hatte, lange zu genießen, und als ich fertig war, hatte ich solche Schmerzen, daß ich buchstäblich aus dem Wasser sprang, das dabei in großen Wellen über den Wannenrand auf den Boden schwappte. Als ich mich, noch triefend naß, betrachtete, sah ich zu meinem Entsetzen, daß mein rechter Arm und mein rechtes Bein – ich hatte die abgeschnittene Hose getragen, wie Sie sich gewiß erinnern werden – und ebenso die Haut auf der rechten Seite von Gesicht und Hals sich kräftig lila verfärbt hatten.

Als ich mich an jenem Nachmittag ins Gras gelegt hatte, ahnte ich nicht, daß die Sonne um diese Stunde so stark sein konnte. Neben dem schrecklichen Schmerz hatte diese neueste Entwicklung auch eine sonderbare Auswirkung auf mein Äußeres. Eine kurze Untersuchung ergab folgendes: rechter Arm und rechtes Bein bis zum Oberschenkel schwer verbrannt; linker Arm verbrannt; linkes Bein marmorweiß; linke Wange und linke Halsseite verbrannt; rechte Wange und rechte Halsseite schwer verbrannt; Oberkörper und Oberarme marmorweiß; mittlere Partie von Gesicht und Hals – ein Streifen, nicht mehr als zweieinhalb Zentimeter breit – marmorweiß.

Unterdessen war es dunkel draußen, und ich dachte daran, in den Garten zu gehen, um mich abzukühlen; doch meine Erinnerung an den Haufen Erbrochenes, obwohl lebhaft, war nicht so präzise, daß ich sicher sein konnte, nicht hineinzutreten. Das Wohnzimmer, wo noch der Vogel in seinem makabren Zustand lag, war auch nicht einladender. Ich gab mich geschlagen und verzog mich nach oben ins Schlafzimmer. Meine Haut war noch naß, und binnen Sekunden nach Verlassen des Badezimmers wurde mir sehr kalt, so daß ich unkontrollierbar zu zittern begann. Oben versuchte ich mich, wie schon einmal, mit der Kante der Daunendecke abzutrocknen, aber der krause Stoff fühlte sich an wie Schmirgelpapier, als ich meine wunde Haut damit abrieb. Die Lotion glitschte auf der rauhen, nassen Oberfläche und wurde nicht absorbiert. Darauf gab ich es ganz auf und legte mich wimmernd aufs Bett.

Dort liegend, fiel es mir schwer, mich nicht den trübsten Gedanken über mein Mißgeschick hinzugeben. Da ich fest entschlossen war, meine Entscheidung, aufs Land zu ziehen, nicht zu bereuen, erforderte es eine beträchtliche Willensanstrengung, mich nicht in abgrundtiefe Verzweiflung treiben zu lassen. So sehr damit beschäftigt, die Sturzflut meines vorigen Lebens einzudämmen, war ich auf zukünftige Attacken nicht vorbereitet gewesen, und nachdem ich nun von allen Seiten drangsaliert wurde, war die Versuchung groß, meine Kontrolle über die Situation gänzlich fallenzulassen. Es gibt

Momente, wo große Blöcke des Lebens am dünnsten Faden zu hängen scheinen, wo sich ganze Glieder von Zukunft und Vergangenheit um die allerkleinste Angel drehen. Zitternd befand ich mich in diesem Moment an einer derart dürftigen Stelle. Wie jemand, der in luftiger Höhe auf einem Fenstersims kauert, spürte ich, daß die geringste Bewegung mich vernichten konnte. Ich wagte es nicht einmal, auf dem Bett zu rutschen, um nicht den Flügelschlag des Zweifels hervorzurufen, der erforderlich war, mich zum Absturz zu bringen.

Bald veranlaßte mich ein stechender Krampf in meinem leeren Magen, mich auf die Seite zu werfen, und in diesem Moment fiel mein Blick auf das Bücherregal an der Wand gegenüber. Ich bin keine besonders eifrige Leserin, aber mein Durst nach Ablenkung war so groß, daß ich bereit war, mich mit diesem primitiven Gefäß abzumühen, um ihm auch nur ein paar Tropfen zu entwinden. Ich stand auf, ging zum Bücherregal und hockte mich davor. Ich ließ meinen Blick müßig über das Angebot schweifen und sah mehrere Titel, die ich erkannte, und einige, die ich schon gelesen hatte. Ich schwankte, zog zuerst einen, dann einen anderen aus dem Gedränge ramponierter Buchrücken hervor und wollte mich schon mit einem aufregend aussehenden Kriminalroman zurückziehen, als etwas höchst Eigenartiges geschah.

Am Ende des Bücherregals, inmitten einer Menge ziemlich geschmacklos aufgemachter Liebesromane, war ein Buch, auf dem mein Name stand. Ich blinzelte, dachte, ich müßte mich irren, und verlor es tatsächlich für ein, zwei Sekunden aus den Augen, aber dann war es wieder da. *Stella Benson.* Zitternd und ein wenig ängstlich zog ich es heraus. Es war ein recht altes Buch mit einem schimmelgrünen festen Einband. Vorne stand in goldenen Lettern: *Die geflohene Braut.* Gebannt, mit klopfendem Herzen, kauerte ich mit dem Buch in den Händen auf dem Fußboden. Was konnte das bedeuten? War es ein Scherz oder Magie – oder etwas Unheimlicheres, ein unerklärlicher Zusammenstoß von Welten, ein Stück Strandgut, von einer höhnenden Welle aus einem unergründlichen Meer geworfen? Ich schlug das Buch auf und betrachtete das Vorsatzblatt. Das Geheimnis nahm Substanz an, wurde konkret. *Die geflohene Braut* von Stella Benson.

Zitternd begann ich, so wie ich da hockte, die trockenen vergilbten Seiten umzublättern. Ich muß eine ganze Zeit so verweilt haben; denn als ich, noch lesend, aufstand, um mich aufs Bett zu legen, schmerzten meine Beine und kribbelten. Schließlich handelte das Buch gar nicht von mir, sondern von weit entfernten Menschen; immerhin war es eine schöne Geschichte, und sehr traurig. Die Stunden vergingen dort in der dunklen Höhle der Nacht. Am Ende vergaß ich den aufreibenden Schrecken des Zufalls oder gelangte zumindest zu einer innigeren Verständigung mit ihm. Meine Namensvetterin war augenscheinlich eine vermögende Frau gewesen, weitgereist, unabhängig, mitfühlend und auch gütig; denn sie hatte vor vielen Jahren daran gedacht, diese interessante Erzählung niederzuschreiben, auf daß ich sie in der Stunde der Einsamkeit und Verzweiflung fände und getröstet wäre.

Achtes Kapitel

Es war bereits heiß, als ich am nächsten Morgen um zwanzig nach acht das Cottage verließ und mich durch den Garten zum großen Haus aufmachte. Über einem sich auflösenden Nebelschleier verkündete der Himmel seine Herausforderung in hartnäckigem Blau, und über den Baumwipfeln trompetete die Sonne einen Schlachtruf und trat ihren langen, brutalen Marsch zur Abenddämmerung an. Ich war in poetischer Stimmung. Selbst der Haufen Erbrochenes, den ich zuletzt rosig im verblassenden Licht unmittelbar bei der Cottage-Tür gesehen hatte, konnte mich nicht aus der Ruhe bringen; denn ungefähr eine Stunde früher, als der Tau noch auf dem Gras zitterte und die Sonne noch schlummerte, hatte ich mich an die Arbeit gemacht und weggeräumt, was ich abends zuvor auf der Türstufe abgestellt hatte. Anschließend gab ich dem Vogel ein Begräbnis; mit einem Kehrblech, das ich in der Küche fand, hob ich ihn angewidert vom Teppich und trug ihn in eine Ecke des Gartens, wo ich mit einem Löffel ein kleines Grab schaufelte.

Ich hatte die verbrannten Stellen meiner Haut dick mit Lotion eingerieben und ein langärmliges Hemd und eine Hose angezogen, um das Schlimmste zu verdecken; aber mein Gesicht wies noch die eigenartigen Male der Sonnenbestrahlung auf – den weißen Streifen zwischen zwei breiteren Flekken von unterschiedlichem Rot, ein Muster, das auf einer Nationalflagge nicht fehl am Platze gewesen wäre –, und ich war über und über wund, so daß jede Berührung schmerzte. Trotz des Mangels an Nahrung in den vergangenen vierundzwanzig Stunden war ich seltsamerweise überhaupt nicht hungrig. Bevor ich ging, hatte ich mir eine Tasse Kaffee gemacht, der jetzt meinen armen geschrumpften Magen wie einen Ballon blähte. Ich bemerkte sogar insgesamt eine gewisse Magerkeit an mir. Eigentlich bin ich weder dick noch dünn. Was nicht bedeutet, daß ich diese Straffheit nicht erfreulich fand, auch nicht, daß sie mir nicht ein gewisses Maß an Zuversicht gab bei dem Gedanken, Pamela zu begegnen, die, wie ich wohl bereits erwähnte, schlank und sehnig war.

So gelangte ich, dünn und buntschillernd, zum Tor, und als ich stehenblieb, um es zu öffnen, war ich schier überwältigt vom köstlichen Wohlgeruch des Gartens, einem Geruch, den das Land, wie ich jetzt weiß, nur am frühen Morgen und Abend verströmt, eine Art Duftfanfare zum Kommen und Gehen des Tages. Ich erwähne diesen Geruch einfach deswegen, weil mir in den Sinn kam, daß meine Beschreibungen der ländlichen Szenerie für unzulänglich befunden werden könnten. Es roch, glaube ich, hauptsächlich nach Gras; doch gab es auch Hecken in der Nähe und eine Anzahl Blumen, die zu dem Duft beigesteuert haben mochten.

Als ich mich der Hintertür des großes Hauses näherte, fielen mir die Schwierigkeiten ein, mit denen ich zu kämpfen hatte, als ich die Tür zuletzt probierte. Dermaßen um Pünktlichkeit und anständiges Aussehen bemüht, wünschte ich innigst, nicht in die Irre geführt zu werden, ehe der Tag überhaupt begonnen hatte. Der Zufall wollte es jedoch, daß die Tür weit offenstand; ein Zeichen, dachte ich, für einen Beschluß seitens der Maddens, einen wohlwollenderen Eindruck auf mich zu machen. Ich trat ins Haus, und am Ende des langen, gewundenen Flurs gelangte ich in den dunklen Vorraum, durch den ich, wie ich mich erinnerte, mit Mr. Madden gekommen war. Ich hörte absolut kein Geräusch, was mich verwunderte; ich hatte erwartet, das Haus von Geschäftigkeit surrend vorzufinden. Weil ich nicht weiter eindringen wollte, ohne jemanden von meiner Anwesenheit verständigt zu haben, rief ich, deutlich und sehr munter. Es erfolgte keinerlei Reaktion; allerdings vernahmen meine angestrengt lauschenden Ohren das Ticken einer Uhr irgendwo in der Nähe. Ich rief erneut, lauter diesmal, und als nichts geschah, rief ich mehrmals hintereinander, mit jedem Ruf das Volumen steigernd. Mein Hals tat schon weh, als eine Tür zu meiner Rechten aufflog und eine Frau, die ich nicht kannte, sich vor mir aufpflanzte.

»Was soll der Lärm?« sagte sie. »Warum machen Sie solchen Krach?«

Sie schien wütend zu sein. Ich hatte nicht die leiseste Ahnung, wer sie war; sie sah alt genug aus, um Pamelas Mutter zu sein; es bestand jedoch äußerlich keine Ähnlichkeit zwischen ihnen. Tatsächlich war diese alte Schachtel, die mich so grob angefahren hatte, ausgesprochen häßlich. Sie war sehr klein und breit wie ein Faß, mit grauen Haaren, die auf ihrem Kopf zu einem stählernen Wulst zusammengefaßt waren. Ihr Gesicht war sonderbar eingedrückt, als würde sie in ihrem eigenen Fett ertrinken, und nur Nasenspitze und Mund waren sichtbar, während das übrige in einer Welle von Kinnwülsten verschwand. Ihre Haltung war regelrecht aggressiv, die kleinen Füße waren gespreizt auf den Boden gestemmt, die Arme einsatzbereit an den Seiten.

»Ich wußte nicht, ob jemand zu Hause ist«, sagte ich. »Mrs. Madden erwartet mich um halb neun.«

»Mrs. Madden hat oben zu tun«, sagte die Frau unfreundlich. »Wenn sie Sie erwartet, wird sie wohl bald runterkommen. Sie hätten lieber in die Küche gehen und dort ruhig warten sollen, statt hier rumzubrüllen wie eine Irre.«

»Verzeihung«, sagte ich. Auch wenn ich sie nicht mochte, sah ich ein, daß sie recht hatte. »Ich konnte den Weg in die Küche nicht finden. Ich wollte nicht einfach so eindringen.«

»Sie finden ihn hier entlang«, sagte sie, drehte sich um und stieß die Tür auf, durch die sie gekommen war. Ich folgte ihr. Von hinten sah sie aus wie ein Omnibus.

»Ah, *hier* sind wir!« sagte ich erfreut, denn wir waren jetzt in der Küche, die ich schon kannte. »Haben Sie vielen Dank.«

Die Schachtel antwortete nicht, sondern ging einfach ihrer omnibusartigen Beschäftigung nach, fuhrwerkte mit eiligen, eifrigen Bewegungen durch die Küche, die ganze Zeit darauf bedacht, mir ihren breiten, herrischen Rücken zuzudrehen.

Ich stand zögernd herum, gespannt, ob sie mir Kaffee oder etwas zu essen anbieten würde – daraus, daß sie die Küche saubermachte, schloß ich, daß ihre Stellung im Haus die einer Dienstbotin war –, doch mein Herumstehen erwies sich bald als unpraktisch. Die Frau machte kehrt, die Lippen geschürzt, und bahnte sich grimmig ihren Weg durch die Küche. Ich hatte mich unglücklicherweise direkt in ihrer Bahn aufgebaut, und als sie bei mir ankam, blieb sie stehen und wartete, ohne ein Wort zu sagen; wie ein Omnibus, wenn ich mich wiederholen darf, der qualmend an einer roten Ampel wartet. Ich trat hastig beiseite, und sie setzte ihren Weg fort. Obwohl sie kein Wort gesprochen hatte, spürte ich ihren Befehl, mich zu setzen, und so nahm ich auf demselben Stuhl Platz, auf dem ich beim Essen an meinem ersten Abend auf der Franchise Farm gesessen hatte.

Gleich darauf hörte ich jenseits der Küchentür Schritte nahen, und Pamela kam hereingetänzelt.

»Morgen!« rief sie, ihre gewellten Haare wippten auf ihrem Kopf, ihr Gesicht erstrahlte in einem herzlichen Lächeln.

»Morgen!« erwiderte ich.

Sie trat neben die andere Frau. Ich fragte mich, ob ihre muntere Begrüßung nicht mir gegolten hatte, sondern meiner Nemesis, und ob Pamela überhaupt wahrnahm, daß ich da war.

»So, Mrs. Barker«, sagte sie und legte der anderen Frau ihren schlanken Arm um die Schultern. »Ich habe Ihnen oben den Weg frei gemacht, jetzt können Sie sich durchkämpfen.« Sie gestikulierte theatralisch mit den Händen und legte dann den Arm wieder zurück, als ließe sie ihn auf der Rückenlehne eines Sofas ruhen. »Martin hat versprochen, sein Zimmer bis zehn Uhr zu räumen.« Sie lachte hell. »Er hat sich erboten, Ihr Fahnenträger zu sein und vor Ihnen durchs Haus zu rollen. Er ist ein großer Verehrer von Ihnen«, sagte sie in vertraulichem Ton.

Mrs. Barker machte ein eigentümliches Geräusch, das ich für ein Lachen hielt. Eigentlich war es mehr ein schniefendes Feixen.

»Der ist mir vielleicht einer, der junge Mann«, schniefte sie. »Wollen Sie, daß ich die Fenster putze, Pam?«

»Oh – mal überlegen, will ich das?« Pamela legte den Kopf auf eine Seite, offensichtlich nicht beleidigt über Mrs. Barkers freizügigen Gebrauch eines Kosenamens. »Nein, ich denke nicht. Ich denke, wir können gerade noch durchgucken. Die nehmen wir uns ein andermal vor.«

»Schön«, sagte Mrs. Barker. »Dann mach ich jetzt weiter.«

»Ich bringe Ihnen in ein paar Minuten Ihren Kaffee«, sagte Pamela. »Ich muß nur kurz etwas mit Stella besprechen.« Ich war also wahrgenommen worden. »Kennen Sie Stella schon, Mrs. Barker?«

»Ich kenne sie seit eben«, sagte Mrs. Barker. »Allerdings hat sie sich mir nicht vorgestellt. Ich hab mir aber schon gedacht, wer sie ist.«

»Um so besser«, sagte Pamela.

Als Mrs. Barker fort war, wandte Pamela sich mir zu und stieß einen Seufzer aus, als sei sie bereits erschöpft.

»Und wie geht es Ihnen heute?« fragte sie.

Dadurch, daß sie es vermied, meinen Namen auszusprechen, wirkte ihre Frage feindselig. »Sie haben ein Sonnenbad genommen, wie ich sehe.«

»Ich bin versehentlich im Garten eingeschlafen«, gestand ich. »Ich habe nicht gemerkt, wie heiß es war.«

»Ich weiß, war es nicht herrlich?« meinte Pamela. »Sie hätten wirklich zum Schwimmen rüberkommen sollen.«

Da ich sah, daß sie mir wegen dieser Sache immer noch grollte, gewahrte ich eine sich mir bietende Gelegenheit, als hätte ich den Ursprung von Pamelas Unfreundlichkeit ergründet und könne nun dagegen angehen.

»Ich habe keinen Badeanzug mitgebracht«, sagte ich. »Ich wußte nicht, daß Sie ein Schwimmbad haben. Sonst wäre ich gerne gekommen.«

»Warum haben Sie das nicht gesagt!« rief Pamela. »Ach, Sie dummes Mädchen! Ich habe *haufenweise* Badeanzüge oben, ich hätte Ihnen leicht einen leihen können.« Ich wußte nicht, ob sie mich für blöd hielt, weil ich es nicht früher gesagt hatte, oder ob sie beim Gedanken an meine Schüchternheit zu Mitleid gerührt war. »Und da haben Sie den ganzen Nachmittag allein geschmort und wären wahrscheinlich für Ihr Leben gerne schwimmen gegangen!«

Ich nickte.

»Ach, arme Stella! Wir sind hier keine Ungeheuer, wissen Sie – Sie müssen einfach *schreien*, sobald Sie was brauchen. Hören Sie, ich suche Ihnen nachher einen heraus, und dann können wir mittags alle schwimmen gehen.«

»Danke«, sagte ich.

Ich überlegte, ob ich die geringfügige Angelegenheit eines Frühstücks zur Sprache bringen sollte, entschied mich aber dagegen. Es folgte eine Pause. Das Thema meiner Pflichten, über das wir so erbittert gestritten hatten, drängte sich wieder auf. Ich sah tatsächlich keine Möglichkeit, die Frage, was als nächstes von mir erwartet wurde, zu umgehen, denn in der Küche gab es nichts für mich zu tun.

»So, wollen wir schnell mal den heutigen Tag durchgehen? Haben Sie eine Minute Zeit?« fragte Pamela, als ob ich wahrhaftig keine Zeit haben könnte.

»Okay«, sagte ich.

»Geht es Ihnen gut?« fragte sie, als sei sie besorgt. Dabei hatte ich gedacht, ich hätte ihr ganz munter geantwortet. Ich muß mich oft davor hüten, einen mürrischen Ton anzuschlagen. »Sie sehen fürchterlich verbrannt aus.«

»Ach, mir fehlt weiter nichts«, sagte ich und wischte das Thema tapfer beiseite. »Es sieht schlimmer aus, als es ist.«

»Soll ich Kaffee machen, während wir unsere Lagebesprechung abhalten?« fragte sie; meinen Sonnenbrand schien sie sogleich vergessen zu haben. »Mrs. Barker wird inzwischen danach lechzen.«

»Ich mach das«, sagte ich und stand auf.

»Sie sind ein Schatz«, sagte Pamela. Mir schwoll absurderweise das Herz bei diesen Worten. »Sie brauchen keine Angst vor Mrs. Barker zu haben. Sie ist eine gute alte Seele.«

»Arbeitet sie schon lange hier?« fragte ich, außerstande, ihr beizupflichten.

»Oh, eine *Ewigkeit*«, sagte Pamela. Ich setzte Wasser auf. »Seit der Sintflut. Sie war schon hier, als ich auf die Welt kam. Wir hängen sehr an ihr, und ich fände es schrecklich, sie zu verlieren.«

Diese Bemerkung hatte etwas Vorwurfsvolles, als wäre mir zuzutrauen, daß ich Mrs. Barker wegnehmen und vergessen würde, wo ich sie hingetan hatte.

»Das kann ich mir gut vorstellen«, sagte ich.

»Wollen wir anfangen?« fragte Pamela nach einer Pause.

Ich hätte gern gewußt, was diese Veränderung in Pamelas Benehmen bewirkt hatte. Sie war jetzt so sachlich, wie sie zuvor unklar gewesen war, und ich interpretierte dies zu meiner Genugtuung als Beweis, daß sie es bereute, mich an meinem ersten Abend auf dem Lande so grob behandelt zu haben.

»Martin hat natürlich Vorrang vor allem anderen«, fuhr sie fort, die Worte deutlich artikulierend. »Er ist ein Schatz, aber er langweilt sich, wenn er den ganzen Tag nur im Haus herumsitzt, also müssen Sie mit ihm hinausgehen oder sich überlegen, wie Sie ihn zu Hause beschäftigen. Montags, mittwochs und samstags ist er nachmittags im Zentrum. Manchmal bringt Piers ihn hin, manchmal ich, aber normalerweise erwarte ich, daß Sie es tun.«

»Wo ist das Zentrum?« fragte ich.

»Ach, nicht weit – in Buckley. Sie bringen ihn im Auto hin, und später setzt ihn jemand von den Pflegern wieder hier ab. Sie sind schrecklich nett dort. Es ist ein Segen, daß wir es haben, und Martin geht sehr gern hin.«

Ich rechnete mir aus, daß es, da Montag war, vielleicht nur noch wenige Stunden bis zu meinem Untergang wären.

»Aber wenn ich es mir recht überlege, bringe ich ihn heute nachmittag wohl lieber selbst hin. Ich muß ein paar Besorgungen machen«, sagte Pamela.

Vor Erleichterung zitterten mir die Hände, die gerade die randvollen Kaffeetassen an den Tisch trugen, und etwas Kaffee schwappte auf den Boden.

»Vorsicht!« sagte Pamela.

»Verzeihung«, sagte ich. »Ich wisch es auf.«

»Hören Sie, setzen Sie sich doch eine Minute hin, bis ich fertig bin«, sagte Pamela matt. »Wir können das später aufwischen.«

»Okay«, sagte ich, darauf bedacht, sie nicht zu verärgern.

»Also, verschiedene Dinge kann Martin allein tun, etwa auf die Toilette gehen, darum brauchen Sie sich nicht zu kümmern, außer er bittet Sie. Es könnte nötig sein, daß Sie zur Stelle sind, wenn er im Badezimmer ist und steckenbleibt. Die andere Schwierigkeit ist, die Treppe hinauf und hinunter zu kommen. Hinunter schlurft er meistens allein, aber Sie müssen ihm hinaufhelfen, wenn er müde ist, und Sie müssen seinen Rollstuhl tragen. Wir hatten daran gedacht«, fuhr sie fort, »einen zweiten Stuhl für unten anzuschaffen, aber die Dinger sind so scheußlich, wenn sie herumstehen, und stopfen den ganzen Raum voll. Immerhin ist der Stuhl ganz leicht. Im allgemeinen wird Martin Ihnen sagen, was Sie für ihn tun sollen. Er ist nicht schüchtern.« Sie legte die Hände um ihre Kaffeetasse und hob sie an die Lippen. »Das einzig Wichtige ist, vormittags hinter ihm her zu sein, damit er seine Hausaufgaben macht. Er ist ein Faulpelz. Sucht immer nach Ausreden.«

»Hausaufgaben?« fragte ich. »Was macht er denn für Hausaufgaben?«

»Dieselben wie alle anderen«, blaffte Pamela, und ihre hellen Augen blitzten mich an. »Er ist nicht zurückgeblieben, Stella. Er geht zur Schule wie alle anderen Kinder auch. Es ist sehr gefährlich, Mutmaßungen über behinderte Menschen anzustellen, lassen Sie sich das von mir gesagt sein.«

Ich spürte, daß wir uns an einem steilen Abgrund befanden.

»Verzeihen Sie«, sagte ich. »Als Sie vom ›Zentrum‹ sprachen, war mir nicht klar, daß Sie eine Schule meinten.«

»Es ist keine Schule!« rief Pamela und schlug mit der Hand auf den Tisch. »Sie sind es, die nicht klar sind, nicht ich! Das Zentrum ist eine Tagesstätte für Kinder wie Martin, dahin gehen sie in den Schulferien.« Sie unterstrich ihre Worte mit weiteren Schlägen auf den Tisch. »Und Schule ist Schule, genau dieselbe wie für alle anderen.«

Ich hatte natürlich weder daran gedacht, daß Schulferien

waren, noch, wenn ich ehrlich sein sollte, daß Martin überhaupt zur Schule ging.

»Gut, ich helfe ihm also bei den Hausaufgaben«, sprach ich rasch weiter, in dem Versuch, die Flut einzudämmen, die mir entgegenströmte.

»Er braucht keine Hilfe. Man muß ihm nur sagen, daß er sie machen soll.«

»Okay«, sagte ich. »Das erledige ich. Und wenn er im Zentrum ist? Ich meine, was soll ich dann tun?«

»Also!« Pamela gab so etwas wie ein Schnauben von sich. »Ich kann Ihnen nun wirklich keinen Stundenplan für jede freie Minute machen. Ich persönlich finde kaum Zeit zum Verschnaufen, aber wenn Sie nichts mit sich anzufangen wissen, dann können Sie gern zu mir kommen, und ich gebe Ihnen etwas zu tun.«

»Schön«, sagte ich und bereute es, sobald ich merkte, wie unglücklich es mir über die Lippen gekommen war. Ich nehme an, ich war ziemlich verärgert über die Art, wie Pamela mit mir sprach, und etwas von dieser Verstimmung hatte sich unabsichtlich in meiner Erwiderung niedergeschlagen. Es war unmöglich, daß Pamela meinen Ton nicht bemerkt hatte, und tatsächlich fuhr ihr Kopf hoch, und sie sah mich mit stählernem Blick an. Ihr Gesichtsausdruck ließ erkennen, daß ihr die Erinnerung an unsere Auseinandersetzung am Vorabend in ebendieser Küche dämmerte, was mich überraschte, denn ich hatte mir natürlich eingebildet, daß sie viel über die Szene nachgedacht und daraufhin gewisse Beschlüsse gefaßt hatte. Nun wurde mir klar, daß sie nicht einen Augenblick darüber nachgedacht hatte – bis jetzt.

»Ich hoffe, wir werden keinen Ärger mit Ihnen bekommen«, sagte sie, nicht besonders gehässig, wenngleich es nicht gerade freundlich war, so etwas zu sagen. »Wir hatten in der Vergangenheit Probleme mit Mädchen, und wir haben sehr gehofft, daß Sie anders wären.«

Es fiel mir schwer, mir die Bemerkung zu verkneifen, daß allen »Problemen«, die sie in der Vergangenheit hatten, eines gemeinsam war – Pamela –, und daß sie vielleicht bei sich selbst suchen sollte, wenn sie sie lösen wollte. Diese Art von Direktheit stand mir nicht zu. Ich sah aber, daß Pamelas schlechte Laune keine einmalige Erscheinung war, sondern der zentrale Bestandteil meines Umgangs mit ihr sein würde, ein Umstand, der, so riskant und unerfreulich diese Aussicht war, die sofortige Ausarbeitung einer Taktik erforderte, um mich der Auseinandersetzung zu stellen.

»Mrs. Madden«, sagte ich kühn. »Es tut mir leid, wenn Sie in der Vergangenheit Probleme hatten. Ich habe nicht die Absicht, Ihnen Ärger zu machen, und ich wünsche mir sehr, daß sich die Dinge gut entwickeln. Diese Art Leben ist jedoch ganz neu für mich, und falls Sie sich erinnern, daß heute mein erster richtiger Tag hier ist, werden Sie verstehen, warum es nötig ist, daß mir meine Aufgaben deutlich dargelegt werden. Es ist offensichtlich sehr wichtig, daß mit Martin alles glattgeht«, fuhr ich fort, raffiniert, wie ich gestehen muß. »Und ich möchte nicht durch Fehler lernen. Ich möchte lieber alles wissen, was ich wissen muß, bevor wir anfangen, und auf diese Weise wird er hoffentlich nicht zu sehr aus seinem gewohnten Ablauf gerissen.«

Diese Rede war anstrengend, und während ich sprach, bangte ich, was Pamela von mir denken mochte. Es war unmöglich, etwas anderes als Erstaunen aus ihrem Gesicht zu schließen, in dem der Mund offenstand. Sie schien zu überlegen. Schließlich begann sie zu meiner Erleichterung, energisch zu nicken.

»Ja, ja«, sagte sie. »Ich denke, ich verstehe, was Sie meinen. Ja, Sie haben ganz recht, Stella.« Sie nickte immer noch. Ich fragte mich, wann sie wohl aufhören würde. »Ja, es *ist* besser so, nicht?«

»Ich denke, ja«, sagte ich recht beherzt, obwohl ich noch keuchte von meinem Vortrag. »Und nun«, fuhr ich fort, meinen Vorteil ausnutzend, »soll ich Mrs. Barker ihren Kaffee bringen? Und dann kann ich vielleicht zu Martin gehen und zusehen, daß er seine Hausaufgaben macht.«

»Ja, warum nicht?« meinte Pamela fügsam.

»Wo finde ich ihn?«

»Was? Oh, oben in seinem Zimmer, nehme ich an. Mrs. Barker wird es Ihnen zeigen, falls Sie sich verlaufen.«

Sie wundern sich vielleicht über diesen Beweis meines selbstbewußten Auftretens. Vielleicht haben Sie angenommen, daß ich, weil ich Mrs. Madden untergeordnet war – in vieler Hinsicht, und nicht nur aufgrund meiner Stellung in ihrem Haus –, es niemals zuwege bringen würde, ihr die Stirn zu bieten. Mein bisheriger Lebenslauf könnte tatsächlich als eine Geschichte der Unterdrückung verstanden werden, eine dieser altmodischen Geschichten, in denen eine arme häßliche Heldin alles Mißgeschick erduldet, das gesellschaftliche und materielle Benachteiligung für sie bereithalten können, aber im letzten Augenblick für ihre Duldsamkeit triumphal belohnt wird. Mrs. Madden zum Beispiel könnte am Ende einen gräßlichen Unfall erleiden, indem sie unter die Räder eines Traktors stürzte, oder sie könnte von Mrs. Barker ermordet werden, die als getarnte Anarchistin entlarvt werden würde, worauf man mich zu Pamelas Nachfolgerin auf der Franchise Farm bestimmen würde, nachdem Mr. Madden gestanden hatte, daß er sie schon immer haßte. Ich will nicht so tun, als hätte ich nie derartige Tagträume gehabt; doch die erste Pflicht sollte stets der Realität gelten.

Um auf das Thema meines unerwarteten anmaßenden Auftretens zurückzukommen: Ich hatte die Welt gesehen, und im Verlauf meiner neunundzwanzig Jahre war ich dort allen möglichen Leuten begegnet. Ich bin nicht dumm, und als ich Pamela zum zweitenmal in fieberhaft schlechte Laune geraten sah, konnte ich das Phänomen näher betrachten. Ich tat dies natürlich nicht ganz bewußt; ich bin ein sensibler Mensch, und in Konfliktsituationen fällt es mir leichter, emotional zu sein statt systematisch. Sagen wir einfach, daß ich mich bei dieser Gelegenheit von Pamela nicht aus der Fassung bringen ließ, und indem ich ruhig blieb, war ich imstande, etliche Ähnlichkeiten in den beiden Ausbrüchen zu entdecken, die auf eine Art pathologischen Befund auf seiten meiner Arbeitgeberin hindeuteten. Um dieses Experiment durchzuführen, mußte ich selbstverständlich sicher sein, daß meine Haltung absolut vernunftbestimmt war, und ich glaubte, das war sie. Nachdem also feststand, daß Pamela keinen besonderen Grund hatte, auf *mich* wütend zu sein, konnte ich folgern, daß die Ursache ihrer Verärgerung anderswo lag. Wer konnte es Pamela verübeln, daß sie reizbar war? Einerlei, wie sehr sie in Martin vernarrt zu sein schien, ein behindertes Kind zu haben bedeutet, eine der schwereren Bürden des Lebens zu tragen. Unter den Empfindungen, die diese Erkenntnis hervorrufen mochte, konnte ich momentweise Schuldgefühle und Unmut entdecken; und wer weiß, was sich sonst noch finden ließe, wenn man tiefer grub?

Die zweite Komponente meiner Analyse von Pamelas Labilität bestand darin, die Realität von Pamelas Situation von der Art und Weise zu trennen, wie sie sie darstellte. Mir war aufgefallen, daß sie sich häufig einer dramatischen und übertreibenden Redeweise im allgemeinen bediente – und eines Chaos und Überarbeitung ausdrückenden Vokabulars im besonderen. Wie Pamela behauptete, war sie jede Minute des Tages beschäftigt; das Haus war ein »Irrenhaus«, ihr blieb keine Zeit zum »Verschnaufen«. Dies war, soweit ich sehen konnte, bei weitem nicht der Fall. Was hatte Pamela denn eigentlich zu tun? Sie hatte Mrs. Barker; sie hatte mich. Sogar Martin, dessen Hilflosigkeit der Grund meines Hierseins war, schien weitgehend selbständig, er machte seine Hausaufgaben, konnte allein herumschlurfen und auf die Toilette gehen. Als ich nach besonderen Aufgaben für die Nachmittage fragte, an denen Martin außer Haus war, konnte Pamela mir keine nennen; dabei war jetzt in den Schulferien Hochsaison, was die Fürsorge für Martin betraf. Was sollte ich den ganzen Tag anfangen, wenn Martin wieder zur Schule ging? Die nächste Frage war unvermeidlich, wenn auch grausam: Warum konnte Pamela nicht allein zurechtkommen?

Auf diesem Wege kam ich zu dem Schluß, daß Pamela nicht die selbstsichere und furchteinflößende Person war, die sie zu sein schien. Diese Erkenntnis war es, die es mir möglich machte, ihr die Stirn zu bieten; doch damit, daß ich die Lösung für eines meiner Probleme gefunden hatte, schuf ich viele neue. Indem ich Pamelas Schwäche entdeckte, entschied ich mich in einem gewissen Sinne, sie zu ertragen: dabei war ich mit der ausdrücklichen Absicht aufs Land gekommen, Bürden dieser Art nicht auf mich zu nehmen. Ich wollte nicht in Kompliziertheiten verwickelt werden, und es war schwierig zu sagen, wie ich Pamela weiterhin mit »fester Hand« – denn das war, wie ich jetzt weiß, die richtige Art, sie zu zähmen – begegnen konnte, ohne eine gewisse Verantwortung für die Folgen zu übernehmen. Pamela war unglücklich. Wollte ich die Sklavin dieses Unglücklichseins bleiben und die unseligeren Aspekte der Behandlung, die sie mir angedeihen ließ, weiterhin klaglos ertragen, dann würde ich, dessen war ich sicher, alle Qualen erleiden, mit denen die despotische Natur die Unterwürfigen heimsuchen kann. Alles würde noch schlimmer werden. Wollte ich dagegen Herrin dieses Unglücklichseins werden, würde ich ein gewisses Quantum Macht erlangen, und mit der Macht kommt die Verantwortlichkeit. Mit anderen Worten, wenn ich die Kontrolle über meine Beziehung zu Pamela übernahm, würde sie am Ende bestimmte Dinge von mir erwarten, und ich war nicht sicher, daß ich bereit war, sie zu liefern.

Ich verließ die Küche so geschwind, wie es Mrs. Barkers volle Kaffeetasse zuließ, während Pamela verloren und kleinlaut am Tisch zurückblieb. Da ich jetzt schon einigermaßen vertraut war mit dem Weg, der die Zimmer im hinteren Teil des Hauses mit den vorderen verband, fand ich ohne größere Schwierigkeiten in die Halle. An deren Ende erspähte ich Mrs. Barker, die, in eine außergewöhnliche Beschäftigung vertieft, mit dem Rücken zu mir an der Haustür stand. Ich konnte nicht deutlich erkennen, was sie tat, doch was immer es war, sie tat es so energisch, daß ihr üppiges Hinterteil vibrierte. Ich war erstaunt und auch angewidert, da ich sie verdächtigte, dort in der Halle am hellichten Tag jenen Akt zu vollziehen, den ich tags zuvor in der Abgeschiedenheit meines Schlafzimmers begangen hatte. Als ich näher heranging – sie war so in ihr Tun vertieft, daß sie mein Kommen nicht bemerkte –, sah ich mich entsetzlich gefesselt von ihren Schwingungen, und ich stand einige Sekunden da, den Blick fest auf ihr Hinterteil gerichtet. Es folgte ein Augenblick der Verlegenheit meinerseits, als sie schließlich meine Anwesenheit hinter sich spürte, von ihren Anstrengungen abließ und sich mir zuwandte. Ich sah, daß sie in einer Hand einen Lappen hielt und in der anderen eine Dose mit Politur; der Beweis, sofern einer nötig gewesen wäre, daß sie sich nicht in Selbstbefriedigung erging, sondern vielmehr den Türknauf putzte. Sie zog verächtlich die Nase kraus und funkelte mich an, als wollte sie mich auf der Stelle vernichten; doch keine noch so große Feindseligkeit, nicht einmal die Drohung eines regelrechten körperlichen Angriffs, den ihre gefechtsbereiten Massen zu verheißen schienen, kann die Worte rechtfertigen, die ich wählte, um sie anzusprechen.

»Hier ist dein Kaffee, du Fotze«, sagte ich.

Obwohl ich bereit bin, zuzugeben und sogar zu schwören, daß ich dieses schreckliche Wort aussprach, wurde es von einer höheren, mysteriösen Macht in Abrede gestellt. Beim Rundfunk haben sie einen Knopf, den man drücken kann, wenn im Äther eine Indiskretion oder Obszönität geäußert wird; eine Zehnsekundenverzögerung nennt man das, glaube ich. Mit anderen Worten, im Radio passieren Dinge zehn Sekunden in der Zukunft, wodurch der gegenwärtige Moment ausgelöscht werden kann. Ich war immer der Meinung, daß dies im Leben eine nützliche Einrichtung wäre; und bei dieser Gelegenheit war ich offenbar damit versehen. Ich sagte nicht, daß eine Art Magie, erklärbar oder nicht, bei meiner Begegnung mit Mrs. Barker im Spiel war, sondern vielmehr, daß ein In-Abrede-Stellen, das schließlich der Sinn dieses Knopfes ist, *in extremis* die Arbeit dieser genialen Erfindung besorgte. Ich stellte in Abrede, daß ich es gesagt hatte; Mrs. Barker stellte in Abrede, daß sie es gehört hatte; kurzum, unsere Situation stellte in Abrede, daß so etwas möglich sein konnte, und *voilà*! Es war nie geschehen.

»Danke«, sagte Mrs. Barker. Ihr schien etwas unbehaglich zumute zu sein, als ob sie wüßte, daß etwas vorgefallen war, sich aber nicht erinnern könnte, was, so wie Menschen im

Film, die von Außerirdischen entführt werden oder durch die Zeit reisen und genau in dem Augenblick zurückkehren, in dem sie fortgegangen sind, nichts als eine Leere oder eine Gedächtnislücke vorzuweisen haben.

»Könnten Sie mich zu Martins Zimmer führen?« fragte ich höflich; ich war versucht, den Streich noch einmal zu probieren, traute mich aber nicht.

»Sie finden es die Treppe hinauf und dann links«, sagte Mrs. Barker. Sie zögerte, die fleischige Stirn noch leicht gerunzelt vor Verwirrung, dann widmete sie sich wieder dem Türknauf.

Geschwind begab ich mich zu der breiten Treppe, und beim Hinaufgehen kam mir der Gedanke, der feine, dicke Teppich, der meine Schritte dämpfte, verheiße im oberen Bereich Behaglichkeit und Erholung. Auf dem Treppenabsatz setzten blasse Wände und zierlich gerahmte Aquarelle diese Sphäre fort. Ein viktorianisches Schaukelpferd stand unter dem Fenster, das sich direkt vor mir befand, ein Kinderzimmermotiv. Pamela war wirklich eine Expertin für Innendekoration.

Neuntes Kapitel

Am oberen Treppenabsatz wendete ich mich nach links und gelangte an eine Tür. Ich nahm an, daß sie zu Martins Zimmer führte, und blieb einen Augenblick davor stehen, um mich zu sammeln. Martins abscheuliches Benehmen nicht nur mir, sondern auch seiner Mutter gegenüber, als wir uns das letztemal begegnet waren, kam mir wieder in den Sinn und ließ mich nichts Gutes ahnen.

Ich nahm meinen Mut zusammen und klopfte – zweimal kurz hintereinander – an die Tür. Zu meiner Überraschung vernahm ich von der anderen Seite her ein munteres »Herein«. Beim Eintreten fiel mir ein blankpolierter Messingknauf ins Auge, dann befand ich mich in einem großen unordentlichen Zimmer mit zwei hohen Fenstern, die zur Vorderseite des Hauses hinaussahen. Unter jedem Fenster war ein eingelassener Sitz, auf beiden Seiten waren hohe Lamellenblenden zugeklappt wie Vogelschwingen. Ungeachtet seiner Eleganz war das Zimmer sehr unaufgeräumt, und zwar dermaßen, daß ich ein paar Sekunden lang außerstande war, Martin ausfindig zu machen. Bücherregale, deren Bretter unter ihrer Last durchhingen, nahmen eine ganze Wand ein, daran schloß ein Schreibtisch an, auf dem sich weitere Bücher türmten. Auf dem Fußboden war der übliche Junge-Leute-Krempel verstreut: Bunte Schallplattenhüllen lagen wahllos wie gefallene Blätter auf dem Fußboden herum, zerknitterte Kleidungsstücke, alte, angeschlagene Kaffeetassen. Vereinzelte kleine Schuhe, deprimierend und herzzerreißend wie ein am Strand gefundener Kinderschuh, waren das einzige Anzeichen von Martins Anomalie. Ich hatte nicht das Gefühl, daß Mrs. Barker hier viel ausrichten würde, wenn sie um zehn Uhr die Barrikaden stürmte.

»Ach, Sie sind's«, sagte Martin. Er saß in seinem Rollstuhl bei den Bücherregalen, getarnt wie ein Waldgeschöpf im Laubwerk.

»Ich bin's«, bestätigte ich sehr streng; in dem Augenblick der Sammlung vor der Tür hatte ich beschlossen, eine entschiedene Haltung anzunehmen.

»Kommen Sie herein.« Er drehte seinen Stuhl herum und gestikulierte mit seinem langen Arm. »Setzen Sie sich.«

Neben ihm stand ein Ledersessel, und er beugte sich in seinem Stuhl vor – so steil, daß ich fürchtete, er könnte herausfallen –, um den Sessel frei zu fegen, da die Gerümpelflut sich über den Sitz ergossen hatte. Ich schlängelte mich durch das Zimmer und setzte mich folgsam neben Martin. Der Sessel war sehr bequem. Mir wurde klar, daß mir jegliche Autorität, die ich besessen haben mochte, innerhalb weniger Sekunden entrissen worden war; doch seltsamerweise machte es mir nichts aus. Die Anwesenheit meines Schutzbefohlenen in diesem sonnigen Zimmer hatte etwas Berechtigtes, was seiner Anwesenheit in den anderen Räumen bislang völlig gefehlt hatte. Ich hatte das Gefühl, daß sich alle, die hier eintraten, nach seinen Gesetzen richteten.

Martin, jetzt unmittelbar neben mir, unterzog mein Gesicht einer eingehenden Betrachtung. Ich warf einen kurzen Blick auf das unnatürliche Schauspiel seiner Züge, bevor ich wegsehen mußte, weil mich der Gedanke an meinen Sonnenbrand verlegen machte. Sogleich war ich besorgt, Martin könnte denken, ich sei nicht von meinem eigenen Aussehen irritiert, sondern von seinem, worauf ich mich zwang, seinen Blick auszuhalten.

»Sie sehen nett aus«, sagte Martin schließlich, als sei er durch eine komplizierte Bewertung, die mir sicher nie gelungen wäre, zu diesem Urteil gelangt.

Es ist schwer zu beschreiben, wie sich Martins Mund bewegte, wenn er lachte oder sprach – ich habe es schon einmal versucht –, aber es war anders als jeder physiognomische Vorgang, den ich bis dahin in meinem Leben beobachtet hatte. Seine Lippen waren zwei parallel laufende Einkerbungen über fast die gesamte Breite seines Gesichts und ließen es aussehen, als sei es in zwei Partien oder Blöcke geteilt, die vielleicht durch ein Scharnier am Hinterkopf miteinander verbunden waren, was einem, besonders wenn er – was er oft tat – den Mund weit öffnete, das Gefühl gab, daß der obere Bereich seines Kopfes jederzeit aufschnappen und sein Hirn freilegen könnte, das wie ein dampfender Blumenkohl auf einer Platte lag. Eine mutmaßliche Beeinträchtigung in seinem Kehlkopf gab seiner Stimme einen nasalen, fernen Klang, ähnlich dem der Puppe eines Bauchredners, was die Erinnerung an eine Marionette weckte, die ich vor einiger Zeit gesehen hatte. Seine dicke Zunge, deren unglückseliges Erscheinen in der Küche in meinem Gedächtnis ein unauslöschliches Bild hinterlassen hatte, ließ ihn leicht lispeln.

»Danke«, sagte ich überrascht. Unaufrichtig fügte ich hinzu: »Du auch.«

»Haha!« Martins Mund ging so weit auf, daß ich ernstlich das obenerwähnte Aufschnappen befürchtete. Sein Lachen war laut, und mich streifte ein Stoß seines Atems, der erstaunlich süß war. »Haha! Das ist sehr komisch.«

Er sagte dies, als meine er es ernst; und ich sah zu meinem Entsetzen, daß er mein Kompliment als ironischen Scherz aufgefaßt hatte und, mehr noch, amüsant fand.

»Stella«, sagte Martin unversehens. »Stel-*la*. *Stella.*«

»Ja?« Ich bemühte mich, ermutigend zu klingen, obwohl ich etwas verwirrt war.

»Wollen Sie die Fenster aufmachen, Stel-*la*? Es ist *ziemlich miefig* hier drin.«

Er äußerte diese letzte Bemerkung in einem überspitzten, nachgeäfften Aristokratenton. Ich stand auf, voller Tatendrang, und klappte erst eine Blende auf, dann die andere. Die Zufahrt unten lag verlassen in der Hitze. Eine schwache, warme Brise wehte herein.

»Sind Sie glücklich, Stell-*la*?« fragte er, als ich mich wieder setzte.

»Ich sehe keine Notwendigkeit, daß du meinen Namen ständig so aussprichst«, entgegnete ich. Seine Frage hatte mich aus der Fassung gebracht, und ich überlegte, was für einen Unfug er damit im Sinn hatte.

»Sind Sie glücklich?« wiederholte er.

»Vermutlich«, sagte ich und lehnte mich zurück. Zu meiner Überraschung holte ich zu einer sehr ausführlichen Antwort aus. »Wie will man das wissen? Ich bin so glücklich, wie man es eben ist, ich lebe in einem zivilisierten Land ohne wirkliche Benachteiligungen; aber ich sehe keinen Weg, um herauszufinden, ob ich so glücklich bin, wie ich sein könnte. Ich denke aber nicht, daß Glück bei allem das A und O ist.«

»Was dann?« fragte Martin.

»Ach, ich weiß nicht. Mit sich selbst ins reine kommen, nehme ich an. Andere nicht verletzen. Ein gutes Leben leben. Warum fragst du?«

»Hm«, sagte Martin. Er legte seine großen Hände auf die Räder seines Rollstuhls und wiegte sich vor und zurück. »Sie sagten, Sie finden, Glück sei nicht so wichtig. Es ist ungewöhnlich, so etwas zu sagen, Stell-*la*.«

»Ich habe nicht gesagt, daß ich Glück für unwichtig halte. Nur, daß es nicht das Wichtigste ist. Ich glaube nämlich, daß die Suche nach dem Glück die größte Ursache des Unglücks sein kann.«

»Aber wenn Sie glücklich wären, würden Sie nicht suchen«, sagte Martin.

»Ich habe nicht gesagt, daß ich glücklich bin. Ich habe allgemein gesprochen. Ich glaube, es ist fast unmöglich, gleichzeitig glücklich zu sein und zu wissen, daß man es ist. Die Menschen glauben, Glück sei ein Ziel, es sei etwas anderes, als einfach ohne Probleme zu sein. Die Suche nach dem Glück ist wie die Suche nach der Liebe. Wie merkt man, daß man sie gefunden hat?«

»Ich habe mir immer vorgestellt, sie kämen zu gleicher Zeit«, sagte Martin.

»Unsinn. Die Liebe macht die Menschen elender als alles andere.«

»Hat die Liebe Sie elend gemacht, arme Stel-*la*?«

»Das geht dich nichts an.«

»Ach, kommen Sie!« Er lächelte und wiegte sich etwas schneller. »Ich sag's auch keinem weiter.«

»Das will ich auch hoffen. Nein.«

»Erzählen Sie«, sagte er. »Bel-la, Stel-la, Bel-la, Stel-la.« Er wiegte sich im Rhythmus der Worte. »Erzählen, Bel-la, Stel-la.«

»Hör sofort auf damit«, sagte ich.

»Erst, wenn Sie mir erzäh ...«

»Ich lasse mich nicht erpressen. Bitte benimm dich.«

In diesem Moment flog die Tür auf, und glühend vor Putzeifer erschien Mrs. Barker auf der Schwelle.

»Der zeigst du's aber, was?« sagte sie grinsend zu Martin.

»Ich zeig's der Bel-la-Stel-la«, trällerte Martin.

»Ihr müßt beide raus«, befahl die alte Hexe. »Los jetzt, raus mit euch.«

»Immer mit der Ruhe, Mrs. Barker«, sagte Martin, während ich vor Wut kochte über das herrische Benehmen der Frau. »Machen Sie sich bloß nicht in Ihr überdimensionales Hemd.«

»Hüte deine Zunge«, sagte Mrs. Barker nachsichtig. Sie nahm neben der offenen Tür Aufstellung und wies mit dem Arm auf den Flur. »Raus.«

Martin rollte gehorsam zur Tür, und ich folgte ihm. Als wir an Mrs. Barkers Massen vorbeikamen, sah er zu ihr auf und machte mehrere laute Kußgeräusche. Ich hielt den Kopf gesenkt, bis wir am Treppenabsatz waren. Wir blieben am Abgrund der Treppe stehen, und Martins Behinderung wurde mir wieder bewußt, worauf ich mich schämte für die Strenge, mit der ich eben zu ihm gesprochen hatte.

»Soll ich dir hinunterhelfen?« fragte ich zuvorkommend.

»Seien Sie keine *vache*«, sagte Martin. »Tragen Sie bloß den Stuhl.«

Da es mir – meinen früheren Angriff auf Mrs. Barker bedenkend – nicht zustand, Martin für seine Ausdrucksweise zu tadeln, sagte ich nichts. Er betätigte einen Hebel an den Rädern, der diese blockierte, und mit einer einzigen, erschreckenden Bewegung hievte er sich jäh vom Sitz und rutschte zu Boden. Einen Augenblick lang fürchtete ich, er hätte sich verletzt, doch schon begann er, sich mit krebsartigen Bewegungen auf seinen langen, elastischen Armen vorwärts zu stoßen und seine schlaffen Beine auf dem Teppich hinter sich herzuziehen. Sobald er sich mit dem Gesicht der Treppe zugekehrt hatte, rutschte er mit beachtlicher Geschwindigkeit hinunter, indem er die Hüften verdrehte und mit den Armen abwechselnd nach vorn griff, um zuerst das eine, dann das andere unbewegliche Bein vorwärts zu schleudern.

»Kommen Sie«, rief er.

Ich hob den Stuhl hoch – der im Gegensatz zu Pamelas Behauptung nicht besonders leicht war – und stieg langsam hinter Martin hinab. Er saß unten wie ein Häufchen und wartete auf mich, und als ich ihm den Stuhl in der Halle zurechtschob, packte er die Haltegriffe und zog sich hoch wie jemand, der aus einem Schwimmbecken steigt. Er löste die Bremse und rollte zur Haustür, die er geschickt öffnete. Er manövrierte sich durch die Tür und verschwand sodann abrupt aus meinem Blickfeld. Aus Furcht, er sei die Eingangsstufen hinuntergerollt, lief ich hinaus und sah ihn zu meiner Verwunderung lässig in seinem Stuhl in der heißen kiesbestreuten Zufahrt sitzen.

»Wie bist du heruntergekommen?« fragte ich.

Er wies auf die Seite der Treppe, wo ich eine kleine Rampe sah, die mir vorher nicht aufgefallen war. »Dumme Kuh«, sagte er.

»Du hast keinen Grund, so unverschämt zu sein«, sagte ich, während ich die Stufen hinunterging. »Was wollen wir jetzt machen? Möchtest du spazierengehen?«

»Ich kann nicht gehen.«

Ich hatte Martins auf Konfrontation zielendes Benehmen allmählich satt. Er schien entschlossen, mir bei jeder Gelegenheit eins auszuwischen. Obwohl ich mich nicht mehr regelrecht vor ihm fürchtete, machte mich seine Unberechenarkeit nervös. Ich hatte keine Ahnung, was er von einem Moment zum nächsten anstellen würde.

»Du weißt, was ich meine«, sagte ich kurz angebunden. »Du

könntest mir das Grundstück zeigen. Bis wir zurückkommen, wird Mrs. Barker wohl fertig sein.«

»In Ordnung«, sagte er durchaus freundlich. »Aber Sie müssen mich schieben. Meine Arme ermüden auf unebenem Grund.«

»Okay«, sagte ich. Ich legte meine Hände auf die Haltegriffe seines Rollstuhls. »Wo entlang?«

»Hier durch.« Er deutete auf einen Weg, der rechts vom Haus verlaufend zwischen Bäumen verschwand.

Wir brachen auf. Vor dem Haus war die Hitze sehr grimmig, und meine verbrannte Gesichtshaut schmerzte. Ich war froh, als wir bei den Bäumen waren, die, wie ich nun sah, den Rand eines Wäldchens bildeten. Der Rollstuhl lief sehr schwer auf dem holprigen Pfad, und ich schwitzte und geriet außer Atem.

»Was halten Sie bis jetzt von der Schau?« fragte Martin mit alberner Stimme.

»Wie bitte?«

»Was-halten-Sie-bis-jetzt-von-der-Schau«, wiederholte er, diesmal in dem modulationslosen Syntheziser-Ton eines Automaten.

»Ah, ich verstehe. Herrlich! *Schön grün*«, versuchte ich aufs Geratewohl.

»Nicht das hier. Ich meine alles.« Wir rollten über eine Unebenheit, und er griff nach den Seiten des Stuhls. »*Maman, Papa. Moi* ebenso.«

»Ich weiß es wirklich noch nicht. Ich bin noch nicht lange hier.« Es überraschte mich, daß er wissen wollte, was ich von ihm dachte.

»Ach, kommen Sie«, sagte er und warf den Kopf zurück, so daß er mich ansehen konnte mit einem Lächeln, das vermuten ließ, daß er die Geste gewinnend fand. »Erzählen Sie mir nicht, daß Sie sich nicht schon bis ins kleinste Detail eine Meinung gebildet haben. *Etwas* müssen Sie doch denken.«

Sein zwergenhafter Wuchs und der lüsterne Mund ließen ihn, besonders von oben gesehen, wie einen Kobold oder Dämon wirken; nicht eigentlich gemein, aber ungezogen und zerstörungswütig. Ich beschloß sogleich, ihm nichts zu erzählen. Seine Stimme hatte denselben flehenden Ton, den er – vergeblich, wie ich mich mit Freuden erinnerte – angeschlagen hatte, um mir Berichte von vergangenen romantischen Enttäuschungen zu entlocken, was er jedoch inzwischen ganz vergessen zu haben schien.

»Warum willst du unbedingt wissen, was ich denke?« fragte ich, während ich ihn über ein Delta aus Rinnen und Furchen hievte. Als er merkte, daß mir so leicht nichts zu entlocken war, ließ er von seinem spitzbübischen Blick ab und sah geradeaus. Während ich den Rollstuhl durch den dunklen herrlichen Hain schob, der in der tiefen Ruhe des Sommers lag, wurde mir zu meiner Verblüffung klar, daß ich mir in den letzten Tagen in London mein Leben auf dem Lande genauso vorgestellt hatte. Oder erkannte ich in dem paradiesischen Bild ringsum lediglich eine Art geistiges Ideal, das eine solche Vorstellung geschaffen haben könnte, fußend auf dem, was ich, noch in London wohnend, von dem Ort wußte, an den ich gehen würde? Mit anderen Worten, hatte ich es mir wirklich so vorgestellt, oder war ich nicht vielmehr zufällig auf eine Enklave von Zeit und Raum gestoßen, die so logisch war in ihrer Beglückung, daß sie ihre eigentliche Existenz durchdrang und zu einer Art Paradigma wurde, einer Vision, die, da sie vollkommen war – und auch den wenigen Dingen entsprach, die ich über meine zukünftige Situation gewußt hatte –, die Struktur einer Erinnerung annahm, in der alle Makel und Flecken gelebter Ereignisse geläutert werden? Ich habe diesen Zweifel oft gespürt, wenn ich außerordentlicher Schönheit oder großem Glück begegnete.

Martin hatte nicht auf meine Frage geantwortet, daher fuhr ich fort: »Schließlich kennst du mich nicht sehr gut. Wieso liegt dir etwas an meiner Meinung?«

»Ich weiß nicht«, sagte Martin schmollend. »Ich denke, das ist doch klar. Ich komme nicht gerade viel raus.«

Diese Bemerkung stimmte mich nachdenklich. Ich hatte ihn gekränkt, indem ich Lüsternheit oder Ungezogenheit zuschrieb, was in Wirklichkeit Hunger nach Neuigkeiten war. Er war, jetzt und in vorhersehbarer Zukunft, in immer denselben abgestandenen Verhältnissen gefangen, und da war es nur natürlich, daß ein Neuankömmling mehr als das übliche Interesse weckte.

»Das ist wahr«, sagte ich, bestrebt, einzulenken. »Aber das ändert nichts daran, daß ich noch nicht lange genug hier bin, um eine Meinung zu haben, von der ich bestimmt weiß, daß sie sich in den nächsten vierundzwanzig Stunden nicht ändern wird.«

Ich war inzwischen ganz erschöpft. Wir standen an einer Lichtung, in deren Mitte ein Weiher war. Daneben wuchs ein kleiner Baum, eine Weide, die ihre traurigen Zweige in den Weiher hängen ließ, was ihr das Aussehen einer gewaltigen schmelzenden Kerze verlieh. Über das stehende Wasser breitete sich eine dicke leuchtendgrüne Algendecke, über der alle möglichen Kreaturen in geschäftiger Gemeinschaft in den Lüften kreisten.

»Wollen wir hier einen Moment Pause machen?«

»Wenn Sie mögen«, sagte Martin unfreundlich.

Ich schob ihn herum, so daß er auf den Weiher sah, und ließ die Haltegriffe des Rollstuhls los, um mich neben ihm ins Gras zu setzen. Zu meinem Schrecken begann jedoch sein Stuhl plötzlich zu dem sumpfigen Wasser hin zu rollen. Ich schrie auf, sprang nach den Griffen, während Martin teilnahmslos saß und sein kleiner Körper ruckelte, als die Räder die Böschung hinabtrudelten. Gerade noch rechtzeitig gelang es mir, die Rückenlehne des Ledersitzes zu packen und den Stuhl vom Uferrand weg und die Böschung hinaufzuziehen, während sich meine Brust panisch hob und senkte.

»O mein Gott!« keuchte ich. »Alles in Ordnung?«

»Ja«, sagte Martin kühl. »Sie müssen immer zuerst die Bremse anziehen, bevor Sie loslassen.«

Seine Stimme hatte eine leicht drohende Schärfe. Ich erinnerte mich, gesehen zu haben, daß er oben an der Treppe die Bremse selbst angezogen hatte, und verdächtigte ihn, boshafterweise, muß ich zugeben, sich bei dieser Gelegenheit vorsätzlich nicht gesichert zu haben, um mich aus der Fassung zu bringen.

»Es tut mir schrecklich leid«, sagte ich. »Ist dir auch wirklich nichts passiert?«

Ich fragte mich, ob er Pamela erzählen würde, was geschehen war, und sofort überlegte ich, wie ich dieses Thema zur Sprache bringen und das Versprechen seiner Diskretion erlangen könnte, bevor wir ins Haus zurückkehrten.

»Ich kann nicht schwimmen«, sagte Martin. »Ich wäre ertrunken.«

»Du brauchst dich gar nicht so zu haben«, blaffte ich. »Außerdem hätte ich dich nicht ertrinken lassen. Ich wäre hineingesprungen und hätte dich gerettet.«

»Wie denn?« sagte Martin. »Ich wäre im Sumpf untergegangen wie ein Stein. Sie hätten mich nicht finden können.«

»Wenn du meine Versicherung verlangst«, sagte ich hoheitsvoll, »daß ich mit meinem Leben bezahlt hätte, um deins zu retten, hier hast du sie: Wir wären zusammen gestorben.«

»Meine Güte«, sagte Martin. »Wie romantisch.«

»Sehr«, sagte ich. »Wenn du also so gut sein möchtest, meine Entschuldigung anzunehmen, wäre ich dir dankbar, wenn ich nichts mehr davon höre.«

»Das glaube ich gern«, erwiderte Martin, und seine Augen blitzten. »Ich denke aber, es dürfte meine Mutter interessieren.«

»Das«, sagte ich bestimmt, obwohl mein Herz zitterte, »liegt ganz bei dir.« Ich betätigte die Bremse an seinem Stuhl und setzte mich neben ihn in den Schatten. »Mir wäre es allerdings lieber, du würdest ihr nichts davon sagen.«

»Vielleicht können wir ein Abkommen treffen«, meinte Martin nach einer Pause.

»Wirklich! Und das wäre?« Ich wußte genau, was der boshafte Zwerg meinte.

»Das wissen Sie doch«, sagte Martin und verschränkte die Arme.

»Ich hoffe«, erwiderte ich, »du versuchst nicht, mich zu erpressen, zweifelhafte und unausgegorene Ansichten über deine Familie zu äußern, dafür, daß du nicht petzt. Wenn du beabsichtigst, mich unter solchen Bedingungen zu fragen, was ich von dir denke, wirst du nichts Schmeichelhaftes hören. Es liegt bei dir.«

Während ich im Gras saß, waren allerlei Insekten gekommen, die mir lästig wurden, und ich schlug gereizt mit den Händen nach ihnen. Ich wünschte, wir hätten uns woanders niedergelassen, fort von dem trüben Anblick des Weihers und dem Beinahe-Unfall, an den er erinnerte.

»Was bringt Sie auf die Idee, daß es mir etwas ausmacht, was Sie von mir denken?« fragte Martin jetzt.

»Ich habe dir vorhin dieselbe Frage gestellt«, erwiderte ich. »Deine Antwort ließ vermuten, daß es dir etwas ausmacht. Wenn du es abstreitest, werde ich dich festnageln. Wie gesagt, es liegt ganz bei dir.«

»Tatsache ist, es ist mir ganz egal, was Sie oder andere von mir denken. Ich hab bloß Spaß gemacht.«

Ein schmerzlicher Ausdruck sammelte sich in Martins Gesicht wie etwas Dichtes, Schlammiges am Boden einer Straßenrinne. Als ich die arme nackte Wildheit seiner Züge sah, war ich zu Mitleid gerührt. Er war ein trauriger Gegner, und ich wunderte mich über mich selbst, wie ich so lieblos zu ihm sein konnte.

»Wollen wir weiter?« sagte ich dann und stand auf. Ich hatte das Empfinden, daß die Zeit verstrich, vergeudet, ungenutzt. Es schien mir zwingend geboten, unseren Spaziergang fortzusetzen.

»Na gut«, willigte Martin mürrisch ein. »Obwohl das gemein war, was Sie eben gesagt haben.«

»Ich nehm's zurück«, sagte ich großmütig.

»Ach, seien Sie still«, murmelte Martin, als ich ihn im Halbkreis herumrollte und wieder auf den Weg zusteuerte. »Sie gehen mir auf die Nerven. Biegen Sie hier rechts ab.«

Wir kamen aus dem Wald und gelangten kurz darauf an eine Mauer, die eine Seite einer Umfriedung bildete. Die Mauer, etwa zwei Meter hoch und mehrere Meter breit, bestand aus offensichtlich sehr alten Ziegelsteinen, über die sich eine Fülle von Kletterpflanzen und Blüten verschiedener

Arten ergoß, und war äußerst malerisch. In ihrer Mitte befand sich ein schmiedeeisernes Tor, durch das ich eine gärtnerische Pracht erspähte.

»Was ist das?« fragte ich.

»Das«, sagte Martin und beugte sich in seinem Rollstuhl vor, um den Riegel zu öffnen, »ist der elisabethanische Rosengarten.«

Da wir den Wald hinter uns gelassen hatten, waren wir wieder der Sonne ausgesetzt, die nun, am späten Vormittag, erstaunlich heiß glühte. Die Hitze – und das habe ich schon immer so empfunden – übte eine eigentümliche Wirkung auf mich aus. Sonnenschein kann natürlich sehr angenehm sein, aber wenn es übermäßig heiß wird, so wie jetzt, dann gerate ich auf äußerst dramatische Weise von Sinnen. Mit »von Sinnen geraten« meine ich nicht verrückt werden; vielmehr beschreibe ich einen gewissen Frequenzverlust oder -ausfall, hervorgerufen durch die dominierende Präsenz einer von außen wirkenden Kraft. Ein schwerer Regen hat genau die gegenteilige Wirkung, das heißt, er erweitert das Bewußtsein, indem er die anderen Sinne unter Wasser setzt. Die Sonne jedoch hat meiner Ansicht nach einen bleichenden, schrumpfenden Einfluß auf das Denken, oder vielmehr, sie scheint alles einzuebnen und läßt so die Grenzen des Ich zerfließen.

Um fortzufahren: Ich fühlte mich nicht ganz bei mir – ein gefährlicher Zustand, der zu jenem Benehmen führt, das man als »aus dem Rahmen fallen« bezeichnet –, als wir in den elisabethanischen Rosengarten traten. Dies verwischte jedoch nicht meinen Eindruck von der reizenden Enklave, in der ich nun stand. Der Garten war sehr idyllisch; möglicherweise war meine starke Reaktion auf ihn meinem chaotischen Geisteszustand zuzuschreiben. Der Garten war rechteckig angelegt und bestand aus mehreren langen Reihen und keilförmigen Beeten mit Rosensträuchern, mit einem Labyrinth gepflegter Kieswege dazwischen, alles vollkommen symmetrisch; eine Geometrie, die dem Garten eine verborgene Symbolik verlieh, ähnlich einer Astrologenkarte. Hier und da waren schmiedeeiserne Bänke aufgestellt, und in der Mitte des Gartens befand sich auf einem glatten, in den Kies eingelassenen Kreis eine Sonnenuhr. Die Rosen, von einem herrlichen Blaßrosa, standen in voller Blüte, und viele waren sehr groß. Ich berührte eine, deren Kopf schlaff am Stengel hing. Zu meiner Bestürzung löste sie sich unter meinen Fingern sogleich in einer sanften Explosion von samtigen Blütenblättern auf, die wie Konfetti um meine Füße fielen. Als ich den nackten Stengel betrachtete, dachte ich unwillkürlich, daß ich die liebliche Blume ermordet hatte, und ich blickte mich nach Martin um, hoffend, daß er nicht Zeuge meines vandalistischen Akts geworden war.

Zum Glück war er nirgends zu sehen. In der Meinung, er sei auf einem der Wege davongerollt, begab ich mich ohne große Eile auf den nächstgelegenen Pfad, um ihn zu suchen. Eigentlich war ich ganz froh, allein zu sein. Der Garten war sehr still, die einzigen Laute waren die schwachen, zirpenden Töne des Sommers, und in der duftenden Ruhe fühlte ich mich durch die Zeit zurückversetzt zu den »elisabethanischen« Vorgängern, und ich sah mich im Geiste dort als eine Stella, die es insgesamt besser hatte und erlesen gekleidet war, eine Stella, die sich einer privilegierten Abgeschiedenheit in einer Welt erfreute, die außerhalb dieser Mauern ebenso geordnet war wie innerhalb; ein Ruheplatz, mehr Maß als Masse, eingerichtet von einer Autorität, die jener Stella jede Marotte so systematisch bewilligte, wie sie sie der heutigen verwehrte. Ich habe, nebenbei bemerkt, oft Phantasien dieser Art. Von Grund auf zufrieden mit mir selbst, strebe ich in meinen Tagträumen nach Veränderung meiner Verhältnisse; dabei bevorzuge ich gewöhnlich ein freundlicheres Zeitalter, das eisenharte Gewißheiten und weniger unstete Zukunftsaussichten bietet.

Ich hatte mich unterdessen auf eine Bank neben der Sonnenuhr gesetzt und fand mit einemmal – vielleicht wiederum infolge der eigentümlichen Wirkung der Sonne –, daß mein Tagtraum mich wie durch einen Geheimtunnel, unter einer Festungsmauer liegend, zu den äußersten, unbewachten Bereichen des Denkens getragen hatte, in denen umherzustreifen ich mir in letzter Zeit versagt hatte. Der Garten verblaßte und verschwand dann vor meinen Augen, und in dem lindernden Licht, das darauf folgte, hatte ich eine unerwartete Vision von einer überfüllten Straße, von oben gesehen; es war keine Straße in England, sondern eine enge Straßenschlucht auf dem europäischen Festland. Alles war sehr braun und staubig und laut. Von meinem Standpunkt aus konnte ich die durchbrochenen Balustraden von Balkonen sehen, die hoch oben an den eleganten bröckelnden Fassaden der Häuser hingen; und dann merkte ich, daß ich selbst auf einem Balkon stand und mit den Fingern das Eisengeländer umklammerte. Ich beugte mich gefährlich tief über die Brüstung und sah weit, weit unten Schlangen von winzigen staubigen Autos auf dem Grund der Schlucht entlanghasten. Die Sonne schien heiß auf meinen Hinterkopf. Ich beugte mich so weit vornüber, daß sich das Geländer in meinen Bauch grub. Das Gewicht eines massiven, doch unbestimmbaren Elends drückte auf meinen Rücken und zwang mich noch weiter vor. Der Lärm von Autohupen drang in meine Ohren. Mein Herz schlug vor Schreckensangst wie wild in meiner Brust. Dann kippte ich unversehens vornüber und fiel, doch zu meiner Verwunderung stürzte ich nicht aufs Pflaster. Vielmehr schwebte ich, mein gewichtsloser Körper beschrieb elegante Bögen wie ein flatterndes Blatt, und während ich sachte hinuntersank, blickte ich mich um. Ein paar Leute standen auf den Balkonen gegenüber, und als sie mich sahen, winkten sie. Ich winkte fröhlich zurück, und an dieser Stelle muß ich aufgewacht oder zu mir gekommen sein, und ich befand mich wieder im Rosengarten.

Es war vielleicht weniger als eine Minute vergangen, seit ich mich so eigenwillig aus dem gegenwärtigen Augenblick entfernt hatte. Als ich zurückkehrte, traf mich die Lieblichkeit des wundersamen, vorübergehend vergessenen Gartens mit doppelter Gewalt. In diesem Moment des Wiedererkennens – dessen Bestandteile, Erinnerung und Wahrnehmung, in diesem Fall besonders gefordert waren – erlebte ich das magische flüchtige Aufblitzen eines gewissen Glücks: etwas, was ich eine ganze Weile nicht gespürt hatte und das, als es sich aus einer rasanten Verwandlung von Furcht in Geborgenheit ergab, die Grundlage für meine erste, unauslöschliche Identifikation der Franchise Farm als mein Zuhause bildete.

»Was machen Sie hier, Stel-la?«

Martin saß in seinem Stuhl neben mir auf dem Kiesweg, seine Anwesenheit war so vollständig und unangekündigt, daß sie etwas von einer Erscheinung hatte. Sein Gesicht im Sonnenlicht war zu einer Grimasse verzogen; es schien in Überraschung erstarrt zu sein, als sei eine Tür vor ihm zugeschlagen worden.

»Ich denke nach«, sagte ich. Seine Frage, einschmeichelnd, wie sie war, verdiente eine ausführlichere Antwort. »Ich habe darüber nachgedacht«, improvisierte ich, »wie erstaunlich es ist, daß dieser Garten seit elisabethanischen Zeiten hier ist. Man stellt sich Geschichte als unorganisch vor, und doch ist sie hier, in die Landschaft geschrieben.« Ich war ziemlich stolz auf diese Erkenntnis, doch Martin schien etwas daran komisch zu finden.

»Haha!« brüllte er mit weit offenem Mund. »Haha!«

»Was?«

Ich rechnete fest damit, daß er meine Bemerkung wiederholen würde, in einem Ton, der erkennen ließ, daß keine einzige Nuance unverspottet blieb. Dieses Gefühl war mir nicht ganz neu: Ich empfinde Reden als aufreibendes, bloßstellendes Unterfangen und betreibe es oft mit erheblichem »Lampenfieber«, ein Gefühl, das zweifellos mit den Jahren zu der Förmlichkeit geführt hat, ohne die ich mich heute nicht mehr auszudrücken vermag.

Nachdem Martin seine Heiterkeit über alle Grenzen der Vernunft hinaus ausgedehnt hatte, gab er mir schließlich seine Antwort: »Der Garten ist nicht *elisabethanisch*, Sie Dummkopf! Es ist eine Rosenzucht, die elisabethanische Rose. Grumps hat sie gepflanzt.«

»Wer ist Grumps?«

»Mein Großvater«, sagte Martin überheblich, als sei er gekränkt, weil ich nicht von ihm gehört hatte.

»Hm, ich kann nicht behaupten, daß ich nicht enttäuscht bin«, sagte ich nach einer Pause. »Obwohl er gute Arbeit geleistet hat.«

»Der Garten ist für die Öffentlichkeit zugänglich«, sagte Martin, augenscheinlich noch beleidigt. »Jeden Samstag im Sommer. Er ist sehr berühmt. Die Leute bezahlen, um ihn zu sehen.«

Ich fand diese Information überraschend, ließ sie doch darauf schließen, daß die Maddens aus Armut gezwungen waren, aus ihrem Garten ein florierendes Unternehmen zu machen.

»Ich finde das traurig«, sagte ich.

»Warum?«

»Weil es ein privater Ort ist. Mir gefiel der Gedanke, daß er geheim war. Das Wissen, daß er ein Ausstellungsstück ist, verdirbt alles.«

»Wenn man das Glück hat«, erklärte Martin, »etwas Einmaliges von mehr als durchschnittlichem Wert zu besitzen, hat man die Pflicht, es mit seinen Mitmenschen zu teilen.«

»Davon ist mir nichts bekannt«, entgegnete ich. »Aber wenn dies alles mir gehörte, würde ich es mit niemandem teilen wollen.«

»Da haben Sie's.« Martin verschränkte zufrieden die Arme. »Deswegen sind die Dinge in unseren Händen besser aufgehoben. Wir wissen, wie man so etwas anpacken muß.«

»Wer ist ›wir‹?« fragte ich.

»Die Oberschicht«, sagte Martin, sein Gesicht knittrig und weiß – wie etwas zu einem Stoffball Zusammengeflicktes. Ich erhaschte einen Blick auf seine Mundhöhle, die dunkel und feucht war.

»Ich muß mich entschuldigen«, sagte ich sarkastisch. »Ich wußte nicht, daß ihr das seid.«

»Unsere Familie«, rezitierte Martin, »lebt seit dem siebzehnten Jahrhundert in diesem Haus und hat schon lange davor in dieser Gegend gelebt.«

»Macht euch das zur Oberschicht?« Ich wurde sehr ärgerlich und irgendwie unruhig. »Ich hätte gedacht, das macht euch nur zu *Hiesigen*. Außerdem«, ich schloß die Augen und lehnte mich an das elegante Gitter der Bank, und als es sich in mein Fleisch drückte, verweilte das Aroma meiner Vision kurz auf meiner Zunge, »bist du nicht ein bißchen alt, um mit deiner Familie anzugeben? In meiner Schule waren Mädchen, die das getan haben. Wenn sie nicht verglichen, wieviel Geld ihre Eltern hatten, dann quasselten sie von irgendeinem alten Verwandten im Bärenfell, dessen Name im Reichsgrundbuch steht.«

»Meine ...« Durch meine zusammengekniffenen Augen sah ich Martins Mund klappen wie eine offene Tür im Wind. Ich nahm an, daß er im Begriff gewesen war, mir zu erzählen, daß seine Vorfahren im Reichsgrundbuch standen. »Bärenfelle waren früher«, sagte er schließlich. »Wissen Sie denn gar nichts?«

Ich setzte mich wieder auf und öffnete die Augen. Ich wußte, daß ich sofort aus der Sonne mußte. Mein Sonnenbrand erwies sich als äußerst unangenehm, eine Art Behinderung. Ich erspähte ein keilförmiges Stück Schatten auf der Sonnenuhr vor mir, und aus bloßer Neugierde nahm ich sie näher in Augenschein. Rundherum waren Ziffern eingraviert, und der Schatten fiel genau zwischen die Zwölf und die Eins. Da dämmerte es mir, daß dies die Uhrzeit war. Ich wollte gerade bemerken, was für ein sinnvolles Ding die Sonnenuhr sei, als mir einfiel, daß Martin mich womöglich auslachen würde, da meine Logik etwas rückständig war.

»Meine Güte, sieh nur, wie spät es ist!« rief ich statt dessen. »Wir sollten jetzt lieber umkehren.«

»Müssen wir?« quengelte Martin. »Ich fand es lustig.«

»Ich werte das als Kompliment«, erwiderte ich und stand auf. Mir war einen Moment schwindlig. »Ich persönlich breche immer gern ab, wenn ich im Vorteil bin. Wie kommen wir zum Haus?«

Ich packte die Haltegriffe von Martins Rollstuhl und drehte ihn auf seiner Achse herum. So leid Martin mir tat, weil er sich, zumindest körperlich, meiner Autorität fügen mußte, hatte es doch sein Gutes, daß er auf den Stuhl angewiesen war. Ich stellte mir vor, wie ich durch den Rosengarten rannte und versuchte, ihn zu fangen, wenn er auf seinen kleinen Beinchen herumhüpfen könnte, und ich hätte beinahe laut gelacht. Ich war ganz bestimmt zu lange in der Sonne gewesen.

»Da entlang«, sagte Martin und zeigte geradeaus.

Wir entfernten uns in der entgegengesetzten Richtung von der, aus der wir in den Rosengarten gekommen waren, und gelangten alsbald an ein Tor, das genauso aussah wie das erste. Ich versuchte herauszufinden, wohin es uns führen würde, und kam zu dem Schluß, daß wir irgendwo an der Seite des Hauses herauskommen müßten. Martin beugte sich vor und öffnete den Riegel, und als ich den Rollstuhl durch das Tor schob, sah ich zu meiner Überraschung, daß wir direkt ans Ende des Gartens hinter dem Haus gelangt waren. Ich drehte mich um und erkannte, daß die Seitenmauer des Rosengartens zugleich die seitliche Begrenzung des rückwärtigen Gartens war. Zu unserer Linken war eine Reihe Bäume, immergrüne Gewächse, so dicht, daß schwer zu erkennen war, was sich dahinter befand. Vor uns und zu unserer Rechten lag eine große Rasenfläche, und am Ende davon war die Rückseite des Hauses.

»Kommen Sie«, sagte Martin und hopste auf und ab, als würde er ein Pferd anspornen.

Ich straffte meinen Rücken und begann zu schieben.

Zehntes Kapitel

Die rückwärtige Seite des Hauses unterschied sich sehr von der vorderen; freilich war es, wie bei einer Drehtür, durch eine Eigenart der Konstruktion unmöglich, einen Eindruck von beiden Seiten zugleich zu bekommen. Während wir langsam über den Rasen kamen, wollte es mir eine Zeitlang nicht gelingen, diesen Unterschied zu bestimmen, mochte er auch noch so groß sein. Die rückwärtige Seite des Hauses schien viel älter und baufälliger zu sein und vermittelte das Gefühl, als wisse sie nichts von der steinernen Pracht der Fassade – wie eine reiche alte Tante, die man vor den Blicken anderer versteckt hält. An der hinteren Mauer rankten sich blühende Kletterpflanzen und anderes Grünzeug invasionsartig empor und verliehen dem Haus etwas Ausladendes, Rustikales, eine Aura kontrollierten Verfalls, als verharre es am Rande einer eleganten Ohnmacht, bevor es dem Garten in die Arme sank. In der Mitte dieser Mauer war ein gläserner Anbau in Gestalt eines Bienenkorbs; ein Gewächshaus, wie ich bald erkannte, in dem ich undeutlich eine Fülle von Farnwedeln ausmachen konnte.

Der Garten, der diese duftende Pracht umgab, bestand überwiegend aus einer großen Rasenfläche; auf einer Seite erkannte ich die städtisch anmutende Anlage des Schwimmbekkens – sein ungestörtes, unnatürliches Blau lag flach auf dem Rasen wie ein herabgefallenes Stück Himmel. Der Rasen selbst zeigte ein merkwürdiges Streifenmuster – eine gärtnerische Laune, vermutete ich, ähnlich der des Zurechtschneidens von Hecken zur Gestalt von Hühnern oder Hunden –, das fächerförmig vom Gewächshaus aus zu uns hin wogte. Am Ende des Rasens waren Tische und Stühle aufgestellt, und auf einem Stuhl erkannte ich die vertraute Gestalt Pamelas. Auf einem anderen saß eine Frau, die mir fremd war. Aus der Entfernung wirkte die Szenerie sehr klein; die drückende Hitze verlieh ihr etwas Versteinertes und ließ mich an die kleinen Gipsfiguren denken, die mein Puppenhaus bevölkert hatten, als ich ein Kind war. Es war eigenartig und durchaus nicht angenehm, an diesen Gegenstand erinnert zu werden; nachdem ich jahrelang nicht daran gedacht hatte. Das Gefühl, daß einem die eigenen Erinnerungen fremd geworden sind, kann die Vermutung auslösen, daß die Identität gestört ist, inkompetent wie ein schlecht geführtes Amt. Ich sah plötzlich rosa Gipsschinken vor mir und kleine Tellerchen, auf die bunte Speisen geklebt waren. Mr. Madden erschien an der Hausecke, beflissen wie ein Butler. Roy trottete schwerfällig hinter ihm drein. Mr. Madden trug ein Tablett, und als er zum Tisch kam, beugte er sich steif aus der Taille heraus und verteilte Gläser, die im Sonnenlicht blinkten. Dann machte er unverzüglich kehrt.

»Sieh mal einer an, wer da ist«, sagte Martin von unten. Ich war überrascht, seine Stimme zu hören, denn ich hatte mich so daran gewöhnt, ihn die ganze Zeit zu schieben, daß der Rollstuhl und in gewissem Grade Martin selbst Teil meiner persönlichen körperlichen Ausstattung geworden zu sein schienen.

»Wer?« fragte ich. Ich sprach leiser als er, denn wir waren jetzt nur noch knapp fünfzig Meter von der Gruppe entfernt.

»Meine Scheißschwester«, teilte Martin mir munter mit. »Besucht ihre Mami. Ich kann sie nicht fernhalten.«

»Wohnt sie weit weg?« fragte ich, während ich mich über eine kleine Erhebung auf dem Rasen quälte.

»Bloß einen Katzensprung«, flötete Martin. »Sie wollte in der Nähe von ihrer *Mami* bleiben. Ich hatte gehofft, Dewek würde sie nach Papua oder sonstwohin mitnehmen, wo sie beide von den Wilden gefressen würden. Oder mindestens bis nach Tonbridge.«

»Wer ist Derek?«

»Dewek«, berichtigte Martin. »Dewek ist Carolines feuchter Waschlappen von einem Ehemann.«

»Es gibt keinen Grund, ungezogen zu sein«, sagte ich.

»Was wissen Sie denn schon?« versetzte Martin und trommelte geistesabwesend mit den Händen auf die Armlehnen seines Rollstuhls. »Stel-la.«

Pamela hatte uns erspäht und hob eine Hand zum Gruß, während sie mit der anderen Hand die Augen beschattete, als seien wir Reisende, die sie jenseits einer einsamen Wüstenstrecke sichtete.

»Hi-i!« rief sie von weitem, die Silbe auf ihre gewohnte Art dehnend, das Gesicht von einem Lächeln zerteilt.

»Hi!« rief ich zurück.

Pamela trug einen erbsengrünen Bikini und goldene Sandalen. An ihrem Hals glitzerte eine goldene Kette, dick wie ein Seil. Es wirkte eigenartig, wie sie so mit einem Glas in der Hand dasaß, als befinde sie sich auf einer Party, zu der sie aus Zerstreutheit in ihrer Unterwäsche gekommen war. Die andere Frau – Martins Schwester, wie ich inzwischen wußte, wenngleich sie ihm überhaupt nicht ähnlich sah – trug ein mit leuchtenden tropischen Blumen gemustertes Kleid. Sie war ziemlich füllig, nicht auf die schwere, ausladende Art wie Mrs. Barker, sondern eher, als sei sie zu voll aufgepumpt worden und übergelaufen. Sie hatte glattes blondes Haar, das über ihrer Stirn zu einer Art Schopf geschnitten war; die Haarfarbe – wenn auch sonst nichts an ihrer Erscheinung – glich Pamelas. Sie beobachtete unsere Ankunft intensiv durch eine dunkle Brille wie eine Geheimagentin. Schon von weitem faßte ich eine ziemlich spontane Abneigung gegen sie. Ihr feistes, mißtrauisches Gesicht und ihr massiger Körper hatten etwas Despotisches. Ich konnte nicht umhin, sie mir in Militäruniform vorzustellen, wie sie einen sich krümmenden Kadetten mit einem Knüppel trakierte.

»Wie ist es euch ergangen?« fragte Pamela, als wir zum Tisch kamen. Die Haut um ihre Augen sah in der Sonne sehr knittrig aus, und ihre Pupillen glitzerten wie winzige, in einem zerknüllten Taschentuch aufbewahrte Edelsteine.

»Gut«, sagte ich.

»Mar-Mar?« Pamela beugte sich ein wenig vor und richtete

ihren Blick fest auf Martin. Sie sprach, wurde mir klar, nicht in einem fremden Dialekt, sondern verwendete – oder ersann sogar – einen Spitznamen. Ihre Besorgnis ärgerte mich, deutete sie doch an, daß sie mich für unzuverlässig oder gar für eine regelrechte Bedrohung hielt. »Und dir?«

»Mir geht's *gut*«, sagte Martin mürrisch und schnitt eine Grimasse. Er sah ungesund aus in dem grellen Licht, sein Gesicht so ausgebleicht und wild wie ein Felsblock.

»Hallo, Martin«, sagte Caroline bedächtig. Ihre Stimme erschreckte mich, denn trotz ihrer drohenden Erscheinung hatte ich sie in ihrer Reglosigkeit vergessen, so wie man einen hohen Berg vergessen kann. »Wie geht es dir? Mir geht es gut, wie geht es dir, Caroline? Oh, gut, danke der gütigen Nachfrage.«

Dieser erstaunliche Monolog wurde rasch und sarkastisch hervorgestoßen und machte jegliche Höflichkeit zunichte, die vielleicht angezeigt gewesen wäre. Aller Augen richteten sich auf Caroline, die rätselhaft und roh hinter ihrer Sonnenbrille verharrte.

»Sag deiner Schwester guten Tag, du Gauner«, sagte Pamela.

»Tag, Schwester«, sagte Martin.

»Ich bin Caroline«, sagte Caroline, offensichtlich zu mir. Sie wuchtete sich auf ihrem Stuhl nach vorn und streckte ihren Arm aus. Die Bewegung kam unerwartet, und die unvorhergesehene Verschiebung ihrer Massen veranlaßte mich, instinktiv zurückzuschrecken, als würde ich einem Landrutsch oder einem stürzenden Felsblock ausweichen.

»Stella. Sehr erfreut«, setzte ich forsch hinzu und schüttelte ihr die Hand.

»Was wollt ihr trinken, Stella, Martin?« fragte Pamela. »Wir dachten, wir essen heute mittag hier draußen, es ist so herrlich. Wenn euch die Sonne zuviel wird, gebt einfach Laut, dann stellt Piers den Schirm auf.«

Niemand sagte etwas, und Pamela sah mit den lebhaften, nervösen Bewegungen eines Vogels um sich.

»Ich nehme, was Sie haben«, sagte ich und deutete auf ihre

Gläser. Es klang ziemlich fordernd, als würde ich eine Bestellung bei einer Kellnerin aufgeben.

»Schön!« sagte Pamela. »Ich will mal Piers aufstöbern und nachsehen, wie weit das Mittagessen ist. Ihr bleibt alle einfach hier sitzen und genießt die Sonne.«

Sie stand abrupt auf, als sei sie verstimmt, während wir übrigen schuldbewußt sitzen blieben. Der Anblick von Pamelas Körper im Bikini überraschte mich. Ihre Haut war braun und schrumpelig wie getrocknetes Fleisch, und über ihren Bauch verlief eine wulstige Narbe wie ein geographisches Merkmal auf einer Reliefkarte.

»Brauchst du Hilfe, Mami?« fragte Caroline.

Martin machte neben mir ein komisches Geräusch. Als ich zu ihm hinsah, äffte er Carolines Angebot tonlos nach, einen idiotischen Ausdruck im Gesicht, und seine Lippen flatterten wie Flügel.

»Nein, nein, laß nur«, sagte Pamela matt. Sie zögerte einen Moment, die Hand an der Stirn, als betrachte sie eine Flut aus Einschränkungen und Verpflichtungen, von der sie sich plötzlich umgeben sah. Schließlich drehte sie sich um und trabte leichtfüßig davon; die Sohlen ihrer Sandalen schlappten gegen ihre Füße.

Wir drei verharrten in unsicherem Schweigen. Da Pamela, der Mittelpunkt unserer Aufmerksamkeit, fort war, mußten wir uns zu einer neuen Konstellation gruppieren, und da bald offensichtlich wurde, daß weder Martin noch ich geeignet waren, diese Bahn in Gang zu bringen, sammelte sich Caroline auf ihrem Stuhl und übernahm die Führung.

»Mami hat mir erzählt, Sie sind aus London«, sagte sie zu mir.

»Stimmt«, erwiderte ich. Ich sah, daß ich ausgefragt werden sollte, und fühlte, daß nichts weiter von mir verlangt wurde als klare, korrekte Antworten.

»Und Sie haben als Sekretärin gearbeitet, ist das richtig?«

»Ja.«

»In einer Anwaltskanzlei.«

»Ja.«

Ich sollte hinzufügen, daß Caroline, während sie diese Fragen stellte, meine physische Erscheinung einer schamlosen Musterung unterzog, indem sie, wie ein Minensuchboot seinen Suchscheinwerfer, den Strahl ihres Blickes an meinem Körper hinauf- und hinabgleiten ließ. Obwohl ich mich so wortkarg wie möglich verhielt, fühlte ich eine tiefergründige, unbefugte Extraktionsmethode am Werk, gegen die ich nichts ausrichten konnte. Carolines Taxierung war durchdringend und sachlich wie ein Röntgenstrahl, und ich spürte, daß ich als Bedrohung eingeschätzt wurde, konnte aber nicht sagen, wofür.

»Das klingt sehr solide. Warum sind Sie fortgegangen? Hatten Sie das Gefühl, in der Kanzlei keine Zukunft zu haben?«

Ich schloß aus der eindringlichen, ja geradezu herausfordernden Natur dieser Frage, daß nach meiner Charakterschwäche geforscht wurde, und begriff, daß ich an diesem Punkt meine Grenzlinie ziehen mußte, weil Caroline, wenn ich es nicht tat, mich angreifen und unterwerfen würde, ihres Sieges gewiß.

»Im Gegenteil.« Carolines Sonnenbrille ging mir langsam auf die Nerven. Sie schien ihr einen Vorteil zu geben, sie von meinen Bemerkungen abzuschirmen, wodurch sie mich daran hinderte, ihre Wirkung zu kontrollieren. »Gerade das Sichere an meiner Zukunft dort war es, was mich veranlaßte, darauf zu verzichten. Ich möchte nicht zu deutlich sehen, was vor mir liegt. Da fehlt«, endete ich triumphierend, »das Abenteuer.«

Caroline wirkte von meiner Antwort überrascht und, zumindest für den Augenblick, abgestoßen. Sie zog ihr Interesse zurück wie ein Insekt seinen Fühler und schien die Situation neu zu bewerten. Martin stieß ein prustendes Lachen aus.

»Wenn Sie Abenteuer wollen«, sagte sie dann mit hocherhobenem Kopf, »müssen Sie es hier sehr ruhig finden. Tatsächlich kommen die Leute gerade wegen des Fehlens von Abenteuern aufs Land. Wir haben hier für so etwas wirklich nichts übrig.«

»Oh, ich habe mehr als meinen gerechten Anteil an Aufregung gehabt«, sagte ich. Carolines Sonnenbrille im Auge zu behalten erwies sich als ziemlich anstrengend. Ich fühlte mich allmählich sehr unwohl vom Stillsitzen in der Hitze und wäre am liebsten aufgestanden und herumgegangen. »Mit Abenteuer meine ich eigentlich das Unbekannte. Ich wollte das Leben von einer anderen Seite kennenlernen.«

Caroline prustete, offenbar eine Familienangewohnheit. »Ich würde Buckley kaum eine andere Seite des Lebens nennen. Oder Martin, was das betrifft.«

»Danke«, sagte Martin.

»Wenn man Sie so hört, scheint es hier sehr langweilig zu sein, trotzdem finde ich es interessant.« Die Sonne prallte jetzt von der Seite auf meinen Hals, und ich war gezwungen, den Blick von Caroline zu lösen und mich auf meinem Stuhl herumzudrehen. »Ich bin erst zwei Tage hier, aber ich habe das Gefühl, schon viel gelernt zu haben.«

»Zum Beispiel?«

Glücklicherweise hörte ich in diesem Moment hinter mir das warnende Klappern eines Tabletts, und als ich mich umwandte, sah ich Mr. Madden auf uns zusteuern.

»Hallo«, sagte er, während er mit fröhlichem Staunen von Martin zu mir und wieder zurück sah. »Wie seid ihr zwei zurechtgekommen?«

»Oh, gut!« sagte ich, vielleicht eine Spur zu herzlich. Der Anblick von Mr. Madden nach dem spannungsgeladenen Gespräch mit Caroline hatte eine überschwengliche, hündische Zuneigung zu ihm in mir geweckt. »Martin hat mich herumgeführt. Der Rosengarten ist wundervoll.«

»Schön, schön«, sagte Mr. Madden unbestimmt. Er wirkte einen Moment gedankenverloren. »Die frische Luft wird dir mächtig gutgetan haben, alter Knabe. Bringt ein bißchen Farbe in deine Backen.«

»Ich bin erstaunt, daß Sie ihn aus seinem Zimmer gelockt haben«, fiel Caroline unerwartet ein. Ihre nächste Bemerkung war allgemein an die Gruppe gerichtet. »Mami sagt, es ist absolut eine Räuberhöhle. Mrs. Barker hat den ganzen Morgen gebraucht, um es aufzuräumen. Es ist egoistisch von dir, Martin, Mrs. Barkers Zeit zu verschwenden, wo es so viel anderes zu tun gibt. Warum du nicht selbst aufräumen kannst, ist mir schleierhaft. Mami war auch den ganzen Morgen damit zugange, und sie ist vollkommen erledigt.«

Es ist schwierig zu schildern, mit welcher Geschwindigkeit dies vorgetragen wurde. Carolines Redeweise war exaltiert und rapide, und beim Sprechen bewegte sich ihr Mund außerordentlich schnell, als würde sie Essen hinunterschlingen. Die Wirkung war nicht sehr attraktiv – ich merkte, daß wir alle gleichermaßen fasziniert zusahen –; denn ihre Lippen waren schmal und abwärts gezogen über dem Kolben von einem Kinn, dessen automatische Bewegungen den Eindruck vermittelten, es würde nie stehenbleiben. Ich erwartete – beinahe schadenfroh – eine impertinente Antwort von Martin und war überrascht zu sehen, daß er offenbar in seinem Rollstuhl eingeschlafen war.

»Sei nicht so streng mit ihm, Caro«, sagte Mr. Madden, das volle Tablett noch in der Hand. »Uns Knaben fällt es schwer, ans Aufräumen zu denken. Wir haben andere Sachen im Kopf, Kriege führen und Dinge in Gang halten und dergleichen, was?«

Ich lachte darauf überschwenglich und hörte gedemütigt mein Gelächter solo über den Tisch schweben.

»Es ist einfach unfair Mami gegenüber«, sagte Caroline verdrossen. »Sie hat sowieso schon alle Hände voll zu tun und hat nur Mrs. Barker, die ihr hilft.«

Sogleich bereute ich meine Schwärmerei vom Rosengarten, die im Rückblick dem Vorwurf, ich sei absolut keine Hilfe, Vorschub leistete.

»Du gehst mir auf die Nerven«, klagte Martin und öffnete ein Auge einen Schlitz breit.

»Dann nimm ein Beruhigungsmittel«, versetzte Caroline.

»Nimm selber eins«, murmelte Martin und senkte das Kinn auf die kleine geblähte Brust. »Nicht, daß du mir dann weniger auf die Nerven gingst.«

»Oh, ich sterbe!« sagte Caroline und faßte sich mit ihren feisten Händen melodramatisch ans Herz.

»Schluß jetzt!« donnerte Mr. Madden, indem er mit seinem Tablett dazwischen fuhr und die Gläser verteilte. »Das reicht, ihr zwei. Das Essen ist jeden Moment fertig, also laßt uns hier ein bißchen Platz machen, ja, und ich helfe Mami beim Raustragen.«

Ich sprang wie von der Tarantel gestochen auf und begann, die über den Tisch verstreuten leeren Gläser einzusammeln. Ich spürte Carolines Blick hinter ihrer Sonnenbrille wieder auf mir oder vielmehr auf meinem Körper, den sie musterte, als würde sie für ein Kleid maßnehmen. Nach einer Weile verschränkte sie die Arme und sah auf den Garten hinaus, die Lippen geschürzt, als sei ein Zugband hindurchgefädelt.

»Soll ich sie reinbringen?« fragte ich Mr. Madden.

»Nein, nein«, erwiderte er. »Bleiben Sie nur sitzen, ja?«

Ich spürte eine milde Verärgerung in seiner Antwort und hatte die undeutliche Erinnerung, ihn schon einmal mit einer ähnlichen Bezeugung von Eifer erzürnt zu haben. Auf der Suche nach diesem Vorfall drängte sich mir mit aller Macht die Erinnerung an Pamelas – im Cottage-Garten mitgehörte – unselige Bemerkungen über meine Gefühle für Mr. Madden auf. Ich nahm ruckartig die Hände vom Tisch und hielt sie zitternd hinter meinem Rücken. Ich fühlte die Gefahr, imstande zu sein, eine obszöne Bemerkung an Mr. Madden zu richten, ihm gar einen Puff oder Tritt zu versetzen, nur um zu beweisen, daß ich keinerlei Zuneigung für ihn hegte. Ich setzte mich wieder hin; und als ich Carolines gekränkte Miene sah, fühlte ich mich in einer miserablen Situation. Caroline fand es offensichtlich unpassend, daß ich, eine bezahlte Hausangestellte, bei ihr saß, der Tochter des Hauses, während Hausherr und -herrin umherhasteten, um uns zu bedienen. Mr. Madden hatte jedoch gesprochen; und nachdem meine angebliche Neigung schon öffentlich zum Thema gemacht worden war, wollte ich sie keineswegs vor aller Augen bestätigen, indem ich mich ihm weiterhin aufdrängte.

»Was machen Sie, Caroline?« erkundigte ich mich statt dessen verbindlich. Es war eine automatische Frage, ein peinlicher Reflex, und ich wurde für meine Achtlosigkeit mit einem eisigen Blick bestraft.

»Was *meinen* Sie damit?« erwiderte Caroline schließlich.

»Ich habe gefragt, ob Sie arbeiten«, ergänzte ich hastig. Das klang irgendwie ungehörig. »Oder ob ...« Aus irgendeinem Grund fiel mir keine Alternative ein, und ich mußte abbrechen.

»Ich bin Hausfrau.«

Meine Lippen formten die Erwiderung »oh«, doch meine Stimme versagte die Gefolgschaft, und ich blieb stumm.

»Sie mißbilligen das, stimmt's?« sagte Caroline. »Sie sind wohl eine von diesen Feministinnen?«

»Hm«, begann ich. Meine Haut litt jetzt Qualen, und ich wünschte, meine Stellung hätte es erlaubt, Mr. Madden zu bitten, den Sonnenschirm aufzuspannen.

»Ich persönlich habe nicht das geringste Bedürfnis, mit meinem Mann zu konkurrieren«, fuhr Caroline fort. »Ich lebe nicht in ungesicherten Verhältnissen. Würden wir dringend Geld brauchen, das wäre vielleicht etwas anderes. Ich würde natürlich alles tun, was ich könnte, aber ich würde es als Unglück betrachten. Es wäre peinlich für meine Freundinnen und vor allem für Derek. Aber zum Glück sind wir ja recht gutgestellt.«

»Wie schön«, sagte ich, während ich verstohlen eine Hand auf meine Wange legte.

»Da ist zum Beispiel eine Frau in unserem Dorf«, sagte Caroline, wobei sie sich fester auf ihrem Stuhl verschanzte, »die durch eine Notlage gezwungen war, eine Stellung in irgendeinem Geschäft, Damenbekleidung, glaube ich, in Tonbridge anzunehmen. Früher hat sie mit ihrem Mann im Pfarrhaus gewohnt, aber dann hat er sie verlassen, ist mit seiner Sekretärin oder sonst einer auf und davon, und sie mußte allein zurechtkommen. Sie hat das Haus verkauft und die Kinder in die Gemeindeschule gesteckt.«

»Wie schrecklich«, sagte ich mitfühlend.

»Wir haben alle unser Bestes getan, um sie zu unterstützen, aber es ist schwierig. Derek und ich hatten sogar erwogen, ihr das Pfarrhaus abzukaufen, um ihr zu helfen, aber sie hat einen lachhaften Preis dafür verlangt und *dachte* gar nicht daran, es für weniger zu verkaufen, auch nicht an Freunde. Ich persönlich finde, sie hätte sofort aus dem Dorf wegziehen sollen. Wir waren alle ein fester Klüngel, verstehen Sie, aber es ist schwieriger, eine alleinstehende Frau einzuladen, und sie selbst empfängt auch keine Gäste mehr bei sich, sie ist sozusagen nicht mehr sehr empfänglich – im doppelten Sinne.« Sie lächelte, selbst verwundert über ihre unerwartete Originalität. »Sie ist so fix und fertig, daß man sie höchstens noch zum Abendessen in die Küche holt, aus Angst, daß sie in Tränen ausbricht oder so was. Einige Frauen wollen sie gar nicht mehr bei sich zu Hause haben, weil sie sehr aggressiv zu den Männern wird, wenn sie ein paar Gläser getrunken hat. Und die Kinder sind natürlich total verwildert auf dieser gräßlichen Schule. Die anderen wollen nicht mit ihnen spielen.«

»Die Ärmste!« rief ich, und meine eigenen Probleme waren vorübergehend vergessen.

»Das mag wohl zutreffen«, sagte Caroline nach einer Pause. »Aber Sie sollten nicht allzuviel Mitleid mit ihr haben. Alles hätte ganz anders kommen können, wenn sie ein bißchen Anstand gewahrt hätte. Ich muß leider sagen, sie hat sich – unziemlich benommen. Arbeitet in einem Geschäft!« Sie schüttelte den Kopf. »Ein paar Frauen sind hineingegangen, natürlich ohne es zu ahnen, und sie berichten, es war ganz schrecklich, wie sie hinter der Theke hervorkam. Richtig aufdringlich war sie, wollte ihnen unbedingt etwas aufschwatzen.«

»Es ist doch bestimmt nicht ihre Schuld, wenn ihr Mann sie verlassen hat?« wandte ich ein. »Was hätte sie sonst tun können?«

»Wessen Schuld soll es denn dann sein?« fragte Caroline erstaunt. »Sie wird wohl ihre Pflicht ihrem Mann gegenüber nicht erfüllt haben.«

»Was meinen Sie?«

»Es gibt gewisse Dinge«, sagte sie geheimnisvoll, »die eine Frau für ihren Mann zu tun hat, weil es von ihr erwartet wird. Sie mag nicht immer Lust darauf haben. Aber sie tut es. Ich glaube nicht, daß Miriam es ganz so sah. Sie hat es auch geäußert. Es ist wirklich kein Wunder, daß er schließlich woandershin ging.«

Ich war erschüttert über Carolines Bemerkungen und über die Selbstherrlichkeit, mit der sie sie vortrug. Daß ihre und meine Sympathien so weit auseinanderlagen, mochte angesichts der deutlichen Differenzen zwischen uns zu erwarten gewesen sein, doch was mich verstörte, war mehr die Bestimmtheit als der Gehalt ihrer Ansichten. Zu meiner Überraschung fühlte ich eine starke und gewissermaßen wechselseitige Identifikation mit Miriam, als seien wir zwei Leuchttürme, die sich gegenseitig über eine dunkle, tückische See hinweg Blitze des Mitgefühls telegraphieren. Diese Identifikation behagte mir nicht. Ich vermutete, daß Miriam und ich einer Art Minderheit angehörten, was uns den damit verbundenen Gefahren der Ausgrenzung und Schikane aussetzte.

»Martin!« schrie Caroline plötzlich. »Du kannst jetzt nicht einfach *abhauen*! Wir wollen gleich essen.«

Während unseres Gesprächs hatte Martin seinen Rollstuhl immer weiter vom Tisch wegmanövriert. So geschickt hatte er sich bewegt, daß ich es gar nicht richtig wahrgenommen hatte; als ich mich dann umsah, erblickte ich ihn neben einem fernen Blumenbeet. Er warf einen Stock für Roy, der langsam davontrabte, um ihn zu apportieren, wobei sein schwarzer Bauch sich hob und senkte. Martin kehrte auf Carolines Befehl klugerweise nicht an den Tisch zurück, sondern zog es vor, sie nicht zu hören, und sobald er Roy losgeschickt hatte, schien er in die Betrachtung eines kleinen Strauches vertieft. Zu meinem Entsetzen löste sich Caroline unversehens entschlossen von ihrem Stuhl und stand in solch jäher Wut auf, daß das gesamte Puppenarrangement aus Tisch und Stühlen schwankte, als sie sich, nach einem Durchgang suchend, zwischen den Möbeln hindurchschlug. Sie schob einen hinderlichen Stuhl mit kräftiger Hand fort und stürmte über den Rasen auf den unachtsamen Martin zu, dessen Nacken sich sichtlich zu sträuben schien, als sie hinter ihm herannahte. Mit beängstigender Geschwindigkeit erreichte sie den Rollstuhl, löste mit dem Fuß die Bremse, drehte ihn herum, so daß Martins Haare regelrecht flogen, und schob ihn zurück zum Tisch. Ich sah sie den Mund bewegen, konnte allerdings nicht hören, was sie sagte.

»Und jetzt hiergeblieben!« keuchte sie, brachte den Rollstuhl am Tisch abrupt zum Stehen und trat heftig die Bremse herunter. Martin wirkte neben ihr so zerbrechlich und so eingefallen nach der brutalen Fahrt, daß ich aufrichtig um seine Gesundheit bangte; doch es war keine günstige Zeit, besorgte Fragen zu stellen, was unser General zweifellos als eine Art Aufruhr verstanden hätte. »Du läßt uns alle in dieser Hitze hinter dir herrennen!« rief sie, die entsprechende glänzende Röte im Gesicht. »Du kannst es nicht ertragen, wenn du nicht nicht im Mittelpunkt stehst, nicht? Du kannst es nicht ertragen, daß andere hier sitzen und sich ohne deine Hilfe ausgesprochen nett unterhalten.« Ich war geschmeichelt, aber nicht beruhigt. »Nein, du mußt alle dazu bringen, daß sie abbrechen, was sie gerade tun, und dir ihre ganze Aufmerksamkeit widmen. Du kannst es nicht ertragen, wenn ...«

»Halt endlich den Mund!« plärrte Martin, und sein kleiner Körper blähte sich wie ein Blasebalg. »Du blöde fette Kuh! Hast du eine Ahnung, wie sich deine fette Stimme anhört, nja, nja, nja« – er vollführte mit dem Kinn eine bewundernswerte Imitation –, »Mami hier, Mami da, kein Wunder, daß Dewek so ein Zombie ist, es muß ja sein, als würde er mit einem *verdammten Preßluftbohrer* zusammenleben!«

»MAMI!« brüllte Caroline panisch, den Mund so weit offen, daß ich ihre zitternden rosa Mandeln sehen konnte. »MAMI!«

»Da-da-da-da-«, sagte Martin, was offensichtlich ein Bohrgeräusch darstellen sollte, sich aber in Wirklichkeit drohender anhörte, wie ein Maschinengewehr. »Da-da-da-da.«

»HÖR ENDLICH AUF!« brüllte Caroline, ihren Körper krümmend.

»Um *Himmels* willen, was ist denn hier los?« fragte Pamela, die mit der Zielsicherheit und Wirksamkeit eines Geschosses am Schauplatz erschien, was augenblicklich tödliche Stille hervorrief. »Was denkt ihr euch bloß, so einen Lärm zu machen?«

Sie bahnte sich einen Weg zum Tisch und blieb stehen, funkelte mich zu meinem Entsetzen wütend an, die Hände auf den Hüften. Ich zuckte die Achseln und sah zu Caroline hin.

»Er hat es wieder getan!« stöhnte Caroline. Ihr Gesicht, von Gefühlsregungen verwüstet, war tränenüberströmt. Sie tat mir richtig leid. »Er hat ganz gräßliche Sachen gesagt.«

»Ach, um Gottes willen, Martin.« Pamela faßte sich an die Stirn. Caroline schrie in neuerlicher Pein. »Nimm dich zusammen, Caroline, um Himmels willen! Was soll Stella denken?«

Aller Augen richteten sich auf mich! In diesem Moment wuselte unter dem Tisch etwas um meine Beine, und etwas Nasses, Klebriges drückte sich auf mein Knie. Ich heulte entsetzt auf, blickte hinunter und sah Roys triefende Schnauze zwischen meinen Schenkeln schnüffeln.

»Wenn ihr zwei euch nicht vertragen könnt, müssen wir die Familientreffen eben einstellen. Habt ihr verstanden? Ich kann das nicht aushalten! Ich will das nicht!«

Ich klemmte meine Beine so fest zusammen, daß Roys Kopf zurückzuckte und mit einem Plumps gegen die Unterseite des Tisches prallte. Ich wischte verstohlen mit der Hand über das feuchte Fleisch an meinen Beinen.

»Verzeihung«, murmelte Martin großmütig.

»Caroline?«

»Also, ich sehe wirklich nicht ein, warum ich mich entschuldigen soll, wenn ...«

»Ach, scheiß drauf«, sagte Martin.

»Martin! Ich warne dich, verdammt! *Noch ein Wort!* Caroline, los, entschuldige dich.«

»Mami.«

»Entschuldige dich, oder du gehst nach Hause.«

»Das wird euch noch leid tun«, sagte Caroline und meinte offenbar uns alle. Märtyrertränen strömten ihr über die Wangen. »Wartet's nur ab. Ihr habt alles verdorben. Heute sollte ein wunderbarer Tag werden, und jetzt ist alles verdorben.«

»Unsinn«, sagte Pamela forsch.

»Das ist kein Unsinn!« jammerte Caroline und stampfte mit dem Fuß aufs Gras. »Ach, ihr seid alle so schrecklich, ich sehe nicht ein, warum ich es euch überhaupt erzählen soll! Ich gehe jetzt sofort nach Hause!«

»Uns was erzählen, Liebling?« fragte Pamela in versöhnlicherem Ton.

Da sie sich nun ein wenig Mitgefühl zurückerobert hatte, nahm Caroline, den Kopf tief gesenkt, eine zugleich trotzige und gefaßte Haltung ein.

»Ich wollte euch allen bloß erzählen«, sagte sie, mich großzügig einbeziehend, »daß Derek und ich ein Baby bekommen.«

Pamela schrie so laut, daß ich von meinem Stuhl hochschreckte, weil ich dachte, sie hätte Schmerzen.

»Mein Liebling!« rief sie und schlang ihre Arme um Caroline. Selbst an diesem Höhepunkt der Gefühle konnte mir nicht entgehen, daß die schlanke, lebhafte Pamela mehr nach Carolines Tochter als nach ihrer Mutter aussah. »Oh, *gut gemacht, ihr zwei*! Oh, wie wunder-wundervoll!«

Da Caroline, obwohl von Anerkennung überschüttet, ihre Kränkung nicht vergessen wollte, stand sie vor der schwierigen Aufgabe, zugleich erfreut und verletzt zu wirken: Sie erreichte dies mit einer Haltung matter Rechtfertigung wie ein Kläger, der nach einem langen, aber erfolgreichen Kampf gegen die Ungerechtigkeit aus dem Gerichtssaal vor eine jubelnde Menge tritt.

»Oh, wo ist Daddy? Piers! Piers! Komm raus!« rief Pamela. »Ich bin *entzückt*, Liebling. Ach, sieh mal, jetzt muß *ich* weinen.« Pamela betupfte ein paar Kristallperlen an ihren Augen. »Was für eine wunderbare Neuigkeit.«

Sie halten mich vielleicht für schrecklich kleinlich, aber die Tatsache, daß Caroline es – wenn auch mit Stil – vermieden hatte, sich bei Martin zu entschuldigen, ließ mir keine Ruhe. Ich beobachtete sie, ganz so, wie sie mich zuvor beobachtet hatte, und sah mit Genugtuung, wie sie unter meinem Blick befangen wurde. Sie drehte den Kopf hierhin und dorthin, und einmal legte sie sogar die Hände auf den Bauch und rieb ihn, wie man eine Lampe reiben würde, um einen Geist heraufzubeschwören.

»Martin?« fragte sie schließlich. »Hast du nichts zu sagen?«

Diese Entwicklung interessierte mich außerordentlich; denn es war für mich offensichtlich, daß Caroline sich geschworen hatte, sich soweit wie möglich jeder weiteren Aufmerksamkeit für Martin zu enthalten, indem sie ihm seine Reaktion auf ihre Neuigkeit entlockte. Es würde zweifellos zu einer Auseinandersetzung kommen, und ich sah, daß Caroline aus ihrem gegenwärtigen Stand der Heiligkeit Nutzen ziehen wollte, indem sie sich dabei beobachten ließ, wie sie es vermied, einen Streit zu provozieren. Sie war jedoch bei diesem Vorsatz gescheitert und bewies so meines Erachtens, daß ihre Gefühle für Martin tief und vielschichtig waren und ihr, vielleicht infolgedessen, an seiner Meinung mehr lag als an der der anderen.

»Ich freue mich für euch«, sagte Martin, ganz Gentleman.

»Du hörst dich aber nicht so an«, blaffte Caroline, womit sie mir wenigstens zu der genugtuenden Annahme verhalf, daß ich mit meiner Diagnose richtig lag.

»Das ist eine wunderbare Neuigkeit«, sagte ich mutig. »Ich bin überzeugt, Sie werden eine großartige Mutter sein.«

»Danke, Stella«, erwiderte Caroline; ihr hochmütiger Ton machte jedoch klar, daß ihre Fähigkeit zur Mutterschaft nie in Frage stand.

»Donnerwetter!« sagte Piers, den Pamela unterdessen aus dem Haus geholt hatte. Er küßte Caroline auf die Wange und grinste dermaßen, daß sich der Rest seiner Gesichtszüge in Abwehr zurückzog. »Gut gemacht, Caro!«

»Ist es nicht wundervoll?« sagte Pamela strahlend. »Meine Güte, wir haben dich noch gar nicht gefragt, wann es soweit ist!«

»Im Februar«, sagte Caroline errötend.

»Ah!« riefen Pamela und Piers wie aus einem Mund.

»Ich bin im Februar geboren«, sagte ich. Ich hatte nicht richtig überlegt, was ich durch diese Mitteilung zu gewinnen hoffte, aber der Umstand, daß ich Caroline kaum kannte, erschwerte jede andere Art von Beitrag. Zugegeben, das zeitliche Zusammenfallen hatte nicht viel zu bedeuten, und mir kam der Gedanke, der Umstand, daß ich mich als Reklame für eine Februargeburt hinstellte, könnte eher als Äußerung einer Androhung als eines Trostes verstanden werden. »Es ist ein guter Monat«, fuhr ich fort, da die anderen ziemlich verblüfft wirkten. »Man wird nach Weihnachten nicht deprimiert, weil man weiß, es gibt bald wieder Geschenke.«

»Wohl wahr«, meinte Mr. Madden nachdenklich.

»Schön!« sagte Pamela. »Wollen wir auf Carolines Baby anstoßen? Haben alle ein Glas?«

»Und Dereks«, sagte Caroline schmollend. »Es ist genauso sein Baby wie meins.«

»Verzeihung, Liebling. Carolines und Dereks Baby. Haben alle was zu trinken? Caroline?«

»Ich trinke nichts«, sagte Caroline verschämt, die Hand wieder auf dem Bauch.

Wir hoben unsere Gläser, die in der Sonne warm geworden waren. Danach hatte anscheinend niemand mehr viel zu sagen. Die Glückwünsche hatten sich erschöpft, dennoch schien es unhöflich, das Thema zu wechseln.

»Ich denke, dann hole ich mal das Essen heraus«, sagte Mr. Madden schließlich.

»Ja, willst du das tun?« sagte Pamela. »Du bist ein Schatz. Habt ihr euch schon Namen überlegt, Liebling? Ich könnte ein paar Vorschläge machen, wenn euch nichts einfällt.«

»Wir dachten, wir nennen es Hugh, wenn es ein Junge wird«, sagte Caroline. Ich war überrascht; denn ich hatte »You« verstanden. »Du.« Das schien mir eine verwirrend renitente feministische Haltung angesichts Carolines vorangegangener Bemerkungen. »Wenn es ein Mädchen wird, werden wir es wohl nach Dereks Mutter nennen. Margaret.«

»Ein ziemlich ältlicher Name für ein Mädchen, oder?« meinte Pamela nach einer Pause. »Findet ihr nicht?« sagte sie schmeichelnd, als Caroline nicht antwortete.

»Offenbar nicht«, erwiderte Caroline kühl, »sonst hätten wir ihn nicht ausgesucht.«

Spannung hatte sich eingeschlichen, heimlich und ohne Vorwarnung. Ich fragte mich, ob Pamela beleidigt war, weil das Baby nicht nach ihr genannt werden sollte, und dann dachte ich, daß Dereks Mutter vielleicht tot war.

»Hm, Maggie wird sich bestimmt freuen«, sagte Pamela grimmig. Dereks Mutter weilte offensichtlich noch unter uns. »Habt ihr es ihr schon erzählt? Das mit dem Baby, meine ich.«

Caroline zögerte, was natürlich ihre nächsten Worte wie eine Lüge klingen ließ, allerdings konnte ich nicht sagen, ob dies Absicht war oder nicht.

»Nein«, sagte sie schließlich. »Wir dachten, wir schauen heute abend mal in Hastings vorbei.«

»Ah«, sagte Pamela unter lebhaftem Nicken. »Piers!« rief sie Mr. Madden zu, der jetzt mühsam wieder über den Rasen auf uns zuschritt. »Könntest du wohl so lieb sein und den Sonnenschirm aufstellen, ja? Es ist glühend heiß hier draußen.«

Mr. Madden nickte schwerfällig, stellte das Tablett auf dem Rasen ab und machte gehorsam auf dem Absatz kehrt. Ich war froh über diese Wendung, denn ich war inzwischen gezwungen, jede Wange mit einer Hand zu bedecken, und fürchtete, ein Bild theatralischer Bestürzung abzugeben. Martin war so still gewesen, daß ich annahm, er schliefe, doch als ich zu ihm hinsah, waren seine Augen weit offen. Mir war, als hätte er mich angestarrt.

»Alles in Ordnung?« fragte ich, als ich mich plötzlich auf meine Rolle in diesem Familiendrama besann. »Möchtest du einen Hut oder sonst etwas?«

Martin schüttelte den Kopf.

»Bist du überhitzt, Liebling?« warf Pamela ein. »Daddy stellt gleich den Sonnenschirm auf.«

»Mir geht's gut«, sagte Martin unwillig. Er feuerte einen verächtlichen Blick auf mich ab. Ich schloß daraus, daß es Martin entgegen Carolines Theorie mißfiel, die Aufmerksamkeit auf sich gerichtet zu sehen.

»Meine Güte«, sagte Pamela mit einem Blick auf ihre Uhr. »Du mußt gleich ins Zentrum. Wir sollten uns mit dem Essen beeilen.«

Die Erwähnung des Zentrums rückte natürlich die Angelegenheit des Autofahrens wieder in den Vordergrund, und ich fragte mich, ob trotz der Veränderung, die Carolines Verkündigung herbeigeführt hatte, Pamelas Angebot, Martin selbst hinzufahren, noch stand. Ich hatte das bedrückende Gefühl, daß mir die Situation etwas entglitten war. Ich konnte mich an keinen meiner Pläne zur Bewältigung des Problems erinnern, und es sah wahrhaftig so aus, als sei es in seiner ganzen früheren Kompliziertheit wieder erschienen. Einem Kind gleich, das sich zu besinnen sucht, wie es seine Schnürsenkel binden muß, fiel es mir schwer zu glauben, daß ich diese besondere Methode der Irreführung jemals beherrscht hatte; denn ich hatte total vergessen, wie es gemacht wird. Wenn Pamela mich jetzt bäte zu fahren, müßte ich mich vollkommen bloßstellen.

»Stella, können Sie gleich nach dem Essen mit ihm lossausen?« fragte Pamela.

Rasen und Himmel entrückten im folgenden Schweigen kurz meinem Blickfeld.

»Ja«, sagte ich und nickte zuversichtlich.

»Ich könnte ihn doch auf dem Heimweg absetzen«, sagte Caroline – und ich hatte gedacht, ich würde sie niemals liebenlernen. »Ich komme direkt durch Buckley.«

»Er muß aber auf der Stelle los«, sagte Pamela zweifelnd. Ich war versucht, über den Tisch zu langen und ihr mein schweres Kristallglas auf den Kopf zu schlagen. »Möchtest du nicht zum Schwimmen hierbleiben?«

»Nein«, sagte Caroline und stieg noch höher in meiner Achtung. »Nein, ich muß zurück. Ich habe so viel zu tun. Und Martin und ich können unterwegs nett miteinander plaudern.«

Ich muß zugeben, mein Verrat an Martin war bedauerlich, aber mein Selbsterhaltungstrieb war in diesem Augenblick übermächtig. Ich riskierte einen Blick auf den Verdammten, der mich mit zusammengekniffenen Augen musterte. Er machte eine Mundbewegung, die ich nicht deuten konnte, die ich aber als ausdrückliche Verheißung von Rache interpretierte. Sosehr es mich drängte, ihm eine Entschuldigung anzubieten, unter den gegenwärtigen Umständen war es unmöglich. Da ich mich jetzt einem egoistischen Vorgehen verschrieben hatte, fragte ich mich statt dessen, ob Pamela mir wohl anbieten würde, am Nachmittag schwimmen zu gehen, und wenn nicht, wie ich ihr ein solches Angebot entlocken könnte.

»Greift zu, alle miteinander!« rief Pamela, als Piers seine Last an vollen Schüsseln und Tellern auf dem Tisch ablud. Er hatte einen großen Sonnenschirm herbeigeschleppt und machte sich damit zu schaffen. »Kommen Sie, Stella, nur keine Schüchternheit.« Sie sah uns alle der Reihe nach an. »Oh, was für ein glücklicher Tag!«

Elftes Kapitel

Kurze Zeit später stand ich allein in der leeren Küche des großen Hauses. Durch das Fenster konnte ich den verlassenen Schauplatz unseres Mittagessens auf dem Rasen sehen, die Stühle noch wie in Schrecken oder Zorn vom Tisch zurückgeschoben, wo die Leute aufgestanden waren. Von Caroline war ich nun erlöst, und mit ihr von Martin und der drohenden Fahrpflicht, der ich durch großes, aber nur vorübergehendes Glück entkommen war.

Weil ich eine Gelegenheit witterte, mich an den Familienangelegenheiten zu beteiligen, hatte ich es übernommen, den Mittagstisch abzuräumen. Mein Angebot wurde rundum akzeptiert, und die Gesellschaft löste sich daraufhin eilends auf, als sei mir zuzutrauen, daß ich es zurücknehmen würde. Pamela »ruhte« jetzt oben, und Piers war an seine undefinierbare Arbeit auf der Farm zurückgekehrt. Ich hatte ihm durchs Fenster nachgesehen; sein einsames Davongehen – er latschte ziellos wie ein Junge, pfiff leise vor sich hin, als er fortschlenderte – zeugte von einem Unbehagen bei Familientreffen, und er war offenbar froh, dem entronnen zu sein.

Ich stellte die erste Ladung Geschirr ins Spülbecken und sah mich durch mein Alleinsein im Hause der Maddens – ein irgendwie unziemlicher Zustand angesichts der Zartheit unserer Bekanntschaft – zu einer unerfreulichen Analyse der Gegebenheiten verleitet. Ich spürte, daß ein klares Bild meiner üblen Situation verdeckt in der Nähe lauerte wie ein Examensergebnis in einem Umschlag – oder wie zwei Polizisten, die im Nebenzimmer saßen und auf meine Ankunft warteten. Obwohl ich schon mehrere kleinere Einschätzungen vorgenommen hatte – Wahrnehmungsklumpen, aufgeworfen von den rüttelnden Rädern jeder vergehenden Stunde –, wie mein Leben auf dem Lande zu verlaufen schien, erforderte ein größerer Überblick eine Rückreise zu dem ganzen Chaos, das ihm vorausgegangen war, vielleicht sogar eine Expedition zum ewigen Eis menschlichen Unglücklichseins, das jenseits davon lag. Erst vor so kurzer Zeit aus meiner Vergangenheit ausgewandert, war ich nicht bereit, ihr einen Besuch abzustatten; doch ich fühlte einen schwellenden, zitternden Kummer, anfällig wie eine Seifenblase, die in der Luft um mich herum schwebte und es unvermeidlich scheinen ließ, daß sie mich jeden Moment berühren und platzen würde, ob es mir paßte oder nicht. Ich pfiff fröhlich, als ich das Wasser aus den Hähnen strömen ließ, und war gerade im Begriff, es wieder abzudrehen und hemmungslos am Küchentisch zu schluchzen, als ich das entfernte Klingeln eines Telephons hörte.

Telephone schreien nach ihren Besitzern wie Kinder nach ihren Eltern, und es dauerte geraume Zeit, bis ich auf diesen schrillen Ruf reagierte. Schließlich fiel mir jedoch ein, daß Pamela oben schlief, und mit plötzlichem Entsetzen stellte ich mir vor, wie sie schlechtgelaunt aus dem Bett fuhr, wütend, weil ich es zugelassen hatte, daß sie gestört wurde. Dies war natürlich eine Überreaktion meinerseits; doch die Dominanz eines irrationalen oder unberechenbaren Charakters wie Pamelas bewirkt, daß selbst die harmlosesten Vorfälle geschwängert sind von möglichen Vorwürfen und Schuldzuweisungen. Ich eilte fort vom Spülbecken und durch die Küchentür, blieb im Vorraum stehen, um zu horchen, woher das Geräusch kam. Einen Moment dachte ich, es hätte aufgehört, doch dann kam es wieder aus der Halle. Ich stürmte durch die Pendeltür und rannte, das alarmierende Klingeln in den Ohren, über die Steinplatten dorthin, wo das Telephon ungerührt auf einem Tischchen thronte. In dem Moment, als ich den Hörer abnahm, hatte ich das intensive Gefühl, einen Fehler zu machen. Wieder sah ich ganz deutlich Pamelas Wut; doch diesmal war es mehr meine Vermessenheit als meine Nachlässigkeit, die sie provozierte. Ich hatte wirklich keine Ahnung, was das Richtige war. Meine Eltern hatten mir für solche Angelegenheiten keine Regeln vermittelt, und es fiel mir sehr schwer zu erkennen, wie ich sie mir aneignen sollte.

»Hallo?« sagte ich, besorgt, ich könnte zusätzlich zu meiner sonstigen Unbeliebtheit jetzt auch noch den Anrufer erzürnen.

»Wer spricht da?« wollte eine Männerstimme wissen.

»Stella«, antwortete ich und wollte gerade eine nähere Beschreibung von mir abgeben, als der Mann mir zuvorkam.

»Was sind Sie?« fragte er.

Ich war natürlich verblüfft über diese Frage, da sie mir nie zuvor gestellt worden war. Es war schwer zu sagen, welche Art Information der Mann verlangte.

»Ich bin eine Angestellte«, sagte ich in der Annahme, er wolle lediglich über meine Rolle im Haus aufgeklärt werden – Eindringling, Freundin usw.

»Eine *Angestellte*?« Er klang jünger, als ich zuerst gedacht hatte. »Was für eine Angestellte? Wir *haben* keine Angestellten!«

»Angestellte war vielleicht das falsche Wort«, räumte ich ein. Mir fiel der Ausdruck von Pamela ein, den ich im Garten des Cottage mit angehört hatte. »Ich bin so eine Art Au-pair-Mädchen.«

»Ach, Sie sind *Martins* Mädchen«, sagte der Mann. »Sie müssen neu sein. Was ist aus Colette geworden?«

»Ich habe keine Ahnung«, sagte ich.

»Mami hat sie wohl gefeuert.« Er kicherte leise in sich hinein. »War ja vorauszusehen. Na gut. Hören Sie«, er sprach nun wieder laut zu mir, »hören Sie, Stella, ich komme vorbei, in Ordnung?« Mir war klar, daß er mich nicht um Erlaubnis fragte, sondern vielmehr die Ankündigung durch das Gestrüpp meiner mutmaßlichen Dämlichkeit preßte, in der Hoffnung, daß sie seine Mutter erreichen würde; denn ich hatte inzwischen den Schluß gezogen, daß ich mit einem von Pamelas Sprößlingen sprach. »Irgendwann heute oder morgen. Haben Sie das mitgekriegt?«

»Ja.« Ich hörte im Hintergrund ein Telephon dudeln, dazu gedämpfte Stimmen.

»Es ist der reinste Backofen. Ich werde hier noch verrückt. Lechze nach Abkühlung im Schwimmbad. Richten Sie ihr das aus.«

»Mach ich.«

»Dann sehen wir uns später, Stella.«

»Ja.«

Er hängte ein, ohne sich zu verabschieden. Ich legte den Hörer auf und ging durch die Halle zurück, mit ratloser Miene und einem seltsamen Gefühl der Befangenheit, als würde mich jemand beobachten. Als ich die Pendeltür aufstieß, sank ich noch tiefer in diese Verwirrtheit, und als ich in die Küche kam, bewegte ich mich so langsam, daß ich das aus den Hähnen strömende Wasser, die über den Beckenrand fließenden Kaskaden, die Pfütze auf dem Küchenboden ein paar Sekunden lang nicht als Katastrophe ansah. Dann rannte ich schlitternd laut kreischend zum Spülbecken, und mein Gesicht wurde mit Schaum besprüht. Wie ein wildes Tier wehrte das Unglück meine Bemühungen ab, seiner Herr zu werden, doch schließlich gelang es mir, das Wasser abzudrehen.

Die darauf folgende Stille war fürchterlich, eine Grabesruhe, durchsetzt vom hohlen Klang der Tropfen. Gelähmt von meinem Mißgeschick, stand ich eine Weile da, während der Miniatursee an meine Füße plätscherte. Dann hörte ich das drohende Knarren eines Dielenbrettes über mir. Das Geräusch sagte mir, daß Pamela im Begriff sein mußte, von ihrem Bett aufzustehen; und von jetzt an war alles ein panisch verschwommenes Handeln: Rasend rotierte ich, um den Beweis meines Vergehens zu tilgen.

Ich schnappte alles, was danach aussah, Flüssigkeit aufnehmen zu können, und indem ich tropfende Händevoll Wasser aufschaufelte und fruchtlos ins Spülbecken schüttete, mühte ich mich ab, das schimmernde Reservoir, das jetzt über den gefliesten Boden kroch, zu reduzieren. Mit Küchentüchern, Schwämmen, sogar ein paar Brotbrocken, die vom Mittagessen übriggeblieben waren, kämpfte ich, um dem ausgelassenen Element Einhalt zu gebieten, das jeder Anstrengung, es einzufangen, auswich und sich entzog. Es gelang mir wenigstens, das übergelaufene Wasser etwas zu verteilen, so daß, obwohl es eine größere Fläche bedeckte, die Höhe verringert wurde, und ich hatte gerade die durchnäßten Tücher aufgesammelt und zu einem Knubbel ausgewrungen, als die Küchentür aufging und Pamela vor mir stand. Sie hatte ihren Bikini mit Jeans und einer Weste vertauscht. Ihr Gesicht war noch halb verschlafen, und ihr Haarwust saß ungewöhnlich hoch, als hätte er versucht, aus ihrem Kopf auszubrechen, während sie in tiefem Schlaf lag, und sei peinlicherweise auf halbem Wege festgenommen worden.

»Du meine Güte!« sagte sie heiser, als sie die Bescherung überblickte. Ich hielt den nassen Knubbel Handtücher hinter dem Rücken und atmete tief durch. »Sie haben den Fußboden gewischt! Das ist wirklich lieb von Ihnen.«

»Ich bin hier noch nicht ganz fertig«, erklärte ich mit spitzer Stimme. »Ich wollte gerade abspülen.«

»Ah!« sagte Pamela, auf der Schwelle verharrend, offenbar in der Absicht, meinen sauberen Boden nicht schmutzig zu machen. »Wenn Sie das vorhaben, wäre es vielleicht eine gute Idee gewesen, vorher abzuwaschen. Jetzt haben Sie sich den Weg abgeschnitten, nicht?«

»Kann schon sein«, quiekte ich. »Aber bis ich fertig bin, ist der Boden trocken.«

»Hmm.« Pamelas Gesicht drückte Ratlosigkeit aus. »Na schön, dann überlasse ich Sie jetzt Ihrer Arbeit.«

Ich sah, daß sie drauf und dran gewesen war, mich zu entlarven; aber vielleicht war sie noch zu verschlafen und hatte die Sache auf sich beruhen lassen. Leider fiel mir just in dem Augenblick, als ich sie loszuwerden schien, die Telephonnachricht ein. Ich rang mit mir, hin und her gerissen zwischen Selbsterhaltungstrieb und Verläßlichkeit.

»Ihr Sohn hat angerufen«, rief ich ihrem sich entfernenden Rücken nach.

»Toby?« Pamela drehte sich um. »Was wollte er?«

»Er sagte, er kommt vorbei«, erwiderte ich. Ich hatte einen großen, belastenden Brocken nasses Brot erspäht, der neben meinem Fuß lag, und wollte Pamela auf keinen Fall aufhalten. »Entweder heute abend oder morgen vormittag.«

»O Gott«, sagte Pamela. Sie hielt inne und überlegte. »Möchte wissen, was er will.«

»Er sagte, es sei der reinste Backofen. Er wollte schwimmen kommen.«

»Verstehe. Was ist das?«

»Was?« fragte ich unschuldig.

»An Ihrem Fuß.«

»Oh, das ist bloß – ich wollte es gerade ...«

»Ich rufe ihn besser an. Mal hören, was er will. Gott, ich könnte diese Woche wirklich auf Toby verzichten.«

Wunderbarerweise ging sie fort. Ich lehnte mich halb ohnmächtig ans Spülbecken und fühlte, wie das warme schmutzige Wasser an mein Hemd platschte. Eine unwiderstehliche Mattigkeit war plötzlich über mich gekommen. Ich hätte mich, wo ich war, auf dem nassen Boden hinlegen und augenblicklich einschlafen können. Der Druck der halbwegs verborgenen Katastrophe wurde fern und unbestimmt, und gerade fielen mir die Augen zu, als ich Pamelas Stimme hörte.

»Nein, das kommt überhaupt nicht in Frage«, sagte sie. Der Ton war leise, aber ich konnte ihre Worte deutlich verstehen. »Ich habe ohnehin schon genug am Hals.«

Ich ging vom Spülbecken weg in Richtung der Verbindungswand, von der das Geräusch kam. Mein Rücken fühlte sich kühl und feucht an, wo mich das warme Spülwasser gestreichelt hatte.

»Darum geht es nicht«, sagte Pamela nach einer Pause. »Ich finde nur, das ist etwas anderes.«

Ich hatte mich inzwischen an die Küchenanrichte gedrückt, das Ohr an der Wand. Es herrschte ziemlich lange Ruhe, und ich schätzte, daß Toby – denn ich nahm an, daß er es war, mit dem Pamela sprach – darlegte, weshalb er »vorbeikommen« wollte. Mein Erlebnis im Garten des Cottage hatte mir ein gewisses Geschick im Lauschen verliehen.

»Hör mal, wir haben ein neues Mädchen, und alles ist ein fürchterliches Chaos ... Stella, richtig ... Meinst du von deinem Standpunkt oder unserem? Nein, verdammt, ich bin *nicht* überempfindlich. Du bist eine absolute Nervensäge … Nein, ich traue dir nicht, nicht ein bißchen.«

An dieser Stelle brach Pamela in ein langes, komplizenhaftes Lachen aus.

»Du verschwendest keine Zeit, was?« sagte sie kichernd. »Zufällig hast du vollkommen recht. Absolut nicht dein Typ. Ach, hol's der Teufel, verdammt, du alter Charmeur, ich sehne mich direkt nach dir, so wahr mir Gott helfe. Um welche Zeit können wir mit dir rechnen?«

Da ich merkte, daß das Gespräch zu Ende ging, schlich ich zurück zum Spülbecken, hob auf dem Weg dorthin das durchweichte Stück Brot auf und warf es in den Mülleimer.

»Ich muß es wissen wegen dem Abendessen«, sagte Pamela in klagendem Ton. »Ist gut. Ist gut. Okay, tschüs.«

Voller Tatendrang begann ich, Teller zu spülen und in ordentlicher Reihe auf das Abtropfbrett zu stellen. Ein-, zweimal knallte ich einen Teller so heftig in die Rille, daß ich fürchtete, von dem feinen Porzellan sei etwas abgesplittert, und mich gezwungen sah, ihn herauszunehmen und zu untersuchen. Abermals in einen kritischen Zustand geraten, hatte ich keine Zeit, über die Ursache meiner Wut nachzudenken – verletzte Eitelkeit; der Preis, hatte ich inzwischen erkannt, für jegliches unzulässige und einsame Vergnügen, das ich aus dem Mithören von Gesprächen gewann, die nicht für meine Ohren bestimmt waren.

»Wie kommen Sie voran?«

Unterdessen an meine passive Rolle bei Auseinandersetzungen gewöhnt, brauchte ich einen Moment, bis mir klarwurde, daß Pamela in der Küche war und mich direkt ansprach.

»Ganz gut«, sagte ich nonchalant. Ich zog einen triefenden Teller aus dem Wasser und stellte ihn vorsichtig aufs Abtropfbrett. Mein Bauch war angespannt vor Erwartung; denn in diesem Moment hatte ich eine Methode ersonnen, wie ich Pamela verletzen konnte, ohne mir Vorwürfe einzuhandeln. Meine Rache hing jedoch davon ab, daß Pamela sich auf irgendeine Art von Gespräch mit mir einließ, und die Schwierigkeit lag darin, ein Gespräch anzufangen, das sich auf das Gehörte gründete, ohne zu verraten, daß ich gelauscht hatte.

»Ahhh«, seufzte Pamela verdrießlich. Ich spürte, daß sie hinter mir verharrte, und wartete, ob sie noch etwas äußern würde. Ich hörte das Scharren eines Stuhls und spähte verstohlen über die Schulter. Pamela saß am Tisch, den Kopf in die Hände gestützt. »Das hat mir gerade noch gefehlt«, sagte sie.

Ich nahm dies als Stichwort für Besorgnisäußerungen meinerseits.

»Kommt er vorbei?« fragte ich. Die Vertraulichkeit klang ungeschickt.

»Was?« Pamela hob verwirrt den Kopf. »O ja! Heute abend. Ich muß nachsehen, ob Mrs. Barker seine Bettwäsche gewechselt hat. Piers wird seine Sachen rausholen müssen.« Diese letzte Bemerkung richtete sie mehr an sich selbst. Ich fragte mich, wieso Piers seine Sachen in Tobys Zimmer *gelassen* hatte, und war so verblüfft über das, was sich unmittelbar daraus schließen ließ, daß ich mein Vorhaben fast aufgegeben hätte. »Gott, ich bin *erledigt*«, stöhnte Pamela.

Neuerliches Stuhlscharren, ein Zeichen, daß Pamela aufgestanden und im Begriff war, zu gehen. Der Augenblick war alles andere als ideal; aber ich hatte keine Wahl.

»Hat er sich gefreut wegen Caroline?« fragte ich leichthin.

Hinter mir war eine tiefe, bedrohliche Stille. Ich machte mich nervös am Spülbecken zu schaffen.

»Caroline!« flüsterte Pamela ergriffen. »Das habe ich vollkommen vergessen. O Gott, wie *entsetzlich* von mir!«

Mein Herz vollführte vor Schadenfreude eine kleine Pirouette. So froh war ich über meinen genialen Einfall, daß es mir schwerfiel, nicht vom Spülbecken zu eilen und Pamela glücklich in die Arme zu nehmen.

»Selbstsüchtige Kuh«, flüsterte Pamela; sie meinte nicht mich, wie ich merkte. »O Stella, wie konnte ich das nur vergessen?«

»Sie haben so viel im Kopf«, tröstete ich sie. »Da ist es kein Wunder.«

»Ich weiß, ich weiß«, jammerte sie. »Ich *muß* einfach mal zur Ruhe kommen! O Gott, ich rufe ihn lieber gleich noch mal an.« Ich hörte Schritte hinter mir und spürte dann den leichten Druck von Pamelas Hand auf meinem Rücken. »Danke, Stella«, sagte sie zerknirscht. »Sie sind sehr lieb. Nehmen Sie sich doch den Rest des Nachmittags frei, wenn Sie hier fertig sind. Martin dürfte nicht vor sechs zurück sein.«

»Wirklich?« fragte ich.

»Doch, das geht in Ordnung«, bestätigte sie nach einer Pause. »Ich denke, ich werde allein fertig. Wenn Sie zurückkommen, können wir alle schwimmen gehen.«

»Prima!« erwiderte ich.

Sie schlurfte trübsinnig aus der Küche, und es blieb mir überlassen, meinen Triumph allein zu feiern. Ich drehte die Wasserhähne auf und summte sogar laut, weil ich nichts von Pamelas nächstem Gespräch jenseits der Wand hören wollte. Ich erkannte, daß ich ziemlich süchtig nach Hinterhältigkeit geworden war; doch obwohl ich einsah, daß ich dabei bislang mehr verloren als gewonnen hatte, fühlte ich mich von diesem letzten Sieg wie ein Spieler ermutigt, weiterzumachen. Zwar standen mir die gängigen Methoden der Beherrschung einer Situation nicht zur Verfügung, aber ich merkte, daß ich fürs erste einen heimlicheren Weg entdeckt hatte, um zu überleben.

Neben der Befriedigung, die es mir verschafft hatte, Pamela aus der Fassung zu bringen, hatte die Szene eine weitere Genugtuung erzeugt. Piers Verbannung ließ sich natürlich durch eine Anzahl von Umständen erklären. Meine Eltern zum Beispiel hatten, als sie älter wurden und die Räume durch Tod und Fortgang verfügbar waren, immer öfter getrennt geschlafen. Der Anlaß war nüchtern – das Schnarchen meines Vaters –, aber es war nie die Rede davon gewesen, persönliche Habe umzuquartieren. Meine Mutter zog einfach aus, wenn das Geräusch unerträglich wurde, und kehrte automatisch zurück, wenn es nachgelassen hatte. Ihr nächtliches Tappen auf dem dunklen Flur war eine mitternächtliche Ausdehnung der Tretmühle ihrer Ehe, ein Pflichtgang, unternommen im Geiste einer tiefen, aufopfernden Heimlichkeit. Das vorsichtige Knarzen der Sprungfedern trug den Stempel der Liebe; denn trotz des Schnarchlärms, der sie geweckt hatte, führte meine Mutter ihren Umzug mit nahezu krankhafter Lautlosigkeit durch.

Piers' mißliche Lage jedoch verströmte den deutlichen Geruch des Geheimnisvollen. Ich konnte mir die reizende Pamela nicht schnarchend vorstellen, zog jedoch die entfernte Möglichkeit in Betracht, daß sie Piers regelmäßig aus seinem Schnarchen aufweckte und hinauswarf, statt selbst auszuziehen; doch die Anwesenheit von »Sachen« – so vielen »Sachen«, daß sie ein Hindernis für Tobys Besuch darstellten – deutete für den verschlagenen Geist auf eine bösartigere und unheilbarere Abneigung hin. Wenn aber Zerstrittenheit der Grund für die Trennung war, warum hatte Pamela es dann so gedankenlos ausgeplaudert? Ich hatte sie gewiß in einem unbewachten Moment erwischt, da sie nun mit der Aussicht auf eine häusliche Pflicht belastet war. Ich hatte auch, vermeintlich in meinen Abwasch vertieft und mit dem Rücken zu ihr, den Anschein erweckt, daß ich ihr nicht zuhörte. Mir kam der Gedanke, daß ich für Pamela gänzlich unbedeutend und somit mehr oder weniger unsichtbar war; die Häufigkeit, mit der sie mich in ihren Privatgesprächen erwähnte, ließ jedoch vermuten, daß dem nicht so war.

Während ich mit solcher Ausführlichkeit über diese letzte Entwicklung nachdachte, hatte ich den Abwasch erledigt und die Küche in ihren früheren Glanz zurückversetzt. Nach der Stille in der Halle zu urteilen, hatte Pamela ihr Gespräch beendet und war woandershin gegangen. Ich sah auf meine Uhr: Es war halb vier. Vor den Fenstern schmorte der Nachmittag, von keinem Wind gestört. Ich sehnte mich nach dem verschobenen Schwimmen. Es galt jedoch noch das Problem der durchnäßten Geschirrtücher anzugehen, und ich beschloß, dies sei der richtige Moment, in mein Cottage zu entfliehen, wo ich sie zum Trocknen in die Sonne legen und über alles nachdenken konnte, was ich erfahren hatte.

Zwölftes Kapitel

Der Garten lag ganz still, wie in einem schwülen Aspik aus Hitze und dicker Luft erstarrt. Ich ging zwischen den zwitschernden Hecken zum Cottage, binnen Sekunden den Drang spürend, in den Schatten zu gelangen. Das Rattern eines Rasenmähers wand sich den Weg entlang mir entgegen, wurde lauter und heiserer, als ich näher kam. Als ich das Tor erreichte, war der Lärm ohrenbetäubend. Beim Eintritt in den Garten sah ich einen Mann rittlings auf einer Art Miniaturtraktor sitzen, den er ruckweise und schlingernd in den dichten Grasbart vor dem Cottage lenkte. Auf einer Hälfte des Gartens lagen die Halme, wie von einem Exekutionskommando gefällt, in langen Reihen auf der Seite. Der kräftige, vertraute Geruch nach gemähtem Gras, eine alljährlich vergessene jahreszeitliche Erinnerung, entströmte dem Rasen. Ich blieb stehen und beobachtete das Vorrücken des Mannes. Er trug einen großen Hut, der den größten Teil seines Gesichts verbarg, doch da sein Körper wie eine Haftschnecke an der Mähmaschine klebte, erhaschte ich ab und an einen Blick auf seinen Hals, braun und knorrig wie altes Holz. Dies mußte, folgerte ich, der gute alte Thomas sein, der seinem Wort getreu den Rasen mähte.

»Guten Tag!« rief ich, durch das Gras watend, während ich mit der Hand meine Augen vor dem Licht abschirmte.

Thomas fuhr dröhnend weiter durch das widerspenstige Gewächs, unerschütterlich, die mageren Schultern über die Handgriffe gekrümmt. Er mähte in Bahnen, und als die Maschine an die Cottagemauer stieß, wendete er sie in einem holprigen Kreis und fuhr wieder auf mich zu. Ich winkte fröhlich, als aber offensichtlich wurde, daß er nicht die

Absicht hatte, anzuhalten, war ich gezwungen, beiseite zu treten.

»Guten Tag!« rief ich abermals hoffnungsvoll, als er stürmisch an mir vorbeipflügte. Ich erhaschte einen Blick auf die zerklüftete Böschung, die seine Nase darstellte, und die leere Höhle seines Mundes.

Sein trotziger Rücken entfernte sich zum Ende des Gartens hin, und nachdem ich zweimal eine Abfuhr erhalten hatte, beschloß ich, im Cottage in Deckung zu gehen, bevor er seine Wende vollführte. Ich war nie geschickt im Umgang mit derartigen Situationen. Meine Eltern hatten weder Gärtner noch Putzfrau, auch nicht häufig Gäste, was meinen Mangel an gesellschaftlichem Schliff erklären mag; allerdings möchte ich nicht den Eindruck erwecken, daß ich meine Eltern vorschiebe, um alles zu entschuldigen. Sie wären wütend, wenn sie auch nur einen Teil dessen wüßten, was ich ihrem Einfluß zuschreibe. Tatsächlich haben sie mich immer dieser Neigung verdächtigt. »Ich nehme an, das ist auch unsere Schuld!« bemerkte meine Mutter stets, wenn mich ein Mißgeschick ereilte, mit dem sie rein gar nichts zu tun hatten. Sie würde mir sogar, wenn sie hier wäre, zweifellos vorwerfen, meine Eltern verantwortlich zu machen für meine Gewohnheit, sie verantwortlich zu machen.

Ich stahl mich also fort von Thomas, schuldbewußt einen Blick über die Schulter werfend, falls er aufsehen und mich wahrnehmen sollte, und ging ins Cottage; ich beabsichtigte, als weiteres Zeugnis meiner Zugänglichkeit die Tür aufzulassen, sollte ihn plötzlich das Bedürfnis nach Unterhaltung überkommen. Ich hatte den feuchten Klumpen Geschirrtücher in einer Hand und wollte mich gerade mit ihnen befassen, als ich vor mir etwas auf dem Boden liegen sah. Es war ein Blatt Papier, und aus seiner Lage schloß ich, daß es während meiner Abwesenheit unter der Tür durchgeschoben worden war. Ich hob es auf und sah, daß es eine Art Flugblatt war, primitiv gedruckt, und in überwältigenden Großbuchstaben die Überschrift trug: »ITS'S MADDENING!« – »Es ist zum Verrücktwerden!«

Ich warf die Geschirrtücher dem Sessel in den Schoß und las es auf der Stelle. Unter der Überschrift stand folgende Botschaft gedruckt:

> Lust auf einen Spaziergang auf dem Land? Verlockt, über Berg und Tal der »herrlichen« Landschaft von Sussex zu wandern? DAS KÖNNT IHR VERGESSEN! Ob für einen Tag dem dicken Nebel entflohen oder als gewöhnlicher Einheimischer, der seine Menschenrechte wahrnimmt, es wird euch schwerfallen, die einfachen Freuden der frischen Luft und der Landschaft zu genießen. Warum? Weil ein fetter Viehzüchter euch daran hindert, darum! Unser öffentliches Wegerecht wird von diesem faschistischen Ochsen sabotiert, der es für richtig hielt, aus einem Gebiet der Naturschönheit eine Gefahrenzone zu machen. Unschuldige Bergwanderer, nehmt euch in acht! Dieser Mensch hat EUCH den Krieg erklärt! Sein Name? Piers Madden. Seine Absicht? Sein Eigentum mit allen gebotenen Mitteln vor der anständigen Öffentlichkeit zu schützen. EUER LEBEN IST IN GEFAHR! Nähere Informationen sind im Postamt zu erfragen.

Die unterste Zeile des Flugblatts lautete: *Eigentum ist Diebstahl,* mit einer Art Schnörkel darunter. Im Garten hinter mir näherte sich Thomas jetzt lärmend auf seinem Rasenmäher, als beabsichtige er auf Teufel komm raus, sich einen Weg durch das Cottage zu bahnen, und ich schloß eilends die Tür, das Flugblatt noch in der Hand. Ich mußte es mehrmals durchlesen, bevor ich überhaupt daraus schlau wurde. Wessen genau wurde Mr. Madden so erbittert bezichtigt? Welche Gefahr konnte er, die Güte in Person, für das Leben der »anständigen Öffentlichkeit« darstellen? Aufgrund meiner Unkenntnis der ländlichen Gegend und des dazugehörigen Wortschatzes dauerte es eine Weile, bevor ich begriff, daß »öffentliches Wegerecht« sich auf Fußpfade bezog, also, soweit ich schließen konnte, auf bestimmte Wege, die durch Privatbesitz führten und von jedermann betreten werden durften.

Ich ging, wie mir unterdessen bewußt geworden war, gern spazieren; aber ich konnte diese Neigung, so angenehm sie war, nicht der Politik zuschreiben, die mir hier dargelegt wurde; noch konnte ich mir vorstellen, daß der Verfasser etwas anderes war als ein Verrückter.

Mein erster Gedanke war, das Flugblatt unverzüglich Mr. Madden zu zeigen. Daß er so hemmungslos verunglimpft wurde, womöglich ohne Kenntnis davon, war schlimm genug; aber die Vorstellung, daß sein Denunziant auf sein Anwesen eingedrungen und weit von den Fußwegen abgewichen war, um sein Gift abzuliefern, war noch schlimmer. Es beunruhigte mich, daß ein Eindringling bis an meine Tür gelangt war, ohne festgenommen zu werden. Ich fragte mich, ob Thomas einen Unbefugten gesehen hatte, beschloß jedoch, keinen weiteren kommunikativen Streifzug in diese Richtung zu wagen.

Gerade als ich das Cottage in der Absicht, Mr. Madden aufzusuchen und ihm den Vorfall zu berichten, verlassen wollte, kam mir ein anderer Gedanke. Was, wenn Mr. Madden, entgegen dem äußeren Anschein, sich tatsächlich der gewaltsamen Vertreibung von Wanderern von seinem Besitz schuldig gemacht hatte? Ich verdächtigte ihn keineswegs irgendwelcher Schandtaten und sah das Flugblatt als das, was es eindeutig war – ein billiges Flickwerk von Ressentiment und Aufwiegelung, um in denen, die es lasen, die abscheulichsten Gefühle zu wecken. Es war jedoch durchaus möglich, daß Mr. Madden Gründe für seine Feindseligkeit hatte, sofern er denn feindselig war. Vielleicht hatte er schlechte Erfahrungen mit Wanderern gemacht oder festgestellt, daß sie seinem Grund und Boden Schaden zufügten. Wenn der Verfasser der Flugschrift ein typisches Beispiel für diese Sorte war, dann hatte Mr. Madden alles zu fürchten.

Wie dem auch sei, der Gedanke, daß ihm das Flugblatt durchaus bekannt sein könnte und er womöglich schon ähnlichen Angriffen ausgesetzt war, hielt mich davon ab, es ihm zur Kenntnis zu bringen. War der Inhalt der Behauptungen richtig, wenn auch nicht der Ton, könnte Mr. Madden mit Fug und Recht finden, daß es mich nichts anging. War er falsch, könnte er gekränkt sein. Zu dieser Möglichkeit gesellte sich noch das heikle Thema meiner angeblichen »Gefühle« für Mr. Madden, und die Spur Verärgerung, die ich auslöste, selbst wenn ich ihn um eher triviale Belange anging, riet mir erst recht von Enthüllung ab. Die ideale Lösung, erkannte ich bald, wäre die, ihn das Flugblatt entdecken zu lassen, ohne daß er wußte, daß die Information von mir kam. Der einfachste Weg für mich, dies zu bewerkstelligen, war offensichtlich, das Flugblatt ungesehen durch die Eingangstür des großen Hauses zu werfen. Falls mich jemand sähe, könnte ich diesem Unterfangen unter dem Vorwand, einen Spaziergang zu machen, nachkommen. Noch überzeugender, ich konnte *tatsächlich* spazierengehen, und wenn ich mich unterwegs im Postamt von Hilltop einfände, könnte ich meine Nachforschungen vielleicht vorantreiben.

Nachdem ich meinen Plan gefaßt hatte, beeilte ich mich, ihn in die Tat umzusetzen, um nur ja vor sechs Uhr zurück zu sein, der Stunde von Martins Heimkehr. Mein einziges noch verbliebenes Problem war die verdrießliche Sache mit meinem Sonnenbrand. Im Laufe des Tages hatte das üble Aussehen meiner Haut etwas nachgelassen, doch wo Handgelenke und Hals aus meinem Hemd hervorschauten, war die Rötung nach wie vor heftig. Ich wagte nicht, mein Gesicht im Spiegel zu betrachten. Da ich keinen Hut hatte, aber fest entschlossen war, die Unternehmungen des vergangenen Tages haargenau zu rekonstruieren, war es unwahrscheinlich, eine Wiederholung der Mißlichkeiten zu vermeiden. Der Gedanke an Thomas' großen Schlapphut war verlockend, doch da mein Versuch, den Mann zu becircen, fehlgeschlagen war, bestand wenig Hoffnung, ihn zu überreden, mir den Hut zu geben, ohne daß ich einen Überfall auf ihn verübte.

Praktisch veranlagt, wie ich war, ließ ich mich nicht lange von der Frage der Eitelkeit lähmen. Von dem Flugblatt in meiner Hand ging ein dringender Befehl zum Handeln aus; und ich leugnete standhaft, daß der Erwerb der Neigung zum Leben auf dem Lande irgendeinen Grad an physischer Zähigkeit erforderte. Meine Haut würde sich anpassen müssen, so wie es mein Geist anstrebte. Ich wurde mir einer besonders süßen und ausgedehnten Stille um mich herum bewußt und stellte fest, daß der Lärm des Rasenmähers verstummt war. Als ich die Tür öffnete, sah ich den rasierten Garten wie narkotisiert in der Hitze liegen, ohne Anzeichen von Thomas oder seiner Maschine. Die Gelegenheit wahrnehmend, stürmte ich aus dem Cottage, verschloß die Tür hinter mir und steckte den Schlüssel in die Tasche.

Mr. Maddens Erwähnung eines Tors, das zur Zufahrt führte, ließ mich mehr zielstrebig als richtungsgewiß zur Tat schreiten. Ich hatte keine Ahnung, wo dieses Tor zu finden sein könnte, hatte ich doch nie eine Abzweigung von dem Weg, den ich gewöhnlich zum großen Haus nahm, erspäht. Tatsächlich war es schwer zu glauben, daß dieser Weg, so wie ich ihn unterdessen kannte, mit irgendeiner Überraschung aufwarten konnte. Daher war ich, als ich den Garten des Cottage verließ, verwirrt durch das deutliche Erscheinen eines Weges unmittelbar zu meiner Linken. In Anbetracht dessen, daß ich munter bei meinem Leben geschworen hätte, ein derartiger Weg existiere nicht, hatte seine Materialisierung absolut nichts Unheimliches. Ich hatte dieses Gefühl schon ein-, zweimal gehabt, seit ich auf dem Lande war, ein Gefühl, daß, wie in einem Traum, die Welt ein schlaffes Gebilde geworden war, aufgepumpt – wie ein Ballon oder wie der lange, flache Tunnel eines Ärmels, durch den sich eine Menschenhand schlängelt – durch Gutdünken und Willen. Der Gedanke, daß vielleicht alles auf diese Weise eingehüllt war und sich auf Kommando meiner Schritte entfaltete, war verstörend.

Trotzdem nahm ich diesen Weg, und siehe, er führte geradewegs zu einem Eisentörchen, auf dessen anderer Seite das kiesbestreute Gestade der Zufahrt der Maddens lag. Ich überquerte die Fläche verstohlen auf kürzestem Wege, mich listig-lässig gerade haltend, und tat so, als beabsichtige ich, an der Haustür vorbei und die Allee entlang zu schlendern. Als ich auf gleicher Höhe mit der Tür war, schoß ich nach rechts und stieg in aller Eile im Krebsgang die Stufen hinauf.

Keuchend steckte ich den Finger durch den schweren silberbeschlagenen Schlitz und spähte hindurch, suchte den langen, finsteren Tunnel nach Anzeichen von Leben und Roys drohendem Blick ab. Als ich nichts sah, schob ich das Flugblatt geschwind durch den Schlitz und hörte es leise raschelnd auf die andere Seite fallen. Unglücklicherweise schien die Klappe mit einer Feder versehen zu sein, und obwohl ich meinen Finger ganz vorsichtig zurückzog, schlug sie mit einem lauten Knall zu, sobald ich sie losgelassen hatte. Ich wartete erstarrt auf das Geräusch von Schritten; denn ich hatte in diesem Moment entschieden, daß es zu gefährlich war, wegzulaufen, in Anbetracht dessen, daß ich vielleicht keine Zeit hatte, ein Versteck zu finden. Ich war froh, daß meine Hirnarbeit sich trotz meines Schreckens zu beschleunigen schien. Viele Menschen wären panisch vom Schauplatz geflohen wie unter Beschuß – und wären auf dem offenen Gelände der Zufahrt aufgespürt worden.

Zum Glück schien niemand den Knall gehört zu haben, und nach ein paar Minuten des Wartens befand ich, daß ich gefahrlos gehen konnte. Wieder überquerte ich die sengend heiße Zufahrt und gelangte alsbald in den Schatten der Allee. Im Gefühl, jetzt entspannen zu können, und wissend, daß ich einen langen Weg vor mir hatte, ließ ich meine Gedanken zu anderen Dingen schweifen und war erstaunt, als ich die Straße viel früher erreichte als erwartet. Die verlassene Teerdecke schimmerte und glitzerte vor mir in der Sonne. Ich stand am Straßenrand, und erst da fiel mir ein, was mit meinen Schuhen passiert war, als ich zuletzt auf dieser Straße ging. Mein einziges anderes Paar hatte ich gegenwärtig an den Füßen. Ich verfluchte mich, während ich an dem stillen Teerbelag zögerte, als sei er ein reißender Fluß. Hätte ich doch nur daran gedacht, die Schuhe zu wechseln! Die Aussicht, die Allee zurückzustapfen, um das ruinierte Paar Schuhe zu holen, und dann wieder her, war wenig verlockend; auch wäre mir dafür keine Zeit geblieben. Die einzige Alternative war, ins Cottage zurückzukehren und den Spaziergang an einem anderen Tag zu machen. Ich hatte schließlich mein erstes Ziel schon erreicht, die Ablieferung des Flugblatts. Mein Wunsch, im Postamt nachzufragen, war jedoch zu stark. Binnen kurzem hatte ich mir eingeredet, daß die Zerstörung meines einzigen verbliebenen Paars Schuhe übersehen werden konnte und tatsächlich vielleicht gar nicht stattfinden würde, obwohl das gestrige Erlebnis vom Gegenteil kündete. Die Verschlimmerung meines Sonnenbrands, die weit schwerer für den Verzicht auf den Spaziergang sprach, betrachtete ich mit ähnlicher Unbekümmertheit. Es könne passieren, gestand ich mir ein, aber vielleicht auch nicht.

Da ich mich entschlossen auf einen Kurs festlegte, der weder wohltuend, einträglich noch notwendig war – und sich als regelrecht gefährlich erweisen konnte –, wurde ich gewahr, daß eine gewisse Unvernunft vorübergehend von mir Besitz ergriffen zu haben schien. Mein Erlebnis mit dem Tor hatte mir jedoch eine Art Wißbegierde verliehen, ein Verlangen zu experimentieren, und ich sah keinen vernünftigen Grund, ihm nicht nachzukommen. Was ich zu entdecken begehrte, war, ob der Vorgang, der vor wenigen Minuten das Tor meinem Bedürfnis gemäß fabriziert hatte, tatsächlich gemeistert und dann umgekehrt herbeigeführt werden konnte. Mit anderen Worten, ich wollte sehen, wie weit mein Vorsatz, Mißgeschicke in Form von Teer und Sonne zu vermeiden – ein Beschluß, den ich, wie gesagt, mitten in der Entscheidung, diese Mißgeschicke bis zum äußersten herauszufordern, getroffen hatte –, das Resultat meines Spaziergangs beeinflussen würde.

Die Hitze knallte auf meine Schultern, als ich die verlassene Straße entlangging, und schon nach wenigen Minuten begann ich meine Unbekümmertheit zu bereuen. (Mein kleines mentales Spielchen hatte mich, das sah ich bald, nur auf einem Umweg zu jenen Mißgeschicken geführt, die die Vernunft längst vorausgesehen hatte.) Ich blieb stehen, um meine Schuhe zu betrachten, und sah zu meiner Enttäuschung etliche dunkle, glänzende Teerflecken an den Sohlen. Ich setzte meinen Weg fort, schneller diesmal, begierig nach dem Anblick der Häuser, die den Dorfrand bezeichneten. Gerade als ich anfangen wollte zu laufen, um Schutz zu suchen, hörte ich hinter mir ein Auto heranrasen, und ich zügelte meine Höllenqual, wartete, bis es vorbeifuhr. Das Auto fuhr so schnell, daß ich kaum Zeit hatte, meine leidende Gestalt zu einer Vorspiegelung von Muße zusammenzuraffen und meinen unwilligen Wangen einen Kniff der Vergnügtheit aufzuzwingen, als es vorbeisauste. Es war ein neues, in glänzendem Silber lackiertes Auto, das in der Sonne lüstern zwinkerte, und das bullige Heck hob sich mir im Vorbeifahren zu einem unflätigen Gruß entgegen. Ein Strom Flüssigkeit spritzte obszön auf die Heckscheibe, deren träger synthetischer Schwanz sie über das Glas verteilte. Ich war versucht, ihm eine anstößige Geste hinterherzuschicken, bremste mich aber mit dem Gedanken, daß das Auto, selbst wenn niemand von den Maddens darin saß, vielleicht einen Bekannten von ihnen beherbergte, der den Vorfall berichten würde.

Das Tempo, mit dem der Kerl an mir vorbeigerast war, und das Wissen, daß er, während ich mich mühsam Schritt für Schritt meinem Ziel näherte, es zweifellos bald erreicht und hinter sich gelassen hatte, verdoppelten meine Mattigkeit. Mein Sonnenbrand erforderte es jedoch, in aller Eile an einen schattigen Platz zu gelangen, und am Ende war ich gezwungen, in einen lahmen Trab zu verfallen, eine Hand um den Hals gelegt und die andere schräg über die Brust reichend, um meine Wange zu schützen, bis ich endlich das Dorf erblickte, das sich wehrhaft in der flirrenden Hitze an den Hang duckte.

Die Hauptstraße lag fast verlassen da, und ich huschte ungesehen von einem schattigen Hauseingang zu einem Laternenpfahl bis zum Postamt. Die Stille des Ortes, gepaart mit der gefährlichen Hitze, hatte etwas Beunruhigendes, als wäre vor wenigen Minuten eine Sirene ertönt und hätte Evakuierung angeordnet. Ein alter Mann mit einer Mütze auf dem Kopf, flach wie ein Geldstück, saß allein an einem Tisch vor dem Pub, ein knochiges Knie ausgestreckt und die Hand schwer auf seinen Spazierstock gestützt, als würde er einem unsichtbaren Publikum eine Geschichte erzählen.

»Guten Tag«, wünschte ich ihm im Vorbeigehen.

»Tag«, erwiderte er zu meiner Überraschung und tippte an seine Mütze. Seine trüben, verschleierten Augen blickten starr geradeaus, blind vom Alter, aufgegeben wie die abgeworfenen Häute von Schlangen.

Das Postamt war hinter der klobigen Fassade eines Reihenhauses untergebracht, einem von einer langen Linie zwergenhaft kleiner Behausungen aus roten Ziegelsteinen, ein jedes mit einem einzigen Erkerfenster zur Straße, das sich nach außen wölbte wie ein Schmerbauch oder das glasige Auge eines Insekts. Das Fenster war mit Gesuchen und Anzeigen gespickt, manche getippt und manche einfach auf Karten und Zettel jeder Größe gekritzelt. Ich überflog sie kurz, da draußen auf dem glühenden, schmalen Pflaster, und konnte ausmachen, daß die Anzeigen fast ausnahmslos einer von zwei Arten angehörten: Stellengesuche und Stellenangebote. Es überraschte mich, daß ich mich so entschieden unter die Interessenten für die zweite Kategorie einordnen konnte, nachdem ich so lange der ersten angehört hatte, aber ich paßte mich dem Wechsel ganz rasch an. Gewohnheiten sind wie empfindliche Waagen, abgerichtet zu wiegen, was immer man auf sie legt, und alsbald war ich munter vertieft in das, was die Damen von Hilltop einem tüchtigen Mädchen wie mir zu bieten hatten. Ich überlegte sogar, ob ein paar Stunden die Woche, heimlich im Dienste von Mrs. Lascelles oder Mrs. Gower-Ward verbracht, gänzlich außer Frage stünden. Mein Blick fiel jedoch bald auf eine vertrautere Maschinenschrift, und ich sah, daß das gleiche Flugblatt, das unter meine Tür geschoben worden war, kühn einen zentralen Platz oben am Fenster einnahm. Ich riß mich von dem Fenster los und trat durch die Tür, die, als ich sie öffnete, das Schrillen eines Glöckchens auslöste.

Das »Postamt« war noch verblüffender als das »Geschäft« oben an der Straße. Mein erster Eindruck war, daß der helle Raum, dessen Grabeskälte meine brennenden Arme benetzte wie Wasser, absolut nichts enthielt. Die Atmosphäre war geschwängert von Leere, und wie ich da stand, überwältigten mich starke Bedürfnisse: nach Nahrung, obwohl es keinen Grund für mich gab, hungrig zu sein, hatte ich doch mit den

Maddens reichlich zu Mittag gegessen, und dringender noch nach etwas zu trinken. So heftig war mein Durst, daß ich alles um mich herum – die leeren Regale, die eine Wand säumten, den gelben Resopalschalter, der an die andere grenzte, die Glasscheibe am rückwärtigen Ende, hinter der ich eine altmodische Registrierkasse mit Tasten sehen konnte, die hochstanden wie bettelnde Pfoten – nur dahingehend betrachtete, ob irgend etwas geeignet war, ihn zu stillen. Als ich erkannte, daß ich, was diese Möglichkeit betraf, in einer Wüste gestrandet war, war mein einziger Gedanke, entweder menschliche Hilfe zu suchen oder augenblicklich zu gehen; mein höheres Ziel hatte ich völlig vergessen. Meine Zunge war so trocken, als hätte man mir einen Socken in den Mund gestopft. Ich suchte den Schauplatz noch einmal ab und bemerkte zu meiner Überraschung diesmal hinter der Glasscheibe das Profil eines menschlichen Bauches, der eng von einem karierten Hemd umspannt war.

»Entschuldigen Sie«, rief ich mit theatralisch krächzender Stimme.

Der Bauch blieb unnachgiebig hinter der Scheibe.

»Hallo?« rief ich noch einmal.

Wieder eine Pause, und dann drang eine schwache Männerstimme von der Seite zu mir.

»Was kann ich für Sie tun, meine Liebe?«

Es war eine ziemlich hohe Stimme mit einem starken Akzent, aber sie klang durchaus freundlich.

»Ich bin sehr durstig«, sagte ich; aus Mangel an erfolgversprechenderem Zubehör richtete ich meine Worte an den Bauch. Ich mußte die größte Mühe aufwenden, um höflich zu sein. »Ob Sie wohl so freundlich sein könnten, mir ein Glas Wasser zu geben?«

Vor meinen Augen schien der Bauch wegzurollen, als sei er an einem großen kreisenden Rad befestigt, das hinter den Kulissen verborgen war, und an seiner Stelle erschien ein grinsendes Menschengesicht.

»'n Glas Wasser?« sagte es – ich war mir nicht sicher, ob es einer Frau oder einem Mann gehörte. Die Haare standen kraus über der pockennarbigen Stirn ab wie elektrisiert, und mit den verheerenden sommersprossigen Zügen konfrontiert, erkannte ich schaudernd, daß ich vor dem häßlichsten menschlichen Antlitz stand, das ich je gesehen hatte. »Kostet aber was!« sagte es und grinste noch breiter, graue Zähne zeigend wie Gerümpel aus alten Grabsteinen.

»Aber ich habe kein Geld!« keuchte ich. »Ich habe nur um einen Tropfen menschlicher Güte gebeten. Und außerdem, da dies kein Restaurant ist, dürfen Sie mir für Wasser nichts berechnen. Es wäre«, ich legte eine Hand an meinen fiebernden Hals, »unmoralisch.«

Das Wesen sah mich spöttisch an, die Augenbrauen – mit unnatürlich langen und krausen Haaren – zu einem durchgehenden Balken gerunzelt, als sei ihm ein falscher Schnurrbart an die Stirn geklebt worden.

»Hab bloß Spaß gemacht, Mädchen«, sagte es bekümmert. »Wenn Sie hintenrum kommen, kann ich Ihnen helfen.«

Es verschwand urplötzlich hinter der Scheibe, und nach geraumem zögerndem Schlurfen auf der anderen Seite der Trennwand öffnete sich langsam eine Tür zu meiner Linken.

»Kommen Sie«, lockte das Wesen und winkte mir mit einer Saurierklaue. »Nur hereinspaziert, Mädchen.«

Es hielt die Tür auf, und ich trat in einen engen Verschlag. Unmittelbar vor mir war eine weitere Tür, und rechts erkannte ich die Szenerie, die ich durch das Glas erspäht hatte: die alte Registrierkasse auf dem Schalter mit einem Stuhl davor, der wie ein Kinderhochstuhl aussah. Ein Taschenbuch lag aufgeschlagen auf dem Sitz. Der Raum war nicht größer als ein Sarg und hatte annähernd dieselbe Form.

»Hier entlang, bitte«, sagte das Wesen plötzlich förmlich, als sei ich in einer Geheimhierarchie eine Stufe höher gestiegen. Ich spürte seine Nähe an meinem Arm, und als ich hinuntersah, stellte ich fest, daß das Wesen mir kaum weiter als bis zur Taille reichte.

»Danke«, sagte ich und trat durch die zweite Tür. Ich befand mich jetzt in einem dunklen Flur, der sehr muffig roch.

»Ganz durch bis ans Ende, Madam. Ja, richtig.«

Wir traten in einen Raum, von dem ich, da die zugezogenen Vorhänge das Licht ausschlossen bis auf einen schwachen weißen Streifen, fast nichts erkennen konnte.

»Dann wollen wir mal sehen, ja, Madam?« murmelte das Wesen, sich von meinem Arm entfernend. Ich hörte seine Füße auf dem Boden huschen, konnte im Dunkeln aber nicht ausmachen, wohin es gegangen war.

»Es wäre vielleicht einfacher, wenn Sie Licht machen würden«, empfahl ich. »Es ist ja stockfinster hier drin.«

»Ach, nicht nötig, meine Dame«, sagte es. »Wir finden uns schon zurecht.«

»Mir wäre es aber lieber«, erklärte ich; denn ich war plötzlich nervös geworden, weil man mich in dieses düstere Versteck gelockt hatte; es würde bestimmt niemandem einfallen, hier nach mir zu suchen. »Ich bestehe darauf, daß Sie Licht machen!«

Es folgte eine Pause dort im Dunkeln. Ich konnte absolut keine Bewegung hören und bekam jetzt wirklich Angst. Ich wollte schon kehrtmachen und fliehen, als ein stählerner Griff an meinem Arm mich nach unten zog, so daß ich fast vornüberkippte.

»Sind Sie eine Sympathisantin?« flüsterte mir das Wesen scharf ins Ohr. Speichelspritzer regneten auf meine Wange. Obwohl ich keine Ahnung hatte, womit ich sympathisieren sollte, ahnte ich doch, daß es eine gute Idee war, zu bejahen.

»Ja«, erwiderte ich laut.

»Pssst! Gut. Na dann. Da sind Sie an den rechten Ort gekommen.«

Mein Arm wurde losgelassen, und einen Augenblick später ging das Licht an, eine nackte Glühbirne, die an einem Kabel so tief in den Raum hing, daß ich ihre Wärme an meinem Haar spürte. Auf das, was ich um mich herum sah, konnte ich unmöglich gefaßt gewesen sein. Der winzige Raum war nichts Geringeres als ein Schrein, ein Votivgemach, das zu meinem Erstaunen den Maddens gewidmet war.

»Guter Gott!« rief ich aus, während mein Blick eilig die Wände absuchte, die dick gepflastert waren mit Flugblättern und Plakaten, Zeitungsausschnitten, Fotografien und Dingen, die, schon beunruhigender, wie Folterinstrumente aussahen – Drahtschlingen mit einer Kette daran – und wie Gedenkkränze an Nägeln hingen.

»Beeindruckt?« sagte das Wesen, das sich mittlerweile an einem kleinen schmuddeligen Becken – kaum größer als ein Becher – zu schaffen gemacht hatte, das gelassen in dem Tohuwabohu in der Ecke stand. Das Wesen durchquerte den Raum so geziert wie ein Partygast und reichte mir ein großes Glas Wasser. »Ich habe Jahre gebraucht, um es so hinzukriegen.«

Mein Durst, den ich inmitten dieses Dramas vergessen hatte, flammte beim Anblick des Glases erneut auf. Perlen köstlicher Flüssigkeit liefen an den Seiten hinunter. Ich nahm es und hob es zitternd an die Lippen.

»Natürlich belebt es sich um diese Jahreszeit«, fuhr das Wesen fort, während ich trank. Ich glaube, es gibt kein köstlicheres Gefühl auf Erden als jenes, das ich im Moment erlebte. »Hier kommen im Sommer alle möglichen Leute her, vor allem am Wochenende vor dem Feiertag. Das ist die Zeit, wo ich am meisten zu tun habe. Wenn Sie nächste Woche kommen, bin ich auf Hochtouren.«

»Arbeiten Sie allein?« fragte ich keuchend, leerte das Glas und gab es zurück. »Kann ich noch eins haben?«

»Sicher, Madam.« Es nahm das leere Glas, in die Betrachtung seiner Schöpfung versunken. Kurz darauf, nach einem letzten sehnsüchtigen Blick auf die Schlinge an der gegenüberliegenden Wand, schlurfte es zum Becken. »Als es anfing, war ich ganz allein«, rief es über die Schulter. »Jetzt sind es Hunderte, meist bloß Kontaktpersonen, aber das ist ganz gut so. Ich bin nach wie vor der Boß, wohlgemerkt. Ich sag ihnen, was zu tun ist, und sie tun es. Tag für Tag packt Darren drüben vom Dogs mit an, wenn er kann.«

»Haben Sie das Flugblatt unter meine Tür geschoben?«

»Ich?« Das Wesen sah sich um. »Keine Bange. Ich habe eine Kontaktperson auf der Farm, die so was für mich erledigt. Nein, zu riskant da drüben für mich heutzutage.«

Ich fragte mich, wer die »Kontaktperson« des Wesens sein konnte. Mrs. Barker? Thomas? Thomas war am ehesten verdächtig, in Anbetracht seiner Anwesenheit am Schauplatz des Verbrechens. Von hinten konnte ich immer noch nichts erkennen, weder an der Kleidung des Wesens noch an seinem Körperbau, um sein Geschlecht zu bestimmen. Rücken und Schultern waren rund und sehr kräftig, liefen aber zu knochigen Beinen aus, an denen die schmutzige dunkelbraune Hose in Falten schlotterte. Die Hosenbeine waren zu lang und an den Säumen um abgetragene Pantoffeln herum zu einer Art Krause zusammengefaßt. Es nahm sich übermäßig viel Zeit, das Wasser zu holen, und mit dem Egoismus körperlicher Not beschloß ich, keine weiteren Fragen zu stellen, die das Tempo der Gefälligkeitsgeste womöglich verlangsamten, bis ich das Glas in der Hand hielte. Dieses Vorhaben zahlte sich aus; denn das Wesen hob in der Stille ruckartig den Kopf und blickte geschwind über die Schulter, wie um sich zu vergewissern, daß ich noch da war.

»Sie wollen sicher Ihr Wasser«, sagte es nickend. »Sie sind aber ganz schön durstig.«

Ich blieb stumm, bis das Wasser auf dem Weg zu mir war. Als das Wesen sich umdrehte, stand der geblähte Bauch dermaßen vor, daß ich mich fragte, ob es vielleicht schwanger war.

»Haben Sie vielen Dank«, sagte ich freundlich und nahm das zweite Glas entgegen. Die Dinge waren weniger verschwommen, da meinem Notstand nun abgeholfen war, und meine Augen betrachteten die Wände ruhiger. Mehrere Exemplare des vertrauten Flugblatts waren in Abständen ringsum im Raum angeheftet, und noch einmal so viele, die nach ähnlichem Muster verfaßt waren. Tatsächlich sah ich, daß mich der erste Augenschein leicht getäuscht hatte, denn der Eindruck von Überfülle, den die Kampagne machte, wurde mehr durch Wiederholung als durch Abwechslung erreicht. Die Photographien, von denen es mehrere Dutzend gab, waren verschwommene Polaroidaufnahmen, und ich konnte wenig von dem erkennen, was sie zeigen sollten, außer daß alle im Freien aufgenommen worden waren und der Photograph in allen Fällen umzukippen schien. Auf einem großen, auf weißem Hintergrund gedruckten Plakat, das direkt vor mir hing, stand zu lesen: »MADDEN MORDET!« Darunter war eine gelungene Zeichnung von einer Schlinge gleich denen, die die Wände zierten.

»Er hat nicht wirklich jemanden ermordet, oder?« fragte ich erschrocken.

Der Kopf des Wesens schnellte herum, und es sah mich bedrückt an. Seine steile Stirn runzelte sich zu fleischigen Wülsten, und es schob die Unterlippe vor wie ein Kind, das zu weinen anfängt. Da fragte ich mich, ob Mr. Madden wirklich, so unglaublich es schien, einen nahen Verwandten oder Bekannten des Wesens ermordet hatte oder zumindest verdächtigt wurde, es getan zu haben.

»Natürlich«, sagte das Wesen nickend wie zu sich selbst. »Sie sind neu in dieser Gegend. Sie dürften es nicht gehört haben, oder?«

»Nein«, sagte ich. »Dennoch finde ich es offen gestanden unglaublich, daß Mr. Madden jemandem etwas zuleide tun konnte.«

Das Wesen sah abrupt weg, als hätte ich ihm weh getan.

»Erzählen Sie das Geoff!«

»Wer ist Geoff?« wagte ich zu fragen.

»War. War.« Es sah auf seine Pantoffeln hinunter und hob matt eine Hand an die große bleiche Fläche seiner Stirn. Es stieß einen Seufzer aus. »Geoff«, sagte es. »Geoff war mein Freund. Mein bester Freund. Und jetzt ist er nicht mehr da.«

»Was – was ist mit ihm passiert?«

»Er ist weg!« Das Wesen barg den Mund in der Hand. Seine Schultern hoben und senkten sich. »Vor drei Jahren, an diesem Monat, dem Bankfeiertag! Und kein Tag vergeht, an dem ich nicht an ihn denke!«

»Was meinen Sie mit weg?« rief ich eindringlich.

»Tot«, sagte das Wesen nüchtern. »Ermordet.«

Das schien zu absurd, um wahr zu sein.

»Sind Sie sicher? Könnte er nicht einfach weggegangen sein, ohne es Ihnen zu sagen?«

»Ahhh!« Das Wesen atmete in einem langen Zug aus und rieb sich mit beiden Händen die Augen. »Hab ihn Montagabend selbst begraben. Da draußen im Garten.« Es wies mit dem Daumen über die Schulter. »Glatt durch den Kopf geschossen. Wenigstens hat er nicht gelitten. Ich habe ihn auf dem oberen Feld gefunden. Er war gern da oben, Kaninchen jagen. Er hätte tagelang unentdeckt dort liegen können. Aber ich hab gemerkt, daß was faul war. Als er nicht zurückkam, bin ich ihn suchen gegangen. Hab ihn den ganzen Weg zum Dorf auf den Armen getragen. Alle sind rausgekommen und standen in ihren Türen. Nie war es so still im Dorf.« Das Wesen wischte sich ein paar Tränen aus den Augen. »Einen Hund wie ihn finde ich nie wieder. Will ich auch gar nicht. Er war nur eine Promenadenmischung, wissen Sie. Aber ich habe ihn geliebt.«

»Woher wissen Sie, daß es Mr. Madden war?« fragte ich trübsinnig. »Es hätte auch jemand anders sein können. Es hätte ein Irrtum sein können.«

»Es war kein Irrtum!« sagte das Wesen grimmig. »Trimmer hatte mich vorher wegen Geoff gewarnt. Der war ganz gierig darauf, ihn abzuknallen, das hat er deutlich gesagt.«

»Wer ist Trimmer?«

»Sie sind ihm noch nicht begegnet?« Das Wesen sah mich spöttisch an. »Nein, wohl nicht. Sie sind ja erst seit Samstag in Franchise. Trimmer ist der Verwalter. Er ist es, der die da legt.« Er nickte zu den Schlingen hinüber. »So schnell, wie ich sie entferne, ersetzt er sie.«

»Dann war es vermutlich Mr. Trimmer, der Ihren Hund getötet hat!« rief ich, aufgebracht über die Dummheit des Wesens.

»Vielleicht«, gab das Wesen störrisch zu. Es verschränkte die Arme und sah mich an. »Aber der Betrieb muß die Verantwortung tragen. Sie sollten jetzt gehen, meine Liebe. Der Krüppel wird jede Minute aus Buckley zurück sein.«

Ich sah auf meine Uhr und stellte erschrocken fest, daß es Viertel vor sechs war.

»Bevor Sie gehen«, sagte das Wesen, indem es sich umdrehte und davonwatschelte, »gebe ich Ihnen was für Ihre Haut. Sie haben zuviel Sonne abgekriegt. Sie sollten vorsichtiger sein. Es läßt Sie schrecklich altern.«

»Aber ich muß gehen!« jammerte ich, als es an der gegenüberliegenden Wand einen Schrank öffnete, der mit einer Schicht Flugblätter getarnt war. »Ich kriege sonst Ärger!«

»Dauert keine Minute.« Das Wesen nahm ein Glas vom obersten Bord und kam wieder zu mir, während es den Deckel aufschraubte. »Halten Sie einen Moment still und machen Sie die Augen zu.«

Ich schloß die Augen, und Sekunden später fühlte ich eine höchst erstaunliche Liebkosung auf meinen Wangen, als würde die kühlste Seide sanft über die Haut gestrichen. Sofort vergaß ich die Notwendigkeit, zur Farm zurückzueilen, vergaß tatsächlich alles, was ich in der vergangenen Stunde gesehen und gehört hatte, sehnte mich nur danach, daß das Gefühl anhielt. Es ging hinunter zu meinem Hals und dann unter meinen Hemdkragen, dann wieder hinaus und meine Ärmel hinauf, die Arme hoch und dann wieder hinab bis in meine Fingerspitzen.

»So ist es besser«, hörte ich das Wesen sagen. »Jetzt können Sie die Augen aufmachen.«

Ich öffnete sie, und mir war, als hätte ich geschlafen.

»Danke«, sagte ich, wunderbar gekühlt. »Sie waren sehr nett.«

»Und jetzt fort mit Ihnen.« Das Wesen wies wieder mit dem Daumen. »Wenn ich Sie wäre, würde ich über unser kleines Treffen Stillschweigen bewahren. Wir sehen uns wieder, da bin ich ganz sicher. Sie werden entschuldigen, daß ich Sie nicht hinausbegleite.«

Ich drehte mich um und öffnete die Tür. Dabei fiel mein Blick auf einen Zeitungsausschnitt, der neben dem Türrahmen befestigt war. Darauf war ein grobkörniges Bild von Pamela zu sehen. Sie lächelte, und ich konnte einen körperlosen Arm um ihre Schultern erkennen. *Liebeszerwürfnis Hintergrund für Angriff auf Farm, sagt Polizei,* lautete die Schlagzeile.

»Wie heißen Sie?« rief ich, mich noch einmal umdrehend.

Das Wesen schraubte den Deckel wieder auf das Glas. Es sah inmitten des Papierchaos überrascht hoch und schenkte mir sein grauenhaftes Grinsen.

»Nennen Sie mich Al«, sagte es.

Ich lief durch den dunklen Flur, ohne mich umzusehen, durchquerte den leeren Laden und stolperte blinzelnd in die gleißende Helligkeit der Hauptstraße, während die Glocke in meinen Ohren schrillte.

Dreizehntes Kapitel

Ich kam hinten herum, so leise ich konnte – da ich daran gedacht hatte, meine teerfleckigen Schuhe an der Tür auszuziehen, waren meine Bewegungen so gut wie lautlos –, und hoffte, mich ungesehen wieder in die Küche zu begeben, wo Pamela mich zuletzt gesehen hatte. Weil ich keine Ahnung hatte, wie die Maddens meine Verspätung aufnehmen würden – es war jetzt fast halb sieben –, reagierten meine Nerven auf die übertriebensten Szenen, die die Phantasie sich ausdenken konnte. Stimmen, die aus der Küche kamen, ließen mich für eine Weile vor der Tür in Furcht erstarren, doch schließlich wurde mir klar, daß dies meine Lage nur verschlimmerte.

Ich öffnete die Tür und erblickte eine Idylle, die mich mit Freude erfüllte, aber auch, unerwarteterweise, mit bitterem Neid und mit Wehmut. Pamela und Piers standen Seite an Seite neben dem »Aga«; ihre Körper berührten sich nicht, waren sich aber nahe auf eine Weise, die auf Behagen und Zärtlichkeit schließen ließ. Beide sahen mit spürbarer Zuneigung zu Martin, dessen Rollstuhl unmittelbar vor ihnen stand und der sie mit der Schilderung eines Vorfalls zum Lachen brachte; seine Hand lag auf dem glänzenden Kopf von Roy, der zufrieden neben ihm saß. Indem ich diese Szene von Familienliebe erspähte, störte ich sie auch, das war unvermeidlich. Pamela und Piers blickten gleichzeitig hoch, als sie die Tür aufgehen hörten, und was immer Martin soeben zum besten gab, war für immer verloren, als er sich in seinem Stuhl herumdrehte und mich mit seinem eigenartigen wabbelnden Lächeln bedachte.

»Da ist Stella!« rief Pamela, als sei sie überglücklich.

»Lassen Sie sich nicht stören«, sagte ich, plötzlich erfüllt von dem kummervollen Wunsch, ausgeschlossen zu sein. »Sie haben alle so friedlich ausgesehen«, fuhr ich fort, außerstande, mich zu bremsen. »Wie eine richtige Familie.«

»Meine Güte!« sagte Pamela. »Wenn das kein Kompliment ist!«

»Wo sind Sie gewesen, Stel-la?« rief Martin dazwischen. »Ich habe Sie vermißt.«

Hierauf war ich fast zu Tränen gerührt, besonders im Hinblick auf die Gründe für meine Abwesenheit, welche ich nun zutiefst bedauerte. Hätte meine Haut nicht geschwelgt in der Wirkung der Salbe – was immer es für eine war –, die das Wesen aufgetragen hatte, ich wäre versucht gewesen zu glauben, daß das ganze Intermezzo im Postamt eine Halluzination war.

»Wie gut Sie aussehen!« rief Pamela, in der freundschaftlichen Stimmung verweilend, die sich eingenistet zu haben schien. »Nicht wahr, Piers?«

»Großartig!« sagte Piers zu meiner Überraschung.

»Und Ihre Haut!« schwärmte sie, indem sie eine Hand an ihre Wange hob. »Oh, jung zu sein, welch eine Wonne! Pflegen Sie sie gut, Stella, bitte, solange es Ihnen möglich ist. Ich habe viel zu spät angefangen!«

So froh ich war, einem Tadel entkommen zu sein, fühlte ich dennoch, daß ein Abstreiten dieser Behauptung die glückliche Szene ins Exzessive umschlagen lassen würde, und schenkte Pamela nur ein verschämtes Lächeln. Es dauerte eine Weile, bis sie die Hand von der Wange nahm, und als ich Pamela so sah, fiel mir der Zeitungsausschnitt ein, den ich bei dem Wesen gesehen hatte. Was konnte er zu bedeuten haben? Das Wort »Liebeszerwürfnis« stand mir klar vor Augen. Es bezog sich offensichtlich nicht, sofern ich es nicht mißverstanden hatte, auf die Beziehung der Maddens. Konnte Pamela oder Piers eine Affäre gehabt haben? Wenn ich sie jetzt ansah, schien das unmöglich, und außerdem, wen gab es schon auf dem Land, mit dem man eine haben konnte? Ich hatte während der Zeit meines Hierseins kaum jemanden gesehen außer dem Wesen und den Leuten, die das »Geschäft« betrieben, es sei denn, man zählte Darren drüben im Dog mit oder

Mrs. Lascelles, für die ich mich nicht verbürgen konnte. Die einzigen Menschen, denen ich eine Affäre zutraute, waren sie selbst.

»So!« sagte Mr. Madden, einen unsichtbaren Fussel von seinem Hosenbein wischend, »ich muß machen, daß ich vorankomme.«

»Okay, Liebling«, sagte Pamela strahlend. Zu meiner Verwunderung nahm sie sogar seinen Arm und ging mit ihm zur Tür. Ich fragte mich, was in meiner Abwesenheit geschehen sein mochte und diese merkliche Zunahme von Zuneigung zwischen den Maddens ausgelöst hatte. Ich merkte jedoch sogleich, daß Pamela Piers zur Tür begleitet hatte, um vertraulich mit ihm zu reden; trotzdem konnte ich leider jedes Wort verstehen. Was sie sagte, war dies: »Du klärst die Sache im oberen Feld, ja? Wir wollen doch keinen Ärger mit der Polizei.«

»Ja, ja, sicher. Überlaß das nur mir«, erwiderte Mr. Madden geheimnisvoll.

Ich sah Martin an, aber er war damit beschäftigt, Roys samtige Ohren zu kraulen, und schien nichts gehört zu haben. Pamela, die sich unbeobachtet glaubte, legte eine Hand auf Mr. Maddens Wange und sah ihn mit einem Ausdruck an, den ich nicht deuten konnte.

»O Liebling«, sagte sie. Sie zog ihre Hand zaudernd zurück. »Geh schon, fort mit dir.«

»Was möchtest du jetzt machen?« fragte ich Martin mit lauter Stimme, sobald Mr. Madden gegangen war.

»Weiß nicht«, erwiderte er, noch ganz von Roy in Anspruch genommen. »Wir könnten in mein Zimmer gehen und uns ein paar Platten anhören, wenn Sie wollen.«

»Das ist eine gute Idee!« sagte Pamela, die es mit angehört hatte, erfreut. Sie kam von der Tür zurück, legte den Arm um mich und die andere Hand auf Martins Kopf. Wir bildeten jetzt eine Art Kette, die bei Roy begann und bei mir endete. »Zieht nur ab nach oben, ihr zwei, und macht es euch gemütlich, und ich rufe euch, wenn das Essen fertig ist!«

Da mich, zugegeben, Pamelas Fröhlichkeit etwas ermüdete,

war ich erleichtert, als Martin und ich in den Schutz der kühlen Halle gelangten.

»Hattest du einen schönen Nachmittag?« erkundigte ich mich, als er am Fuß der Treppe aus seinem Stuhl rutschte.

»Nein«, keuchte er. Er arbeitete sich rückwärts an die erste Stufe heran und hob sein Gesäß hinauf.

»Ich dachte, du wärst gern dort.«

»Was wissen Sie denn schon«, sagte er und stemmte sich auf die zweite Stufe. »Es ist ätzend. Wie würde es Ihnen gefallen, drei Nachmittage in der Woche mit einem Haufen Spastiker zu verbringen?«

»Das ist nicht sehr nett«, sagte ich, hob seinen Stuhl hoch und stapfte hinter ihm drein. »Du mußt ja nicht hingehen.«

»Muß ich wohl«, sagte er schnaufend.

»Warum, wenn es dir so zuwider ist?«

»Offenbar«, er stemmte sich eine Stufe höher, »lerne ich dort was.«

»Und was?«

»Weiß nicht. Wie ich mich dran gewöhne, dort zu sein, schätze ich.«

»Wie meinst du das?«

»Hm.« Er hielt einen Moment inne, sein Gesicht war rot angelaufen. »Wenn ihnen was zustößt. Pater und Mater, meine ich. Sie wissen schon.«

Er setzte seinen Aufstieg fort, seine schwarzen Haare wippten auf und ab.

»Aber!« rief ich verblüfft. »Aber du würdest doch nicht – ich meine, wenn *wirklich* was passierte –, du würdest doch nicht dorthin kommen!«

»Und ob, verflucht! Oder in was Ähnliches.«

»Aber was ist – was ist mit Caroline?«

Er hielt wieder an und machte den Mund weit auf. »Haha!«

»Ich meine«, fuhr ich aufs Geratewohl fort, »ich meine, ihr versteht euch vielleicht nicht so gut, aber sie ist deine Schwester. Sie würde mit Freuden ...«, ich überlegte, wie ich es taktvoll ausdrücken konnte, »sie würde dich mit Freuden bei sich aufnehmen, ganz sicher!«

»Würde sie nicht.«

»Woher weißt du das?«

»Weil«, sagte er bestimmt, »sie es gesagt hat. Alle haben es gesagt. Mami und Daddy haben sich mit ihnen hingesetzt und sie gefragt. Ich meine«, er zog sich auf das Treppenpodest, »sie haben es nicht direkt gesagt. Aber alle hatten Ausreden. Sogar Millie.«

»Wer ist Millie?«

»Meine andere Schwester. Sie haben sie noch nicht kennengelernt. Sie ist nett.«

Ich schleppte mich die Treppe hinauf, den sperrigen Rollstuhl auf den Armen, und stellte ihn neben Martin auf das Podest.

»Aber warum?« fragte, nein, wimmerte ich.

»Warum was?«

»Warum wollen sie dich nicht haben?«

»Ach, ich weiß nicht.« Er faßte die Handgriffe des Rollstuhls und hievte sich hinauf. »Millie war nicht ganz wohl dabei, vermute ich. Sie hat nur gesagt, sie könnte es nicht versprechen. Sie wüßte nicht, was kommen würde und so. Ich weiß nicht.«

Er rollte mit glühendem Gesicht an mir vorbei durch den Flur zu seinem Zimmer. Ich blieb zurück, mein Kopf war erfüllt von Neugierde und Scham. Ich war als Kind oft erstaunt, wie weit die Machenschaften der Erwachsenenwelt über meine Welt hinausgeraten waren, während ich das ichbezogene Flickwerk meiner Gedanken hegte. Meine Eltern hatten mich oft überrascht mit dem, was sie wußten, was sie erwogen und diskutiert hatten. Der Grund für mein Unvorbereitetsein war vielleicht, daß ich es sie nie habe tun sehen. Um auf Martin zurückzukommen, es war mir nie eingefallen, mich zu fragen, was aus ihm werden sollte, wenn Pamela und Piers ein Unglück zustieße. Natürlich sah ich jetzt, daß eine derartige Auseinandersetzung in Anbetracht seines Alters und seiner Behinderung unvermeidlich gewesen war; aber die Tatsache, daß es mir nicht *eingefallen* war, gab mir das vielleicht unwillkommene Gefühl, daß Pamela und Piers verantwortungsbewußter, irgendwie *komplexer* waren, als ich es von ihnen gedacht hatte. Ich hatte immer das Gefühl, daß Augenblicke wie dieser einen sonderbaren Reifeeffekt auf den Verstand ausüben, und ich sollte noch weiter reifen, als ich zu dem grausamen Thema der Weigerung Carolines und der anderen kam, die Vormundschaft über ihren armen, hilflosen Bruder zu übernehmen. Mein erster, in meiner Empörung aufblitzender Gedanke war, daß ich mich erbieten würde, mich um ihn zu kümmern; doch sobald ich ihn gedacht hatte, überwältigte mich eine verführerische, wenngleich unwahrscheinliche Vision von meinem zukünftigen Leben, in dem ich zu unbeschwerten Abenteuern in fremden Gefilden und romantischen Entführungen um Mitternacht verlockt wurde.

»Kommen Sie!« rief Martin.

Ich eilte ihm nach in sein Zimmer, das seit dem Vormittag eine Verwandlung erfahren hatte – zweifellos die Früchte von Mrs. Barkers Kampagne –, aber bereits wieder auf dem Weg ins Chaos war. Ein, zwei Gegenstände lagen achtlos auf dem gesäuberten Teppich – wie die ersten gefallenen Blätter am Ende des Sommers, die den langen, unumkehrbaren Prozeß ankündigen, an dessen Ende alles, was ordentlich an Zweigen befestigt war, auf die Erde geworfen sein wird. Martin war in einer Ecke des Zimmers, weit aus seinem Stuhl gelehnt, um eine Reihe Schallplatten durchzusehen, die zu Hunderten in einem breiten Gestell aufbewahrt wurden.

»Was für Musik mögen Sie, Stel-la?«

»Ich weiß nicht. Alles, nehme ich an. Was du willst.«

Martin drehte sich in seinem Stuhl um, als sei er erstaunt.

»Mögen Sie keine Musik?« fragte er.

»Natürlich mag ich Musik. Ich habe bloß keine Lieblingssorte.«

»Komisches Mädchen«, murmelte Martin und wandte sich ab.

»Edward hat immer die Platten gekauft«, fügte ich hinzu, weil ich das Gefühl hatte, mich rechtfertigen zu müssen. »Er hatte eine riesige Sammlung. Ich nehme an, daß ich deshalb selbst keine Platten habe. Das ist natürlich keine Entschuldigung, aber wenn einer in einer Sache sehr leidenschaftlich ist, führt das meist dazu, daß man sich selbst zurückhält.«

Während dieser Ausführungen hatte Martin sich wieder langsam in seinem Stuhl umgedreht.

»Wer«, sagte er mit einem Ernst, der in keinem Verhältnis zur Situation stand, »ist Edward?«

»Er ist mein – er war bloß jemand, den ich lange Zeit gut kannte.«

Ich ging zum Fenster und sah verlegen hinaus. Der Nachmittag neigte sich dem Ende zu, und ein eigenartiges, milchiges Licht hing über dem Rasen vor dem Haus. In weiter Ferne haftete ein knallroter Flecken, das Nachwirken der Sonne, am sich färbenden Himmel, und als ich dieses dramatische Geschehen beobachtete, hatte ich plötzlich das Gefühl, daß es alles enthielt, wovor ich davongelaufen war; daß, auch wenn ich vorläufig sicher aufgehoben war im privaten Glanz des Lebens anderer Leute, der Fortbestand jener anderen Welt, das blutige Wiederaufleben, geduldig am Horizont lauernd, sich eines Tages meiner wieder bemächtigen würde.

»Wo ist er jetzt?« fragte Martin hinter mir. »Sehen Sie ihn noch?«

»Nein«, sagte ich. »Ich weiß nicht, wo er ist. Das heißt doch, er ist in London, aber wir haben keinen Kontakt.«

Düstere, schändliche Gedanken rührten sich wie rauchende Krater im Dunkel meines Unterbewußtseins.

»Warum nicht?« fragte Martin mit kindlicher Naivität. »Hatten Sie Krach?«

»Eigentlich nicht. Ich mußte nur weg von ihm.«

»Warum? War er gemein zu Ihnen?« Martin zog eine Schallplatte aus dem Gestell. »Ich denke, die hören wir uns an.«

»Natürlich war er nicht gemein«, fauchte ich. »Er war nur – der Falsche für mich, nehme ich an. Ich weiß nicht. Ich möchte wirklich nicht darüber nachdenken, wenn es dir recht ist.«

In diesem Moment erzitterte das Zimmer unter den köstlichsten Klängen. Es war Klaviermusik von so herrlichem

Pathos, daß ich es fast als körperlichen Schmerz empfand. Ich hatte erwartet, daß Martin irgendein mißtönendes Teenie-Gedröhn auflegen würde, und vor lauter Überraschung war ich schon wieder, wie vorhin in der Küche, in einer Art wehmütiger Freude den Tränen nahe.

»Was ist das?« fragte ich.

»Gefällt es Ihnen? Es ist das beste Musikstück, das je geschrieben wurde. Wollen Sie sich nicht setzen, Stel-la? Es macht mich nervös, wenn Sie so herumstehen.«

Ich setzte mich in den Ledersessel und schloß die Augen. Ich fühlte mich plötzlich sehr matt, nicht körperlich erschöpft, sondern irgendwie defekt wie durch eine innere Apparatur, wie eine überhitzte Maschine. Die Musik war der ideale Balsam für dieses Befinden, und ich trank sie in mich hinein, fragte mich, warum ich mein Leben lang dieses frei verfügbare Vergnügen verschmäht hatte, wenn ich es jederzeit hätte haben können.

»Erzählen Sie mir mehr von sich, Stel-la«, sagte Martin. Seine Stimme war jetzt näher, und obwohl ich die Augen geschlossen hatte, ahnte ich, daß er dicht bei mir war.

»Was möchtest du wissen?«

»Was Sie ticken läßt.« Er machte ein klickendes Geräusch mit der Zunge, hoch – tief, hoch – tief, wie eine Uhr.

»Wenn ich das wüßte«, sagte ich schläfrig, »wäre ich nicht hier.«

Ich spürte sofort, daß diese letzte Bemerkung unangebracht war, überschritt sie doch die Grenzen meiner Rolle auf der Franchise Farm. Ich öffnete die Augen und richtete mich auf. Martin saß direkt vor mir, so nahe, daß ich seinen Atem auf meinem Hals fühlte.

»Wie alt sind Sie?« fragte er.

»Neunundzwanzig.«

»Sie sind zu alt für mich«, seufzte er. »Ich bin erst siebzehn.«

»Du wirst drüber wegkommen«, sagte ich leichthin, wenngleich ich von seinen Worten überrascht und seltsam abgestoßen und geschmeichelt zugleich war. Auch sein Alter überraschte mich, hatte ich ihn doch für mindestens zwei Jahre jünger gehalten.

»Hat Edward Sie geliebt?« wollte er wissen. Er betonte das Wort »Edward«, und zwar so, als seien seine eigenen Gefühle nunmehr ins öffentliche Interesse gerückt.

»Ich nehme es an.«

»Haben Sie ihn geliebt?«

»Nicht richtig.« Es war schwer, den Verrat über die Lippen zu bringen, so als würde ich einen großen gezackten Metallklumpen aushusten. »Nein.«

»Hmm.« Er legte die Hände auf die Räder des Rollstuhls und begann, sich vor und zurück zu wiegen. Angesichts unserer Nähe hatte die Bewegung etwas leicht Lüsternes. Er schien dies zu merken, denn er hörte auf. »Wie lange waren Sie – Sie wissen schon.«

»Eine lange Zeit. Acht Jahre.«

Er stieß einen anerkennenden Pfiff aus.

»Hat er Sie gebeten, ihn zu heiraten?«

Eine lange Pause.

»Ja.«

»Was haben Sie gesagt?«

»Ich habe ja gesagt.«

Martin riß die Augen weit auf. Sein Mund stand einen Spaltbreit offen wie eine angelehnte Tür.

»Sind Sie verheiratet, Stel-la?« fragte er. Sein Ton war vertraulich. Seine Lippen zuckten, halb amüsiert, halb bestürzt.

»Ja.«

Martin gab ein zögerndes kleines Kichern von sich. Als ob ein kleiner Vogel unentdeckt in einer inneren Nische nistete, hörte ich als Antwort ein Trillern aus meiner Kehle steigen. Im gesamten Verlauf meiner kurzen, aber turbulenten Bekanntschaft mit der Ehe, zwischen den zahllosen Schattierungen der Gefühle, der Skala von Scham, Schuldbewußtsein und Reue – und sogar, ein- oder zweimal, Jubel –, mit denen ich sie gehätschelt, genährt und drangsaliert hatte, dem Spektrum der Beleuchtung, in welchem ich sie begutachtet, der Hintergründe, gegen die ich sie betrachtet hatte – in diesem lärmenden, drangvollen Tumult der Gefühle war es mir nicht ein einziges Mal in den Sinn gekommen, darüber zu lachen. Doch genau das taten wir nun, Martin und ich, und je mehr wir versuchten, aufzuhören, desto herzhafter lachten wir. Unsere Brustkästen hoben und senkten sich, unsere Münder öffneten sich weiter, um die Flut herauszulassen. Gelegentlich streckte einer von uns die Hand aus oder versuchte, etwas zu sagen, doch dann überkam uns das nächste Crescendo der Heiterkeit, und unsere Bemühungen wurden zunichte gemacht von einem unaussprechlichen Übermut, der nicht nur meine Enthüllung, sondern auch alles andere, was ich einst für unerträglich hielt, zu umfassen schien. Mit jedem Ausbruch fühlte ich eine weitere Strähne Qual sich auflösen, und doch spürte ich, daß ich noch große Mengen davon vorrätig hatte. Ich empfand mein Gelächter seltsamerweise als eine Art Buße, wenngleich ich nicht begreifen konnte, warum das so war, oder wie ich durch Leichtfertigkeit sühnen sollte, was ich getan hatte.

»Oje«, sagte ich schließlich und wischte mir die Augen.

»Sie *sind* aber komisch«, sagte Martin, und er hörte sich ganz ähnlich an wie seine Mutter. Die Äußerung löste ein nachträgliches Zittern der Unsicherheit in mir aus, hätte man doch vermuten können, daß ich eher der Gegenstand als die Urheberin des Gelächters gewesen war. »Na, so was, und Sie haben uns nichts davon gesagt!«

»Du wirst es niemandem erzählen, nein?« sagte ich. Die Bitte hörte sich kläglich an. »Es wäre mir lieber«, versuchte ich es anders, »wenn dies ganz unter uns bliebe.«

»Okay«, sagte Martin beiläufig; zu beiläufig, doch ich spürte, es würde die Sache nur schlimmer machen, wenn ich ihn zu einer Zusicherung drängte. »Obwohl ich nicht sehe, was daran so schlimm ist.«

»Versprich's mir einfach«, sagte ich. Schon bereute ich meine Aufrichtigkeit; mit jeder Minute schien mir meine Enthüllung gewagter.

»Versprochen«, sagte Martin.

Die Platte war zu Ende und drehte sich stumm auf dem Teller. Martin zögerte, als hoffte er, ich würde noch mehr preisgeben. Als nichts mehr kam, machte er kehrt und rollte zur anderen Seite des Zimmers. Ich wischte mir wieder die Augen und schniefte verstohlen.

»Ahhhh!« stöhnte er plötzlich und hielt abrupt an. »Das hatte ich vollkommen vergessen.«

»Was?« fragte ich, inzwischen ziemlich gereizt.

»Der Hundeficker«, sagte er, den Kopf nach hinten gelegt, so daß er zur Decke blickte. »Er wollte heute abend kommen.«

»Der was?«

»Toby. Der Hundeficker. Mein Bruder.«

»So ein abscheuliches Wort!« rief ich aus. »So darfst du nicht von ihm sprechen!«

»Was wissen Sie denn schon«, sagte Martin. Er beugte sich vor und nahm die Schallplatte vom Teller. »Es paßt jedenfalls zu ihm. Und er hat es verdient.«

»Warum?«

Martin drehte sich mit einer übertrieben ominösen Geste in seinem Stuhl herum, die Schallplatte in die Höhe haltend. »Was glauben Sie, warum?« fragte er mit einem fiesen Grinsen.

»Ich habe keine Ahnung«, erwiderte ich geziert.

»Ach, kommen Sie, Stel-la«, sagte er anzüglich. »Seien Sie nicht so prüde.«

»Ich bin nichts dergleichen. Ich glaube dir bloß nicht. Es ist unmöglich.«

»Erzählen Sie das Roy!«

»Wenn ich deine Andeutung richtig verstehe, dann muß ich sagen, ich denke, du hast eine abartige Phantasie.«

»Es ist aber wahr!« Er legte die Platte hin und rollte seinen Stuhl wieder dicht an meinen. Seine Augen glitzerten. »Er würde mich umbringen, wenn er wüßte, daß ich es jemandem erzählt habe. Sie müssen versprechen, dichtzuhalten.«

»Versprochen«, sagte ich, wenn auch matt, dabei war ich in Wirklichkeit froh, daß wir Schwüre ausgetauscht hatten.

»Es ist vor Jahren passiert – wir hatten Roy noch nicht lange, er war noch ein Welpe. Jedenfalls, eines Tages konnte ich ihn nicht finden und war unten, um ihn zu suchen, und da hab ich dieses Geräusch gehört.« Er legte eine Pause ein, um es spannend zu machen, und imitierte dann ein Wimmern. »So. Es kam von irgendwoher unter der Treppe. Da hab ich ihn gerufen, *Roy*!, ganz leise, so: *Roy*! *Hierher, Junge*! Und das Geräusch hörte nicht auf. Da bin ich *ganz* leise hin, denn ich hatte rausgekriegt, daß es aus dem Schrank kam, und ich dachte, er wäre eingeschlossen, und da wollte ich ihn überraschen. Und wie ich die Tür aufreiße, *rums*! Da war er.«

»Wer?«

»Toby. Mit Roy.« Martin kaute lässig an einem Fingernagel.

»Was haben sie gemacht?« fragte ich schließlich.

»Na ja, Toby hatte sein Ding draußen«, fuhr Martin im Plauderton fort. »Und Roy hat sich gewunden und versucht, wegzukommen.«

»Das ist ekelhaft«, sagte ich.

»Oh, er war *verzweifelt*«, sagte Martin. »Er war die ganze Zeit damit zugange. Hier 'ne Möse, da 'ne Muschi, dort 'n Fick. Als ich ihn damals erwischte, hat er gesagt, ein Junge in der Schule hätte ihm erzählt, man könnte es, wissen Sie, mit einem Hund treiben. Ich glaube nicht, daß er wirklich was gemacht hat, mit Roy, meine ich. Aber er hat es versucht.«

»Hast du es deinen Eltern erzählt?«

»Natürlich nicht!« sagte Martin verächtlich. »Er wäre komplett fies zu mir, wenn ich nichts gegen ihn in der Hand hätte.«

Es klopfte leise an der Tür.

»Herein!« rief Martin.

Die Tür ging auf, und Pamela stand auf der Schwelle. Ich sah ihrem Gesicht sofort an, daß sich die Euphorie von vor ein, zwei Stunden langsam verflüchtigte.

»Ihr Lieben, ich denke, wir fangen einfach schon mal mit dem Essen an«, sagte sie, als sei sie mitten in einem Gespräch. Sie sah sich verblüfft um. »Wo seid ihr beiden? Es ist ja stockfinster hier drin!« Sie knipste das Licht an, und da erst merkte ich, daß das Zimmer tatsächlich in tiefem Dunkel gewesen war. Im grellen Licht sah Pamela klein und ziemlich traurig aus. »Ja, wir haben nichts von Toby gehört, darum denke ich, wir können ruhig schon anfangen. Habt ihr euch amüsiert?« Sie zwinkerte uns nacheinander mit gezwungener Munterkeit zu. »Ich habe euch vor einer Weile hier oben gehört, wie ihr euch schiefgelacht habt, und da dachte ich, ich lasse euch in Ruhe.«

»Um wieviel Uhr wollte er kommen?« fragte Martin.

»Oh, er hat sich sehr unklar ausgedrückt«, antwortete Pamela, wobei sie ihren Schuh betrachtete. »Du weißt ja, wie er ist. Er ist vermutlich zu spät losgefahren und dann im Stau steckengeblieben.«

»Und was ist mit diesem komischen Telephon, das er sich zugelegt hat? Nein, er hat wahrscheinlich nicht rausgekriegt, wie es funktioniert.«

»Fang nicht schon wieder damit an, Martin«, sagte Pamela mit dieser »gefährlich« signalisierenden Schärfe in der Stimme. »Es könnte kaputt sein. Er könnte vergessen haben, es mitzunehmen. Er wird sowieso bald hier sein, ganz bestimmt.«

Hinter ihr klingelte leise ein Telephon.

»Na also, das wird er sein. Dauert nicht mehr lange.« Sie verschwand über den Flur. Ich war froh, beim Abendessen mit einbezogen zu sein; denn das Mittagessen lag schon sehr lange zurück, und der Spaziergang hatte mich hungrig gemacht.

Vierzehntes Kapitel

Der Garten war von Mondlicht überflutet, als ich später am Abend zum Cottage zurückging. Der Mond hing riesengroß und schillernd wie eine Lampe über dem Dach des Cottage, und er warf eine silbrige Bahn auf meinen Weg über den Rasen. Trotzdem war mein Gang unsicher. Ich war nämlich ein bißchen betrunken, da Mr. Madden meinem Glas im Verlauf eines langen und insgesamt nicht erfreulichen Abends allzuviel Aufmerksamkeit hatte zukommen lassen. Ich vertrage nicht viel Alkohol und hatte in den Tagen seit meiner Ankunft auf der Franchise Farm vermutlich mehr getrunken als im ganzen Monat davor. Zudem verlieh die zunehmend gespannte Atmosphäre am Tisch, als die Aussicht auf Tobys Erscheinen von »unmittelbar bevorstehend« zu »entschieden unwahrscheinlich« verblaßte, der Zukunft im Alkohol einen vergänglichen, aber verlockenden Glanz. Pamela wurde weinerlich, Piers schweigsam und Martin beängstigend durchtrieben; er warf mir über den Tisch sehnsüchtige Blicke zu, stumme Mitteilungen, die eindeutig dazu bestimmt waren, mich davon zu verständigen, daß, sollte mir daran gelegen sein, darum zu bitten, ihr Urheber mir neue Einsichten in das, was ich ihm zuvor erzählt hatte, aufzeigen würde.

»Ich nehme nicht an, daß er jetzt noch kommt«, sagte Pamela schließlich, wobei sie sich erwartungsvoll erhob, als hoffe sie, daß die bloße Äußerung einer Gewißheit sogleich ihre Widerlegung herbeiführen würde.

»Vermutlich nicht«, pflichtete Mr. Madden bei, der inmitten des Scherbenhaufens des gescheiterten Abendessens stur am Tisch sitzen blieb.

»Oh, er ist *wirklich* ein Schuft!« rief sie, und da sah ich, daß sie aufrichtig gekränkt war und versuchte, es mit mütterlichen Mißbilligungsäußerungen zu verschleiern.

Sosehr mich dies alles faszinierte, fielen mir doch die Augen zu; aber jetzt, als ich ins Cottage taumelte und Licht machte, wünschte ich dennoch, ich wäre länger geblieben; denn das vollgestopfte, verlassene Wohnzimmer – ich hatte, zugegeben, wenig dazu beigesteuert, es gemütlicher zu machen – schien sich verdrießlich umzusehen, als ich eintrat, als habe es den Abend in einer Einsamkeit verbracht, der ich verabredungsgemäß hätte begegnen sollen, und stundenlang gewartet, mit den Fingern trommelnd und sich selbst im Weg. Mit dem lässigen, nichtsdestoweniger verstörenden Gedanken, daß ich gern noch mehr trinken würde, wenn ich etwas hätte, warf ich mich in den harten Lehnstuhl. Dies war vollkommen untypisch für mich; aber ich war schließlich so besessen von der Idee, daß ich nicht umhin konnte, wieder aufzustehen und in den Küchenschränken zu kramen, um zu sehen, ob sich dort irgendeine verirrte Flasche versteckt hatte. Mein unwiderstehlicher Drang kam mir nicht lasterhaft vor. Vielmehr war ich frustriert über meine Lage und darüber, daß ich so schlecht ausgestattet war und keine Mittel hatte, mir selbst Gesellschaft zu leisten. Ich saß eine Weile tatenlos in einer Art Erstarrung da. Gerade als es schien, daß keine Schranke blieb zwischen mir und dem Elend, das in schwindelerregender Tiefe lag, fiel mir ein, daß ich eigentlich ins Bett gehen könnte. Dies tat ich ohne Umschweife, zog mich nur rasch aus und warf die Sachen auf den Boden, und als ich im Bett lag, machte ich sofort das Licht aus und schloß die Augen. Kaum hatte ich dies getan, fing das Zimmer beängstigend an zu schwanken, als befände ich mich im Rumpf eines Schiffes. Verstört öffnete ich die Augen und sah die silbrigen Silhouetten der Möbel zur Ruhe kommen. Als ich die Augen wieder schloß, geschah es abermals. Ein Übelkeitsgefühl entstand in meinem rumorenden Magen. Meine Augen knarrten auf wie verrostete Angeln, aber sogleich spürte ich eine solche Müdigkeit, daß ich sie wieder schließen mußte.

Wie lange dieses Öffnen und Schließen andauerte, weiß ich

nicht, doch ich nehme an, daß ich am Ende eingeschlafen bin; denn obwohl es, als ich die Augen wieder aufmachte, noch dunkel war, hörte ich das schrille Zwitschern von Vögeln vor dem Fenster. Mein erster Gedanke beim Aufwachen war, daß sich ein Fremdkörper in meinen Mund geschlichen hatte. Dieser erwies sich bei näherer Untersuchung als nichts anderes als meine Zunge, die infolge Austrocknung eine Art Kruste gebildet hatte, die dicht an meinem Gaumen klebte. Zudem war mein Kopf schmerzhaft in einen Schraubstock gespannt. Auf der Suche nach Wasser stieg ich automatisch aus dem Bett. Unten im grellen Licht des Badezimmers stellte ich fest, daß ich nackt war, und außerdem, daß mein Körper wieder mit den weißen Kreuzschraffierungen überzogen war, die mich in der ersten Nacht auf dem Lande gepeinigt hatten. Alles in allem gab ich eine klägliche Figur ab, und dies ließ mich zum erstenmal eine wirklich stechende Sehnsucht nach Edward erleben. Diese Sehnsucht beruhte nicht auf der Vorstellung, daß er besonderes Mitgefühl mit meinem bedauernswerten Zustand empfunden hätte, sondern darauf, daß er es erst gar nicht so weit hätte kommen lassen. Selbst das vermittelt einen Eindruck von einer Überängstlichkeit, die ich in aller Ehrlichkeit nicht unserer Beziehung zuschreiben kann. Der einzige Grund, weshalb ich in diesem Augenblick an Edward dachte, war eigentlich, daß er absolut gegen meinen Umzug aufs Land gewesen wäre, und das nur deshalb, weil es unvernünftig war, aufs Land zu ziehen, und weil es zudem mit sich brachte, daß ich von ihm fortging.

Unglücklicherweise brachte der Gedanke an Edward selbst in einem so irrelevanten Zusammenhang die Last von Schuldgefühlen und Sorge mit sich, die abzuschütteln ich mich so bemüht hatte, als ich aus der Londoner Wohnung auszog, und ich stand eine Weile im Badezimmer und fühlte mich durch diese lästige Fracht gehindert, auch nur die Treppe hinauf und ins Bett zu gehen. Sie werden mich vielleicht für sehr gefühllos halten, wenn ich sage, daß diese Befrachtung weitaus weniger mit Scham als mit Geld zu tun hatte. Alles andere, was mit den erschreckenden Verletzungen zusammenhing, die ich denen zugefügt hatte, die mir nahestanden, empfand ich als gewissermaßen wandelbar oder zumindest formbar und offen für viele unterschiedliche Denknuancen. Es gab zum Beispiel Zeiten, da ich die Tatsache, daß ich Edward verließ, einem gewissen trauervollen Gleichmut, und die Tatsache, daß ich meine Eltern enttäuschte, mit widerwilliger Hinnahme betrachten konnte; aber das mit dem Geld änderte sich nie. Es war hoch und hart und unnachgiebig wie eine Mauer, und ich wußte, daß ich nie hinübersteigen konnte. So viel Geld war ausgegeben worden, und es würde nie wieder eingebracht werden. *So viel Geld.* Von dergleichen erholt man sich nie. Ich wußte, als ich dort im Badezimmer stand, daß ich für den Rest meines Lebens mit Geld nichts mehr zu tun haben wollte. Natürlich hatte ich dies unbewußt seit geraumer Zeit gefühlt; es war einer der Gründe dafür, daß ich aufs Land gezogen war. Aber als ich dort stand, *erkannte* ich es, wie ich wenige Dinge zuvor erkannt hatte.

Schließlich ging ich wieder ins Bett, wo ich unruhig schlief, bis es hell war. Was immer das für eine Salbe war, die das Wesen auf meinen Sonnenbrand aufgetragen hatte, sie hatte Wunder gewirkt; denn als ich aufstand und in den Schrankspiegel blickte, sah ich, daß die Farbe meiner Haut sich vollkommen verändert hatte: von einem erschreckenden Rot zu einem attraktiven Braun. Ich hatte zumindest erwartet, daß der Spiegel ein wahres Bild von den Ausschweifungen der vergangenen Nacht wiedergeben würde; doch die Glasur guter Gesundheit verbarg, was an Verwüstungen darunter lauerte. Wie schon einmal, hatte der seltsame nächtliche Ausschlag keine Spur hinterlassen, und ich fragte mich fruchtlos, was ihn verursacht haben könnte. Unterdessen war es schon längst nach acht Uhr, und da mir keine Zeit für Kleiderkämpfe blieb, hob ich einfach die Sachen vom Vortag vom Boden auf und zog sie an. Unten im Badezimmer spritzte ich mir Wasser ins Gesicht, putzte mir die Zähne und kämmte mir rasch die Haare. Ich hatte noch Zeit, den Teer mit einem Messer von meinen Schuhen zu kratzen, und es gelang mir, das Schlimmste zu entfernen.

Der Morgen draußen war noch von sanfter Kindlichkeit, doch hinter der taufrischen Unschuld des Himmels lauerte die Drohung der Reife, und ich wußte, daß ein neuer Tag mit grausamer, triumphaler Hitze bevorstand. Ich hatte die Sonne gründlich satt und fragte mich, welche Wettergewalt stark genug sein würde, sie aus dem Sattel zu heben; denn bislang hatte ich nicht eine einzige einsame Wolke gesehen, die tapfer genug gewesen wäre, sie herauszufordern. Ich war wenigstens froh, daß meine Haut mich nicht länger als ihr Opfer kennzeichnete; tatsächlich fand ich, daß meine Sonnenbräune von einem deutlichen Fortschritt in Sachen meiner Neigung zum Leben auf dem Lande sprach. Mit dieser neuen Rüstung mochte ich wohl den Mut finden, es mit den verbliebenen Problemen aufzunehmen, als da waren: das Thema Auto fahren, obwohl dies, da heute Dienstag war, an den Schluß meines unmittelbaren Tagesplans verschoben wurde; die Geheimnisse, die meine Begegnung mit dem Wesen betrafen, in welche Schublade ich das »Liebeszerwürfnis« und das mysteriöse Gespräch der Maddens stecken sollte, das ich in der Küche mit angehört hatte, das Problem der Ernährung und somit des Geldes, das ich, relativ geradeheraus, wie ich war, zu regeln gedachte, bevor der Tag zu Ende ging, und die Angelegenheit meiner Unterhaltung mit Martin, die mein Privatleben aus der Quarantäne hatte entkommen lassen. Ich war wenigstens froh, mir sagen zu können, daß meine Beziehung zu Pamela – ein Thema, dem ich noch am Tag zuvor Vorrang unter meinen Problemen eingeräumt hätte – deutliche Zeichen der Besserung aufwies, daß mein Sonnenbrand geheilt war und daß ich durch das häufige Zugreifen am Tisch der Maddens meine ersten drei Tage auf dem Lande ohne große Ausgaben überlebt hatte.

Wie tags zuvor stand die Tür zum Hintereingang offen, und als ich in den Flur trat, fiel mir meine Konfrontation mit Mrs. Barker ein. Da ich sie nicht wiederholen wollte, beschloß ich, diesmal in die Küche zu gehen und zu warten, bis Pamela erschien. Ich öffnete die Tür in der Erwartung, Mrs. Barker am Werk zu sehen, und war überrascht, als ich statt dessen einen jungen Mann Zeitung lesend am Tisch sitzen sah. Sein geschäftsmäßiges Gebaren ließ mich zuerst annehmen, er sei ein Mitarbeiter von Mr. Madden, vielleicht Trimmer, der Verwalter, doch der Umstand, daß er einen rotseidenen Morgenrock trug, wollte nicht recht zu dieser Vorstellung passen, und alsbald wurde mir klar, daß dies der abtrünnige Toby sein mußte, der gestern abend – es sei denn, er hätte sich aus irgendeinem Grunde in dieser Robe auf den Weg gemacht – doch noch eingetroffen war.

»Hallo«, sagte ich, denn er schien meinen Eintritt in die Küche nicht bemerkt zu haben.

Selbst nach meinem Gruß ließ er sich Zeit, mich wahrzunehmen, und als sein Blick sich langsam von der Seite von ihm löste, wurde mir klar, daß er zuerst zu Ende lesen wollte, was immer er gerade las, bevor er meine Unterbrechung duldete.

»Hal-*lo*«, sagte er sodann, nachdem er eine blitzschnelle – aber offensichtlich gründliche – Begutachtung meiner Erscheinung vorgenommen hatte. »Sie müssen Stella sein.«

Er sagte dies, als käme seine Folgerung nicht aus einer allgemeinen Informationsquelle, sondern sei die Frucht seiner hochgeistigen und ganz privat erfolgten Überlegung. Er sprach meinen Namen mit Behagen aus und hoffte sichtlich, damit Eindruck zu machen. Viel mehr war nicht nötig, um mich augenblicklich vor ihm auf der Hut sein zu lassen, doch das schmeichlerische Lächeln, das er quer durch die Küche hinterherschickte, eine Geste, so voll des Bewußtseins seiner eigenen Mildtätigkeit, als hätte er mir ein Schmuckstück oder einen Geldschein vor die Füße geworfen, zementierte meine Verachtung. Meine Abneigung gegen Toby war nicht, wenngleich es so scheinen mag, das Erzeugnis von Voreingenommenheit. Ich halte mich für eine gerechte Beurteilerin von Charakteren und handelte nicht bloß aus blindem Gehorsam gegenüber den vielen Faktoren, die verlangten, daß ich augenblicklich ein Vorurteil gegen ihn faßte – sein abartiger Umgang mit Roy, dessen Fernbleiben von der Küche verdächtig war; seine Gleichgültigkeit gegenüber den Gefühlen seiner Mutter; die Verachtung, die sein eigener Bruder ihm entgegenbrachte. Die Wahrheit war, daß, als ich in die Küche trat und ihn da sitzen sah, mein Herz in meiner Brust in Verzükkung geriet; denn nie hatte ich ein so attraktives menschliches Wesen, männlich oder weiblich, gesehen. Es ist seltsam, nehme ich an, daß meine Reaktion auf seinen Anblick derart innerlich war. Ich habe ihn nicht »erkannt«, wie ich es vor einiger Zeit in bezug auf Pamela beschrieben habe. Er hätte tatsächlich einer anderen Art als der meinen angehören können, so unähnlich waren wir uns. Unter diesen Umständen ist es normal, eine Wertschätzung zu empfinden, die mehr kulturell als sexuell ist, eine vergeistigte, abstrakte Reaktion auf Schönheit, ohne Hoffnung und Hunger, die Merkmale der Anziehungskraft. Meine einzige Erklärung für diese Abweichung von der Norm ist, daß dies mehr mit Toby selbst als mit mir zu tun hatte: Er strahlte Sinnlichkeit aus, und ich war sicher, daß alle in seiner Umgebung diese Hitze spürten, ob es ihnen paßte oder nicht.

»Ich bin auf der Suche nach Mrs. Madden«, sagte ich unbeholfen und wurde zu meiner Beschämung mit einem weiteren Lächeln belohnt, das mir deutlich zu erkennen gab, daß er an meiner uncharmanten Bemerkung so viel Schmeichelhaftes fand, als hätte ich mich ihm zu Füßen geworfen.

»Ah«, sagte er.

»Vielleicht sollte ich sie suchen gehen«, fuhr ich fort, als offensichtlich wurde, daß er nichts weiter sagen würde. Es gibt bestimmte Menschen, in deren Gegenwart die eigene Präsenz zweitrangig wird, so brutal, daß sie eine Rechtfertigung zu erfordern scheint. Toby gehörte zu diesen Menschen. Er hob auf meine eigenständige Bemerkung hin lediglich die Augenbrauen; und nachdem der letzte kostbare Faden vom Reiz des Neuen abgeschnitten war, konnte ich nicht dagegen an, ihm einen anderen zu liefern. »Oder vielleicht«, setzte ich kläglich hinzu, »sollte ich einfach hier warten.«

Er zuckte elegant mit den Schultern, und seine blauen Augen schwebten über der noch ausgebreiteten Zeitung, als würden sie gleich die Flucht ergreifen. Wenn ich in den nächsten Sekunden nichts Interessantes tat, sagte mir sein Blick, würde es mir seine Aufmerksamkeit – bei deren kostbarem Verbrauch ein Zähler zu ticken schien – entziehen müssen.

»Sie wohnen drüben im Cottage, nicht?« fragte er dann, als würde mir mein Mietverhältnis wenigstens ein Körnchen Faszination verleihen. Irgend etwas an der Art, wie er das sagte, wies mich darauf hin, daß das Cottage eine besondere Bedeutung für ihn hatte. Ich erinnerte mich, daß er bei unserem Telephongespräch eine Colette und auch ihre unerwartete Entlassung erwähnt hatte. Leider fiel mir fast im selben Moment auch das hinterher mit angehörte Gespräch ein, in dem Pamela zuversichtlich behauptet hatte, ich sei nicht Tobys »Typ«. Ich fühlte mich unverhältnismäßig herabgesetzt bei dieser Erinnerung und spürte ein gefährliches Verlangen, die Behauptung zu widerlegen.

»Ja«, sagte ich. »Es ist sehr hübsch.«

»Ja, nicht wahr?« Er lächelte vor sich hin, diesmal galt es nicht mir. »Ja, man ist dort ganz schön weit weg vom Schuß. Ich *könnte*« – er schien dieses Geständnis zögernd aus seiner Magengrube hervorzuziehen –, »ich *könnte* später mal hinüberspazieren, bloß um einen Blick auf das alte Haus zu werfen.«

Ich hatte keine Ahnung, ob meine Gegenwart ein erwünschtes oder gar notwendiges Beiwerk dieses Ausflugs war. Bevor dieser Funken Mehrdeutigkeit meine Gedanken entflammen konnte, ging zum Glück hinter mir die Tür auf, und Pamelas löschende Gegenwart überflutete die Küche.

»Morgen!« rief sie und stürmte mit solcher Geschwindigkeit durch die Tür, daß sie erst mitten in der Küche zum Stehen kam. Der Überschwang des Vortages war, wie ich bald sah, wiedergekehrt, doch ich spürte darunter etwas Dunkleres, etwas Heimlichtuerisches, Geschwollenes, in ihrem Gesicht, das ich nicht erklären konnte, das mir aber den deutlichen Eindruck gab, daß sie sich verändert hatte, als habe ein innerer Kompaß einen Ruck getan und sie aus der Bahn geworfen.

»Morgen«, sagte Toby gedehnt und raschelte mit seiner Zeitung.

Er lächelte und kniff dabei die Augen zusammen, ein komplizenhaftes Lächeln, das, wie ich sah, Pamela zugedacht war. Sie legte ihre Hand auf seine harmonisch zur Seite gedrehte Schulter.

»Kaffee?« fragte sie.

»Bitte«, sagte Toby zustimmend, ohne den Blick von der Zeitung zu heben. Pamela blieb einen Moment stehen und las über seine Schulter, eine Geste, deren Motivation ganz sicher zum geringsten Teil Interesse am Tagesgeschehen war. Ihre Körper waren sehr nahe beieinander, wie Klammern, gebogen um ein gemeinsames, doch unerlaubtes Etwas. Mein Stören bei dieser intimen Szene wurde unerträglich. Tobys Lächeln verbreiterte sich, als Pamela dort hinter ihm stand, und als hätte seine Heiterkeit sich an ihrem Arm, der sie beide verband, hinaufgeschlichen, fing auch sie an zu lächeln. Nicht lange, und zu meiner Verblüffung schüttelten die zwei sich vor stummem, intimem Vergnügen.

»Ist Martin oben?« fragte ich mit klarer Stimme.

»Was?« Pamela drehte sich um und sah mich an, verdattert über die Unterbrechung, ihr Blick triumphierend und verärgert zugleich. Für einen Augenblick schien sie mich nicht zu erkennen. »O Stella, *Entschuldigung*!« sagte sie dann nach einer Pause. »Ja, Sie finden ihn oben in seinem Zimmer.«

»Danke«, erwiderte ich kurz angebunden.

Ich ging forsch aus der Küche und schloß die Tür hinter mir, und als ich im dunklen Vorraum stand, verdroß es mich, gedämpftes gemeinsames Lachen von der anderen Seite hervorquellen zu hören. Meine Gedanken waren so gemartert von Verwirrung und Zorn, daß ich ihnen erst dann, als ich aus dem vollgestopften Vestibül gestampft war, Gestalt geben konnte; doch in dem leeren, blanken Gewölbe der weitläufigen Halle wurde mir bewußt, daß das, was ich soeben gesehen hatte, nicht die morgendliche Vereinigung von Mutter und Sohn war, sondern von *Liebenden.* Ich war erstaunt und einigermaßen beschämt über die Kühnheit und Ungehörigkeit meiner Folgerung, und doch wußte ich, daß ich mit diesem einen rüden Gedanken den Kern der Sache getroffen hatte. Ich darf sagen, dies war für mich eine höchst ungewöhnliche Erfahrung. Ich bin ein Mensch, in dessen Denken das Geringfügige gewohnheitsmäßig einen großen Raum einnimmt, während die weite und gefahrvollere Skala der Realitäten eine dramatische, aber distanzierte Perspektive bildet, eine lange, beschwerliche Reise entfernt. Ich war nie im Leben mit einer Situation konfrontiert, die einen Weg zu dieser speziellen Verdächtigung gebahnt hätte, und genausowenig war ich, soweit ich wußte, irgendeinem Hang – übermäßige Phantasie zum Beispiel – unterworfen, der den Weg dorthin erleichtert hätte. Nein, der Gedanke war allein eine Reaktion auf das, was ich gesehen hatte, und einmal gefaßt, bildete er einen Magneten für andere Dinge, die sich an ihn hefteten und ihm Gewicht verliehen. Pamelas Beunruhigung am vorangegangenen Abend, ihre ungezügelte Enttäuschung über Toby Verspätung, zuvor ihr Versäumnis, ihm von Carolines Schwangerschaft zu erzählen, sogar ihr allgemein neurotisches und exaltiertes Benehmen, ihre drastischen Stimmungsumschwünge, die irrationalen Episoden, in denen ich widerwillig eine Rolle gespielt hatte: die Ungeheuerlichkeit der Anschuldigung schien all dies und noch mehr zu enthalten.

Innerhalb weniger Minuten wurde mein beschwingter Abstieg in die Verworfenheit jedoch abrupt beendet. Was fiel mir eigentlich ein, derart gräßliche Gedanken von Menschen zu haben, die, auch wenn sie mich gelegentlich wahnsinnig machten und ich sie nicht verstand, doch anständig waren? Ich zögerte am Fuß der Treppe, und angesichts ihrer kraftraubenden Steigung kam mir der lange, erschöpfende Aufstieg zurück zur Vernunft in den Sinn – der Preis für meine flüchtigen, aber aufregenden Mutmaßungen. Während ich langsam die Treppe erklomm, versuchte ich mich auf Einzelheiten des Verhaltens meiner Mutter gegenüber meinen Brüdern zu besinnen, zerknirscht hoffend, es möge Pamelas Benehmen abschwächen. Es gab gewiß nichts Derartiges zwischen Edward und seiner Mutter; doch dann mußte ich schonungslos zugeben, daß ich unsicher war, ob es dergleichen zwischen Edward und überhaupt irgend jemandem gab. Und sei es nur im Namen der Gerechtigkeit, es sollte gewiß eine ähnliche Bindung zwischen Vätern und Töchtern geben; doch abgesehen von Bounders Briefen – die, wiewohl sie eine besondere Zuneigung bezeugten, sowohl ungewürdigt als auch unerwidert blieben – wollte mir nichts einfallen, wodurch die Behandlung, die mir durch meinen Vater zuteil wurde, sich von jener unterschied, die er meinen Brüdern zukommen ließ. Gleichwohl bereute ich, daß ich diese Unterpfande nicht besser gehütet hatte. Ihre Verbannung in den Sumpf von Londons Abfallbeseitigungssystem erfüllte mich nachträglich mit Schuldgefühlen und Niedergeschlagenheit, denn es war nun unmöglich, sie aufs neue nach Hinweisen zu durchforschen.

Ich war jetzt oben an der Treppe angelangt, und mich besinnend, daß Martin auf mich wartete, durcheilte ich die letzte Strecke über den Flur zu seinem Zimmer. Seine Tür stand offen, und ich sah ihn am Fenster in seinem Rollstuhl sitzen. Er blickte tief in Gedanken durch die Scheibe. Als ich ihn so sah, kam es mir in den Sinn, wie wenig ich von seinem unbeaufsichtigten Leben wußte. Die Aufgabe, ihm beizustehen, die Mühe, sich mit seinen Bedürfnissen vertraut zu machen, führte dazu, daß die andere Seite seiner Natur in Vernachlässigung geriet. Ich erkannte – obwohl dies auf der Hand zu liegen scheint –, daß, was für mich Beschäftigung war, für ihn das Leben war; etwas, was in anderen Jahrhunderten oder an anderen Orten ganz sicher Anlaß zu Neid und Unmut gegeben hätte, hier jedoch Ursache für das Gefühl war, es persönlich gut getroffen zu haben.

»Wo sind Sie gewesen, Stel-la?« fragte er, als ich hereinkam. Er trug ein rotes T-Shirt, das ihn blaß aussehen ließ. »Ich habe auf Sie gewartet.«

»Entschuldige«, sagte ich. »Ich war in der Küche. Ich dachte, ich sollte auf deine Mutter warten, bevor ich raufkomme.«

»Warum?« Er verzog das Gesicht.

»Es – ich weiß nicht. Es kam mir unhöflich vor, einfach durchs Haus zu marschieren.«

»Sie sind zu komisch.« Er hielt inne, als würde er sich konzentrieren. »Einerseits haben Sie den Mumm, Ihren Mann zu verlassen, alles aufzugeben und sich dem Wohlwollen von Fremden anzuvertrauen. Und andererseits haben Sie Angst, zu anderen Leuten ins Haus zu kommen, selbst wenn man Sie erwartet.«

»Ich dachte«, sagte ich in stahlhartem Ton, »wir hätten uns geeinigt, nicht mehr über diese Sache zu sprechen. Und was das Ins-Haus-Kommen betrifft, ich habe nicht gesagt, daß ich Angst habe, lediglich, daß ich es höflich fand, deine Mutter vorsichtshalber von meiner Anwesenheit in Kenntnis zu setzen, falls ich bei einer Privatangelegenheit störe.«

Was ich soeben in der Küche gesehen hatte, machte mir weder den Eindruck, daß Pamela besonders darauf bedacht war, ihr Privatleben geheimzuhalten, noch schien sie, wenn ich ehrlich war, meine Anwesenheit für wichtig genug zu erachten, um gewisse Dinge verbergen zu wollen.

»Wir waren uns nicht einig, nicht mehr darüber zu reden«, sagte Martin. »Ich habe bloß versprochen, es niemandem zu erzählen.« Er fummelte mit den Händen in seinem Schoß und betrachtete sie schmollend. »Man könnte meinen, Sie trauen mir nicht, Stel-la.«

»Ich traue dir nicht«, sagte ich, während ich das Zimmer durchquerte und mich in den Ledersessel setzte. Die Sonne fiel durchs Fenster direkt auf diesen Platz, und sogleich fuhr ein Schmerz über meine Stirn. »Ich kenne dich nicht gut genug, um dir zu trauen.« Das klang herzlos. »Aber das kommt sicher noch«, setzte ich matt hinzu.

Mir war ziemlich flau, weil ich nicht gefrühstückt hatte. Pamelas Versäumnis, mir Kaffee anzubieten, nagte schmerzlich in mir.

»Sie sehen müde aus«, sagte Martin liebevoll. »Möchten Sie Kaffee?«

»Ja«, erwiderte ich automatisch. Sekunden später fiel mir ein, daß ein Gang die Treppe hinunter eine neuerliche Begegnung mit den Turteltauben mit sich brächte. »Nein, das macht zu viele Umstände.«

»Überhaupt nicht. Ich hab alles hier oben. Ich habe

Gebäck«, sagte er, er beugte sich vor und flüsterte mir das Wort verführerisch ins Ohr, »das Sie reizen könnte.«

Ich hatte stark das Gefühl, daß ich erpreßt werden sollte. Leider waren Hunger und Durst so hartnäckig, daß ich gezwungen war, Martins Angebot anzunehmen.

»Okay«, stimmte ich widerwillig zu.

»Ein Stück Zucker oder zwei, Stel-la?« fragte Martin und rollte durchs Zimmer. Ich sah seine Schwung gebenden Arme unter dem T-Shirt, dünn, durchaus muskulös.

»Gar keins.« Er hielt vor einem Schrank mit Lamellentür, und als er ihn öffnete, sah ich eine ordentliche Miniaturzeile mit Spülbecken, Kühlschrank und Wasserkessel.

»Du hast alles!« rief ich überrascht aus.

»Dumme Stel-la, ich kann nicht jedesmal runtergehen, wenn ich was will«, sagte er in einer verstärkten Version seines pantomimischen Geflüsters. »Oder? Ich habe keine *Selbständigkeit*, stimmt's?«

»In dieser Beziehung wohl nicht.«

»Man muß *bedenken*«, er tippte sich mit übertriebener Geste an die Stirn, »wie es ist, *ich* zu sein. Kein Spaß, Stel-la. Überhaupt kein *Spaß*. An nichts zu *denken*«, wieder das Tippen, »als an meine kleine *Stel-la* und ihre *Geheimnisse*...«

»Hör sofort auf damit«, sagte ich und setzte mich aufrecht hin.

Martin gab ein exaltiertes Kichern von sich und ließ am Spülbecken Wasser in den Kessel laufen.

»Ich hab bloß Spaß gemacht«, sagte er mit normalerer Stimme. »Es ist zu Ihrem Besten, Stel-la. Es tut Ihnen nicht gut, alles in sich reinzufressen. Davon kriegen Sie Krebs.«

»Wenn ich Krebs kriege«, erwiderte ich, »dann nicht, weil ich mich geweigert habe, deine Neugierde über mein Privatleben zu stillen. Auf alle Fälle war das sehr taktlos von dir. Woher weißt du, daß meine Eltern nicht an Krebs gestorben sind?«

»Verzeihung.«

»Eigentlich«, fuhr ich fort, nachdem ich ziemlich würdelos beschlossen hatte, ihn auf die Palme zu bringen, »wollte ich dir gerade ein bißchen mehr darüber erzählen. Aber jetzt, wo du das gesagt hast, hab ich's mir anders überlegt.«

»Oh, *Stel-la*!« Martin rollte in seinem Stuhl herum, den Mund weit offen vor Staunen. »Das können Sie nicht machen!«

»Und ob ich das kann!« Der dickbauchige Kessel hinter ihm begann sich zu rühren. »Du mußt mich für sehr dämlich halten, wenn du denkst, daß ich dich in deinem Spiel nicht schlagen kann. Und es ist noch dazu ein sehr albernes Spiel, möchte ich sagen.«

Martin zog den Kopf ein und machte sich mit Tassen zu schaffen.

»Du solltest wissen«, fuhr ich fort. »Zuhören ist der beste Weg, etwas zu erfahren. Wenn die Menschen das Gefühl haben, hereingelegt oder ausgefragt zu werden, erzählen sie dir gar nichts. Wenn du ihnen Zeit läßt und still bist, rücken sie schließlich damit heraus. Entweder, weil sie verlegen sind, oder weil sie dein mangelndes Interesse kränkt. Die meisten Menschen sind ziemlich egoistisch. Sie reden gern über sich. Und je unsichtbarer du bist, desto mehr tun sie's.«

Das Klappern des Kessels untermalte diesen Monolog. Martin sagte nichts mehr, aber eine Zeitlang fiel mir das bei seinem klappernden Hantieren kaum auf. Als er jedoch schließlich alles auf ein Tablett geladen hatte und es auf dem Schoß ins Zimmer rollte, sah ich an seinem zu einem Schlitz zusammengepreßten Mund und seiner übertrieben nonchalanten Miene, daß er meine Taktik auf eine Weise befolgte, die mich bald in Wut bringen könnte.

»Es funktioniert nicht, wenn du es so auffällig machst«, bemerkte ich. Er reichte mir eine Tasse, und mit der anderen Hand bot er mir einen Teller mit Plätzchen an. Ich sah seinen forschenden Blick. »Was um Himmels willen möchtest du bloß wissen?« fragte ich. »So interessant kann das doch nicht sein.«

Er nickte energisch. Ich nahm ein Plätzchen. Ich war ziemlich beeindruckt von Martins Gastlichkeit. Ich mußte zugeben, es war angenehmer, in seinem Zimmer zu sein als in irgendeinem anderen Raum im Haus. Ich rutschte ein wenig herum, so daß ich aus der Sonne kam, und hob das Plätzchen an den Mund. Dabei fing ich Martins Blick auf. Er beobachtete mich dermaßen eindringlich, daß es mir unmöglich war zu essen. Statt dessen trank ich einen Schluck Kaffee. Martin warf, mich nachäffend, den Kopf leicht zurück und schluckte Luft.

»Was ist?« fragte ich schließlich wütend. Er schüttelte stumm den Kopf. »Ich habe vorhin deinen Bruder getroffen«, fuhr ich im Plauderton fort in der Hoffnung, dies würde ihn aus seinem aufreizenden Verhalten aufrütteln. »In der Küche.«

»In der *Küche*?« Martin formte die Worte unhörbar, hob spöttisch die Augenbrauen und legte eine zitternde Hand an die Lippen.

»Wenn du nicht mit diesem unsinnigen Betragen aufhörst, gehe ich und lasse dich mit deinen Hausaufgaben allein.«

Es folgte eine lange Pause, und da konnte ich mich nicht zurückhalten, das Plätzchen in den Mund zu stecken und so unauffällig wie möglich zu kauen. Es war unvorstellbar köstlich, süß.

»Und wie fanden Sie ihn?« fragte Martin schließlich. Seine Miene war mürrisch. »Fanden Sie ihn *toll*? Alle finden ihn *toll*.«

»Er sieht sehr gut aus.«

»Besser als *Edward*?«

»Ja.«

»Mädchen sind so dämlich.«

»Ich habe lediglich eine Feststellung gemacht.«

»Hat er versucht, es mit Ihnen zu *treiben*?«

»Um Himmels willen! Natürlich nicht. Außerdem«, setzte ich unvorsichtigerweise hinzu, »bin ich nicht sein Typ.«

»Woher wissen Sie das?«

»Ich weiß es eben.«

»War *Edward* Ihr Typ?«

Ich durchschaute sogleich Martins neueste Taktik, nämlich mich über eine Assoziationsleiter an den Abgrund der Selbstpreisgabe zu führen.

»Muß er wohl, nehme ich an. Ich weiß nicht.«

»Sie sind mein Typ«, sagte er dann, lehnte sich entschlossen zurück und verschränkte die Arme.

»Sei nicht albern.«

»Es ist wahr! Was haben Sie gegen mich?«

»Du bist zu jung.« Ich fragte mich, was diese selbsttäuschende Kühnheit bedeutete. »Und außerdem, ich arbeite hier. Diese Art Unterhaltung ist ungehörig.«

»Ich finde sie romantisch«, sagte Martin träumerisch. »Also, was hat Ihnen an Edward nicht gepaßt? Sie sind sehr wählerisch, Stel-la.«

»Wenn ich wählerisch wäre, hätte ich ihn nicht geheiratet«, sagte ich forsch, ehe ich mich bremsen konnte.

»Das ist aber nicht sehr nett.«

»Verzeihung. So habe ich es nicht gemeint. Er hatte – er hatte viele gute Eigenschaften.«

»Zum Beispiel?«

»Na ja, er war klug.« Ich versuchte, mich auf etwas anderes zu besinnen, was sich über ihn sagen ließe. »Er war mit sich zufrieden, denke ich. Ja, das beschreibt ihn wohl am besten.«

»Haben Sie ihn *geliebt*? Ich kann Sie mir nicht *verliebt* vorstellen.«

»Wieso nicht«, entgegnete ich brummig. Ich war beunruhigt über diese Bemerkung, kam sie doch dem, was ich oft als Wahrheit vermutet hatte, sehr nahe. »Überhaupt hast du mich das schon mal gefragt. Ich weiß nicht, was Liebe bedeutet. Wenn es nur ein Gefühl ist, dann kann es auch enden. Ich sehe keinen Sinn darin, sich alle Mühe zu geben, es zu bewahren.«

Es folgte eine Pause. Ich wußte, daß Martin mich ansah, obwohl unsere Blicke sich nicht trafen. Ich war jetzt ziemlich durcheinander und wollte dem Gespräch unbedingt ein Ende machen.

»Warum haben Sie ihn geheiratet?«

»Ich habe einen Fehler gemacht.«

»Das ist ein ziemlich dicker Fehler, Stel-la.«

»Ich weiß.«

»Wie lange?«

»Wie lange was?«

»Wie lange waren Sie verheiratet?«

Ich zitterte, da ich kurz davor war, diese letzte Auskunft preiszugeben; denn ich hatte Angst vor dem, was geschähe, wenn Martins Neugierde sich erschöpft hätte. Was ich an ihn weitergab, war für mich so viel mehr wert als für ihn, und während ich den Impuls, der mich dazu trieb, weder ergründen noch kontrollieren konnte, zuckte ich noch zurück vor der Möglichkeit, daß Martin meines Vertrauens unwürdig war und daß genau der Teil von mir, der am meisten Erlösung gesucht hatte, eben der war, der hierdurch am meisten verletzt sein würde. Jede Art von Bekenntnis, das sehe ich nun, ist ein mit einem derartigen Risiko behafteter Vorgang. Selbst wenn den Geheimnissen eines Menschen so zugesetzt wird, wie Martin es mit meinen tat, ist die Preisgabe notgedrungen selbstsüchtig und infolgedessen schwach. Enthüllung erfordert Einverständnis, und sei es noch so verschleiert, und daher kann der Akt des Bekennens in keinem Fall frei sein von Strafe oder Schuld.

»Eine Woche«, sagte ich.

Die Sachlichkeit meines Eingeständnisses wurde etwas abgemildert durch die Tatsache, daß Martin nicht triumphierend oder erschrocken zurückfuhr. Ich rechnete halbwegs damit, daß er in Lachen ausbrechen würde wie letztes Mal, als wir über dieses Thema sprachen, und zugleich fürchtete ich, daß er schockiert und enttäuscht sein und mich streng verurteilen würde. Er sah gewiß überrascht aus, das konnte sein ausdrucksvolles, wandelbares Gesicht nicht verbergen.

»Was ist passiert?«

»Oh, ich weiß nicht.« Ich sah verlegen aus dem Fenster. »Ich mußte einfach weg. Ich hatte ein Gefühl, als würde ich sterben.« Dies wirkte ziemlich melodramatisch, selbst in meinem aufgewühlten Zustand. »Ich hatte wohl erwartet, daß ich mich fühlen würde, als hätte mein Leben angefangen«, erklärte ich. »Und statt dessen wußte ich, daß es zu Ende war. Es war, als wären wir hereingelegt worden und hätten es erst hinterher gemerkt, als es zu spät war. Als hätten wir gedacht, verstehst du, heiraten bedeute eine Sache, und in Wirklichkeit bedeutete es etwas anderes. Es war ein Gefühl, als wären wir verkrüppelt worden – und daß wir, obwohl der Rest unseres Lebens ruiniert war, einander hatten und nicht voneinander loskommen könnten, und selbst wenn, trotzdem verkrüppelt wären.« Es folgte eine Pause. »Verzeihung, so habe ich das nicht gemeint. Jedenfalls, wir waren auf der Hochzeitsreise, und ich war gerade nach Hause gekommen. Ich habe versucht, es Edward zu sagen, aber er hat es nicht richtig verstanden. Und dann passierten verschiedene Dinge, und dann bin ich gegangen.«

»Von sich aus?«

»Ja.«

»Aber was hat er gesagt, als er zurückkam?« Er beugte sich näher zu mir, und ich sah seine Augen, glänzend und bestürzt. »War er wütend?«

»Ich weiß es nicht. Vermutlich. Ich meine, ich habe nicht mit ihm gesprochen. Ich habe ihn seitdem nicht gesehen.«

Ich spürte den Schauder von etwas Bedrohlichem zwischen uns und wußte, daß unsere zarte Bekanntschaft mit Auskünften überfrachtet wurde. Mein Verdruß darüber, daß ich diese Fakten mitteilte, hatte zweifellos zu dieser angespannten Atmosphäre beigetragen; denn hätte ich diese Fakten besser gekannt oder sie sogar zuvor jemand anderem mitgeteilt, hätte ich sie vielleicht leichter ertragen. So aber konnte ich in meinen eigenen Handlungen auch nicht mehr Sinn sehen, als Martin es offensichtlich tat.

»War das – vor kurzem?« fragte er leicht befangen.

»Unmittelbar bevor ich hierherkam. Letzte Woche.«

Zu meiner Überraschung spürte ich einen verstohlenen Druck auf meiner Hand. Ich blickte hinunter und sah, daß Martin sie genommen hatte. »Arme Stella«, sagte er.

Ich kann nicht erklären, warum mir das Berühren von menschlichem Fleisch in diesem Augenblick so unerträglich war. Es war, glaube ich, nicht Verlegenheit, die mich veranlaßte, zurückzuschrecken, auch nicht Widerwillen gegen das

Mitleid, das die Geste begleitete. Es war vielmehr die Einsamkeit, die sie unterstrich, die von ihr ausgehende Mahnung, daß, mochte ich auch in Gesellschaft vorübergehend Linderung gefunden haben, mein Unglück ganz allein meins war. Bis dahin war mir dies nicht eindringlich bewußt gewesen. Indem ich mich in einem Zustand des Vergessens hielt, hatte ich, wie Martin es ausdrückte, gewiß alles in mich »reingefressen«, doch solange meine Probleme in dieser Narkose lagen, hatte ich zumindest den Vorteil, sie nicht zu empfinden. Als sie nun erwachten und sich entfalteten, sandten sie verborgene Schmerzstrahlen aus, denen Martins Hand als Leiter zu dienen schien. Ich zwang mich, seine Hand zu ertragen, wußte ich doch, daß ich ihn kränken würde, wenn ich sie zurückstieß; und doch war es, als verlangte ich von mir, meine Hand in eine Steckdose zu halten.

»Bitte!« rief ich schließlich und befreite mich von seinem Griff. Er sah mich einen Moment erschrocken an, und das stille Zimmer hallte wider von der Gewalt dieser Tat. Seine verstoßene Hand hing, halb zurückgezogen, in der Luft. Seine Miene war bestürzt. »Frag mich nichts mehr! Ich will einfach nicht daran denken!« sagte ich allzu zornig; ich dachte, meine körperliche Reaktion würde weniger verdächtig sein, wenn sie von einer ebenso extremen verbalen unterstützt wurde. »Verstehst du?«

Ich muß zugeben, daß er es sehr gut aufnahm. Wenn er gekränkt war, zeigte er es kaum, und kurz darauf machten wir uns auf, um uns in den Garten zu setzen.

Fünfzehntes Kapitel

Wir ließen uns im hinteren Teil des Gartens unter einer Phalanx von Bäumen nieder, und aus den Zweigen über uns rieselten gelegentlich duftende Flugkörper auf uns herab; im Schatten des raschelnden Laubes spürte ich eine köstliche Schläfrigkeit, ein Gefühl nahezu *historischer* Muße, die, das wußte ich, nicht mit mir verbunden war, sondern mit dem Haus selbst.

Martin hatte sich ein Schulbuch mitgenommen, ein ramponiertes Ding, über dessen vergilbte Seiten ein Miniaturheer aus geheimnisvollen Zeichen zog: Manöver, die er mit einem Bleistiftstummel auf einem weißen Block auf seinem Schoß nachzuvollziehen schien.

»Was ist das?« fragte ich einfältig und richtete mich auf dem Ellenbogen auf; denn ich hatte im warmen Gras eine schamlos horizontale Lage eingenommen und, mein Kopf von Gedanken freigeschabt wie ein Knochen von Fleisch, zum flatternden Flechtwerk aus Blättern vor dem strahlendblauen Himmel hinaufgesehen.

»Griechisch. Übersetzung.«

»Oh. Ist das schwer?«

»Sehr. Schätze, ich könnte schummeln. Das tun alle. Aber ich mag Griechisch.«

»Wie ist deine Schule?«

»Die ist okay.« Ein Windstoß zauste an den Seiten seines Buches, und er legte die Hand darüber. Sein Gesicht war geheimnisvoll verschlagen. »Ganz normal, nehme ich an. Jedenfalls besser als das Zentrum.«

»Ist es eine Internatsschule?«

»Größtenteils. Da sind nur wenige wie ich. Externe, meine

ich. Lauter komplette Blödmänner. Die Eltern wollten mich ins Internat stecken, aber es war zu schwierig.«

Ich versuchte, ihn mir in einem Klassenzimmer vorzustellen, mitten unter seinen tobenden, schmuddeligen Altersgenossen. Ich kannte solche Jungen aus der Kindheit meines Bruders, ihre kieksenden, blasierten Stimmen, ihre wie aus Stein gemeißelten Gesichter über den vorschriftsmäßigen Uniformen; die ganze lässige, sorglose Vollkommenheit, die in den zugigen Gemächern eines Traumes reifte.

»Warum wollten sie dich ins Internat stecken?«

»Weiß nicht.« Er zuckte die Achseln. »Familientradition. Es war immer so. Und weil die Fahrt eine Strapaze ist, denke ich.«

»Wie lange dauert sie?«

»Anderthalb Stunden jede Strecke.«

»Aber das ist ja Wahnsinn!«

»Was wäre die Alternative? Sie wollten mich nicht woandershin schicken. Ist ja auch nicht mehr für lange. Dies ist mein letztes Jahr. Und außerdem hätte es keinen Sinn, mich umzuquartieren. Sie haben ja für alles bezahlt, die ganzen Einrichtungen und so.«

»Was für Einrichtungen?«

»Na ja, das Krüppelzeug. Rampen und alles.«

»Deine Eltern haben dafür *bezahlt*?«

»Jawohl.« Er nickte. »Und ein Schwimmbad. Das war eine Art Geschenk für die Schule. Das heißt, eigentlich war es mehr eine Bestechung. Alles andere wird wohl wieder abmontiert, wenn ich weg bin.«

»Warum?«

»Beeinträchtigt das Ansehen der Schule. Ist sowieso Mist. Bloß schäbiger Mist.«

»Aber wenn das nun ein anderer benutzen will?«

»Wer denn?« Er sah mich mit jugendlicher Verachtung an. »Um ganz offen zu sein, ich glaube nicht, daß Sie ein zweites Elternpaar finden, das bereit ist, jemanden wie mich auf so eine Schule zu schicken.«

Ich dachte an die unerklärliche Entschlossenheit meiner

Eltern, meinen halb tauben kleinen Bruder auf so eine Privatschule zu schicken. Um Martin zu widerlegen, erwog ich, ihm von dieser Gleichgesinntheit zu erzählen, doch nachdem ich schon so viel von mir preisgegeben hatte, war mir die Lust auf Vertraulichkeiten vergangen.

»Und warum haben sie es getan?«

»Hab ich doch gesagt. Alle waren dort. Der Hundeficker. Grumps, Urgroßpaps, alle.«

Er schien nicht sonderlich verstimmt über diese rostigen Fesseln um das zarte, vergängliche Fleisch seines Lebens. Da wurde mir klar, daß er seinen Eltern ihre Entscheidung nicht verübelte, sondern vielmehr dankbar dafür war. In einem Augenblick wie diesem empfand ich den Unterschied zwischen uns so stark, daß unsere Momente der Vertraulichkeit zurücktraten, ihre einstmals ätzende Realität war in einen Rahmen gezwängt wie Urlaubsfotos.

»Ich habe die Schule gehaßt«, sagte ich und zog meinen Ellenbogen unter mir weg, so daß ich wieder auf dem Rücken lag.

»Sie hassen alles.«

Ich fand dies ausgesprochen boshaft, zumal ich es mit einer eher beiläufigen als pointierten Bemerkung provoziert hatte, noch dazu mit einer, die, wenn nicht Mitgefühl, so doch wenigstens die geringere Wohltat der Höflichkeit verdiente. Ich spürte in dieser Bitterkeit den Nachhall unseres früheren Gesprächs, das Martin offenbar nicht voll verdauen konnte, da seine Einfühlsamkeit zu unterentwickelt war. Ich fragte mich, ob er vielleicht beleidigt war, weil ich ihm sozusagen in den Rücken fiel, als Flüchtling aus größeren Katastrophen, in deren Schatten er zwangsläufig kleiner wurde; oder ob er, was realistischer war, noch gekränkt war über meine Zurückweisung seiner tröstenden Hand, eine Geste, die einem Jungen in seinem Alter nicht leichtgefallen sein konnte und die ich mit einer Reaktion erwidert hatte, die von Abscheu nicht zu unterscheiden war. Ich suchte jedenfalls nach Gründen, ihm zu widersprechen, und konnte zu meiner Bestürzung auf Anhieb keine finden. Es war mir anscheinend zur Gewohnheit geworden, daß ich, je länger ich mit einer Antwort zögerte, Martins Vorwurf um so weniger von der Wahrheit zu trennen vermochte, und bis ich in Gedanken die Gründe für seinen Unmut über mich durchgegangen war, hatten sich beide – Vorwurf und Wahrheit – unentwirrbar miteinander vermengt. Stimmt es, daß ich alles haßte? Es war jedenfalls gewiß, daß ich mich unmittelbar auf wenig besinnen konnte, was ich liebte; aber ebendies war ja der Grund, ermahnte ich mich, weshalb ich bemüht war, meine Lebensumstände so drastisch zu verändern. Was ich Martin erzählt hatte von dem Gefühl, nach meiner Heirat am Ende meines Lebens angelangt zu sein, war mehr oder weniger wahr. Da ich bis zu jenem Augenblick gedacht hatte, mein Leben hätte kaum begonnen, war dies ein ziemlich großer Sprung. Um mich genauer auszudrücken: Ich fühlte, daß ich das Wesentliche verpaßt hatte, das Füllende zwischen diesen beiden Stadien, und das hätte, dessen war ich sicher, die Substanz der Liebe, ja, die Essenz des Lebens selbst enthalten.

Ich gab Martin keine Antwort, dort unter den Bäumen, und da er sich während meines Schweigens verdrossen wieder seinem Buch zugewendet hatte, blieben wir eine Weile stumm, bis ein undeutlicher Ruf vom Haus uns beide veranlaßte, uns umzudrehen.

»Essen«, sagte Martin bestimmt und klappte sein Buch zu; ich dagegen konnte dem Ruf keinen Sinn entnehmen.

Ich war froh über die Ablenkung, froh auch über die Aufgabe, Martin auf dem Rasen zum Haus zu rollen, was unserer Beziehung eine Eindeutigkeit verlieh, die bei unseren Gesprächen häufig fehlte. Die Hitze war glühend, als ich ihn über die lange streifige Rasenfläche schob, doch obwohl ich auf meinem Kopf bald den bekannten quälenden Druck spürte, hatte dieser nicht mehr den Charakter eines Angriffs. Tatsächlich war ich beinahe übermütig gestimmt angesichts des Tempos, mit dem ich mich an dieses neue Element gewöhnt hatte, und marschierte so stolz in der Hitze umher, als wären mir Kiemen entsprossen oder Flügel gewachsen. Vor uns sah ich, wie Mr. Madden das schlafende Arrangement der Gartenmöbel belebte; der Aufgabe, die umgestülpt auf dem Tisch stehenden Stühle herunterzunehmen und in einem ordentlichen Kreis aufzustellen, kam er mit der gelangweilten Routine eines Fließbandarbeiters nach. Er machte keinen besonders bedrückten Eindruck, und doch fragte ich mich, während ich ihn beobachtete, ob er glücklich sei. Als ich ihn so in Einsamkeit ergeben sah, hatte ich das Gefühl, daß er auf etwas warte oder gar das Ende von etwas abwarte; freilich hatte ich keine Ahnung, was das sein könnte. Mr. Madden verfügte über alle Ingredienzen dessen, was man billigerweise als ein glückliches Leben bezeichnen konnte – aber in diesem Augenblick fühlte ich eine Gleichartigkeit mit ihm aufblitzen, und diese gab mir im unbestimmtesten Sinne zu verstehen, daß er sich, gleich mir, hier nicht ganz zu Hause fühlte.

Pamela und Toby kamen beschwingt um die Seite des Hauses herum, und als Mr. Madden den Sonnenschirm in das dafür vorgesehene Loch in der Mitte des Tisches hob, nahmen sie rasch ihre Plätze ein, als könnte der Schirm sich jeden Moment zu drehen anfangen wie ein Propeller und das ganze Arrangement in die Luft heben. Sekunden später waren wir beim Tisch angelangt, und nachdem ich Martins Rollstuhl an Ort und Stelle gerückt hatte, blickte ich hoch und sah Tobys Augen auf mich gerichtet.

»Sie schwitzen«, sagte er so vertraulich, als wären wir allein oder als sei zwischen uns bereits ein Schaltkreis eingerichtet, durch den nun derartige Bedeutungsströme fließen konnten.

»Mir ist heiß«, erwiderte ich, da ich von den anderen nicht für unhöflich gehalten werden wollte, wiewohl mir die Bemerkung eine Antwort nicht wert schien.

Ich schwitzte in der Tat ausgiebig, ungeachtet dessen, daß ich eben erst das Gefühl hatte, akklimatisiert zu sein, und ich war Toby alles andere als dankbar dafür, daß er darauf hingewiesen hatte. Ich habe beobachtet, daß es Männer gibt, die es ständig treibt, Bemerkungen dieser Art zu machen, und die keinen Grund zu sehen scheinen, warum das, was ihnen in den Kopf kommt, nicht zum Mund heraus soll.

»Sag hallo zu deinem Bruder, du Nichtsnutz«, ermahnte

Pamela Martin und beugte sich angestrengt über den Tisch, als wollte sie die Bemerkung fröhlicher machen, indem sie seine Haare zauste. Martin zuckte bei der Geste zusammen und verzog in kindlichem Widerwillen das Gesicht.

»Hallo, Bruder«, sagte er gelangweilt.

»Hi, Mart-loch«, antwortete Toby, um einen lässigen Jargon bemüht.

»Um Himmels willen, warum nennst du ihn so?« trällerte Pamela und sah mit liebreizender Verwunderung von einem zum anderen. Sie trug ein ärmelloses Kleid aus blauer Seide und blaue Ohrringe. Ihre Schultern wirkten sehr schmal, ihre bloßen Arme waren braun und straff. Sie erweckte den Eindruck puppenhafter Zerbrechlichkeit, den sie so bedingungslos verströmte, daß selbst ich mich versucht fühlte, beschützend einen Arm um ihre zarten Schultern zu legen.

»Weil er es *lustig* findet«, sagte Martin laut.

»Aber was bedeutet es?« hakte Pamela naiv nach.

Toby antwortete nicht, sondern saß reglos, wie in Trance, auf seinem Stuhl. Das Gespräch versickerte, und nach und nach zog er unsere Aufmerksamkeit auf sich, während seine erschrockenen blauen Augen in die Ferne starrten.

»Es ist *wirklich* unverschämt«, sagte er schließlich wie erstaunt. »Es ist sehr, *sehr* ungezogen!« Und damit warf er sich plötzlich auf seinem Sitz zur Seite und schlang seine Arme um Pamela, die vor Vergnügen kreischte, als er sie zu kitzeln begann. Der Anblick der auf ihrem Stuhl zappelnden Pamela machte mich ungeheuer verlegen, und ich wurde noch verlegener, als Tobys feine, flatternde Hände ihre bloßen Oberarme fanden und sie heftig zu drücken begannen. »Boah! Boah!« krähte er dabei – die erschreckende Imitation eines Halbwüchsigen, der zum erstenmal auf weibliche Formen losgelassen wird.

»Halt! Halt!« schrie Pamela.

Ich warf Martin einen verstohlenen Blick zu, erwartete zuversichtlich ein Signal der Verachtung von ihm, doch zu meinem Erstaunen sah ich, daß er in leisen Stößen kicherte, während er die zwei beobachtete.

»Toby, Sir!«

Der eigenartige Ausruf ließ uns alle zusammenfahren, und erst als ich aufsah, merkte ich, daß er von Mr. Madden gekommen war. Nie hatte ich ihn mit solchem Nachdruck sprechen hören, und wie er so am Tisch aufragte, war sein Gesicht dick und rot vor unterdrückter Wut. Er hatte eine Flasche Wein in der einen Hand und ein Holzbrett mit Brot in der anderen.

»Liebling!« schrie Pamela schmeichelnd und legte ihm eine Hand auf den Arm. »Es war doch nur ein bißchen Spaß!«

Toby sah kampfeslustig, mit vorgeschobenem Kinn, zu seinem Vater auf.

»Er ist zu alt für solche Sachen«, sagte Mr. Madden, der Pamelas Beschwichtigung ignorierte, so wie sein Arm ihre Hand ignorierte.

»Und was für Sachen wären das?« fragte Toby kühl.

»Tollerei. Mit deiner Mutter rummachen. Nicht in meinem Hause, Sir.«

Toby wieherte, doch trotz des unverkennbar komischen Klangs der Worte hatte er nicht den Mut, sich darauf einzulassen. Es entstand ein langes, verlegenes Schweigen, währenddessen Mr. Madden mit gesenktem Blick Brot und Wein auf den Tisch stellte. Er schien den Vorfall vergessen zu haben, doch dann tat Toby etwas Komisches: Er gähnte, geräuschvoll, provozierend. Mr. Maddens Kopf schnellte so plötzlich hoch, daß die schwarzen Haare himmelwärts flogen, und ich sah, daß seine Gesichtsfarbe zu einem heftigen Dunkelviolett angelaufen war.

»Junger Mann!« sagte er, indem er sich stürmisch über den Tisch beugte und seine Hand neben Tobys Platz knallte, um die Worte zu unterstreichen. Alles auf dem Tisch klapperte und wackelte. Toby fuhr furchtsam zurück. »Glaube ja nicht, ich bin nicht mehr imstande, mit dir in die Zufahrt zu gehen und dir eine gehörige Tracht Prügel zu verabreichen. Ich würde dich auf der Stelle nach London zurückschicken, aber deine Mutter will dich hierhaben. Ich rate dir, schweig still und behalte deine Hände bei dir, solange du an meinem Tisch sitzt!«

»Piers, bitte!« sagte Pamela matt. Ich sah mit Erstaunen, daß sie genauso verstört schien wie die anderen.

»Ich dulde das nicht«, sagte Mr. Madden barsch und richtete sich auf. »Ein verdammter Faulenzer wird auch noch frech zu mir, und das an meinem eigenen Tisch!«

Mr. Maddens Tisch war, ungeachtet der leidenschaftlichen Erwähnung, die ihm zuteil wurde, in Unordnung geraten. Der Salzstreuer lag auf der Seite und verlor Körner. Das Brot war vom Brett gesprungen. Messer und Gabeln, mit äußerster Sorgfalt gedeckt, bildeten jetzt Ausrufezeichen auf der Tischdecke. Ich sah Toby an. Eine tiefe Röte verdarb den Ausdruck spöttischer Überlegenheit, den er angenommen hatte. Ich war erstaunt, daß er sich der Autorität seines Vaters fügte und am Tisch sitzen geblieben war. Ich an seiner Stelle wäre aufgestanden und gegangen, sei es aus Zorn oder um der Würde willen. Ich vermutete, daß es nicht Angst war, was ihn an seinen Platz fesselte, sondern Trägheit. Er war gern hier, das war unverkennbar. Er war wahrhaftig kein Mensch, den ich mir irgendwo vorstellen konnte, wo es ihm nicht gefiel, was die Hinnahme der soeben erfahrenen Rüge um so erstaunlicher machte. Wie ich ihn so ansah, kam mir plötzlich der Gedanke, daß die Großzügigkeit seiner Eltern, ihre glanzvolle Lebensart, vielleicht eine opportunistisch-tolerante Haltung ihnen gegenüber in ihm gefördert hatte. Diese Vorstellung war mir äußerst fremd, denn jede Begegnung mit meinen eigenen Eltern war begleitet von der Notwendigkeit, die Skala ihrer Eigenarten zu ertragen, ob zu Hause oder außerhalb. Die Heimkehr war immer eine Prüfung, deren Lohn darin bestand, daß ich mich im Augenblick des Fortgehens an einem Punkt befand, der am weitesten entfernt war vom nächsten Anlaß, da ich wiederkommen müßte.

Trotzdem konnte ich mir nicht erklären, aus welchen Gründen Mr. Madden sich so verhalten hatte. Ich sah mehrmals zu ihm hin, während wir fast schweigend aßen; die Stille wurde nur unterbrochen von einer spärlichen Unterhaltung zwischen ihm und Pamela über Farmangelegenheiten. Nach und nach wich die Röte aus seinen Wangen. Mit seinem älteren

Sohn sprach er nicht, und er sah ihn auch nicht an. Mich interessierte erstens, was er dabei empfand, daß Pamela so offen für Toby Partei ergriffen hatte, und zweitens, warum Mr. Madden in diesem späten Stadium von Tobys Entwicklung so verärgert war über sein Verhalten gegenüber seiner Mutter. Wenn Toby sich immer so benahm, warum hatte man es dann nicht schon längst unterbunden? Und wenn nicht, warum hatten Pamela und erst recht Martin nicht erstaunter reagiert? Aus meiner Sicht war es ihnen allen ganz natürlich vorgekommen. Hatte Mr. Madden so etwas noch nie erlebt?

Die Schnelligkeit seiner Reaktion ließ vermuten, daß dem nicht so war. Sollte ich also daraus schließen, daß Mr. Maddens Einspruch Teil eines andauernden und unbeachteten Protestes gegen Tobys Verhalten zu Pamela und vielleicht gegen Toby im allgemeinen war? Für mich stand eindeutig fest, daß Mr. Madden auf eine schreckliche, unauslotbare Art seinen eigenen Sohn verabscheute. Warum?

»Oh, diese Hitze!« sagte Pamela, schob ihren Teller fort und lehnte sich zurück, so daß ihr Gesicht über den Rand des Schattens, den der Sonnenschirm warf, heraussah. »Es ist einfach *herrlich*! Ich werde mich den ganzen Nachmittag am Schwimmbad aalen. Wie steht's mit euch, Jungs?«

»Ich bin dabei«, sagte Toby.

»Liebling?« Pamela wandte sich Mr. Madden zu. »Warum nimmst du dir den Nachmittag nicht einfach frei? Du bist total erledigt. Es würde dir guttun, am Schwimmbad ein bißchen die Füße hochzulegen.«

»Umpf«, sagte Mr. Madden.

»Mach schon, warum nicht? Die Jungs würden sich freuen. Ich finde, wir waren viel zu selten als *Familie* zusammen. Wenn Toby die Tore aufstellt, könnten wir sogar ein bißchen Krocket spielen! Stella?« Pamelas Blick fiel wenig einladend auf mich. »Was haben Sie vor?«

»Ich dachte, ich mache vielleicht einen Spaziergang«, sagte ich aufs Geratewohl, da klar war, daß die Idylle am Schwimmbad mich nicht einschloß. Das betrübte mich; denn ich sehnte mich danach zu schwimmen, doch sah ich ein, daß die Familie nach dem vorangegangenen Störfall vielleicht eine Weile allein sein mußte, um sich zu fangen.

»*Wunderbar*«, sagte Pamela anerkennend. »Hören Sie, sausen Sie doch einfach los, ja? Das Abräumen schaffen wir schon.«

Fristlos entlassen, stand ich auf.

»Dann bis später«, sagte ich zu Martin, doch da er mich nicht ansah, blickte ich mehr allgemein zu den anderen, als sei mein Abschied an sie gerichtet.

Ich ging rasch über den Rasen. Ich hatte das Gefühl, mich dermaßen unbeholfen zu bewegen, daß ich beinahe erwartete, hinter mir schallendes Gelächter zu vernehmen. Sobald ich bei dem schattigen Kiesweg angelangt war, der seitlich am Haus vorbeiführte, ging ich langsamer. Ich war augenblicklich erleichtert darüber, daß ich allein war. Die Anstrengung, stets in Gesellschaft von Menschen zu sein – und ihre Zahl schien von Tag zu Tag zu wachsen –, deren Beziehung zueinander so tiefgründig war wie ihre Beziehung zu mir dürftig, war größer, als ich gedacht hatte. Als ich erstmals erwog, mich einer Familie anzuschließen, hatte ich mir vorgestellt, daß die Unabhängigkeit eines solchen Organismus meine Freiheit garantieren würde; daß ich, da eine Familie dem Wesen nach eigenständig war, selbstverständlich ausgeschlossen wäre von jenen Machenschaften, in die ich in jeder anderen gesellschaftlichen Gruppierung endgültig und unvermeidlich hineingezogen worden wäre. Ich mußte jedoch überrascht feststellen, daß die Maddens entgegen meinen Erwartungen, sofern sie die Anwesenheit einer dritten Partei nicht gerade erforderten, zumindest Nutzen daraus zu ziehen schienen. Nicht, daß sie vor mir »angaben« – die meiste Zeit hatte ich tatsächlich das Gefühl, als hätten sie vergessen, daß ich da war –, sondern es war vielmehr so, daß ich ihrer Einmütigkeit, indem ich den notwendigen Widerstand bot und ganz deutlich den Platz markierte, wo sie endeten und alles andere begann, Form und Sinn verlieh.

Ich erinnerte mich, daß mein Vater meiner Mutter einmal vorgeworfen hatte, sie sei nicht *stolz* auf uns, auf ihre Familie. Ich glaube, er wünschte sich sehnlichst, daß wir eine *Geschichte* hätten – falls das nicht zu unklar klingt –, und meinte, es sei die beharrliche, praktische Gesinnung meiner Mutter, die dies verhinderte. Sie selbst glaubte nicht daran, war die logische Folgerung. Zugegeben, wir waren nicht besonders gut im Umgang mit Fremden. Wir wurden wortkarg und wären am liebsten im Boden versunken, während mein Vater uns zu überreden suchte, aufzugehen wie widerspenstige Soufflés. Als dann unsere Truppe um ein Mitglied reduziert war, hatte mein Vater seine Geschichte, wenngleich es gewiß nicht die Art war, die ihm vorschwebte; und ich darf behaupten, daß meine Mutter insgeheim wünschte, sie hätte dabei mitgemacht, solange noch Zeit war, um etwas zu haben, was sie sich zurückholen konnte, nachdem alles so still geworden war.

Ich kam zur Abzweigung, die zum Cottage führte, und blieb stehen, da mir klarwurde, daß ich, ungeachtet meiner Erleichterung, von der Gesellschaft auf dem Rasen erlöst zu sein, nicht recht wußte, was ich wollte. Bog ich rechts ab, würde ich zum Tor zur Zufahrt kommen. Zwar kannte ich unterdessen den Weg, der von dort zum großen Haus führte, doch hatte ich wenig Ahnung, wohin ich gelangen würde, wenn ich die entgegengesetzte Richtung einschlug. Ich beschloß, es zu erkunden, und sollte ich im Verlauf meiner Wanderung zum »oberen Feld« kommen, könnte ich vielleicht meine Neugierde in bezug auf das Gespräch zwischen den Maddens stillen, das ich am gestrigen Nachmittag mit angehört hatte.

Ich machte mich links vom Tor auf den Weg, und nach wenigen Schritten hatte ich den kiesbestreuten Bereich hinter mir, der von einem Streifen mit rauhem, nicht ganz kurz gemähtem Gras abgelöst wurde. Zu beiden Seiten waren hohe Hecken; die linke mußte nach meiner Berechnung die Grenze zum Garten des Cottage bilden. Direkt vor mir, am Ende dieses Streifens, schien sich das Land zu öffnen, und ich fühlte eine nahende Weite, die vermuten ließ, daß ich bald freies Ackerland erreichen würde. Ich hatte keine Ahnung, wie sich die Ländereien von Franchise in das größere Puzzle der Umgebung einpaßten. Die Fenster des Cottage gingen nur auf verschiedene Seiten des Gartens hinaus, und auch aus den oberen Zimmern des großen Hauses hatte ich nicht viel mehr sehen können. Der Besitz schien durch eine geschickte Anordnung von Bäumen und Hecken fast völlig abgeschirmt von allem, was außerhalb lag; und da dies Abgeschiedenheit gewährleistete, bedeutete es zugleich, daß man kaum ahnen konnte, was in der Welt jenseits davon vorgehen mochte.

Ich ging den Grasstreifen entlang, kleine Vögel landeten vor mir und hüpften fort, wenn ich näher kam; schwindende, verlaufende Gesangsfetzen flatterten ihnen hinterher. Ich ging gut fünfzig Schritte so weiter, und es schien immer düsterer zu werden, bis ich an ein kleines Tor kam. Ich öffnete es, und urplötzlich war alles ganz verändert. Ich sah mich aus der grünen Geschlossenheit des Gartens in ein grenzenloses Flirren aus Hitze und Licht katapultiert, eine verschwimmende, platte Ebene, die sich unversehens entfaltete, als seien die hohen Hecken zusammengefallen wie Teile einer Pappkulisse, um die Fläche freizugeben. Ich blieb stehen. Meine Augen, die sich schnell an den Schatten gewöhnt hatten, schreckten zurück vor dem strahlenden Meer aus Gold, das sich, eine warme Flut, vor mir zu heben und zu senken schien. Die Unermeßlichkeit des Panoramas, das sich ungebrochen erstreckte, so weit mein Auge reichte, überwältigte mich, und ich dachte, daß ich noch nie etwas so Gewaltsames und Liebliches gesehen hatte wie diese Umarmung von Himmel und Land, Brust an Brust. Ich stand eine Weile, ohne jeden Gedanken oder auch nur die geringste Wahrnehmung meiner selbst, die Sonne heiß auf meinem Gesicht, meine Augen angefüllt von Farben. Das Gefühl, ein Wunder zu erleben, war intensiv, wenn auch nicht in Worte zu fassen. (Ich hätte zum Beispiel nicht genau sagen können, was es war, was da vor meinen Augen in einer solchen Fülle aus goldenen und schlanken Halmen wuchs – eine Sorte Getreide, nahm ich an.) Die Zufälligkeit, mit der ich auf das wogende Feld gestoßen war, das seine Schönheit so großzügig zur Schau stellte, erschien mir als eine Art Segnung. Ich fühlte mich dadurch getröstet und zugleich verkleinert, womit ich sagen will, daß das Gefühl der Bedeutungslosigkeit in sich ein Trost war.

Schließlich drängte mich ein tieferer Impuls zum Weitergehen, obgleich ich eigentlich bleiben wollte. Ich war sicher, daß Mr. Madden meinen Spaziergang quer über das Feld nicht gutheißen würde. Sosehr es mich auch reizte, beschloß ich doch, lieber außen herum zu gehen, und da zwischen dem Feld und dem Zaun, der es eingrenzte, ein breiter Rand trokkener, krustiger Erde lag, schien ich mich gefahrlos bewegen zu können. Ich machte mich auf, froh über den leichten Wind, der den großen goldenen Pelz des Landes kräuselte, mich überholte und sich dann erhob, um an den schweren Ästen der weiter entfernten Bäume zu rütteln. Es ist schwierig, die Zufriedenheit zu beschreiben, die ich bei diesem Anblick und diesen Geräuschen empfand. Es war, als würde eine gewisse Rauhheit, eine schmutzige Schicht von verfilzten schlechten Absichten von mir abgestreift, und ich würde in dieser Flut von Unkompliziertheit von einer namenlosen, ursprünglichen Konfusion losgesprochen. Ich schrieb diesem Gefühl keine nachdrücklichere Bedeutung zu. Ich verfiel zum Beispiel nicht sofort darauf, daß es eine Rechtfertigung für meinen Umzug aufs Land sei oder ein Beweis, daß ich einen Zustand der Genesung erreicht hatte, vielleicht mich gar schon mitten darin befand.

Als ich mich dem vorderen Ende des Feldes näherte, sah ich, daß ich auf einen Holzzaun zuging, der meinen Weg kreuzte und dann nach rechts verlief, so weit ich sehen konnte. Ich hatte von weitem angenommen, daß ich entweder darüberklettern oder die Richtung ändern müßte; doch von nahem sah ich, daß direkt vor mir eine kuriose Anordnung von Stufen über den Zaun führte. Diese entsprachen in keiner Weise irgendeiner Vorstellung, die ich vielleicht von einem »Zauntritt« hatte; sie glichen eher einer klobigen Holzleiter, die rittlings auf dem Zaun angebracht war, so daß man hinauf- und hinübersteigen konnte, fast ohne den Schritt zu verlangsamen. Ich empfand das Vorhandensein dieser sinnvollen Konstruktion als unmittelbare Billigung des von mir beschrittenen Weges und als Ermutigung, ihn fortzusetzen. Ein neben der Leiter am Zaun befestigter kleiner gelber Pfeil, der direkt nach vorn wies, bestätigte diesen Eindruck; und so vorangetrieben, war ich im Begriff, entschlossen über den Zaun zu setzen, als mir der Gedanke kam, daß diese Fingerzeige einer höheren Anwendung dienten als meiner zufälligen Benutzung des Weges. Die Begegnung mit dem Wesen kam mir ins Gedächtnis, und mir wurde klar, daß ich nicht auf dem unerforschten Gelände von Entdeckung und Abenteuer stand, sondern auf einem öffentlichen Fußweg.

Nachdem die Idylle eine unerwartete Einschränkung erfahren hatte, blieb ich eine Weile wie angewurzelt vor dem Zaun stehen. Es war schwer, die Erinnerung an das unter meine Tür geschobene Flugblatt – und mehr noch an das bedrohliche Arsenal im Zimmer des Wesens – zu unterdrücken; all dies ließ vermuten, daß ich in eine persönliche Gefahrenzone gewandert war, aus der jeden Moment ein unvorhergesehener Angriff kommen könnte. Unterdessen war ich zu verängstigt, um auch nur einen Schritt weiterzugehen; ich drehte mich hin und her, um den Boden zu meinen Füßen zu untersuchen, und schwankte dabei unsicher im Bemühen, mich nicht vom Fleck zu bewegen. Ich war auf der Hut vor Schlingen, wie ich sie im Zimmer des Wesens gesehen hatte, versuchte aber, auch auf andere Fallen zu achten, die sie vielleicht ersetzt hatten. Der Himmel war von einem knallig leuchtenden Blau, und als der Wind vom Feld abzog, schickte das wogende Meer aus Gold wortloses Geflüster in meine erschreckten Ohren. Schließlich sah ich mich an einem Stillstand; denn da ich nichts Bestimmtes fand, um mich davor zu fürchten, bezog ich die ganze Landschaft in den Anschlag ein. So oder so, ich würde Gefahr und Argwohn durchlaufen müssen, um nach Hause zu kommen. Als ich dies begriffen hatte, fühlte ich mich schon beherzter, und mit der Courage kam rückwirkend die Einsicht, daß ich in meiner Angst wohl doch zu feige gewesen war. Die Gefahren, die mich noch vor wenigen Augenblikken gelähmt hatten, schienen mir jetzt nichts weiter als Aberglauben; und kurz darauf setzte ich meine Wanderung fort, als ob nichts geschehen wäre; und natürlich war auch nichts geschehen.

Ich hatte mich umgedreht und den Fuß auf die erste breite Sprosse der Leiter gesetzt, als ich einen Schrei hörte. Ich blieb unverzüglich stehen und sah mich um. Der Schrei schien von weit her gekommen zu sein, und ich fragte mich, ob es ein Widerhall vom Haus oder von der Straße war; denn ich sah niemanden in der Nähe. Es folgte ein zweiter Schrei, und wieder blickte ich mich um. Zunächst konnte ich nichts erkennen, doch dann wurde meine Sicht behindert durch eine ferne Gestalt, die sich rasch zwischen den zwei Ebenen von Feld und Himmel bewegte. Es war ein Mann; er ruderte mit den Armen und kam geschwind übers Feld auf mich zu, eine dunkle Furche flachgetretener Halme hinter sich lassend. Er hatte etwas in der rechten Hand, was ich erstaunlich ruhig als Schußwaffe erkannte. Ich blieb, wo ich war, mit einem Fuß auf der Leiter, was ich für das vernünftigste hielt. Tatsächlich hätte ich gar nichts anderes tun können; denn obwohl ich mir keiner richtigen Furcht bewußt war, hatte ich beim Anblick des Mannes ein Gefühl, als ob alles Warme und Pulsierende in mir rapide durch eine Falltür ausgeschieden worden sei. Wie ich so dastand, war ich nicht lebendiger als ein Laternenpfahl und ebensowenig imstande wegzulaufen.

»Halt!« schrie der Mann – ziemlich überflüssig – jetzt ganz nahe bei mir. Mein erster Eindruck von ihm war verschwommen, da ich ganz damit ausgelastet war, seine Möglichkeiten auszuloten, mir etwas zuleide zu tun. Er war jung – um die Dreißig, nahm ich an – und, wenn nicht dick, so doch recht stämmig. Ich staunte, daß mir in diesen panischen Sekunden die plumpen Bewegungen seiner Oberschenkel beim Rennen auffielen, wie zwei große Schinken unter dem wellenschlagenden Stoff seiner Hose. Ehrlicherweise muß ich sagen, sein Gesicht sah nicht danach aus, als habe er die Absicht, mich zu ermorden; tatsächlich wurde ich, als er aus dem Feld watete, durch sein merkwürdiges Aussehen beinahe von meinem Schrecken abgelenkt. Sein Gesicht war anders als alle Gesichter, die ich je gesehen hatte, doch diese Eigentümlichkeit wurde eher durch das Fehlen als durch das Vorhandensein von etwas Ungewöhnlichem geprägt. Es schien ihm an einer

Dimension zu mangeln, doch welche das war, konnte ich in diesen Augenblicken schwer ergründen. Er stand nun schon eine ganze Weile vor mir und verschnaufte. Die Waffe hielt er, wie ich erleichtert bemerkte, hinter dem Rücken.

»Was wollen Sie?« fragte ich schließlich, ungeduldig über sein Versäumnis, seine Absichten mitzuteilen. Ich fühlte Tapferkeit im Kielwasser meiner vorherigen Feigheit aufwallen, als ob ich meine Fähigkeit zum Selbstschutz aufgeboten hätte und es mir jetzt egal sei, was mit mir geschähe.

»Was machen Sie da?« fragte er schließlich, noch atemlos. Er blickte mir in die Augen, und da sah ich, daß die beiden Seiten seines Gesichts in der Mitte zu einem Punkt oder Wulst zusammentrafen, als hätte er zwei Profile, aber keine Vorderseite. Seine Augen standen sehr eng zusammen und blickten leicht nach innen, eine physiognomische Mißbildung, die den bizarren Eindruck erweckte, als sähe er sich selbst an. Sonst war er nicht unattraktiv. Er sah zumindest gesund aus und hatte volles, braunes, lockiges Haar.

»Ich mache einen Spaziergang«, erwiderte ich. »Da dies ein öffentlicher Weg ist, sehe ich nicht, warum Sie das etwas angeht.«

Es war hinterhältig von mir, ebendas als Rechtfertigung zu benutzen, was ich wenige Minuten zuvor beklagt hatte, aber da ich immer noch keine Ahnung hatte, wer der Mann war, war ich gezwungen, mich auf jede mögliche Weise zu verteidigen.

»Ich an Ihrer Stelle würde da nicht rübergehen«, sagte er und nickte zu der Leiter hin. Er hatte einen ziemlich breiten Akzent, wie ich ihn bereits im Dorf gehört hatte. »Ist kaputt, sehen Sie?«

Er sprang entschlossen auf mich zu, und ich fuhr zurück. Wie sich zeigte, tat er es nur, um mich auf eine Beschädigung der Sprosse hinzuweisen, auf die ich soeben mein Gewicht hatte verlagern wollen. Sie war fast ganz aus ihrer Halterung herausgebrochen. Wäre ich darauf getreten, hätte ich mich so gut wie sicher verletzt.

»Wie konnte man das nur so lassen?« rief ich, bevor mir einfiel, daß »man« in Wahrheit Mr. Madden war, den ich erst tags zuvor so leidenschaftlich gegen die Anschuldigungen des Wesens verteidigt hatte. »Dies ist ein öffentliches Wegerecht!« Die Miene des Mannes war gleichmütig, was mich noch mehr erzürnte. »Wenn Sie davon wußten«, fügte ich hinzu, »warum haben Sie dann niemanden verständigt?«

Ich hielt dies für eine durchaus angemessene Frage, aber man hätte dem Gesicht des Mannes nicht entnehmen können, daß ich ihm eine solche gestellt hatte. Tatsächlich schien er darauf zu warten, daß ich noch mehr sagte.

»Warum haben Sie es keinem erzählt?« wiederholte ich. Ich fragte mich, ob er vielleicht schwer von Begriff war. Als er die Frage abermals hörte, ruckte sein Kopf mit dem knopfäugig starren Stumpfsinn eines Huhns von einer Seite zur anderen.

»Sie gehen wohl gern spazieren?« fragte er schließlich.

»O ja«, erwiderte ich forsch. Ich war drauf und dran, meine Frage zum drittenmal zu stellen, doch die offensichtliche Sinnlosigkeit der ganzen Begegnung hielt mich zurück. Es ärgerte mich, daß die Beschränktheit des Mannes über meine Vernunft triumphierte. Mit kurioser Klarheit begriff ich rasch, daß meine Vorstellungen davon, wie das Gespräch laufen sollte, und tatsächlich von allem, was in den letzten paar Minuten geschehen war, vollkommen unangebracht waren; nicht weil sie falsch, sondern weil sie fehl am Platze waren. Der Umstand, daß der Mann und ich offenbar nicht klar miteinander kommunizierten, schien in diesem Licht mehr meine Schuld zu sein als seine. Ich rekapitulierte im Geiste, was geschehen war, und da wurde mir klar, daß er auf so erschreckende Weise über das Feld gestürmt war, nur um mich auf die gebrochene Sprosse aufmerksam zu machen, und mehr noch, daß er meine Undankbarkeit, im Gegensatz zu meinem vergeblichen Versuch, ihn zu einem Zugeständnis der Verantwortungslosigkeit zu bewegen, als eine Art Beleidigung aufgefaßt hatte. Ich begann, meinen Konfrontationskurs zu bereuen, und gleichzeitig wurden mir aus verschiedenen Bereichen meines Körpers Nachrichten von einer Indisponiertheit telegraphiert.

»Ich hab Sie in der Gegend gesehen«, sagte der Mann und

fixierte mich mit dem einzigen Strahl seiner falsch ausgerichteten Augen.

»So?« entgegnete ich ausweichend. Auf einmal fühlte ich mich ganz und gar nicht wohl. Mein Kopf war schwer geworden, und ein seltsames Prickeln lief über meine Nase und meine Augen und den Hals hinunter. Ich versuchte, mich auf den Mann und auf das, was er sagte, zu konzentrieren, doch bei dem wachsenden Aufruhr in all meinen Sinnen schien er weit entfernt. Ich fühlte eine Welle zwischen meinen Ohren hochsteigen, und dann nieste ich dreimal rasch hintereinander.

Ich rieb mir die Augen, die rapide angeschwollen waren, und ich fürchtete, sie würden sich vollends schließen. Undeutlich wurde mir bewußt, daß der Mann weder imstande wäre, meinen plötzlichen Verfall zu erkennen, noch ihn einzubeziehen in seine Pläne, die er für diese gesellige Begegnung gehabt haben mochte. Sollten meine Augen sich wirklich versiegeln, würde ich ihn vielleicht sogar bitten müssen, mich zum Cottage zu führen. Es war wichtig, daß ich auf der Stelle entkam, und ich bot sämtliche noch vorhandene Willensreserven auf, um mich so schnell und so höflich wie möglich davonzumachen.

»Es tut mir schrecklich leid«, sagte ich rasch, »aber mir ist gerade eingefallen, daß ich mich verspäte. Ich muß gehen.«

Ich erhaschte einen Blick auf sein Gesicht, als ich auf dem Absatz kehrtmachte, und dieses Bild blieb mir im Sinn, als ich mit tränenden Augen durch die Hitze floh, am vorderen Ende des Feldes entlang, durch das Tor und über den schattigen Grasstreifen zurück zum Haus.

Sechzehntes Kapitel

Pamela und Martin machten leicht erschrockene Gesichter, als ich in die Küche platzte; ihre Köpfe fuhren gleichzeitig hoch, ihre Augen waren fragend geweitet. Ich war jetzt dermaßen von der Allergie belagert, daß es sich anfühlte, als würde ein großer Bienenschwarm mein Gesicht umschwirren. Dennoch war ich gelinde überrascht, die beiden im Haus anzutreffen, dachte ich doch, daß sie den Nachmittag *en famille* am Schwimmbad verbringen wollten. Pamela saß am Tisch und las eine Zeitung, die sie vor sich glattgestrichen hatte wie ein Stück Stoff, eine Brille balancierte auf der edlen Nase. Martin, der ihr in seinem Rollstuhl am Tisch gegenübersaß, war wieder in die liebevolle Übertragung von Buch auf Block vertieft, bei der ich ihn am Vormittag auf dem Rasen beobachtet hatte. Von der Seite gesehen waren ihre Köpfe kaum fünfzehn Zentimeter voneinander entfernt, und als ich eintrat, fuhren sie auseinander, als hätte ich sie bei verbotenem Tun ertappt, bei Schummelei etwa oder Spionage.

»Was haben Sie denn *angestellt*?« schrie Pamela, ein Schrei, der, wenn ich ehrlich sein soll, eine bedenklich fadenscheinige Besorgnis ausdrückte.

»Ich weiß nicht«, nuschelte ich. »Es hat auf dem Feld angefangen. Ich muß wohl gegen irgendwas allergisch sein.«

Ich fühlte mich inzwischen ganz benommen, deshalb zog ich mir einen Stuhl heran und setzte mich neben Martin.

»Welches Feld war es? Das obere?« fragte Pamela.

»Das goldene.« Ich nieste. »Schön.«

»Das obere. Dann dürfte es Heuschnupfen sein.« Sie nickte heftig. Ich war gespannt, ob sie beabsichtigte, etwas dagegen zu tun. Trotz meiner Notlage merkte ich deutlich, daß Pamelas Güte sich rasch ihrer Grenze näherte. Martin blickte von einer von uns zur anderen, als sei er Zuschauer in einem Theaterstück.

»Mal überlegen«, sagte Pamela dann. Dieser Äußerung entnahm ich, daß sie in der Zeitspanne seit ihrer letzten Bemerkung über mein Mißgeschick nachgedacht und es durchaus nicht ignoriert hatte. »Was habe ich? Oh, ich weiß. Werfen Sie mal einen Blick in den Schrank da drüben neben der Tür. Schauen Sie nach, ob da eine Packung Zortek oder Zartek ist. Oder so ähnlich.«

Ich merkte, daß sie mit mir sprach und nicht mit irgendeinem anderen Faktotum, und ich war ein wenig gekränkt, weil sie von meinem Zustand nicht genügend gerührt war, um die Packung selbst zu holen. Ich gestattete mir einen mitleiderregenden Seufzer, stand schwerfällig auf und ging, um im Schrank nachzusehen.

»Finden Sie's?« rief Pamela wenig hilfsbereit hinter mir.

Ich fand die Packung und ging schnurstracks zum Spülbekken, um mir ein Glas Wasser einlaufen zu lassen. Ich mußte zugeben, daß Pamelas Diagnose zutraf; denn nur wenige Minuten nachdem ich die Tablette genommen und mich wieder hingesetzt hatte, spürte ich, daß die Entzündung von Augen und Nase wunderbarerweise abklang.

»Was haben Sie auf dem oberen Feld gemacht?« erkundigte sich Pamela leichthin.

»Spazierengegangen«, antwortete ich ein wenig angriffslustig. »Es ist ein öffentlicher Fußweg.« Meine Hinwendung zum Thema Fußweg erwies sich, wenngleich opportunistisch, als tiefgründig. »Ich bin einem Mann begegnet.«

»Einem Mann?«

Ich nickte.

»Und was war das für ein Mann?« fragte Pamela schließlich. Sie wirkte aufgebracht. »Haben Sie sich nicht erkundigt, wer er war?«

»Ich finde nicht, daß ich das Recht hatte, zu fragen«, entgegnete ich. »Es war, wie gesagt, ein öffentlicher Fußweg.« Was, wie mir plötzlich einfiel, nicht die reine Wahrheit war.

»Er hat mich darauf hingewiesen«, fuhr ich fort, eine neue Offensive startend, »daß eine Sprosse der Leiter, die über den Zaun führt, gebrochen war. Ich war gerade im Begriff, hinaufzusteigen, und er wollte verhindern, daß ich mich verletzte. Das war alles.«

»Wie sah er aus?« Pamela ließ nicht locker. Vermutlich hätte mir auffallen müssen, daß ihr Interesse für ihn unnatürlich war; doch die Tatsache, daß ich selbst wissen wollte, wer er war, verlieh Pamelas Neugierde den Anstrich, lediglich eine Erweiterung meiner eigenen zu sein.

»Sehr eigenartig«, sagte ich. Ich wußte nicht recht, wie ich ihn beschreiben sollte, deshalb legte ich nur beide Hände über mein Gesicht, so daß sie eine Art vertikales Dach bildeten. »Etwa so.«

»Oh, das war Mr. Trimmer«, sagte Pamela rasch. Sie klang erleichtert. Gleich darauf lächelte sie. »Ich an Ihrer Stelle würde mich vorsehen. Er hat sich vermutlich in Sie vergafft. Er ist berühmt-berüchtigt. Oh, er ist schrecklich lieb, aber er sucht *verzweifelt* eine Freundin. Ich glaube, es gibt im Umkreis von zwanzig Kilometern keine Frau, die nicht von Mr. Trimmer um eine Verabredung gebeten wurde.«

Ich fing schon an, mich ziemlich gekränkt zu fühlen, weil Mr. Trimmer mich nicht gebeten hatte, aber dann fiel mir ein, daß ich weggelaufen war, bevor er die Möglichkeit dazu hatte. Trotzdem ärgerte es mich, daß Pamela so sehr daran gelegen war, die Vorstellung, jemand könnte sich für mich interessieren, lächerlich zu machen. Mir wurde klar, daß ich geschmeichelt war von Mr. Trimmers heldenhaftem Spurt über das obere Feld, der nun zu einer öffentlichen Komödie herabgewürdigt wurde.

»Ich fand ihn nett«, sagte ich. »Er sieht eigenartig aus, aber es gibt bestimmt eine Menge Leute, denen das nichts ausmacht.«

Martins Kopf schnellte auf diese Bemerkung hin besorgniserregend in die Höhe.

»Oh, er ist *schrecklich* nett«, bestätigte Pamela. Ich spürte, daß sie nicht für unfreundlich gehalten werden wollte; allerdings hatte ich das Gefühl, daß dies eher Eitelkeits- als Gewissensgründe hatte. »Er ist ein richtiger *Schatz*. Das Problem ist seine Mutter.«

»Seine Mutter?«

»Ja, er lebt bei seiner Mutter«, sagte Pamela in vertraulichem Tonfall. »Mrs. Trimmer. Dora. Sie ist eine richtige alte Schreckschraube. Sie hat den armen Jack vollkommen unter der Fuchtel und verscheucht alle, die in seine Nähe kommen. Sie denkt, sie sind hinter seinem Geld her.«

»Hat er welches?«

»Ach, nicht wirklich. Sie wohnen allerdings in diesem *wundervollen* Haus. Drinnen ist es der allerletzte Verhau; aber es muß ein *Vermögen* wert sein. Als Jacks Vater starb, hat er es ihm vererbt, und Dora hat Angst, daß seine Frau sie hinauswirft, wenn er heiratet. Deshalb erzählt sie ihm die *schauerlichsten* Sachen über alle, mit denen er sich trifft – sie denkt sich die Sachen einfach aus!«

»Was für Sachen?«

»Na ja, daß sie schreckliche Krankheiten haben und so. Sie hat einmal furchtbaren Ärger gekriegt«, Pamela senkte die Stimme, als könnte jemand lauschen, »weil sie behauptet hat, ein Mädchen im Dorf sei eine überführte Diebin. Der arme Jack war sehr in sie verliebt, und so faßte er sich ein Herz und brachte sie trotzdem zum Tee mit nach Hause. Hinterher hat Dora behauptet, daß im Haus einiges Silberzeug fehlte, worauf er mitten in der Nacht hinmarschiert ist und es zurückverlangt hat!« Pamela quiekte vor Lachen. »Es gab eine *entsetzliche* Schlägerei mit ihrem Vater, mitten auf der Hauptstraße von Hilltop!«

Martin gähnte auffällig. Ich sah die feuchte, dunkle Höhle seines Mundes.

»Er ist Mr. Maddens Verwalter, nicht?« sagte ich, und erst da fiel mir ein, weshalb sein Name mir bekannt vorkam. Das Wesen hatte ihn im Zusammenhang mit Geoffs Erschießung erwähnt.

»Richtig. Piers *betet* ihn an. Ohne ihn wäre er aufgeschmissen. Und Dora hat uns versichert, daß sie einverstanden ist, also gibt es von ihrer Seite keinen Ärger. Der alte George Trimmer, ihr Mann, hat jahrelang hier gearbeitet.«

Es entstand eine Pause. Um uns herum tickte und knarrte das Haus. Draußen vor dem Fenster näherten sich im abkühlenden Nachmittag verstohlene Schatten auf dem Rasen.

»So!« sagte Pamela forsch und stand auf. Ich fragte mich, ob sie beleidigt war, weil niemand sie gebeten hatte, mit ihrer Erzählung fortzufahren. »Ich muß weitermachen. Könnt ihr zwei euch bis zum Abendessen amüsieren?«

»Ich – ja«, sagte ich bestimmt. Ich hatte sagen wollen, »ich denke schon«, doch dann fiel mir Pamelas Abneigung gegen unpräzise Aussagen ein. »Was möchtest du tun?« fragte ich Martin.

»Weiß nicht«, antwortete er unfreundlich.

»Nun«, sagte Pamela kurz angebunden, »wenn ihr nichts dagegen habt, mache ich jetzt weiter.«

Nachdem ich die erste steile Stufe des Neuartigen in bezug auf die Fürsorge für Martin erklommen hatte, merkte ich, daß meine Anstrengungen, seine Zeit auszufüllen, ein wenig nachgelassen hatten. Es gehört zu den Schwierigkeiten der Veränderung, daß die Mühe, damit klarzukommen, jede reale Einschätzung von Erfolg oder Versagen verschleiern und das Unglücklichsein darüber verdecken kann, so daß Verbesserungen oder Sonstiges zum Brennpunkt des Denkens werden und das Empfinden für das Resultat einer Tagesarbeit bestimmen. Unter beidem leidend, hatte ich Martin vernachlässigt, um mich selbst zu pflegen, und ich sah einen neuen Aufstieg vor mir, als ich im Triumph meines Überlebens die Unzulänglichkeit meiner Leistungen erkannte.

»Wie wär's mit einem Spaziergang?« fragte ich. Ich bemühte mich um einen begeisterten Ton, aber meine Augen juckten noch ein bißchen, und mein Hals war dick. »Oder möchtest du mit deinem Buch fortfahren?«

Pamela machte sich jetzt mit dem Rücken zu uns an einer Anrichte zu schaffen. An der gespannten Haltung ihrer Schultern konnte ich erkennen, daß sie lauschte, und ich zwang Martin mit Willenskraft, höflich zu antworten.

»Nein, ich hab genug getan«, sagte er, und seine Manieren waren mit einemmal bemerkenswert zuvorkommend. »Gehen wir raus, solange es noch hell ist.«

Draußen hielt Martins Liebenswürdigkeit an.

»Fühlen Sie sich besser?« erkundigte er sich.

»Ja, danke«, sagte ich. »Ich hatte noch nie eine Allergie. Ich weiß nicht, warum es ausgerechnet da oben passiert ist.«

»Vielleicht sind Sie allergisch gegen Trimmer.«

»Wie gesagt, ich fand ihn nett.«

Es war jetzt früher Abend, und als ich Martin seitlich am Haus vorbei über den Kiesweg schob, war ich ergriffen, wie wunderschön so ein heißer Tag war, wenn er ausklang. Die Luft war so dick und weich wie die verblaßten Blütenblätter im Rosengarten und rief ein Gefühl wehmütiger Ruhe hervor, eine merkwürdig vermischte Empfindung von Zufriedenheit, als ob durch die plötzliche Stille auf einmal das Geräusch ferner Störungen zu hören sei.

Ich hatte seit einer Weile schändlicherweise an Tobys eventuellen Besuch im Cottage gedacht, ein so diffuses Vorhaben, daß ich das Gefühl hatte, ich würde mein Netz weit auswerfen müssen, um es einzufangen. Seit der Rückkehr von meinem Spaziergang hatte sich allmählich Besorgnis wie ein Wurm durch meine Gedanken gefressen, da die Ereignisse immer weiter in den Zeitabschnitt vordrangen, in dem ich die Möglichkeit einzukreisen hoffte, und jetzt begann ich listig nach einem Mittel zu suchen, um Martin zum Garten des Cottage zu locken, damit ich meine Wache antreten konnte. Ich war mir der Entwicklung dieses Gewächses in meinem Kopf von der Saat der Suggestion bis zur ausgereiften Erwartung nicht voll bewußt; tatsächlich war dies vermutlich der Grund, daß es ungehindert hatte gedeihen dürfen. Ein-, zweimal hatte ich sein schädliches Fortschreiten erkundet und das Gewächs entsetzt zurückgeschnitten, doch sobald meine Gedanken sich anderen Dingen zuwendeten, setzte es sein tückisches Kriechen durch mein Herz fort. Ich mochte Toby nicht besonders, und hätte ich in der Erde unter diesen wilden Hoffnungen gegraben, so wäre ich vermutlich auf den Wunsch gestoßen, daß sie sich nicht erfüllen mögen. Seine Anziehungskraft war flüchtig wie der Geschmack von etwas Süßem auf der Zunge.

»Wohin möchtest du?« fragte ich Martin und blieb an der Gabelung stehen, von wo der Pfad zum Cottage sich zwischen den Hecken wand. »Wir könnten uns in meinen Garten setzen, wenn du magst. Er hat abends Sonne.«

Ich wartete mit hoffendem Herzen.

»Okay«, sagte Martin unschuldig. Ich hatte sofort ein schlechtes Gewissen, weil ich ihn so mühelos überlistet hatte. Ich sah, daß es bemerkenswert leicht war, mit Motiven hinterm Berg zu halten in Gegenwart derer, die keine hatten. »Haben Sie was zu trinken?«

»Was zum Beispiel?«

»Schnaps«, sagte Martin zu meinem Erstaunen.

»Natürlich nicht«, antwortete ich. »Woher hätte ich den haben sollen?«

»Wie soll ich das wissen? Wo andere ihn herkriegen. Aus einem Laden. Ich hab ja bloß gefragt.«

»Ich habe für so was kein Geld«, sagte ich. Im großen und ganzen hatte ich, seit ich auf dem Land war, Erleichterung über meine Mittellosigkeit gespürt, doch jetzt drängte sich zum erstenmal die Ahnung, daß ich sie leid werden könnte, in meine Gedanken. Wie jemand, bei dem sich der Griff frommer Inbrunst vorübergehend lockert, erhaschte ich einen Blick auf einen Weg, den ich vielleicht eines Tages fern meiner Überzeugung beschreiten würde, einen Weg, der mich am Ende dahin führen könnte, alles zu bereuen, was ich jetzt so glühend empfand.

»Ich weiß was«, sagte Martin. »Gehen wir doch ins Haus und holen eine Flasche, und dann können wir uns in den Garten setzen.«

»Was meinst du mit ›holen‹?« Er hatte seinen Vorschlag gemacht, als würde er ein Abkommen mit mir treffen, und ich fragte mich, ob er ahnte, auf welch schnödem Ziel unser Ausflug zum Cottage gründete. »Schlägst du etwa vor, daß ich deinen Eltern eine Flasche stehle?«

»Das wäre kein Diebstahl«, sagte Martin eigensinnig. »Sie

brauchen sie bloß zu holen, wie gesagt.« Er legte den Kopf zurück und sah durchtrieben zu mir auf. »Ohne Schnaps kein Cottage-Garten.«

Jetzt war ich sicher, daß er von meiner Täuschung wußte. Inmitten der Erpressung hatte ich ganz vergessen, daß mein anmutiger Empfang Tobys leicht hätte hintertrieben werden können. Ich war mir in diesem Moment nur meiner Schuld bewußt, ein Gefühl, das unabänderlich groß im Geiste aufragt und das mich so in eine Position gedrängt zu haben schien, aus der ein radikaler, ja krimineller Akt der Zerknirschung der einzige Ausweg war.

»Also gut«, sagte ich. »Aber nur, wenn du sicher bist, daß deine Eltern nichts dagegen haben.«

»Bestimmt nicht«, sagte Martin leichthin. »Aber lassen Sie sich nicht erwischen.«

»Wo soll ich nachsehen?«

»In der Küche ist ein Schrank. Da ist meistens was drin. Gleich neben der Tür.«

Ich machte auf dem Absatz kehrt und ging schnell den Weg zurück, mit einem Gefühl, als wäre meine Kehle verstopft. In meinem Kopf herrschte vor lauter Panik völlige Leere, und als ich die Hintertür öffnete und in das stille Haus trat, schien sich alles vor meinen Augen schräg zu legen. Ich schritt lautlos durch den Flur und öffnete die Tür zur Küche. Drinnen war niemand, und da ich rasch handeln mußte, ging ich direkt zum ersten Schrank. Es war derselbe, in dem ich die Tabletten gefunden hatte, und als ich ihn zum zweitenmal öffnete, kam mir der Gedanke, wenn mich in diesem Moment jemand erwischte, könnte ich mein Eindringen damit entschuldigen, daß ich noch eine Tablette nehmen wollte. Tatsächlich sah ich auf einem unteren Bord eine Reihe Flaschen, und ich griff mir die erstbeste, schloß die Schranktür und floh durch den Flur zurück. Draußen auf dem dämmrigen Weg beugte ich mich vornüber und schnappte mehrmals nach Luft. Mein Herz hämmerte gegen meinen Brustkorb. Mir wurde bewußt, daß ich während der gesamten Operation nicht ein einziges Mal geatmet hatte. Meine augenblickliche Erleichterung wurde bald von einem überwältigenden Triumphgefühl abgelöst. Ich konnte meinen Wagemut kaum fassen; und als ich auf dem Weg zurück dorthin hüpfte, wo Martin in seinem Rollstuhl wartete, brach ich in Lachen aus.

»Da-da!« sagte ich und schwenkte fröhlich die Flasche vor seiner Nase.

»Ich kann's nicht glauben, daß Sie's getan haben«, sagte er. »Ich hatte bloß Spaß gemacht.«

»Das ist nicht wahr!« sagte ich, entsetzt über seine Grausamkeit.

»Doch, bestimmt. Wollen Sie sie nicht lieber zurückbringen?«

»Das kann ich nicht!«

»Ach, egal.« Er streckte die Hand nach der Flasche aus. »Getan ist getan. Was haben Sie mitgebracht?«

»Weiß ich nicht«, antwortete ich kläglich und gab ihm die Flasche. »Ich hab nicht hingeguckt.«

Er betrachtete sie. »Gin«, sagte er. »Haben Sie kein Tonic mitgebracht?«

»Das war richtig gemein von dir.« Ich drehte seinen Rollstuhl auf dem Kies herum und begann, ihn den Weg entlangzuschieben, der zum Cottage führte. »Ich hätte so etwas nie gemacht, wenn du mich nicht darum gebeten hättest.«

»Hätten Sie wohl«, sagte Martin. »Wenn es nicht in Ihrer Natur läge, hätte nichts Sie dazu bewegen können. So aber waren Sie auf und davon, sobald ich es erwähnt hatte. War es aufregend, Stel-la?«

»Ich denke schon«, gestand ich, als meine Erheiterung schwand. »Vorhin schien es so. Jetzt kann ich nicht glauben, daß ich's getan habe.«

»Das sagen sie alle«, erwiderte Martin.

Wir kamen zum Garten, und Martin beugte sich vor, um das Tor zu öffnen; die Flasche hielt er auf dem Schoß. Ich rollte ihn den Weg entlang und dann auf den Rasen und stellte ihn neben dem Apfelbaum ab.

»Ich hole Gläser«, sagte ich mürrisch und ging los.

»Nicht böse sein, Stel-la!« rief Martin über die Schulter.

Im Cottage herrschte eine kühle Atmosphäre der Verlassenheit. Ein Geruch nach Feuchtigkeit und Vernachlässigung hing in der Luft. Ich ging in die Küche und fand in einem Schrank zwei schmierige Gläser. Gerade als ich sie hinaustragen wollte, fiel mir ein, daß ich eine ganze Weile nicht in den Spiegel geschaut hatte und daß meine Erscheinung vielleicht einiger Zuwendung bedurfte, um den Eindruck ungekünstelten Charmes herzustellen, den ich zu erwecken hoffte, sollte Toby »mal hinüberspazieren«, wie er sich ausgedrückt hatte. Sobald mir dieser Aspekt der Dinge in den Sinn kam, war es schwierig, die Anstrengungen zu begrenzen, die ich dafür aufzuwenden bereit war; meine einzige Einschränkung war der unbedingt notwendige Anschein, daß keinerlei Mühe unternommen worden war. Ich stellte die Gläser ab und lief die Treppe hinauf in mein Zimmer, im Bewußtsein, daß Martin draußen auf mich wartete, und vermutlich war es die Hast, die seine Anwesenheit meinem kosmetischen Zwischenspiel aufzwang, die mich veranlaßte, ohne gebührende ruhige Überlegung die abgeschnittene Hose aus dem Koffer zu ziehen. Hektisch riß ich meinen Rock herunter, zog die Hose an und lief mit dem Kamm in der Hand zum Spiegel. Der zeigte mir mehr oder weniger dasselbe Bild wie letztes Mal, als ich die Hose angehabt hatte; doch vergaß ich, als ich dies erfreuliche Bild eilends mit mir die Treppe hinunter und in den Garten nahm, daß mein Vergnügen bei jener Gelegenheit privater Natur gewesen war. Ich hatte keine Ahnung, wie andere über diese Fleischbeschau denken mochten. Die Wirkung auf Toby war ungewiß und auf jeden anderen unerwünscht.

»Entschuldige, daß es so lange gedauert hat«, sagte ich zu Martin, als ich aus dem Cottage kam und über den Rasen zu ihm ging. »Mir war heiß, drum hab ich mich umgezogen.«

Ich wußte, ich redete, um meine Verlegenheit zu überdekken; denn Martin hatte den Blick fest auf mich gerichtet und ließ ihn, während ich ging, ungeniert an meinen Beinen hinaufwandern. Er wirkte freiheraus erstaunt über mein Erscheinungsbild, und die Sorglosigkeit, mit der ich die Gläser zu füllen gedachte, war, während ich so aufdringlich examiniert wurde, schwer beizubehalten.

»Was«, fragte er schließlich, »haben Sie da an?«

»Hmm?« Ich hatte mich neben ihn ins Gras gesetzt und blickte hoch. »Shorts. Wie sieht es aus?«

Ich hatte seine Bemerkung als Vorwurf aufgefaßt.

»Sieht sexy aus«, sagte Martin.

»Danke«, erwiderte ich.

Da kam mir der Gedanke, daß Martin meinen könnte, ich trüge die Shorts ihm zuliebe, und sogleich wünschte ich innigst, ich hätte meinen Rock anbehalten oder könnte eine Ausrede erfinden, um ins Haus zu gehen und mich wieder umzuziehen, ohne daß es idiotisch aussah.

»Warum haben Sie sich umgezogen?«

»Hab ich doch gesagt, mir war heiß.«

»Ich glaube Ihnen nicht, Stel-la.«

»Mir war eben danach.« Ich reichte ihm das Glas, das ein kleines Quentchen Gin enthielt. »Können wir bitte das Thema wechseln?«

»Erwarten Sie jemanden?« fragte er, nahm mir die Flasche ab und stellte sie verstohlen hinter seinen Rollstuhl.

Ich wollte gerade entschieden verneinen, als ich an seiner Blickrichtung erkannte, daß die Frage unschuldiger gewesen war, als sie sich angehört hatte. Er sah zum Ende des Gartens hin, wo Schritte zu hören waren, die sich auf dem Kiesweg näherten. Mir wurde klar, daß er den Gin hinter seinen Stuhl gestellt hatte, um ihn zu verstecken, weil er dachte, daß vielleicht sein Vater oder seine Mutter käme; eine Geste, die vermuten ließ, daß ich im Hinblick auf die Ernsthaftigkeit des Diebstahls leicht irregeführt worden war. Ich war jedenfalls froh, daß er die Flasche versteckt hatte. Im Verein mit der abgeschnittenen Hose hätte sie Toby – denn ich war überzeugt, daß es seine Schritte waren, die wir hörten – einen Eindruck von Verderbtheit vermitteln können. Die Gestalt eines Mannes kam in Sicht, und für einen Augenblick schien sich alles in mir erwartungsvoll aufzurichten, bis ich sah, daß mein Besucher nicht Toby war, sondern der Mann, dem ich zuvor auf dem Feld begegnet war, der unglückliche Mr. Trimmer.

Bei unserem Anblick veränderte sich sein Gesichtsausdruck nicht; tatsächlich war schwer zu sagen, ob er uns gesehen hatte oder nicht, und wenn ja, ob unsere Anwesenheit dort ein notwendiges, erwartetes oder unwillkommenes Attribut seines Eindringens war. Er öffnete das Tor und stapfte mühsam durch den Garten zu uns. Im Zuge einer Enttäuschung können selbst die bestgemeinten Annäherungen eine Plage sein, und beim Anblick von Mr. Trimmers eigenartig zusammengedrücktem Gesicht und seiner zögernden Körperhaltung packte mich zügelloser Zorn.

»Hallo?« rief ich ihm gebieterisch zu wie einem Fremden, den ich beim Herumschleichen auf meinem Besitz erwischt hatte.

»Tag«, sagte Mr. Trimmer, der beim Klang meiner Stimme sofort zum Stehen kam und offenbar auf die Erlaubnis wartete, die letzten zwei, drei Meter bis dahin, wo wir saßen, zu gehen. Er hob eine Hand, als würde er an einen imaginären Hut tippen. Als er sie herunternahm, fiel sein Blick auf meine entblößten Beine.

»Hallo, Jack«, sagte Martin freundlich und grinste ihn tükkisch an. Er winkte aufmunternd. »Treten Sie näher. Sind Sie gekommen, um Stella zu besuchen?«

Es folgte eine vielsagende Pause.

»Ich hab sie gesehen«, sagte Mr. Trimmer und pflanzte sich vor uns auf, den Blick abgekehrt und die Hände gefaltet wie einer, der im Begriff ist, die Nationalhymne zu singen. »Auf dem oberen Feld.«

»Ah«, machte Martin.

Ich spürte, daß Mr. Trimmer beabsichtigt hatte, die Schilderung unserer Begegnung auszuweiten, aber Martins entschiedenes »Ah« hatte ihm den Faden abgeschnitten. Er verstummte, sein Gesicht vollzog eine eigenartige Seitwärtsbewegung und erholte sich anscheinend von der Unterbrechung. Sein Blick wanderte zu meinen Beinen und kehrte sich dann blitzschnell ab. Nun schien er seinen Elan wiedergewonnen zu haben, und er öffnete den Mund, um zu sprechen.

»Ihr war schlecht geworden«, sagte er bedächtig. »Ich wollte sehen, ob es ihr bessergeht.«

»Es geht mir viel besser, danke«, sagte ich. Ich merkte, daß auch ich langsam sprach. Mein Gesicht brannte. Ich sah aus dem Augenwinkel, daß Martin mich beobachtete. »Es war sehr lieb von Ihnen, hierherzukommen.«

Trotz meiner schleppenden Redeweise schien die Tatsache, daß ich direkt zu ihm sprach, Mr. Trimmer zu treffen wie ein starker Wasserstrahl. Sein Gesicht hatte einen knittrigen Ausdruck heroischen Widerstands, als könnte er jeden Moment umfallen.

»Ich wollte gerade die Sprosse reparieren«, sagte er. »Ich war auf dem Weg dahin, als ich Sie sah.«

Meine Beschwerde hatte offenbar den ganzen Nachmittag in seinen Gedanken gegärt, und gerührt von seiner Äußerung, verkniff ich mir die Frage, wie er die Sprosse mit einer Schußwaffe statt mit Hammer und Nägeln hatte reparieren wollen.

»Das dachte ich mir beinahe«, sagte ich, besorgt, daß meine Erwiderung vielschichtiger klang, als sie tatsächlich war. »Hinterher. Ich hätte mich verletzt, wenn Sie mich nicht zurückgehalten hätten.«

Martin beobachtete diesen gequälten Austausch mit unverhohlener Faszination und einem unangenehmnen Lächeln.

»Danke, daß Sie gekommen sind«, sagte ich, enthusiastisch nickend in der Hoffnung, unserem Gespräch ein Ende zu machen.

Mr. Trimmer blieb stehen, die großen Lederstiefel ins Gras gepflanzt. »Könnten Sie sich vorstellen«, brachte er schließlich hervor, während Martins Kopf bei jedem Wort auf und ab wackelte, »mal abends mit mir auszugehen?«

»Oh!« sagte ich entsetzt. Ich lachte schrill. »Das ist sehr nett von Ihnen. Ich weiß allerdings nicht, ob ich kann. Abends bin ich meistens drüben im Haus sehr beschäftigt.«

»Nein, sind Sie nicht«, erklärte Martin. »Sie wird gern mit Ihnen ausgehen, Jack. Sie kann morgen kommen.«

»Morgen?« sagte Mr. Trimmer zu Martin, als sei dieser für die Durchführung verantwortlich. Dann schien er zu merken, daß dies ein Irrtum war, und wandte sich wieder an mich. »Geht das in Ordnung?«

»Ich denke schon«, sagte ich, mich geschlagen gebend.

»Dann bin ich um acht hier.«

»Das wäre wunderbar«, sagte ich in neckischem Ton. »Dann bis morgen. Wiedersehen.«

Mr. Trimmer schien überrascht, daß er so abrupt entlassen wurde, aber er machte gute Miene, und nachdem er sich von uns beiden verabschiedet hatte, drehte er sich um und ging durch den Garten zurück, die Ellenbogen seitlich herausschleudernd, als wäre er in Eile.

»Danke«, sagte ich zu Martin.

»Geschieht Ihnen recht.« Er hob sein Glas an die Lippen. »Außerdem, Sie haben gesagt, Sie finden ihn nett.«

Ich legte mich rücklings ins Gras. »Worüber sollen wir bloß einen ganzen Abend reden? Und wohin werden wir gehen?«

Martin antwortete nicht, und als ich ihn ansah, stellte ich fest, daß er mich mit einem sonderbaren Ausdruck im Gesicht beobachtete.

»Sie haben schöne Beine«, sagte er mit erstickter Stimme.

Siebzehntes Kapitel

Kurz darauf schob ich Martin schwankend durch den halbdunklen Garten zurück zum Haus. Wir hatten die Ginflasche fast leer getrunken, und den Rest hatte ich hinten in einem Küchenschrank versteckt. Der Diebstahl der Flasche war mir im Laufe des Abends, insbesondere unter dem zunehmenden Einfluß ihres Inhalts, immer skurriler erschienen. Martins Verhalten gegenüber Mr. Trimmer und die hinterlistige Art, wie er meine Verabredung mit ihm eingefädelt hatte, wie auch die Verabredung selbst nahmen ähnlich absurde Ausmaße an. Real blieb nur, daß ich betrunken war, zusammen mit dem Gedanken, was die Maddens tun würden, wenn sie es entdeckten.

Die Wirkung des Gins auf Martin war noch beunruhigender. Er wurde laut, und sein Gesicht war gerötet, und als ich ihn zum Hintereingang hinein und durch den Flur schob, grölte er heiser ein Potpourri aus undefinierbaren Liedern und begleitete sich mit wackligen Griffen auf einer imaginären Gitarre in seinem Schoß.

»Sei leise!« flüsterte ich ihm grimmig ins Ohr, als wir uns durch den Anbau und in die Halle manövrierten. »Du hast schon genug Ärger gemacht.«

»Oh, Stel-la!« wimmerte er und räkelte sich in seinem Stuhl zurück. »Seien Sie doch nicht dauernd sauer. Sie sind *immer*... sauer.«

Sein Kopf fiel nach vorn, als sei er eingeschlafen. Worauf ich ernsthaft erschrocken war; ich hielt den Rollstuhl an und kniete mich neben ihn. »Martin? Ist dir nicht gut?«

Sein Kopf schnellte so plötzlich hoch, daß ich entsetzt zurückfuhr. »Mir geht's gut. Um sich selbst sollten Sie sich Sorgen machen.«

»Wieso?«

»Sie sehen unheimlich aus.«

»Inwiefern?«

»Weiß nicht. Muß an Ihren Augen liegen. Sie gucken so unheimlich. Außerdem haben Sie noch die Shorts an. Das wird meiner Mami gar nicht passen. Nicht beim Abendessen.«

Geplättet von diesem unerwarteten Ausbruch von Schärfe stand ich wie gelähmt in der Halle. In den Wirren des Abends hatte ich die Unangemessenheit meiner Kleidung vollkommen vergessen.

»Bleib hier«, sagte ich. »Ich geh mich umziehen.«

In diesem Moment drang Pamelas Stimme leise aus dem Salon. »Stella? Martin? Seid ihr es?«

»Ja!« brüllte Martin.

»Wo seid ihr *gewesen*? Wir haben *stundenlang* auf euch gewartet!«

»Zu spät«, sagte Martin. »Kommen Sie, es spielt keine Rolle. Die werden es gar nicht merken.«

Warum ich dieser Versicherung vertraute, kann ich mir nicht erklären. In träumerischer Trunkenheit hatte ich den scharfen Stachel gesellschaftlichen Fehlverhaltens vergessen, aber ich bekam ihn in seiner ganzen eisernen Pein zu spüren, als wir in den Salon traten und die Blicke der Versammelten sich wie auf Kommando auf meine abgeschnittene Hose richteten.

»Großer Gott!« sagte Pamela, ein drohendes Lächeln im Gesicht. »Die ist aber scharf!«

»Püüh!« pfiff Toby, der sich auf einem Sofa am anderen Ende des Zimmers lümmelte.

»Was zu trinken?« fragte Mr. Madden und erhob sich beflissen von seinem Sessel.

»Nein danke«, sagte ich.

»Ja, bitte«, sagte Martin. »Laß sie in Ruhe«, fügte er hinzu. Diese Bemerkung galt Toby, der weiter auf dem Sofa vor sich hin pfiff.

»Es war als *Kompliment* gemeint«, sagte Toby gedehnt. Mir wurde klar, daß ihm der Gedanke an mich erst in diesem

Augenblick gekommen war und daß er ihn nur deshalb müßig im Kopf bewahrte, weil er nichts Besseres zu tun hatte. Vor mir erhob sich die Wirrnis meines vergeudeten, gedankengeplagten Nachmittags in aller monströsen Phantasterei.

»Sie hat deine Komplimente nicht nötig«, sagte Martin hochmütig. »Sie ist verlegen, und ich mache ihr keinen Vorwurf. Dies war das einzige saubere Kleidungsstück, das sie zum Anziehen hatte. Ich habe ihr versichert, daß keiner von euch unflätig sein würde, aber ihr seid es. Ich schäme mich für euch alle.«

Dieser letzte Stich, der entschieden zu weit ging, drohte das heroische Gefüge von Martins Äußerung zu kippen, doch zu meiner Überraschung hielt es.

»Ver-zei-hung«, sagte Toby ironisch.

»Ich finde, sie sieht reizend aus«, fügte Pamela hinzu. »Warum nicht, wenn man die Figur dafür hat, sage ich immer.«

Ich verzieh Martin auf der Stelle die Vergehen des Nachmittags. Pamela war in meiner Punktwertung gestiegen. Toby logierte jetzt tief unten in meiner Verachtung, und da somit alles wieder im Lot war, war ich nun eher in der Stimmung für einen weiteren Drink.

»Eigentlich möchte ich doch was«, sagte ich vertrauensvoll zu Mr. Madden, als er mit seinem Tablett vorbeikam. Er neigte den Kopf zu mir herunter, und mich streifte ein Atemstoß von ihm.

»Gin-Tonic?«

»Großartig.«

»Wir sprachen gerade über Freitag«, sagte Pamela mit ihrer »Gastgeberinnen«-Stimme. »Ich denke, es wird sehr lustig. Mark und Millie kommen rüber, und Derek und Caroline, dann sind wir alle zusammen ...«

»Was ist Freitag?« fragte Martin, während er zum Kamin rollte.

»Ehrlich, Martin, du bist das letzte«, sagte Pamela verstimmt. Sie blickte über die Schulter. Mr. Madden war zum Glück aus dem Zimmer gegangen. »Dein Vater hat Geburtstag, falls du das vergessen haben solltest. Manchmal frage ich mich, ob du jemals an jemand anderen denkst außer an dich selbst.«

Da mein Fürsprecher nun in Ungnade gefallen war, schien meine abgeschnittene Hose wieder etwas heikler geworden zu sein. Ich schlich zum Sofa, auf dem Pamela saß, und stellte mich dahinter.

»Dad hat *Samstag* Geburtstag«, sagte Martin.

»Ich weiß, aber wir *feiern* ihn am Freitag. Mark und Millie können Samstag nicht. Sie müssen wegen irgendwas nach London.«

»Liebling!« Mr. Maddens Stimme tönte von der Halle herein. »Ist der Gin alle?«

»Aber nein!« rief Pamela zurück. »Im Küchenschrank ist eine neue Flasche!«

»Nein, da ist keine«, sagte Mr. Madden, der, sich am Kopf kratzend, auf der Schwelle erschien.

»Sie muß aber da sein!« Pamela drehte sich auf dem Sofa herum und sah ihn an. »Ich habe sie erst vor ein paar Tagen gekauft. Heute morgen war sie noch da!«

Ich versuchte, Martins Blick aufzufangen, aber er beobachtete seine debattierenden Eltern mit einem derart komisch-unschuldigen Gesichtsausdruck, daß ich betete, sie möchten nicht zu ihm hinsehen. Ich geriet erstaunlicherweise nicht in Panik. Nachdem Mr. Madden den Gin erstmals erwähnt hatte, überprüfte ich innerlich meine Fähigkeit zum Lügen, so wie jemand, der ein steiles Gefälle hinunterfährt, die Bremsen seines Autos prüft, und fand sie intakt. Ich hatte keinen Zweifel, daß ich, sollte ich gefragt werden, jegliches Wissen über den Diebstahl leugnen würde. Bei meinem Komplizen war ich da nicht so sicher.

»Aber jetzt ist sie nicht da«, sagte Mr. Madden.

»Hast du auch richtig nachgeguckt?« Pamela legte ihre Hand auf die Armlehne des Sofas, als wollte sie aufstehen.

»Natürlich!« sagte Mr. Madden verstimmt. »Ich bin doch nicht blöd.«

»Na ja, du hast schon öfter was übersehen, Liebling«, sagte

Pamela nachsichtig. »Du weißt, wie du bist. Die Flasche war heute morgen ganz bestimmt da.«

»Ich versichere dir, daß sie jetzt nicht da ist.«

Einen Moment lang herrschte Schweigen.

»Also wirklich! *Höchst* merkwürdig!« sagte Pamela schließlich. »Wo kann sie nur geblieben sein?«

»Bist du sicher, daß du eine neue gekauft hast?« fragte Martin zu meinem Entsetzen. »Vielleicht hast du sie im Laden vergessen.«

»Sei nicht albern«, fuhr Pamela ihn an. »Wie gesagt, ich habe sie heute morgen gesehen.«

»Vielleicht hast du nur *gedacht*, du hättest sie gesehen.«

»Himmel noch mal, warum sollte ich denken, daß so etwas nicht wahr wäre?«

»Nun«, sagte Martin, »nehmen wir mal an, du *hast* eine Flasche gekauft, sie aber im Laden gelassen; deine Erinnerung, sie *gekauft* zu haben, hat vielleicht die Illusion ausgelöst, daß sie im Schrank ist. Du könntest die Illusion ausgelöst haben, um dir zu versichern, daß die Flasche da war, weil du dich unterbewußt erinnert hast, sie im Laden gelassen zu haben. Solche Sachen passieren andauernd«, fügte er, an einem Finger kauend, hinzu.

»Bist du sicher, daß du sie nicht im Laden gelassen hast, Liebling?« echote Mr. Madden, dem diese neue Theorie offenbar zusagte.

»Natürlich!« sagte Pamela. Sie faßte sich mit einer Hand an den Kopf. »Gott, ich werde wohl verrückt.«

»Alzheimer läßt grüßen«, wieherte Toby. »Wie heißen Sie, meine Liebe?«

»*Könnte* ich sie im Laden gelassen haben?« flüsterte Pamela mit einer Miene grimmiger Konzentration. »Mal überlegen. Ich war im Supermarkt ...«

»Welches Jahr haben wir?« fuhr Toby mit lauter Stimme fort. »1967? Nein, Sie liegen ein bißchen daneben, meine Liebe. Versuchen Sie's noch einmal.«

»Schsch!« rief Pamela und hob eine Hand, um ihn zum Schweigen zu bringen. Er wieherte wieder. Sie saß offenbar tief in Gedanken und hob schließlich mit erstaunter Miene das Gesicht. »Wißt ihr was, es *muß* so gewesen sein. Wie dumm von mir! Ich muß sie dort gelassen haben. Gott, glaubt ihr wirklich, ich werde plemplem?«

»Geistesabwesenheit ist ein Zeichen von Intelligenz«, sagte Martin. »Anscheinend.«

»Na«, sagte Mr. Madden, »dann trinken wir eben was anderes.«

»Nein, nein, laßt uns einfach essen«, sagte Pamela irritiert. »Es ist alles fertig.«

Als wir am Eßtisch saßen, suchte ich mehrmals Martins Blick in der Hoffnung, ihm meine Anerkennung zu signalisieren, aber jedesmal sah er mich nur verständnislos an, als hätte er keine Ahnung, warum ich ihm so bedeutsame Blicke zuwarf. Bald vergaß ich jedoch den Vorfall; denn mit Toby neben mir wurde ich erneut in den heimlichen Konflikt hineingezogen, den seine Gegenwart unvermeidlich in Gang zu setzen schien, wobei mit jedem Beweis von Dämlichkeit oder Ungehobeltheit, der seinem Hirn entsprang, die Gestalt, die es umschloß, an Reiz gewann.

Es ist schwer zu erklären, wie es geschehen konnte, daß ich mich zunehmend zu jemand hingezogen sah, der in gleichem Maße in meiner Achtung sank. So etwas hatte ich noch nie erlebt. Ich vermutete, es war gerade die Schwäche seiner Persönlichkeit, die dem Gedanken, körperlich von ihm überwältigt zu werden, einen fatalen Glanz verlieh; denn ohne es mit einer rivalisierenden Intelligenz zu tun zu haben, ohne das weite und vielschichtige Feld von Geschmack, Intellekt und Konversation erforschen und kultivieren zu müssen, lag das sexuelle Terrain einladend nahe, reif für augenblickliche Plünderung. Ich hatte keinen Zweifel, daß Tobys Charme allen zugänglich war, denen er begegnete; doch das Billige meines Begehrens machte dieses nicht weniger dringlich. Ich wunderte mich, daß ich mich nicht schuldiger fühlte beim Gedanken an Edward, für den ich, obwohl er eindeutig der bessere Mensch war, diese Begierde nie empfunden und den ich vor kurzem so tief und mutwillig gekränkt hatte, daß ein ganzes Leben in Tugend es nicht wiedergutgemacht haben würde. Ich stellte mir dort am Eßtisch vor, daß er in meine Gedanken blickte, doch obwohl ich mich schämte, konnte ich den Widerstand nicht lange aufrechterhalten. Ich hatte mich von Edward befreit, wie man die Hand von jemandem löst, der über einem Abgrund baumelt, weil mein Überleben davon abhing. So hatte ich es zumindest damals gesehen. Nach und nach betrachtete ich mein Tun als weniger katastrophal für alle Beteiligten; mit anderen Worten, *ich* war die baumelnde Gestalt gewesen und hatte nur deshalb losgelassen, weil festhalten zu schmerzhaft und zu hoffnungslos war, und als ich das Glück hatte, auf etwas Weiches, Nachgiebiges zu fallen, hatte ich lediglich versäumt, Edward davon zu unterrichten. Ich bezweifelte nicht, daß er sich über mein Verschwinden grämte, aber er würde wenigstens die Chance haben, darüber wegzukommen. Wäre ich länger bei ihm geblieben, sein Quantum Schuld wäre immer größer, seine Unschuld immer kleiner geworden. Mein Unglück hätte ihn infiziert; eine Infektion, die er an die nächste, die er liebte, weitergegeben hätte.

Was mich betraf, ich hatte ein gesichertes Leben, gestempelt und beglaubigt, zurückgewiesen. Ich hatte die Schlüssel zur Beständigkeit weggeworfen, den gefüllten Schrank der Gewißheit ungeöffnet gelassen. Ich wollte von meinen geistigen Fähigkeiten leben, unter den Sternen der Einsamkeit schlafen, nach Abfällen wühlen; und wenn ich in meinem Heißhunger auf einen Baum voller Äpfel stieß, würde mir niemand einen Vorwurf machen können, weil ich angehalten und gegessen hatte, um mich zu ernähren; denn wer weiß, wann ich das nächste Mal die Möglichkeit haben würde? Toby war so ein Baum, nur mußte man bedenken, daß Äpfel es selten verschmähen, gegessen zu werden, was aber hier wahrscheinlich der Fall sein würde.

»Halt«, murmelte er, indem er sich zu mir beugte und zu meinem Teller hin nickte. »Sie verderben sich den Magen.«

Zuerst verstand ich nicht, wovon er sprach, aber dann sah ich, daß der Berg Essen vor mir fast ganz abgetragen war, während die anderen ihres kaum berührt hatten. Diese Lage der Dinge bezeichnete eine merkliche Veränderung meiner Eßgewohnheiten. Normalerweise bin ich eine langsame, bedächtige Esserin; denn meine Mutter hatte mich auf die vielen gesellschaftlichen Abscheulichkeiten hingewiesen, die man während der Nahrungsaufnahme begehen kann. Seit meiner Ankunft auf dem Lande war ich gewiß hungrig gewesen; aber da ich nicht über eigene Mittel verfügte, hatte ich schnell die opportunistische Einstellung zum Essen entwickelt, die ich soeben entsprechend auf meine Gefühle für Toby übertragen hatte. Mir wurde klar, daß ich während der letzten Tage jede Mahlzeit genossen hatte, als wäre es meine letzte, und ich saß eine Weile in einer Woge rückwirkender Verlegenheit und fragte mich, ob die Maddens mein gieriges Schlingen bemerkt hatten, aber zu höflich waren, es zu erwähnen.

»Das kommt von der Landluft«, erklärte ich Toby. Ich schien außerstande, etwas zu ihm zu sagen, was nicht zutiefst dämlich war. »Sie macht mich hungrig.«

»Ach ja?« sagte er und lehnte sich zurück. »Ich mag Mädchen mit Appetit. Es zeugt von einer Gier«, er streckte sich ausgiebig, die Arme in der Luft, und gähnte, »nach Leben.«

Martin, der uns gegenübersaß, hatte dieses Gespräch mit angehört und beschloß nun offensichtlich, ihm ein Ende zu machen. »Stella hatte heute nachmittag Besuch«, verkündete er, an die ganze Tischrunde gerichtet.

»So?« sagte Pamela.

»Ja. Mr. Trimmer war da, um ihr den Hof zu machen.«

»O Gott«, sagte Toby, ob aus Mitgefühl oder Abscheu, konnte ich nicht ergründen.

»*Wirklich?*« Pamela grinste mich an. »Ich habe Ihnen ja gesagt, er hat sich in Sie vergafft.«

»Sein ritterliches Verhalten auf dem Fußweg«, fuhr Martin fort, »hat ihm eine Verabredung mit ihr für morgen abend eingebracht.«

»Na, so was«, sagte Mr. Madden und blickte strahlend in die Runde.

»Dora darf nichts davon wissen«, sagte Pamela.

»Richtig«, pflichtete Martin bei und nickte ernsthaft. »Denn wenn Dora was von *Stella* erfährt, wird sie sehr böse.« Er warf mir einen drohenden Blick zu. »Es würde ihr *überhaupt nicht* gefallen.«

»Ach, ich weiß nicht«, sagte Pamela beschwichtigend. »Sie hätte immerhin unsere Garantie. Jack könnte es viel schlechter treffen, als Stella zu heiraten.«

Ich öffnete den Mund, um zu protestieren, aber Martin kam mir zuvor.

»Ach, da kann Dora unbesorgt sein«, sagte er laut. »Stella *kann* gar nicht heiraten.«

Die Tischrunde verfiel in Schweigen. Ich starrte auf meinen Teller und wappnete mich für das, was mit Sicherheit kommen mußte.

»Wer würde sich sonst um mich kümmern?« schloß Martin lahm.

»Ach, sei still«, sagte Toby.

»Für den Fall, daß«, sagte Pamela im selben Moment.

»Zeit für dich, schlafen zu gehen«, sagte Mr. Madden.

»Ich bring ihn nach oben«, erklärte ich zornig, schob meinen Stuhl zurück und stand auf. Zu meiner Genugtuung sah ich einen Anflug von Angst in Martins Gesicht.

»Oh, wollen Sie?« sagte Mr. Madden. »Sehr liebenswürdig.«

Ich schaffte Martin so schnell ich konnte aus dem Zimmer und stürmte mit seinem Rollstuhl vor ihm die Treppe hinauf.

»Ich kann es nicht glauben, daß du das getan hast«, sagte ich von oben, während er sich rückwärts hinaufmühte. »Du bist gemein.«

»Was?«

»Ich habe dir das im Vertrauen erzählt. Ich habe nicht erwartet, deswegen erpreßt und gequält zu werden. Ich bereue, daß ich dir je vertraut habe.«

»Was?« sagte er und hievte sich in seinen Rollstuhl.

»Tu nicht so, als ob du es nicht wüßtest! Langsam reicht's mir mit dir!«

»Ich habe doch gar nichts getan!« wimmerte er, während er mir über den Flur in sein Zimmer folgte. »Es war nur Spaß.«

»Es ist kein Spaß, wenn's nicht lustig ist. Warum mußt du so *intrigant* sein?«

»Was gibt es denn sonst zu tun?« Er zuckte die Achseln und rollte zu seinem Schrank. »Ich langweile mich, das ist alles. Ich hätte ihnen schon nichts erzählt.«

»Das ist nicht der springende Punkt. Wenn du so weitermachst, werden sie denken, daß ich etwas verberge oder daß ich unzuverlässig bin.«

»Sie haben ihren Gin geklaut«, bemerkte Martin und zog sein T-Shirt über den Kopf. Ich staunte beim Anblick seines Brustkastens, der, wiewohl bleich und unbehaart, äußerst muskulös war. Er zog schnell die Schlafanzugjacke aus einer Schrankschublade und fuhr mühsam in die Ärmel.

»Das war nicht meine Idee. Du hast gesagt, das ginge in Ordnung.«

Martin rollte neben das Bett, die Knöpfe der Schlafanzugjacke zwischen den Zähnen. Er stemmte sich aus seinem Rollstuhl und warf sich aufs Bett.

»Soll ich dir helfen?« fragte ich.

»Ich kann das allein. Nicht hinsehen.«

Im Wegschauen erhaschte ich einen Blick auf ihn, wie er anfing, sich aus seiner Hose zu winden. Ich war neugierig, wie seine Beine aussahen.

»Fertig!« rief er.

Ich drehte mich um und sah zu meiner Überraschung, daß er ordentlich unter die Bettdecke geschlüpft war. Er klopfte auf die Stelle neben sich, und ich setzte mich hin.

»Es tut mir leid, Stella«, sagte er liebevoll. »Ihr Geheimnis ist bei mir gut aufgehoben.«

»Ich wünschte, ich könnte dir glauben«, erwiderte ich.

Er sah mich trübsinnig an. »Sie mögen Toby, nicht?« sagte er.

»Nein.«

»Tun Sie's nicht.«

»Was?«

»Ihn mögen.«

»Warum nicht?«

»Weil es mir weh tut.«

»Ich habe doch gerade gesagt, ich mag ihn nicht.« Ich suchte seinen Blick und sah, daß seine Augen tatsächlich von einer undefinierbaren Gefühlsregung getrübt waren. »Ich finde ihn attraktiv, das ist alles.«

»Schlimm genug. Das ist nicht fair.«

»Du hast andere Qualitäten«, sagte ich. »Das kann jeder sehen.«

Er fummelte am Zipfel der Bettdecke, den Blick gesenkt.

»Keine wird mich jemals lieben.«

»Doch, bestimmt. Du mußt es nur abwarten.«

»Auf alles muß ich warten.«

Ich sah, daß er eben erst begann, das Ausmaß seines Ausgeschlossenseins vom normalen Leben zu begreifen. Ich glaubte jedoch aufrichtig, daß das, was ich zu ihm gesagt hatte, wahr war. Tatsächlich vertraute ich mehr auf seine Zukunft als auf meine. Seine besonderen Umstände bedingten einen langen, beschwerlichen Weg, um ihn zu lieben, und jeder, der diesen Weg beschritt, würde zwangsläufig mehr als das durchschnittliche Maß an Enthusiasmus besitzen. Draußen in der wimmelnden Welt konnte man nicht wissen, mit welchen Leuten man zusammenstoßen würde, auch nicht, warum sie stehengeblieben waren oder wann sie weitergehen würden. Martin war wenigstens die endlose Rechenschaft über Mittelmäßigkeiten erspart geblieben, die unaufhörliche, furchtsame Einschätzung des eigenen Wertes, welche diejenigen, die keinen Anspruch auf das Außergewöhnliche hatten, gezwungenermaßen vornehmen mußten.

»Du bist wenigstens anders«, sagte ich. »Es gibt keinen Grund, daß jemand sich eine wie mich aussucht.«

»Edward hat's getan.«

»Er war genau wie ich. Manchmal denke ich, daß es das war, was uns zusammengebracht hat. Es gab keinen Grund, daß es nicht geschah, falls du verstehst, was ich meine.«

»So ein Mist«, sagte Martin gähnend. »Er hat Sie vermutlich nur dazu gebracht, so über sich zu denken, damit er sich keine Sorgen um Sie machen mußte.«

»Woher willst du das wissen?« fragte ich, ohne Edward zu verteidigen.

»Das ist doch klar. Sie sind eine gefährliche Frau, Stel-la. Der Hundeficker hatte ausnahmsweise mal recht. Sie haben eine Gier nach Leben.«

Später an diesem Abend lag ich eine ganze Weile wach und versuchte über das nachzudenken, was Martin gesagt hatte. Ich empfand seine Bemerkungen als wahr – ich hatte ihren reinen, klaren Klang gehört, als sie in meinem Herzen ertönten –, und doch konnte ich durch keinen logischen Gedankengang den Weg zu dieser Wahrheit finden. Ich schlief verwirrt ein, doch bald darauf spie mich der Schlaf wieder aus in die weiche Hand der Dunkelheit. Als ich die Augen öffnete, dachte ich einen Moment, ich wäre auf die Wahrheit gestoßen, nach der ich gesucht hatte. Binnen Sekunden jedoch wurde ich mir des Geräusches bewußt, das mich geweckt hatte, eine Art Scharren, das von außen kam. Ich erstarrte vor Angst, und da vernahm ich von unten ein leichtes Pochen, als würde jemand an die Tür klopfen. Ich wartete eine Weile, und als ich weiter nichts hörte, stieg ich aus dem Bett und tastete mich im Dunkeln die Treppe hinunter. Das Wohnzimmer lag unberührt im Schatten. Ich trat ans Fenster und sah hinaus. Eine Gestalt – eindeutig Toby – ging über den Gartenweg zum Tor. Ich erkannte die lässige Haltung seiner Schultern im Mondlicht und die Konturen seiner Hände in den Hosentaschen. Er öffnete das Tor, blickte nach rechts und links und verschwand.

Achtzehntes Kapitel

Ich öffnete die Augen. Der Tag versprach derart fürchterlich zu werden, daß es eine Weile dauerte, bis ich mich überwinden konnte, das Bett zu verlassen und ihn zu beginnen. Vor meinem Fenster bot der tyrannische Himmel abermals hinterlistig seine unnatürliche Hitze dar wie ein niemals schwindendes Bündel Banknoten, doch ich wußte, daß sich Stürme unter das unschuldige Blau geschmuggelt hatten. Heute war kein Tag wie jeder andere. Heute, das war mir klar, würde mich das Glück in Sachen Autofahren verlassen, und das ganze Gebäude meines Lebens auf dem Lande, das ich beinahe schon für gesichert halten wollte, schien sich zu verziehen und zu ächzen. Im Schatten dieses großen Grauens lauerten andere, kleinere Sorgen: der bevorstehende Abend mit Mr. Trimmer, meine wirren, unangebrachten Gefühle für Toby, denen sein Mondscheinbesuch eine ungemein gefährliche Dimension der Erfüllung verliehen hatte, und das undeutliche, dennoch sichere Gespür, das mir im Schlaf eingepflanzt worden zu sein schien, daß man mich trotz Martins Fürsprache verurteilte, weil ich durch das Tragen der abgeschnittenen Hose zu weit gegangen war, und mich dafür büßen lassen würde, entweder unmittelbar oder später im Zuge einer größeren Abrechnung.

Es überraschte mich, daß die letzte und geringste der Sorgen sich als erste bewahrheiten sollte; denn kaum war ich leise durch die Hintertür in das große Haus getreten, unauffällig mit einem langärmeligen Hemd und einer Hose bekleidet, und begann, durch den Flur zu schleichen, als mir genau das, was ich zu vermeiden hoffte – eine Begegnung mit Pamela – widerfuhr.

»Stella!« Sie kam leise aus der Küche und schloß die Tür hinter sich. »Auf ein Wort.«

Sie trat in dem düsteren Flur zu mir. Die Art, wie sie aufgetaucht war, ließ mich vermuten, daß sie auf mich gewartet hatte, und der vertrauliche Tonfall und der ernste, entschlossene Gesichtsausdruck ließen darauf schließen, daß ich getadelt werden sollte. Es gibt Frauen, die Autorität überfallartig ausüben; sie können sie nur als Mittel der Belohnung oder des Tadels anwenden. Ich hatte wenig Ahnung, was Pamela zwischen diesen beiden Extremen von mir erwartete, und dies war vermutlich der Grund, weshalb ich so häufig darin versagte, ihren Vorstellungen zu genügen.

»Verzeihen Sie, wenn ich so frei bin«, sagte sie sehr schnell mit leiser Stimme. »Aber gestern abend vor den anderen wollte ich nichts sagen, und ich muß das klarstellen.«

Ich sah, daß sie aufgewühlt war wie so häufig; durchgeschüttelt wie der Inhalt einer Flasche, die man auf den Kopf stellte, damit der Bodensatz sich löst.

»Ich weiß, was Sie sagen wollen«, begann ich in der Hoffnung, sie abzulenken.

»Ich habe nichts dagegen, wenn wir draußen am Schwimmbad sind oder so«, fuhr sie fort; sie hatte mich anscheinend nicht gehört. »Aber aufreizende Kleidung am Abend, wenn die Männer da sind, das geht wirklich nicht.«

»Es tut mir leid«, erklärte ich.

»Wenn Sie nicht genug saubere Sachen haben, dann kommen Sie um Himmels willen zuerst zu mir, und ich helfe Ihnen aus.«

»Es wird nicht wieder vorkommen«, sagte ich.

»In dieser Zeit und in Ihrem Alter vergißt man leicht«, fuhr sie beharrlich fort, »daß manche Dinge nach wie vor nicht statthaft sind. Ich weiß, daß Sie uns nicht sehr gut kennen, und dort, wo Sie herkommen, ist so etwas vielleicht akzeptabel, aber mit jungen Männern im Haus muß ich wirklich darauf bestehen, daß es nicht wieder vorkommt.«

»Bestimmt nicht«, sagte ich.

»Erledigt?« schloß sie und sah mir in die Augen. »Es tut mir leid, daß ich den Tag mit einer so unangenehmen Sache begonnen habe, aber ich fand, es mußte einmal gesagt werden. Wir wollen es jetzt vergessen, ja?«

»Schön«, stimmte ich matt zu.

»Gut. Ich glaube, Martin wartet oben auf Sie, also fort mit Ihnen.«

Sie verschwand wieder durch die Küchentür und schloß sie hinter sich. Ermattet lehnte ich mich einen Augenblick an die Wand, dann ging ich schwerfällig durch die Halle und die Treppe hinauf in Martins Zimmer.

»Was ist los?« fragte er, als ich hereinkam.

»Nichts«, antwortete ich bedrückt. »Was möchtest du machen?«

Pamelas Attacke hatte dem Tag einen fatalen Unglücksstempel aufgedrückt. Nach einem solchen Anfang konnte mir keine Unternehmung glücken, nicht nur, weil das Thema bestimmt und der Ton festgelegt war, sondern auch, weil der ungewisse Ausgang vieler Handlungen von meiner Zuversicht abhing, die nun elend in einem verschämten Winkel meines Herzens darniederlag. Ich verfluchte mich wegen der Verwegenheit meines Entschlusses, die abgeschnittene Hose zu tragen, und ich verfluchte Toby, weil er es initiiert hatte. Die Erregung, die ich fühlte, wenn ich an seinen Besuch des Cottage letzte Nacht dachte, war jetzt doppelt degoutant. Warum war er so spät in der Nacht zu mir gekommen? Vielleicht war er in der ausdrücklichen Absicht, mich *nicht* zu sehen, zu so später Stunde gekommen, um seine Erinnerungen an den Ort zu besuchen und nicht die neue Bewohnerin, zu einer Stunde, da er sicher sein konnte, daß ich nicht ansprechbar war. Diese neue Theorie schien gefährlich zutreffend zu sein, bis mir einfiel, daß ich ihn deutlich hatte an die Tür klopfen hören, und selbst nach so kurzer Bekanntschaft war mir klar, daß er kein Mann war, dem es lag, sich Reminiszenzen oder Betrachtungen hinzugeben. Auch in der Hitze der Genugtuung glaubte ich nicht, daß Toby mich wirklich mochte. Meine vorangegangene Enttäuschung im Garten des Cottage war noch zu frisch, um einen solchen Gedanken zuzulassen. Ich war überzeugt, es war die abgeschnittene Hose, die ihn verlockt und ihm den Weg zu meiner Tür gewiesen hatte, und nachdem ich mir dies eingestand, sah ich mich in verspätetem, verlegenem Einverständnis mit Pamela und ihrem Zorn.

»Ah!« entfuhr es mir laut, ein Ausruf, der von einem Übermaß an innerer Qual an die Oberfläche getrieben wurde.

»Was?« sagte Martin wehmütig.

»Nichts. Ich bin heute bloß mit einem schlechten Start in den Tag gegangen.«

»Ich verstehe es nicht, wenn Leute so etwas sagen«, erklärte er, wobei er zweifelsohne an seine Mutter dachte. »Ich habe nie solche Gefühle. Es hört sich an, als würden sie eine Vorstellung geben oder eine Prüfung ablegen oder so was. Ich überlege mir nur, wozu ich Lust habe, und sehe dann, was passiert.«

»Gehst du heute ins Zentrum?« fragte ich, teils, muß ich leider gestehen, um ihn an sein Unglück zu erinnern, aber hauptsächlich um festzustellen, ob eine Möglichkeit bestand, dem Debakel noch einmal auszuweichen, das in meinem Kopf seltsamerweise mit jedem Aufschub substanzloser geworden war. Es war mir in den letzten Tagen beinahe vollkommen gelungen, das Fahrproblem aus meinen Gedanken zu verbannen; oder ich war vielmehr, gleich einem Piloten in einem kleinen Flugzeug, unmittelbar darüber hinweggeflogen; der Struktur seiner Konturen voll bewußt, ohne sie zu fühlen, hatte ich mich rechtzeitig jedem furchtsamen Schlingern entzogen und war über die drohenden Gipfel hinweggeglitten. Ich hoffte wenigstens, daß, wenn die unvermeidliche Mauer der harten, unüberwindlichen Tatsache vor mir aufragte, mein Zusammenstoß mit ihr kurz und schmerzlos sein würde; denn obwohl ich mir Zeit wünschte, um mich auf das vorzubereiten, was kein noch so intensives Nachgrübeln ändern konnte, wußte ich: Wenn ich mir über meine Angst im klaren war, würde ich jede Folter ertragen, die sie sich für mich ausdenken könnte.

»Ich glaube, ja«, sagte Martin. Seine Unklarheit war eine Tortur. »Welcher Tag ist heute?«

»Mittwoch.«

»Ja, dann geh ich wohl. Bringen Sie mich hin?«

»Ja«, rief ich mit schriller Stimme.

In Momenten größerer Zuversicht als der jetzigen, wenn ich es wagte, aus der Höhe meines Ignorierens herabzusehen, hatte ich mich gefragt, was am Autofahren denn so schwer sei, daß es die pure Kraft meiner Verzweiflung nicht überwinden könnte. Ich hatte oft genug, ja unzählige Male im Laufe meines Lebens neben Leuten im Auto gesessen, und als ich mir die diversen Manöver, die ich, wenn auch halb unbewußt, mit angesehen hatte, ins Gedächtnis zu rufen versuchte, stellte ich fest, daß ich unwissentlich genügend Bilder vom Vorgang des Fahrens angesammelt hatte, um in meinem Kopf eine Art Fahrstunde ablaufen zu lassen. Lenken war ganz leicht, lediglich eine Sache von Instinkt und klarem Blick. Gasgeben und bremsen konnte auch nicht schwerer sein, hatte man erst erkannt, welche Pedale dafür zuständig waren. Der Schalthebel war es, der mich einschüchterte, und die zahllosen Möglichkeiten, ihn zu bedienen, die ich mir von meinen Fahrten auf dem Beifahrersitz in Erinnerung rief, ließen vermuten, daß dieser Hebel als Bereich des persönlichen Gutdünkens zugleich der Kernpunkt der Schwierigkeit war. Meine Mutter hatte ihn mit übertriebener Vorsicht gehandhabt, mein Vater hatte ihn lässig von einem Gang zum nächsten gleiten lassen; Edward, der, so unwahrscheinlich es anmuten mag, mit genießerischer Freude fuhr, hatte ihn nahezu *liebkost*, wenn er ihn betätigte. Am meisten interessierte mich, wie Mr. Madden den Vorgang beherrschte, war es doch sein Wagen, den ich fahren sollte. Er schaltete mit einer zähen Zuversicht, über die, wie ich mir vorstellen konnte, Experten die Nase rümpfen würden; was mich jedoch verstörte, waren Eigenheiten in seiner *Handhabung* des Autos, die vermuten ließen, daß es in gewissem Sinne reizbar oder ungezähmt war und, um gefahren zu werden, nicht nur ein überdurchschnittliches Maß an Geschicklichkeit, sondern auch eine Art persönliche Bekanntschaft erforderte.

»Um wieviel Uhr müssen wir los?« fragte ich. Ich hätte gern gewußt, ob es wohl die Möglichkeit gäbe, in die Zufahrt hinauszuschlüpfen und meinen Gegner vorweg in Augenschein zu nehmen.

»Irgendwann nach dem Mittagessen.« Martin gähnte. »Nehmen Sie's nicht so wichtig.«

Der Vormittag verflog in atemberaubendem Tempo. Jedesmal, wenn ich auf die Uhr sah, schien er unvorstellbar weit fortgeschritten zu sein, und am Ende war mein Widerstand gegen das Vergehen der Zeit im Verhältnis zu ihrer Geschwindigkeit so groß, daß ich das Gefühl hatte, mich auf einer unaufhaltsamen, rasenden Fahrt bergab zu befinden – wobei die Welt um mich verschwamm und der Wind mir ins Gesicht schlug – und meine vielen anderen Sorgen weit oben zurückgelassen zu haben. Wir hielten uns in Martins Zimmer auf; denn die anhaltende Hitzeperiode hatte den Punkt, wo es geboten war, nach draußen zu gehen, überschritten und jenen Punkt erreicht, wo es geboten war, im Haus zu bleiben. Ich hatte Martin aufgetragen, seine Hausaufgaben zu machen. Ich unterband jeden seiner Versuche, mich statt dessen in ein Gespräch zu verwickeln, und saß in finsteren Betrachtungen und Befürchtungen auf dem Fenstersitz. Es gibt nur weniges, was unerfreulicher ist als die Vorahnung von einer unausweichlichen einsamen Prüfung. Was sich zunächst als ferner Fleck darstellt, kann sich von all den zwischenzeitlichen Stunden nähren, bis es ein ungeheures Hindernis wird, in dessen Schatten es unmöglich ist, die Wärme einer zukünftigen Tröstung zu spüren. Ich konnte keine Zeit voraussehen, in der mein Unglück vergangen wäre. Ich wußte, daß ich zu irgendeinem Zeitpunkt Auto gefahren sein, es vollbracht haben würde; aber selbst diese Gewißheit beherbergte hundert verschiedene Ergebnisse, die keinen Raum für Trost ließen. Daß ich die Zwischenzeit nicht nur durchstehen, sondern in ihr die größte Leistung meines Lebens vollbringen mußte, bedeutete, daß reines Überlebensdenken mir wenig nützte. Nun wünschte ich von ganzem Herzen, ich hätte den Maddens bei der ersten Gelegenheit die Wahrheit gebeichtet, eine Wahrheit, die jetzt unstatthaft war, da sie seither so viele Lügen um sich geschart hatte.

»Fertig!« sagte Martin triumphierend und wedelte mit einem Buch. »Gehen wir runter. Zeit zum Mittagessen.«

»Wir nehmen nur einen leichten kalten Imbiß in der Küche«, sagte Pamela, als wir erschienen. Ich fragte mich, ob ihr Bedürfnis, einer Sache, die vom Wesen her zwanglos war, eine so ausführliche Bezeichnung zu geben, von gastgeberischem Geschick kündete oder von Angst vor dem, was jenseits davon lag. »Toby hilft Piers heute auf der Farm, und ich habe ihnen Sandwiches mitgegeben.«

»Wie bitte?« fragte Martin fröhlich, während ich zu ergründen versuchte, ob die Abwesenheit von Toby und Piers meine Lage verbesserte oder verschlimmerte. Ich hatte damit gerechnet, daß Piers während meiner ersten und zwangsläufig chaotischen Manöver beim Fahren Ruhe verströmen, Toby dagegen Panik erzeugen würde, womit ich nun mehr oder weniger dort stand, wo ich angefangen hatte.

»Was hast du dagegen?« fragte Pamela scharf. »Ich finde es sehr nett von ihm, seine Hilfe anzubieten.«

»Ich wette, er hat sie nicht angeboten«, sagte Martin.

»Nun, er hat sich jedenfalls nicht geweigert«, herrschte Pamela ihn an.

»Ich wette, er war stinksauer.« Martin warf mir einen drohenden Blick zu. »Ich wette, er hat sich vorgestellt, wie er Stella heute rund ums Schwimmbecken jagt.«

Dies war, wenngleich ich annahm, daß es ihm nicht bewußt war, das weitaus Schlimmste, was Martin sagen konnte. Pamelas ganzer Körper verspannte sich bei der Bemerkung.

»Nun, ich glaube nicht, daß Stella viel dagegen gehabt hätte«, meinte sie ruhig.

»Boah!« sagt Martin grinsend. »Gemein!«

Obwohl ich über Pamelas Bemerkung verärgert war und mich durch das Gespräch insgesamt gekränkt fühlte, sah ich mich außerstande, mich einzumischen, teils weil meine Sorgen in punkto Autofahren mich in einer unausweichlichen Umklammerung hielten, und teils weil diese Art von Konversation mir so fremd war, daß ich nicht wußte, wie ich mich einschalten könnte. Statt dessen tat ich etwas, was ich selten tue:

Ich ertrug die Kränkung stumm und mit sichtlich verletzter Miene. Wir setzten uns an den Tisch, und nachdem Pamela und Martin ein paar oberflächliche Äußerungen zu anderen Angelegenheiten gemacht hatten, wandte sie sich mir zu.

»Ach, um Gottes willen, Stella, seien Sie bloß nicht eingeschnappt«, sagte sie mit einem Tonfall zwischen Zorn und Belustigung. »War doch nur ein bißchen Spaß.«

Diese letzte Ungeheuerlichkeit hätte mich um ein Haar zu einem Wutausbruch provoziert. Mir fiel ein, was Pamela vorher im Flur gesagt hatte, von wegen *wo ich herkam*, als sei dies selbstverständlich und prinzipiell ein Ort mysteriöser Degeneration, den ich zugunsten der höheren Sphäre, welche zu bewohnen ich jetzt das Glück hatte, aufgeben sollte, ja mußte; ein Ort, der überdies, da er außerhalb des kleinen Kreises ihrer Belange lag, nicht mit einer eigenen Sprache, sondern nur mit Unwissenheit ausgestattet war. Ich dachte allerdings nicht, daß Pamela mich als unter ihr stehend betrachtete; sie räumte ihren eigenen Vorstellungen und denen der Menschen ihrer Art eine so große Souveränität ein, daß sie deren Autorität als Sache universaler Zustimmung ansah. Pamela war, erkannte ich, zu überaus allgemeinen Ansichten im Hinblick auf Menschen, die anders waren als sie, erzogen worden; und ohne Aufklärung oder Bekannte, die sie über Einzelheiten ins Bild setzten, besaß sie jenes merkwürdige Vertrauen, das mit Unwissenheit einhergeht und das sich mehr damit befaßt, die Welt in Schach zu halten, als damit, sie zu verstehen oder gar zu verbessern. Unter so gut wie allen anderen Umständen hätte sie mich nicht wegen meiner Erscheinung tadeln und daraus die Schlußfolgerung ziehen können, wie sie es getan hatte, und hier gerieten ihre Familie, ihr Haus und ihre Stellung im Leben in eine fatale Kollision mit ihrer Launenhaftigkeit. Pamelas Triumphe waren nicht von Vernunft, Religion, Moral oder gar Etikette geprägt; sie waren, auch wenn sie es nicht wußte, lediglich ein Triumph von Zahlen. Pamela funktionierte nach einer Art einwärts gekehrter Gesetzlosigkeit, womit ich meine, daß sie wohl Regeln hatte, und zwar eine ganze Menge, deren Basis aber der stets schwankende Boden dessen war, was ihr gerade einfiel, und deren höchstes Ziel die ordnungsgemäße Aushändigung an sie selbst war, wie es ihr entsprach. Wo ich herkomme, wollte ich sagen, würden wir nie so unverschämt sein; und der bloße Gedanke daran führte zu einem so plötzlichen Sehnsuchtsschmerz nach dem Leben, das ich hinter mir gelassen hatte, daß ich fürchtete, in Tränen auszubrechen, wenn ich ihn in Worte faßte.

»Ich bin nicht eingeschnappt«, sagte ich nur. »Ich denke bloß an etwas anderes.«

Pamela hatte den Mund aufgemacht, bereit, vermutete ich, zu einer passenden bissigen Bemerkung über die Unangemessenheit, an etwas anderes zu denken, als Martin ihr zuvorkam.

»Ach, laß sie in Ruhe, du alte Schachtel«, sagte er mit vollem Mund. »Sie würde dir selbst sagen, daß du dich verziehen sollst, wenn sie nicht so verlegen wäre.«

»Stella kann mir sagen, daß ich mich verziehen soll, wenn sie will!« sagte Pamela mit fröhlich erstaunter Miene. Ich würde den Prozeß wohl nie ergründen können, durch den persönliche Kränkungen bei ihr unweigerlich gute Laune erzeugten. »Sie weiß, daß wir hier kein Blatt vor den Mund nehmen.«

»Manchmal wünschte ich, Sie würden öfter mal ein Blatt vor den Mund nehmen«, sagte ich wagemutig, froh, daß ich es geschafft hatte, eine wenn auch verspätete Entgegnung anzubringen.

»Ach du liebe Zeit!« Pamela warf lachend den Kopf zurück. »Finden Sie, wir sind alle *schrecklich* grob miteinander? Früher hat mich das beunruhigt, aber jetzt habe ich mich daran gewöhnt. Ach, laß das bleiben! Das ist widerlich!« Martin beugte sich zu ihr und kaute absichtlich mit weit offenem Mund. »Meine Güte, seht nur, wie spät es ist! Ihr zwei müßt machen, daß ihr wegkommt.«

Urplötzlich hatte mein Schicksal mich ereilt. In der Sekunde, bevor Pamela auf die Uhrzeit hinwies, hatte ich fast vergessen, was ich jetzt tun mußte, und als es nun wieder auf mich einstürzte, verdoppelte sich mein Entsetzen.

»Schön«, sagte ich und stand auf. Mit Schrecken bemerkte

ich ein Schwächegefühl in den Beinen. In diesem Moment schien nichts ganz wirklich. »Bist du soweit?«

»Mm.« Martin stopfte sich einen letzten Riesenhappen Essen in den Mund.

»Sie kennen den Weg, ja?« fragte Pamela, die offensichtlich nichts von dem ganzen stummen Drama aus Aufschub und Erleichterung mitbekommen hatte, in dem ich die letzten Tage gefangen gewesen war. Wie ich sah, war ihr entgangen, daß es mir bislang erspart geblieben war, Martin zum Zentrum zu chauffieren.

»Ich denke schon«, sagte ich. »Martin kann helfen, wenn ich mich verfahre.«

Ohne weiteren Vorwand, in der Küche zu verweilen, war ich gezwungen, die Griffe von Martins Stuhl zu fassen und ihn zur Tür zu rollen. Ich war zutiefst beunruhigt über das Gefühl körperlicher Schwäche, das in meinen Beinen begonnen hatte und sich nun in meinen Armen ausbreitete. Ich konnte Martins Stuhl kaum schieben, und die Küche schien sich vor meinen Augen hierhin und dorthin zu neigen. In der Halle angekommen, bemerkte ich zu meinem Schrecken, daß Pamela hinter uns blieb. Ich fragte mich, ob sie beabsichtigte, uns zu verabschieden, und überlegte verzweifelt, womit ich sie davon abbringen konnte.

»Dann bis später«, sagte ich.

»Schönen Tag, Liebling«, sagte sie, uns immer noch dicht auf den Fersen.

»Pustekuchen«, sagte Martin.

»Wiedersehen«, sagte ich in bestimmterem Ton, als wir an der Tür anlangten.

»Brauchen Sie Hilfe, um ihn ins Auto zu bekommen?« fragte Pamela und blieb beharrlich auf der Schwelle stehen, als Martin die Rampe hinunterstürmte.

»Nein!« schrie ich. »Wir schaffen das schon.«

Ich legte meine Hand auf die Tür, als wollte ich sie zumachen. Pamela rührte sich nicht vom Fleck. Unsere Blicke trafen sich.

»Schön, dann überlasse ich es Ihnen«, sagte sie schließlich.

Sie sah mich ziemlich mißtrauisch an, und dann drehte sie sich zu meiner Erleichterung um und ging durch die Halle zurück.

Ich schloß die Tür fest hinter ihr und ging ermattet die Stufen hinunter zu Martin, der neben dem Auto in der Sonne saß.

»Machen Sie die Tür auf«, sagte er.

Ich öffnete die Autotür, und er hievte sich auf den Beifahrersitz. Ich schloß die Tür hinter ihm und ging auf die andere Seite, mit einem Gefühl, als schritte ich auf etwas Weichem wie Marshmallows.

»Sie haben meinen Stuhl vergessen«, sagte Martin, als ich die andere Tür öffnete.

»Oh, Verzeihung.«

Ich ging zurück auf die Beifahrerseite, wo der Stuhl verlassen auf dem Kies stand. Martin kurbelte das Fenster herunter. »Stehen Sie nicht bloß da herum«, sagte er.

»Ich weiß nicht, wie man ihn zusammenklappt.«

»Stellen Sie den Fuß auf das Ding hinten. Ja, so.«

Der Stuhl klappte flach zusammen, und ich trug ihn zum Kofferraum. Nie im Leben hatte ich mich untüchtiger gefühlt als in diesem Moment. Ich öffnete den Kofferraum und lud den Stuhl ein.

»Nun machen Sie schon, Stel-la«, rief Martin vorne.

Mir wurde klar, daß ich alle Handlungen in Zeitlupe ausgeführt hatte, als wollte ich den Augenblick hinauszögern, wo ich in den Wagen steigen mußte. Da der Stuhl nun verstaut war, gab es nichts mehr zu tun. Ich ging wieder auf die Fahrerseite und stieg ein.

»Was ist los mit Ihnen?« fragte Martin in wehleidigem Ton.

Vor meinen Augen war das erschreckendste Panorama, das ich je gesehen hatte. Über die gesamte vertikale Achse auf meiner Seite erstreckte sich ein unendliches Kontrollfeld, ein rätselhafter Wust aus Skalen und Schaltern, Knöpfen und Schaubildern, auf denen es nicht nur von Ziffern wimmelte, sondern auch von Abkürzungen (»m.p.h.«, »k.m.h.«, was eine unabdingbare Vertrautheit anmahnte), farbigen Rechtecken, gezogenen Linien und einem ganzen Register von Hieroglyphen, die von seltsamen Fahrabenteuern kündeten: eine kleine Benzinpumpe, eine Anzahl Wellenlinien wie aufsteigender Dampf, drei Lampen, deren Strahlen in drei verschiedene Richtungen schienen. Diesem Hintergrund entstieg das stumme schwarze Rund des Lenkrads, das von Hebeln strotzte. Pedale lagen zu meinen Füßen wie wartende Fußschellen. Vor der Windschutzscheibe, unter der langen Kühlerhaube, lauerte der Motor und harrte darauf, zum Leben zu explodieren.

»Ich kann nicht Auto fahren«, sagte ich.

Es folgte ein langes Schweigen. Martin neben mir sah starr geradeaus.

»Na, so was«, sagte er schließlich.

»Wenn deine Eltern dahinterkommen«, fuhr ich fort, »schicken sie mich vermutlich nach Hause.«

»Vermutlich.« Er nickte. »Sie hatten das Autofahren zur Bedingung gemacht, Stel-la.«

»Ich weiß.«

Es schien müßig, den Prozeß zu erklären, durch den ich, aus Bequemlichkeit oder sonstwie, versäumt hatte, seinerzeit von diesem Erfordernis Notiz zu nehmen, oder im nachhinein jemandes Aufmerksamkeit auf dieses Versäumnis zu lenken. Was mir in diesem Moment Sorgen machte, war, was Martin zu tun gedachte. Indem ich ihm beichtete, hatte ich mich ihm vollkommen ausgeliefert. Obgleich ich mir bewußt war, daß unsere Vertrautheit seit dem Augenblick unserer ersten Begegnung an Stärke gewonnen hatte, war ich nie auf den Gedanken gekommen, sie auf die Probe zu stellen. Jetzt hatte ich das Gefühl, daß Martins Bindung zu mir mit derjenigen zu seinen Eltern wetteiferte, und als er neben mir im Auto saß, von diesen widersprüchlichen Loyalitäten hin und her gerissen, erhielt seine Entscheidung eine Bedeutung für mich, die über das rein Zweckmäßige hinausging. Mein Herz war ausgehöhlt und wartete darauf, von Martins Anerkennung gefüllt zu werden, und der Gedanke, daß er mich zurückweisen könnte und mich den Autoritäten der Familie übergeben würde, während er sich in ihre Reihen zurückzog, war mir unerträglich.

»Das kann nicht so schwer sein«, bemerkte er dann. »Ich weiß, wie's geht. Ich sag Ihnen einfach, was Sie tun müssen.«

»Na gut«, sagte ich mutig. »Wenn du sicher bist, daß du keine Angst hast.«

»Es wäre mir eine Ehre«, sagte Martin, »mit Ihnen zu sterben, Stel-la. Schlüssel umdrehen.«

Ich fand den Schlüssel, der schon im Zündschloß steckte, und drehte ihn herum. Unter der Haube erwachte der Motor stotternd zum Leben, und dann begann der Wagen langsam rings um uns zu zittern.

»Ist er an?« fragte ich. Ich hatte eine Art Dröhnen erwartet.

»Natürlich ist er an. So, Sie haben drei Pedale zu Ihren Füßen. Rechts ist das Gaspedal. Treten.«

Ich trat mit dem Fuß darauf, meine Hände packten das Lenkrad. Das Motorgeräusch wurde lauter, aber der Wagen bewegte sich nicht. Weil ich dachte, es läge daran, daß ich nicht fest genug getreten hatte, drückte ich den Fuß herunter, bis es nicht weiterging.

»Halt!« schrie Martin über das Heulen des Motors hinweg.

»Warum haben wir uns nicht bewegt?« fragte ich, als es erstarb.

»Weil wir keinen Gang drin haben. Ich habe Sie nur gebeten, das Pedal zu treten, damit Sie wissen, welches es ist. Das mittlere ist die Bremse. Treten Sie darauf.«

Ich gehorchte.

»Das linke Pedal ist die Kupplung. Die tritt man, wenn man in einen anderen Gang schalten will.«

»Okay.«

»Wenn Sie die Kupplung treten, nehmen Sie den Fuß vom Gas. Wenn Sie dann in einen anderen Gang geschaltet haben, setzen Sie den Fuß wieder aufs Gaspedal.«

»Wie schaltet man?«

»Sie müssen bloß – hören Sie, ich sag Ihnen was. Ich schalte für Sie. Ich rufe einfach *Kupplung*, und Sie setzen den Fuß auf die Kupplung, okay? Sie konzentrieren sich aufs Lenken.«

»Okay.«

»Okay. Kupplung.«

Ich blickte durch die Windschutzscheibe auf die ferne Szenerie der Zufahrt. Der Wagen stand in Vorwärtsrichtung, wofür ich dankbar war.

»Kupplung, Stel-la.«

»Oh, Verzeihung.«

Ich trat die Kupplung, und Martin bediente mit der linken Hand den Schalthebel neben mir.

»Gut. Lassen Sie den Fuß vorerst auf der Kupplung. Bremse lösen.«

»Ich steh doch gar nicht auf der Bremse«, sagte ich verwirrt.

»Nein, die *Hand*bremse. Die ist neben Ihnen. Sie drücken vorne leicht drauf, dann geht sie runter.«

»So?«

»Gut. Jetzt Hände ans Lenkrad, Stel-la. Setzen Sie den Fuß aufs Gaspedal und nehmen Sie *ganz langsam* den Fuß von der Kupplung.«

Ich trat auf das Gaspedal, und der Lärm des Motors stieg an.

»Nicht so viel!« schrie Martin. »Nur ein kleines bißchen. So ist es gut. Okay, ganz langsam die Kupplung kommen lassen.«

Es ist schwer zu vermitteln, wie überrascht ich trotz der erhaltenen Vorwarnung war, als auf das Kommando meiner Füße die ganze Welt in Lärm und Bewegung verschwamm. Wäre es mir möglich gewesen, ausschließlich mit den Händen zu fahren, ich hätte vielleicht mehr natürliche Instinkte angewandt, um mich vom Haus zu entfernen. So aber war Martins Unterweisung in ihrer Einfachheit zutiefst irreführend; denn ich hatte keine Ahnung, was für ein Chaos mein sachtes Treten entfesseln würde. Ich nahm den Fuß von der Kupplung, und der Wagen schoß mit einem solchen Tempo vorwärts, daß ich wahllos panisch auf die Pedale trat, während die ruckelnde Szenerie sich uns entgegenbewegte und Martin neben mir vergeblich gegen den Motorenlärm anschrie. In diesem Ansturm der Ereignisse blieb mir keine Zeit, auch nur daran zu denken, die Lage zu beherrschen. Ich konnte nur versuchen, mich mit einer kontrastierenden Mattigkeit, die zugleich erschreckend und unabänderlich war, daran zu erinnern, wie man das Auto zum Stehen brachte. Ganz langsam fiel mir ein, daß das Loslassen des Gaspedals sich irgendwie auf die Fahrgeschwindigkeit auswirken könnte. Noch langsamer reagierte mein Fuß – gegen seinen Willen, sollte ich hinzufügen; denn der Instinkt gebot ihm, fester zu treten, je schneller wir fuhren. Das Auto schwenkte von der Kieszufahrt und schoß über den Rasen. Es ruckte einmal, zweimal und erstarb.

»Nicht schlecht«, sagte Martin mit hoher Stimme. »Versuchen wir's noch mal.«

»Ich weiß nicht, ob ich es kann.« Nachdem wir glücklich zum Stehen gekommen waren, zitterte ich vor Schrecken und Erleichterung. »Ich stelle mich entsetzlich an. Ich sollte mich einfach damit abfinden, daß ich niemals werde fahren können.«

»Seien Sie nicht albern! Niemand kann einfach *fahren.* Man muß es lernen.«

Als ich mich umsah, stellte ich überrascht fest, daß wir nur wenige Meter weit gekommen waren. Das Haus stand geduldig und überheblich hinter uns.

»Ich kann's nicht.«

»Sie müssen, Stel-la. Außerdem, wenn Sie nicht losfahren, kommt meine Mutter raus, um zu sehen, was los ist.«

Dies erwies sich als größter Ansporn, aktiv zu werden. Ich drehte den Schlüssel wieder herum.

»Fahren Sie diesmal ein bißchen schneller«, riet Martin. »Dann würgen Sie ihn nicht ab.«

»Ich bin doch schnell gefahren!« schrie ich.

»Sie sind ungefähr acht Stundenkilometer gefahren. Kupplung.«

Mein zweiter Versuch verlief schon erfolgreicher als der erste. Da ich nun weniger Angst vor dem Gaspedal hatte, konnte ich mich auf das Lenkrad als Richtschnur der Übung konzentrieren. Ich manövrierte uns auf den Kies zurück und merkte mit freudig erregter Zuversicht, daß ich imstande war, den Wagen in gerader Linie durch die Zufahrt zu lenken.

»Kupplung!« rief Martin.

Ich tastete mit dem Fuß umher, fand das Pedal. Als ich es drückte, bockte der Motor mit entsetzlichem Heulen.

»Nehmen Sie den Fuß vom Gas, Dummkopf! Okay, lassen Sie jetzt die Kupplung kommen und gehen Sie dann wieder aufs Gaspedal.«

Der Wagen ruckte vorwärts, als der Motor in einer neuen Tonart zu summen begann.

»Wir haben geschaltet!« rief Martin.

Erschreckend rasch kam das Tor am Ende der Zufahrt in Sicht.

»Was mach ich jetzt?«

»Fuß auf die Kupplung. Anderen Fuß auf die Bremse.«

Ich setzte den Fuß auf die Bremse, und der Wagen blieb so plötzlich stehen, daß Martin und ich nach vorn geworfen wurden.

»Sachte! Okay, wir biegen hier rechts ab, Kupplung.«

So oder so, bald waren wir auf der Teerstraße. Meine Gefühle waren eine seltsame Mischung aus der trunkenen Aufgeregtheit nach vollbrachter Leistung und dem eher nüchternen Bewußtsein, wie brüchig meine Beherrschung der Lage tatsächlich war. Wie jemand, der auf einem Drahtseil balanciert, ahnte ich, daß ich in dem Moment, in dem ich mir meiner Heldentat bewußt würde, nicht länger in der Lage wäre, sie zu vollbringen. Mit anderen Worten, ich war mir nicht ganz sicher, *wie* ich den Wagen fuhr. Ich wußte nur: Alles hing davon ab, daß ich weitermachte.

»Kupplung«, sagte Martin.

Ich hatte zumindest das Glück, daß dank der Abgelegenheit der schmalen Straße die Wahrscheinlichkeit, dort einem anderen Fahrzeug zu begegnen, gering war. Dies fiel mir zunächst nicht weiter auf – ich war nur an meinem Fortkommen interessiert und hatte nicht an die Tatsache gedacht, daß der Bereich, in den ich mich vorwagte, Gemeindegrund war und der Invasion durch andere offenstand –, doch als nach einer Weile die Randbezirke von Buckley, überreich an Hindernissen, zu sehen waren, bekam ich die Gewalt meiner Vemessenheit, mich ans Steuer zu setzen, zu spüren.

»Wir müssen anhalten.«

»Immer mit der Ruhe«, sagte Martin fürsorglich. »Es ist nicht mehr weit.«

»Ich kann nicht«, sagte ich. Beim Anblick von Häusern und anderen Autos hatte ich es aufgegeben, den Wagen beherrschen zu wollen. Ich nahm die Füße von den Pedalen.

»Stella!« schrie Martin. »Wir sind mitten auf der Straße! Sie können nicht einfach anhalten!«

Der Wagen wurde langsamer und kam dann mit einem heftigen Ruck zum Stehen. In der Stille konnte ich das Surren eines Ventilators hören.

»Okay«, sagte Martin mit sanfterer Stimme. »Drehen Sie den Schlüssel.«

»Nein.«

»Sie müssen. Wir können hier nicht stehenbleiben. Drehen Sie den Schlüssel.«

Das plötzliche Bewußtwerden meiner Unfähigkeit und das rückwirkende Staunen darüber, daß ich den Wagen fast bis nach Buckley gefahren hatte, bewirkten eine Art Lähmung in meinen Gliedmaßen. Ich hatte den Schwung verloren, mit dem ich uns mutig an diese ungünstige Stelle befördert hatte. Ich hatte auch einen abrupten Anfall von Gedächtnisschwund erlitten und konnte mich an nichts mehr erinnern, was Martin mir darüber gesagt hatte, wie das Auto funktionierte.

»Sehen Sie, da ist jemand hinter uns. Drehen Sie den Schlüssel.«

Gegen jeglichen inneren Protest drehte ich abrupt den Schlüssel herum. Wir sahen direkt in die Sonne, und sie knallte durch die Windschutzscheibe in mein Gesicht. In dem grellen Funkeln war die Straße eine Ansammlung von undeutlichen Formen.

»Ich kann nichts sehen.«

»Scheiße. Machen Sie schon.« Er langte an mir vorbei und klappte die Sonnenblende herunter. »Besser so?«

»Ein bißchen.«

»Gut. Kupplung.«

»Welches ist die Kupplung?«

»Das linke!«

Der Wagen schoß vorwärts, und ich klammerte mich ans Steuer, lenkte hierhin und dorthin, während Martin neben mir unverständliche Warnungen schrie. Als wir in die Stadt hineinfuhren, schloß ich mehrmals die Augen und stöhnte, denn die Karosserie des Wagens kam mir so breit vor, daß ich tief Luft holen mußte, um ihn durch unmöglich schmale Lükken zu lenken.

»Fahren Sie etwas langsamer«, sagte Martin mit schriller Stimme. »So ist's gut. Wir biegen gleich links ab.«

Die erstaunten Gesichter von Passanten flitzten in einem verschwommenen Gewirr aus Häusern, Ladenfronten und geparkten Autos an mir vorbei. Ich hatte absolut kein Gespür dafür, ob ich die Situation irgendwie beherrschte.

»Links!« brüllte Martin und fuchtelte wild mit den Armen.

Mein Körper reagierte nur auf die Richtung des Befehls, ohne sich auf den ordnungsgemäßen Vorgang für die Ausführung zu besinnen. Ich riß das Steuer automatisch nach links, ohne vom Gas zu gehen, und ringsum gab es ein fürchterliches Quietschen, als wir auf einen Parkplatz schwenkten und rechtzeitig, wenngleich unbeabsichtigt, zum Stehen kamen.

»Du lieber Gott«, sagte Martin.

»Verzeihung.«

Ich fühlte mich, als sei alles Leben aus mir gewichen, und konnte nur lahm hinter dem Lenkrad sitzen bleiben. Als ich Martin ansah, registrierte ich, daß sein Gesicht bleich und erschöpft war.

»Helfen Sie mir lieber raus«, sagte er. »Ich komme zu spät.«

Als ich die Wagentür öffnete und ausstieg, gaben die Knie unter mir nach; ich taumelte und wäre beinahe gestürzt. Mich am Wagen festhaltend, tastete ich mich langsam zum Kofferraum und öffnete ihn.

»Stella«, rief Martin von vorn. »Wie kommen Sie nach Hause?«

Ich hatte dieser Frage keinerlei Beachtung geschenkt, aber mir wurde sofort klar, daß ich den Wagen nicht allein fahren konnte.

»Sie müssen hierbleiben«, fuhr Martin fort, denn er war offenbar zu demselben Schluß gekommen.

»Hierbleiben? Was soll ich hier?«

»Weiß ich nicht. Mithelfen oder so was. Meine interessanten Freunde kennenlernen.«

»Was ist mit Pamela?« Ich hob den Stuhl schwankend aus dem Kofferraum. »Sie erwartet, daß ich zurückkomme.«

»Es gibt eine bemerkenswerte Erfindung«, sagte Martin, »namens Telephon.«

Ich half Martin in seinen Rollstuhl und schloß dann mit zittrigen Händen den Wagen ab. Am anderen Ende des Parkplatzes stand ein niedriges modernes Gebäude aus roten Ziegeln. Ich löste mit zitterndem Fuß die Rollstuhlbremse und schob Martin langsam auf das Gebäude zu.

Neunzehntes Kapitel

Wir traten in einen Empfangsraum mit einer Reihe von Plastikstühlen an einer Wand und einem langen Pult an der anderen. Darüber waren beide Wände fast vollständig mit Zeichnungen bedeckt, die mit Reißzwecken befestigt waren. Manche waren sehr kindlich, andere wirkten durchaus gekonnt. Mir fiel das Porträt einer Frau ins Auge, kühn mit Bleistift gezeichnet. Sie saß ziemlich selbstbewußt, eine Hand unterm Kinn, ein leicht gespanntes ungeduldiges Lächeln auf den Lippen. Ich erkannte sie sofort, es war Pamela.

»Hast du das gezeichnet?« fragte ich Martin.

»Ja. Sie kann es nicht ausstehen. Sie findet, sie sieht darauf alt aus.«

Es war mir unbegreiflich, wie Pamela sich nicht über Martins offensichtliches Zeichentalent freuen konnte, aber als ich das Bild noch einmal betrachtete, sah ich, wieso ihre Eitelkeit ihre Freude überlagert haben mochte. Martin hatte sie auf eine Weise porträtiert, die ahnen ließ, was kommen würde, statt vergangenen Glanz widerzuspiegeln; aber das Bild hatte auch etwas unbeschreiblich Wirkliches, was nur das Werk enger Vertrautheit sein konnte; es enthüllte Dinge über Pamela, von denen ich eine unbestimmte Ahnung hatte, die ich aber niemals treffend in Worte hätte fassen können. Martin hatte ihre Eigenliebe eingefangen – eine Art von Anmaßung, die mich überraschte – und auch eine gewisse affektierte Pose festgehalten. Am eindrucksvollsten hatte er in dem Bild auf die Tatsache hingewiesen, daß die Porträtierte sich nicht gern gründlich mustern ließ, daß sie seinen forschenden Blick als vermessen und bedrohlich und den Akt des Zeichnens selbst als ziemlich suspekt empfand. Da seine kritische Betrachtung nun so öffentlich vor mir ausgestellt war, fiel es mir schwer, mich nicht zu fragen, was Martin sonst noch von Pamela dachte.

»Tag, Martin«, sagte eine fröhliche Stimme.

»Hallo, Mary«, antwortete Martin. »Dies ist meine Freundin Stella.«

Eine Frau war aus einer Tür am anderen Ende des Raumes getreten und begab sich nun hinter das Pult. Sie war schon älter und hatte graues, gewelltes Haar. Ich war einen Moment konfus, weil ich sie zu kennen meinte.

»Stella, ja?« wandte sie sich an mich. »Nett, Sie hier zu haben, meine Liebe.«

Jetzt erkannte ich, daß sie der Frau ähnelte, die den Dorfladen betrieb.

»Danke«, sagte ich.

»Macht schnell, daß ihr hineinkommt«, sagte sie. »Ich glaube, sie haben ohne euch angefangen.«

»Angefangen? Womit?« fragte ich, während ich Martin durch eine Tür am Ende des Empfangsraumes und durch einen langen Flur folgte.

»Diskussion«, sagte er. »Damit starten sie hier. Man darf sie nicht versäumen.«

Der Flur hing wie der Empfangsraum voller Bilder. Von weitem hörte ich lauter werdendes Stimmengemurmel. Obwohl das Gebäude meiner Schule nicht besonders ähnlich war, erinnerte es mich unangenehm an sie. Beim Gehen war ich mir auf seltsame Weise meiner Körpergröße und der Freiheit bewußt, meine eigenen Kleider zu tragen. Wir gelangten ans Ende des Flurs, und Martin stieß eine Tür auf, die angelehnt war. Das Geräusch, das ich im Flur gehört hatte, verstummte abrupt. Ich folgte Martin hinein, und als die Tür ins Schloß fiel, sah ich mich einer außergewöhnlichen Szenerie gegenüber. Der Raum war groß und sehr hell – eine Wand bestand nur aus Fenstern –, und in der Mitte standen dicht an dicht Rollstühle, auf deren Metallteilen die Sonne blendend blitzte.

»Sieh an, wen haben wir denn da!« sagte eine Frauenstimme.

Im ersten Moment konnte ich nicht erkennen, welches von

den ausdruckslosen Gesichtern in dem unendlichen Gewirr von metallenen Gerätschaften gesprochen hatte. Als ich aufsah, fiel mein Blick auf ein Paar Augen, auf gleicher Höhe wie meine, und mir wurde klar, daß die Frau in der Mitte dieses kuriosen Kreises die Lehrerin sein mußte.

»Hallo«, sagte ich zu ihr. »Ich bin Stella.«

»Hallo, Stella«, erwiderte sie. Ich spürte, daß mein Versuch, mit ihr von einer Erwachsenen zur anderen zu kommunizieren, sie nicht ganz überzeugte. Sie sah hinab auf ihre Horde. »Sagt Stella guten Tag, alle miteinander!«

Es folgte ein dissonanter Chor, der mit »Tag, Stella« grummelnd anschwoll und in flötendem Begrüßungsgezirpe ausklang. Martin rollte zur Gruppe und reihte sich irgendwo am Rand ein. Seine Miene war mürrisch. Ich stand unbeholfen herum und hielt nach einem Stuhl Ausschau.

»Stella, wollen Sie sich da drüben hinsetzen?« fragte die Frau und wies auf einen Stuhl an der Wand.

»Okay«, sagte ich.

»Warum kann sie nicht bei uns sitzen?« tönte eine schroffe Jungenstimme. Die Worte waren leicht genuschelt.

»Ja! Ja!« fielen ein paar andere ein.

»Ich verstehe.« Die Frau lachte einschmeichelnd. Ich spürte, daß sie über diesen kleinen Aufruhr nicht erfreut war. »Wer meint, Stella soll sich unserer Gruppe anschließen?«

Sogleich flogen Arme in die Höhe, reckten sich Oberkörper.

»Okay«, sagte sie und blickte mit konzentrierter Miene in die Runde, als führe sie eine ernsthafte Stimmenauszählung durch. »Tja, wie es aussieht, sind Sie heute sehr beliebt, Stella! Möchten Sie Ihren Stuhl wohl hierher rücken? *So* ist's recht.«

Ich zog meinen Stuhl hinüber und setzte mich wieder. Als ich den Blick hob, sah ich, daß alle Gesichter mir zugewandt waren, und ich lächelte steif. Von meinem Platz aus konnte ich nur Martins Schulter und eine Seite seines Kopfes sehen.

»Martin!« sagte die Frau, wobei sie die Brauen hochzog und ihre Augen sich weiteten. »Würdest du uns wohl sagen, warum du schon wieder zu spät kommst?«

Sie sprach sehr deutlich, als bestünde Gefahr, daß er nicht verstehen würde, was sie sagte. Der Teil von Martin, den ich sehen konnte, rührte sich nicht.

»Entschuldigung«, murmelte er.

»Wir sprachen letzte Woche darüber, nicht? Ich meine, es war uns allen klar, daß dein Zuspätkommen ein Problem ist und daß die anderen sich dadurch zurückgesetzt fühlen. Hattest du nicht gesagt, du wolltest dir Mühe geben, pünktlich zu sein?«

»Es war meine Schuld«, warf ich ein, entsetzt über die Bemerkungen der Frau.

»Stella meint, es war ihre Schuld«, sagte die Frau nach einer Pause, ohne Martin aus den Augen zu lassen. »Ist das wahr?«

»Ich sollte ihn fahren, und ich habe mich verspätet«, bekräftigte ich.

Hierauf sah die Frau mich an. Ihre Miene war eisern.

»Wir lassen die Kinder hier gern für sich selbst sprechen, Stella«, sagte sie. »Ist das wahr, Martin?«

»Kann schon sein«, sagte Martin.

Um mich von der außerordentlichen Abneigung abzulenken, die ich gegen die Frau hegte, sah ich mich in der Gruppe um. Es waren ungefähr dreißig, annähernd gleich viele Jungen und Mädchen. Die meisten schienen erheblich jünger zu sein als Martin, einige waren fast noch Kinder. Es war eigenartig, die Merkmale vervielfacht zu sehen, die ich mit Martins Einzigartigkeit zu verbinden gelernt hatte. Vereint erlangten sie das Aussehen einer Spezies, und ich muß leider sagen, daß ich, als ich dies erkannte, einen starken Unwillen gegen die gesamte Natur dieser Versammlung empfand – und nicht nur gegen die Leiterin. Die Vorstellung, daß Martins Behinderung zum Status eines Charakterzuges erhoben werden sollte, erschien mir falsch. Angesichts der Demütigung, die seine Befähigung, das Zentrum zu besuchen, erfuhr, wunderte es mich nicht mehr, daß er einen heftigen Widerwillen gegen diese Einrichtung empfand.

»Ich denke, von den anderen haben manche das Gefühl, durch dein Zuspätkommen gibst du ein deutliches Zeichen, daß du nicht Teil der Gruppe sein möchtest«, beharrte die Frau. »Ich glaube, dir ist es so ergangen, Marie, nicht wahr?«

Sie ließ die weit offenen Augen in einem bedeutsamen Bogen schweifen und auf einem Mädchen in Martins Alter zur Ruhe kommen, das mir auf der anderen Seite des Raumes gegenübersaß.

»Jaha«, sagte Marie. Ihre Stimme klang hell. Sie hatte langes blondes Haar und ein trauriges Gesicht.

»Ich denke, du hattest das Gefühl, daß Martin versuchte, die Aufmerksamkeit auf sich zu lenken, nicht wahr?« fragte die Frau dann, als klarwurde, daß Marie nichts mehr sagen würde.

»Jaha«, sagte Marie.

»Was sagst du dazu, Martin?«

»So ein Scheiß«, sagte Martin.

Einige wieherten.

»Fräulein!« rief ein Junge mit einem dichten dunklen Haarschopf und reckte den Arm in die Höhe. »Er hat *Scheiß* gesagt!«

»Ich weiß, Stephen«, seufzte die Lehrerin. »Erinnerst du dich, wir hatten uns geeinigt, daß Martin diese Ausdrucksweise ab und zu benutzen darf, weil man bei ihm zu Hause so spricht. Erinnerst du dich?«

»Das stimmt«, pflichtete ich nickend bei.

»Martin, siehst du, wie ablenkend deine verspäteten Auftritte sind? Siehst du, warum die anderen denken, du suchst Aufmerksamkeit?«

»Kann schon sein.«

»Gut. Du wirst dir also in Zukunft Mühe geben?«

»Ja«, antwortete Martin gereizt.

»Okay!« sagte die Frau strahlend. Die Modulation des Wortes signalisierte einen Themenwechsel. »Wir wollen mit unserer Diskussion anfangen, ja? Diese Woche wollte ich über *Gefühle* sprechen.«

»Gefühle«, wiederholte die Gruppe. Der Ton der Frau hatte etwas Beschwörendes, was die Reaktion zwangsläufig wirken ließ.

»So«, fuhr sie fort. »Wer kann mir sagen, was *Gefühle* sind?«

Hände fuhren in die Luft.

»Mal sehen.« Die Frau schürzte die Lippen und machte mit der Hand eine Bewegung, als würde sie sich eine Süßigkeit aussuchen. »Elizabeth.«

»Es sind innere Regungen«, sagte Elizabeth, ein unglücklich dreinschauender Rotschopf.

»Ja-ah«, sagte die Frau auffordernd, womit sie zu verstehen gab, daß die Antwort ungenügend war. »Welche *Art* Regungen?«

»Alle Arten«, sagte Elizabeth unbestimmt.

»Das ist richtig. Gute und schlechte. Wer kann mir ein gutes Gefühl nennen? Stephen.«

Stephen hob wieder den Arm.

»Schokolade essen!« rief er.

»Ja-ah«, sagte die Frau noch zweifelnder. »Aber das ist eher eine *Empfindung*, nicht?«

»Wenn meine Mannschaft ein Fußballspiel gewinnt!« sagte ein anderer Junge.

»Gut!« Die Frau strahlte.

»Wenn mein Freund mich besuchen kommt.«

»Gut!«

Ich verrenkte mich auf meinem Stuhl, um einen Blick auf Martin zu werfen. Er saß mit erhobenem Kopf und geschlossenen Augen, fast wie in mystische Betrachtung versunken. Als ich hinschaute, öffnete er die Augen und sah mich an.

»Nun«, sagte die Lehrerin, als die Salve positiver Gefühle nachgelassen hatte. »Und wie steht es mit *schlechten* Gefühlen?«

Ich spürte, daß von den beiden Begriffen dieser sie mehr interessierte und daß sie mit den entsprechenden Antworten der Kinder nicht so leicht zufrieden sein würde.

»Wie steht es mit *schlechten* Gefühlen?« fragte sie noch einmal, dem Wort jede Nuance verleihend, die Mimik und Betonung zustande bringen konnten.

»Wenn man traurig ist«, zirpte ein kleines Mädchen neben mir.

»Wenn man *traurig* ist«, wiederholte die Frau triumphierend und blickte in die Runde. »Was macht einen traurig?«

Es folgte ein unruhiges Schweigen.

»Martin«, sagte sie dann. »Was macht *dich* traurig?«

»Suchen Sie sich's aus«, sagte Martin achselzuckend.

»Stephen, wie steht's mit dir?«

»Weiß nicht«, sagte Stephen mit dünner Stimme.

Ich rechnete damit, daß Elizabeth, die sich klarer, aber weniger abwehrend ausdrückte, die richtige Antwort parat hätte, und wirklich, als der Vorstoß in die Reihe der Jungen sich als unfruchtbar erwies, blieb der Blick der Frau vertrauensvoll an dem Mädchen hängen.

»Elizabeth?«

»Wenn die Leute einen behandeln, als ob man nicht normal wäre«, sagte die zuverlässige Elizabeth, deren volles helles Gesicht sich kaum bewegte.

»Wenn die Leute einen behandeln, als ob man nicht normal wäre«, wiederholte die Lehrerin und verteilte den Satz mit den Augen über die ganze Gruppe. »Und wie fühlst du dich dabei?«

»Traurig«, sagte Elizabeth verwirrt.

Nun, da ich auf meinem Stuhl saß und meine neue Situation mehr oder weniger einschätzen konnte, ließ der rasende Druck, der den ganzen Tag in meiner Brust gehämmert hatte, langsam nach. Meine Fahrt nach Buckley erlebte in meinem Kopf die wundersame Reduktion, die die Zeit bei unangenehmen vergangenen Vorkommnissen bewirken kann, während andere, ihrem Schatten entwachsende Sorgen entsprechend größer wurden. Nachdem es mir wahrhaftig gelungen war, mich und Martin ohne Schaden zum Zentrum zu befördern, schrieb ich meine Leistung im Geiste einem Glück zu, das ich ihr vorher nicht zugeordnet hatte. Ausschließlich mit dem unmittelbaren Problem befaßt, an diesem Nachmittag nach Buckley zu gelangen, hatte ich es versäumt, eine zukünftige Regelmäßigkeit in Betracht zu ziehen, die von diesen Fahrten bestimmt wurde, eine Zukunft, die, nachdem ich in meinen Fahrkünsten mehr auf Zufall als auf Geschick angewiesen war, auf einer ihrer dunklen Bahnen auf einen schrecklichen Unfall zusteuern mußte, mit dem ich alles würde zurückzahlen müssen, was ich mir vom Glück geborgt hatte. Trotz Martins Bereitschaft, bei meiner Täuschung mitzumachen, wußte ich, daß ich mit der Fortsetzung dieser Fahrweise sein Leben auf unannehmbare Weise aufs Spiel setzen würde; und doch eingedenk dessen, welche Konsequenzen es haben würde, den Maddens die Wahrheit zu gestehen, war Martins Komplizenschaft so verlockend, daß es mir, als ich dort saß, an der klaren Absicht fehlte, ihnen bei nächster Gelegenheit das Problem zu bekennen. Wie konnte ich den Maddens beichten, nachdem ich nicht nur ihren Wagen, sondern auch ihren Sohn der Gefahr ausgesetzt hatte? In diesem Lichte besehen, schien es unglaublich, daß ich nicht ehrlich gewesen war, als Ehrlichkeit zu einem vernünftigeren Preis zu haben war, aber ich erkannte allmählich, daß keine Berechnung kurieren konnte, was Redlichkeit abgewendet hätte.

»Jetzt *beruhigt* euch mal wieder«, sagte die Lehrerin und machte beschwichtigende Bewegungen mit den Händen.

Aus meiner Träumerei auftauchend, merkte ich, daß rings um mich eine Art Streit ausgebrochen war. Im Mittelpunkt schien Marie zu stehen, deren durchdringende Stimme sich in unverständlichen Quietschern und Ausrufen über die Wogen der Bemerkungen erhob, die über die Gruppe hinwegbrausten. Das Gesicht der Lehrerin war eine Mischung aus Triumph und Angst, als würde sie die Gefahren ihrer Arbeit auskosten und ihre eigene Tüchtigkeit im Umgang damit überprüfen.

»Ich habe das Recht auf meine eigene Meinung«, klagte Marie.

»Marie hat das Recht auf ihre eigene Meinung«, bestätigte die Lehrerin über den Lärm hinweg.

»Das ist dasselbe, als würde ich sagen, ich habe das Recht, in der Nase zu bohren«, sagte Martin deutlich im Hintergrund der Gruppe. »Allen wäre es lieber, wenn ich es nicht vor ihren Augen tun würde.«

Martins Bemerkung löste im ganzen Raum schallendes Gelächter aus.

»Ich glaube wirklich nicht...«, sagte die Lehrerin mitten in den Tumult.

»Das ist *typisch*!« kreischte Marie. »Das ist *typisch*!«

»... daß es diese Art von Bemerkungen ist, weswegen wir hier sind, Martin.«

Martin antwortete nicht. Kurzes Schweigen senkte sich über den Raum. Dann hob ein Junge mit einfältigem Gesicht und unordentlichen Haaren die Hand.

»Ich unterstütze Martin!« sagte er laut und sah Zustimmung heischend zu seinem Helden hin. »Marie redet zuviel. Dauernd jammert sie.«

»Ja! Ja!« ertönte ein Chor aus verschieden hohen männlichen Stimmen.

»Ach, um *Gottes willen*«, jammerte Marie.

»Hört zu.« Die schmeichelnd freundliche Miene der Lehrerin wurde vorübergehend von einem Zornesblitz vertrieben. Ich sah, daß ihre Geduld mit der Gruppe das Ergebnis erheblicher Anstrengung war und daß ein schmaler Spielraum sie von Verachtung trennte. »Hört zu«, wiederholte sie beherrschter. Hysterie durchzog ihre Stimme. »Wir wollen uns alle *beruhigen*, ja? Diese Stunde ist ausschließlich zur Diskussion gedacht. Wenn ihr nicht diskutieren könnt, ohne zu streiten«, sie blickte nervös in die Runde. Ich spürte, daß der Übergang zu einem autoritären Führungsstil bevorstand –, »dann müssen wir diese Sitzungen sein lassen. Ist das klar?« Es herrschte Stille. »Ist das klar?« Ein schüchternes zustimmendes Murren erhob sich von den Rollstühlen. Die Lehrerin ließ den Blick direkt über ihren Köpfen in die Runde schweifen, als würde sie die Wirksamkeit der Unterdrückung abschätzen. Mit einem leicht rachsüchtigen Gesichtsausdruck hütete sie ihre sorgsam konstruierte Demokratie. »Ich denke, wir machen hier Schluß. Ihr könnt euch eure Zeichnungen vornehmen und weitermachen, wo ihr Montag aufgehört habt. Leise!« befahl sie, einem Ausbruch von Geplapper Einhalt gebietend, als die Gruppe sich auflöste und ihre Mitglieder sich auf den Achsen herumdrehten und rasch zum anderen Ende des Raumes rollten.

Ich vernahm mit Erstaunen, daß noch mehr Zeichnen auf dem Stundenplan stand; denn nach dem, was ich bis jetzt gesehen hatte, schien das Gebäude schon reichlich bestückt mit den Ergebnissen der künstlerischen Anstrengungen der Gruppe. Ich sah in der Beschäftigung sogleich die dürftige Ausflucht der Lehrerin, die Gruppe mit einem Minimum an Mühe abzulenken, eine Motivation, die, wie ich allmählich vermutete, dem gesamten Charakter der »Sitzungen« zugrunde lag. Nachdem die anderen sich zerstreut hatten, blieb ich ziemlich einsam auf meinem Plastikstuhl zurück; schließlich stand ich auf, und weil ich nichts anderes zu tun hatte, beschäftigte ich mich damit, den Stuhl dorthin zurückzubringen, wo ich ihn hergeholt hatte.

»Stella!«

Ich drehte mich um und sah die Lehrerin entschlossen auf mich zustreben, den Arm ausgestreckt, das Gesicht zu einem gefälligen Lächeln erstarrt.

»Karen Miller«, sagte sie und schüttelte mir die Hand. Da ich ihr meinen Namen schon genannt hatte, wußte ich nicht recht, wie ich korrekterweise auf diese Begrüßung reagieren sollte. »Großartig, Sie hier zu haben«, fuhr sie fort. »Ich finde es immer sehr positiv für Pflegerinnen, zu sehen, was wir hier machen.« Sie lachte wehmütig. »Obwohl sie sich heute leider nicht von ihrer besten Seite gezeigt haben. Sie dürfen nicht denken, daß es immer so ist. Die meiste Zeit haben wir wirklich sinnvolle Diskussionen.«

»Das glaube ich gern«, sagte ich nickend. Ich sah, sie brauchte eine Versicherung, daß ich mir keine schlechte Meinung von ihrer Klasse bildete, die ich dann womöglich ihrer Zuständigkeit entheben und auseinanderreißen würde.

»Die Diskussionen sollen den Kindern helfen, sich mit ihrer Situation abzufinden«, fuhr sie fort. Ihre großen Augen hielten meinen Blick fest, trotzdem hatte ich seltsamerweise nicht das Gefühl, daß sie mich ansah. »Unser Ziel ist es, sie zu befähigen, mit ihrer Behinderung am Gesellschaftsleben teilzunehmen. Viele von ihnen fühlen sich sehr isoliert ohne diesen Kontakt. Hier können sie sich einfach gehenlassen und sie selbst sein. Wir wollten vor allem einen Raum schaffen, wo Kinder wie diese sich *normal* fühlen können.«

»Gut«, sagte ich.

»So.« Sie stemmte ihr Hinterteil auf die Fensterbank, neben der wir standen, und verschränkte die Arme. »Wie finden Sie das Leben mit Martin?«

Der abrupte Übergang zur Vertraulichkeit überraschte mich. Es war mir schwer genug gefallen, mit diesem seltsamen Wesen als Fachkraft umzugehen; aber als Frau schien sie mir noch fremder. Auf ihre Frage hin nahm ich sofort ihre äußere Erscheinung wahr. Sie war kleiner als ich – wenngleich ich sie zuvor für viel größer gehalten hatte – und ziemlich korpulent. Sie trug lose, seidig glänzende Kleidung. Obwohl ich wenig von ihrem Fleisch sehen konnte, ahnte ich, daß es weich und nachgiebig war, als ob sie keine Knochen hätte. Mehrere Silberketten umgaben ihren Hals, und drei silberne Ohrringe zierten ein Ohr. Sie war ziemlich stark geschminkt, und das dick aufgetragene Make-up bildete Vertiefungen um Augen und Mund. Ihre Lippen waren von einem feuchten düsteren Rot. Am Kinn hatte sie ein, zwei Pickel, auf deren Spitzen ihr Make-up eine Art vulkanische Kruste bildete. Ihr kurzes Haar war emanzenrot und sorgsam zu einer büscheligen, fedrigen Kappe um ihr Gesicht frisiert. Sie sah ziemlich gut aus, ob allerdings wegen oder trotz dieser kosmetischen Verschönerungen, war schwer zu sagen. Gesicht und Haar, offenbar durch große Willensanstrengung zusammengehalten, schienen am Rand des Chaos zu schweben.

»Schön«, sagte ich. Ich spürte eine in ihr verschlossene Bitterkeit, als verberge sie einen komplizierten, selbstsüchtigen Mechanismus, dem jede Information, die ich ihr mitteilte, unweigerlich Nahrung geben würde. »Ich bin erst seit ein paar Tagen bei der Familie.«

»Ach, *richtig*«, sagte sie und nickte in sich hinein. Vom anderen Ende des Raumes kamen ungebärdige Geräusche. »Und wie finden Sie die Maddens?«

Ich sah, sie war nicht an mir interessiert, oder vielmehr, ihr Interesse war indirekt und lief durch mich hindurch in der

Hoffnung, das Ziel, Martins Familie, zu erreichen. Ich war erstaunt, daß sie in ihrer Neugierde so indiskret war.

»Ich mag sie«, erwiderte ich kurz angebunden. »Wie gesagt, ich bin erst seit ein paar Tagen da.«

»Oh, Sie werden sich an sie gewöhnen«, sagte sie, als hätte ich geklagt, sie seien mir unsympathisch. »Wissen Sie, viele Leute finden sie ein bißchen hochmütig, aber wenn man sie erst kennt – *könnt ihr bitte leise sein?*« Sie schickte ihre Stimme energisch ans andere Ende des Raumes. Das Geräusch erschreckte mich; ein, zwei Kinder drehten sich um, die Gesichter vor Überraschung bleich und ausdruckslos. »Ja«, fuhr sie fort, »ich habe Mrs. Madden recht gut kennengelernt, seit Martin zum Zentrum kommt. Sie schaut oft nur auf einen Plausch herein. Ich finde, sie ist trotz alledem eine reizende Dame. Wissen Sie, in einem Ort wie diesem sind die Leute sehr neidisch.« Sie setzte eine nachdenkliche Miene auf. »Sie haben nichts Besseres zu tun, als zu klatschen. Wenn man attraktiv und reich ist wie Mrs. Madden, muß man sich damit abfinden, daß die Leute über einen reden. Und sie lebt noch dazu in diesem Haus! Ich sehe es ja immer nur von außen, wohlgemerkt, wenn ich Martin absetze. Offenbar bitten sie *niemanden* herein. Wie sieht es drinnen aus?«

»Sehr hübsch«, verriet ich zögernd.

»*Er* ist natürlich nicht leicht zu durchschauen. Nett, augenscheinlich, aber ziemlich seltsam. Es gab alle möglichen Gerüchte über *ihn.*«

»Was für Gerüchte?« Ich konnte mir die Frage nicht verkneifen.

»Oh, ich werde sie nicht würdigen, indem ich sie wiederhole, Stella.« Sie warf mir einen Blick zu, der, das spürte ich, mir sagen sollte, daß sie meine Neugierde geschmacklos fand. »Außerdem möchte ich nicht, daß die Maddens denken, ich verbreite Klatsch.«

Etwas stimmte nicht mit meinem Gespräch mit Karen Miller. Obwohl wir zu kommunizieren schienen, gab es keinen Kontaktfunken zwischen uns. Dies war nicht nur die übliche Unbeholfenheit unter Fremden. Es war, als läge eine Membran zwischen uns, die ich nicht durchdringen konnte. Unsere Münder bewegten sich, unsere Wörter paßten sich grob den Prinzipien des mündlichen Austausches an, und doch ahmte unsere Unterhaltung eine Konversation nur nach, so wie eine Schaufensterpuppe einen menschlichen Körper nachahmt.

Während ich sie ansah, fragte ich mich, wie wohl Karen Millers Leben außerhalb des Zentrums war. Ich versuchte, mir ihr Heim vorzustellen, ihre Familie und Freunde, und konnte es nicht. Sie war, dachte ich kühn, nicht verheiratet: Sie strahlte Einsamkeit aus, ungebunden und ungestört. Sie sah nicht aus wie eine, die durch Zusammenleben eingeengt ist. Ich fragte mich sodann, ob ich wohl auch so wirkte, ob die Freiheit, für die ich alle Zwänge und Ansprüche aufgegeben hatte, von der Art war, die ich in Karen Miller vor mir sah.

»Ich würde es ihnen nicht weitersagen«, entgegnete ich entrüstet. Es war mir egal, was sie von meiner Hartnäckigkeit dachte. Ich glaubte ohnehin nicht, daß sie etwas über die Maddens wußte, was nicht aus dem allgemeinen Morast müßiger Mutmaßungen gezogen worden war. »Ich weiß«, sagte ich, um sie aus der Reserve zu locken, »daß es Probleme mit den öffentlichen Fußwegen gab, die durch die Farm führen.«

Karen Miller machte den Mund weit auf.

»Timothy!« rief sie. Ich sah ihre feuchte, dicke Zunge. »Gib Jenny ihr Bild zurück! Na ja«, fuhr sie nach einer Pause fort, »es ist größtenteils bloß der übliche Hokuspokus, aber die Leute hier sind ja so kleingeistig, da würde es mich nicht wundern, wenn sie alles aus Büchern hätten. Sie wissen schon, die Oberschicht, über die wird Tag und Nacht hergezogen. Wie gesagt, sie haben nichts Besseres zu tun.«

»Ich bin sicher, Mr. Madden betrifft so etwas nicht«, sagte ich.

»Man kann nie wissen, oder? *Sie* hat jedenfalls ihren gerechten Teil abbekommen.«

»Woher wissen Sie das?«

»Es ist nicht gerade streng geheim, nicht? Sie könnten es vermutlich in der Gemeindebücherei nachlesen. Sie hat mir richtig leid getan, ihr Name in der Zeitung und so.«

»Was meinen Sie?«

»Ich habe gesagt, ihr sollt still sein! Schauen Sie, ich muß weitermachen«, sagte sie, mit einemmal ganz forsch. »Kann ich Sie hier allein lassen?«

Ich versicherte ihr, das sei in Ordnung. Als ich sie gehen sah, die herrische Bewegung ihrer Beine, die sich unter dem dünnen Stoff ihrer Hose abzeichneten, hatte ich einen wunderlichen Gedanken. *Keiner liebt sie.* Ich weiß nicht, warum mir diese Herzlosigkeit in den Sinn kam, und das mit solcher Gewißheit. Es hatte etwas mit ihrem Gang zu tun. Vielleicht hielt ich sie nur deswegen für nicht liebenswert, weil mir ihre Art zu gehen nicht gefiel. Meine Intuition schien mir jedoch hintergründiger zu sein. Karen Miller hatte nicht das Selbstbewußtsein eines Menschen, der auserwählt war. Sie ging, als hätte sie nie jemand dabei beobachtet. Im weiteren Verlauf des Nachmittags, während sie ihren sprunghaften Dienst versah, konnte ich mich nicht enthalten, ihre glücklose Person mit meinen Einsichten zu versehen, und als sie der Gruppe befahl, zum Ende zu kommen und die Malsachen einzupacken, hatte ich eine so monströse Vision von ihrer Zukunft geschaffen, daß ich mich gerade noch enthalten konnte, sie zur Seite zu nehmen und ihr meine Botschaft aufzudrängen. Statt dessen zwang ich sie in Gedanken, sich mit größerem Eifer der Aufgabe zu widmen, sich die Zuneigung eines Menschen zu sichern, sich allen Tricks zu beugen und zu unterwerfen, sich aller Listen zu bedienen, die notwendig waren, einen Gefährten in die fürchterliche Einsamkeit ihrer Höhle zu locken. Ich spürte, es war zwingend notwendig, daß sie sich in dieser Sache nicht zufriedengab.

Ich selbst war es ohne Zweifel, um die ich mir Sorgen machte. Als wir uns von der Gruppe verabschiedet hatten und durch den Flur schoben, war ich dermaßen verzückt in die Untersuchung meines eigenen Verhaltens vertieft, daß ich ganz vergaß, welche Prüfung mich auf dem Parkplatz erwartete. Alles, was in diesem Augenblick zählte, war der feierliche Entschluß, niemals so zu gehen wie Karen Miller.

Zwanzigstes Kapitel

Martin und ich saßen Seite an Seite auf dem Parkplatz im Auto. Da ich weder die Voraussicht noch das Geschick besessen hatte, den Wagen im Schatten abzustellen, war die Luft im Inneren drückend, selbst nachdem wir sämtliche Fenster aufgemacht hatten. Alle Flächen strahlten einen starken, unangenehmen Geruch nach heißem Gummi aus. Am Lenkrad verbrannte man sich die Finger. Links von uns, an der Einfahrt zum Parkplatz, beschrieben zwei lange Reifenspuren Zwillingsbögen auf dem erhitzten Beton wie zwei Finger, die bezichtigend auf uns wiesen.

»So geht es nicht weiter«, sagte ich. »Wir müssen deinen Eltern alles erzählen.«

Sobald ich mich auf die Fahrerseite gesetzt hatte, brach mir am ganzen Leib der Schweiß aus. Ein Rinnsal bildete sich auf meiner Wange und lief an meinem Hals hinunter.

»Sie machen es gut, Stel-la.«

»Ich hätte uns beide umbringen können.«

»Das könnte jeder. Autos sind gefährlich.«

»Das ist kein Argument. Deine Eltern wären nicht einverstanden. Wir haben bis jetzt Glück gehabt, weiter nichts. Was, wenn ich dich verletzt hätte? Du könntest dein Leben lang ein Krüppel sein.« Es folgte eine Pause. Ein neuer Schweißschwall brach aus mir hervor. »Verzeihung. Das war unüberlegt...«

»Sie würden ihnen vielleicht einen Gefallen tun«, bemerkte Martin.

»Red keinen Unsinn.«

»Die Entscheidung liegt doch bei mir, oder? Ich bin es, der das Risiko eingeht.«

»Das ist eine sehr egoistische Betrachtungsweise.«

»Das ist Ihre auch.«

»Nein. Ich opfere meine Stellung und meinen Ruf für deine Sicherheit.«

»Sie opfern mein Glück für Ihr schlechtes Gewissen, meinen Sie. Ich werde todunglücklich sein, wenn Sie fortgehen. Die anderen waren alle fürchterlich. Mater hat keine Ahnung. Schauen Sie, es wird gutgehen. Sie werden es im Nu lernen. Sie müssen bloß üben.«

Nach einem beängstigenden Schwenk vom Parkplatz waren wir wieder auf der Straße. Alles, was in der Zwischenzeit geschehen war, nahm die Struktur eines Traumes an. Meine einzige Realität waren dieser Strudel aus Lärm und Bewegung, diese gefährliche Geschlossenheit, in der jede Sekunde mit Risiken behaftet war und die Welt außerhalb der Windschutzscheibe sich in einen feindlich gesinnten Gegner verwandelte, von dessen Ausweichen mein Leben abhing. Was mir am Fahren am meisten mißfiel, war die Unberechenbarkeit. Im Auto befand man sich permanent im Streß. Wenn man am Steuer saß, konnte man nicht einfach damit aufhören.

»Wie fanden Sie das Zentrum?« fragte Martin gesprächig, sobald wir, von einer vorwurfsvollen Fanfare von Autohupen begleitet, Buckley verlassen hatten.

»Ich kann nicht reden.«

»Links halten, Stel-la. Wir schalten. Kupplung!«

»Hat's geklappt?«

»Ja. Also, wie fanden Sie's?, Stel-la?«

Mir war undeutlich bewußt, daß Martin mir eine Frage gestellt hatte, aber ich konnte die zu ihrer Beantwortung erforderlichen Mechanismen nicht aktivieren, solange ich mich in diesem Belagerungszustand befand.

»Laminruhe!« sagte ich, außerstande, die für die richtige Artikulation der Worte notwendigen Ressourcen anzuzapfen.

»Okay. Bißchen langsamer jetzt. Wir sind gleich da. Halten Sie sich links. So ist's gut.«

Wunderbarerweise – besonders in Anbetracht dessen, daß ich instinktiv auf alles zusteuerte, was mir vor die Augen kam – begegneten wir während der ganzen Fahrt von Buckley nach

Franchise keinem einzigen Auto. Als wir am Tor der Zufahrt anlangten, war ich dermaßen erschöpft und mit den Nerven am Ende, daß unsere unfallfreie Ankunft ein unzureichender Trost war. Von allen Empfindungen, die ich mir in der Unschuld meiner Vor-dem-Fahren-Phase im Gefolge einer gelungenen Rückkehr aus Buckley ausgemalt hatte, entsprach das schreckliche kindische Selbstmitleid, das in mir aufwallte, als wir tuckernd vor dem Haus zum Stehen kamen, am wenigsten meinen Erwartungen. Es war, als hätte ich eine grundlegende Verletzung davongetragen. Ich verspürte ein ganz neues Verlangen nach meiner Mutter, ein Beweis, falls eine Bestätigung vonnöten war, daß die ganze Angelegenheit des Fahrens unnatürlich war und bedeutete, daß man sich daran gewöhnte, sich eine Reihe unmenschlicher Eigenschaften zuzulegen.

»Ich habe mich schon gefragt, wo ihr geblieben seid!« sagte Pamela, als wir bleich und kleinlaut in der Küche erschienen. »Als Sie weg waren, Stella, ist mir plötzlich eingefallen, daß Piers vergessen hat, Sie einzuweisen, wie der Wagen gefahren wird. Und als Sie dann nicht zurückkamen, hatte ich schreckliche Angst, daß Ihnen was passiert ist.«

»Oh!« Ich legte die Hand auf den Mund, als sich etwas von dem zertrampelten Boden meiner Erinnerung löste. »Ich wollte Sie anrufen und sagen, daß ich im Zentrum bleibe! Das habe ich total vergessen.«

»Keine Sorge«, sagte Pamela freundlich. »Ich habe angerufen, und man sagte mir, daß Sie dort sind. Das war in Ordnung. Nein, *wir* sind die Idioten, weil wir die Einweisung vergessen haben. Gott sei Dank hatten Sie keinen Unfall.«

Pamela war so liebenswürdig, daß ich versucht war, mich ihr weinend und geständig in die Arme zu werfen, doch ihre Erwähnung der Einweisung ließ mich schon wieder auf Listen sinnen. Ich fragte mich, ob sie und Piers dazu gebracht werden könnten, es ständig zu vergessen, so daß es ihnen jedesmal zu spät einfallen würde, wenn Martin nach Buckley chauffiert werden mußte.

»Und wie fanden Sie es dort?« fragte sie, während sie Wasser aufsetzte. »War Mrs. Miller am Ruder?«

»Mrs. Miller?«

»Karen. Rote Haare. Ziemlich aufgedonnert, bißchen hippiemäßig.«

»Oh. Ja.« Mit plötzlicher Beschämung fielen mir meine Mutmaßungen bezüglich Karen Miller ein. »Ich hatte nicht gedacht, daß sie verheiratet ist.«

»Meine Güte, ja. Ihr Mann ist eine Lokalgröße. Im Stadtrat. Schrecklicher Langweiler namens Roger. Sie ist eigentlich auch ganz schön schrecklich. Martin hat ein paar bezeichnende Geräusche für sie.« Martin machte beifällig strahlend eine Reihe lauter Muhgeräusche. Pamela lachte. »Genug. Ich nehme an, wir sind schrecklich herzlos. Sie meint es gut. Und sie leistet wirklich gute Arbeit.«

Ich sah, daß das Zentrum zu den Bereichen von Pamelas unerschütterlicher Loyalität gehörte. Viel mehr war nicht nötig, um zu beschließen, meine Meinung darüber für mich zu behalten.

»Aber ich will Ihnen etwas über *sie* erzählen«, sagte Pamela dann, während sie, die leere Teekanne geistesabwesend in der Hand, zum Tisch ging. »Martin, du hörst nicht zu, nein?«

»Nein«, sagte Martin.

»*Offenbar*«, sagte Pamela in vertraulichem Ton, »gehören sie und Roger einem höchst seltsamen Club in Buckley an. Wenn man sie so sieht, würde man es nie von ihnen denken, aber jemand hat mir erzählt, daß es wahr ist.«

»Was für ein Club?«

»Oh, einer von denen, wo eine Gruppe Freunde sich einmal in der Woche zum Tauschen trifft.«

»Was tauschen sie?«

»*Ehefrauen*«, flüsterte Pamela. »Er hat einen komischen Namen.«

»Pendelclub«, sagte Martin.

»Richtig. Pendelclub. Sie treffen sich bei einem von ihnen zu Hause, die Männer legen die Autoschlüssel auf den Tisch, und die Frauen nehmen sie an sich. Und dann geht's los.«

»Wohin?«

»Was? Oh, sie fahren nicht mit dem *Auto* weg!« Pamela

lachte schallend. »Sie gehen in ein Schlafzimmer und bumsen.«

Es hätte schlicht an dem – wenn auch unbedeutenden – Umstand mit dem Auto liegen können, aber ich fand die Vorstellung dessen, was Pamela beschrieben hatte, zum Kotzen.

»Das ist widerlich«, sagte ich.

»Ja, nicht wahr?« meinte Pamela vergnügt. »Einfach *erschütternd*, was da in den kleinen Doppelhaushälften in Buckley Schreckliches vorgeht. Offensichtlich ist es sehr gewöhnlich.«

Ich brauchte eine Weile, bis mir klarwurde, daß sie weit verbreitet meinte, nicht vulgär.

»Irgendwie kann man ja verstehen, warum sie das machen«, fuhr Pamela fort. »In vieler Hinsicht ist es sicherer als Affären. Alle sind gleichgestellt, und alles ist offen. Solange keiner dabei ist, vor dem man einen *Horror* hat. Ich nehme an, man darf nicht heikel sein. Oder man lernt vielleicht, die Autoschlüssel zu erkennen. Sie müssen sich aber alle einig sein, den Mund zu halten.«

»Falls die Polizei dahinterkommt?«

»Es ist nicht gegen das *Gesetz*, Schätzchen«, sagte Pamela und sah mich verwundert an. »Nein, es ist bloß, damit sie nicht eifersüchtig werden. Offenbar fangen die Männer sonst eine Rauferei an. Für mich klingt das alles ausgesprochen *aufreibend*.«

Da fiel mir ein, was Karen Miller gesagt hatte, von wegen Pamela hätte ihren »gerechten Teil abbekommen«. Eine neue Dimension, ein unterirdischer Bereich von Betätigungen, von denen ich keine Ahnung hatte, tat sich vor mir auf.

»Wo sind die anderen?« fragte Martin.

»Auf dem Feld. Sie werden bald zurück sein, und dann gibt's Abendessen. Wollt ihr zwei euch bis dahin amüsieren?«

»Ich bleibe nicht zum Abendessen«, warf ich zögernd ein.

»Warum denn nicht?« fragte Pamela.

»Ich – ich habe zu tun.«

Martin machte Kußgeräusche. Pamela sah mich seltsam an. Plötzlich ging ein Lächeln über ihr Gesicht.

»Oh, Ihre *Verabredung*!« sagte sie. »Wie wunderbar! Ich an

Ihrer Stelle würde allerdings nicht mit leerem Magen gehen. Jack wird punkt halb sieben seinen Tee getrunken haben. Er wird Sie nicht großartig zum Essen einladen. Sie können wahrscheinlich schon von Glück sagen, wenn er Ihnen ein Päckchen Nüsse zum Bier spendiert. Er ist *notorisch* knickerig.«

Bei Pamelas Worten begann mich etwas zu peinigen. Ich suchte es zu fassen, mich zu besinnen, was es war, aber es schwebte quälend haarscharf außerhalb meiner Reichweite.

»Also, ich muß jetzt gehen«, sagte ich.

»Viel Glück!« rief Pamela.

»Tschüs«, murmelte Martin mit gekränkter Miene, als hätte ich mit meiner Verabredung Verrat an ihm begangen – nicht umgekehrt.

Im Cottage verschanzte ich mich in meinem Schlafzimmer, wußte ich doch, daß mir ein langer, bitterer Kleiderkampf bevorstand. Als ich meine Koffer durchwühlte, stellte ich fest, daß die meisten Sachen schmutzig waren, obwohl ich sie kaum angehabt hatte. Von der extremen Hitze waren sie schlaff geworden, und sie rochen schlecht, meistens schon nach einmaligem Tragen. Ich fragte mich, wie ich wohl meine Wäsche waschen sollte; ob Pamela das Thema zur Sprache bringen oder warten würde, bis meine Verzweiflung mich trieb, es selbst zu tun. Nach dem beschämenden Vorfall mit der abgeschnittenen Hose wollte ich unbedingt einen anständigeren Eindruck auf Mr. Trimmer machen, nicht weil mir besonders daran lag, was er von mir dachte, sondern weil ich ihm jegliche unerwünschte Vorstellung austreiben wollte, die der Anblick der Shorts ihm in den Kopf gesetzt haben mochte. Wie sich zeigte, hatte ich keine Wahl: Mein schickes Kleid war das einzige, das sauber genug war, um vor dem prüfenden Auge der Öffentlichkeit zu bestehen; aber als ich es anzog, hatte ich das Gefühl, daß es ungewollt und auf völlig unzutreffende Weise die Aufmerksamkeit auf eine Reihe ganz anderer Motive lenken würde, indem ich nämlich den Eindruck erweckte, mich mächtig ins Zeug gelegt zu haben. Als ich die Knöpfe geschlossen hatte, war ich erschrocken, weil der Stoff in großen Falten um mich herumhing. Ich fand keine andere Erklärung als die, daß ich ungeheuer geschrumpft sein mußte. Daß dies in den paar Tagen geschehen sein sollte, seit ich das Kleid zuletzt getragen hatte, ohne Grund und ohne daß es mir aufgefallen war, beunruhigte mich zutiefst. Es war, als würde ich nach und nach verschwinden, oder vielmehr, als würde mir der Raum, den ich mit Recht einnahm, allmählich entzogen. Die Veränderung machte mich nervös, als könnte ich ohne Gewicht übersehen oder weggefegt werden.

Um zehn Minuten vor acht hörte ich knirschende Schritte auf dem Kiesweg, und ich eilte nach unten; auf Lippenstift verzichtete ich, weil ich hoffte, damit den übertriebenen Schick meiner Kleidung auszugleichen. Ein donnerndes Klopfen erschütterte die Tür des Cottages, und als ich öffnete, sah ich Mr. Trimmer breitbeinig, die Arme starr an den Seiten, in der einbrechenden Dämmerung stehen. Ich war erstaunt, daß er trotz des warmen Abends einen Pullover trug, blau mit einem roten Streifen um den V-Ausschnitt, von der Art, wie sie als Schuluniform getragen wurden.

»Guten Abend«, sagte ich steif.

»Der Landrover steht drüben in der Einfahrt«, erwiderte er. Er wirkte verlegen. »Bis dahin müssen wir zu Fuß gehen.«

Er machte abrupt kehrt und ging los. Ich folgte ihm, hohl in der Brust vor Furcht und Frust. Ich war überzeugt, daß der Abend viel schlimmer verlaufen würde, als ich mir vorgestellt hatte. Von hinten bot Mr. Trimmer ein eigenartiges Bild. Seine Hüften saßen tief, und sein Hintern war so breit, daß sich die Beine darunter leicht auswärts bogen. Er watschelte wie ein überfütterter Vogel. Ich rannte, um mit ihm Schritt zu halten, um nicht der Betrachtung seines Anblicks überlassen zu sein, aber der Weg war schmal, und es war unmöglich, neben ihm zu gehen, ohne ihm zu nahe zu kommen. Ich fiel wieder zurück. Er stapfte schwer und schweigend vor mir her, als sei ich eine Gefangene, die in eine Zelle geführt würde. Das Geräusch unserer Schritte und die hohen, bedrückenden Hecken auf beiden Seiten versetzten mich in einen seltsamen Trancezustand. Für einen Augenblick vergaß ich vollkommen, wo ich war und in welcher Phase meines Lebens ich mich befand. Schließlich gelangten wir in die Zufahrt, und ich sah einen zerbeulten blaßgrünen Landrover neben dem Wagen der Maddens parken. Stumm öffnete Mr. Trimmer die Tür und stieg ein. Als ich vor dem Auto herum auf die andere Seite ging, sah ich ihn durch die Scheibe: Er saß da und starrte geradeaus. Kaum war ich an ihm vorbei, ließ er den Motor an.

»Los geht's!« sagte ich mit falscher Munterkeit, sobald ich auf meinen Sitz geklettert war. Der Innenraum des Landrovers roch nach Stroh und Tieren. Auf dem Boden zu meinen Füßen lag ein schlammverkrusteter Schuh. Mr. Trimmer reagierte nicht auf meine Bemerkung. Er schien einige Mühe zu haben, einen Gang einzulegen. Die Bedienungselemente lagen weit auseinander, und als er mit ausgestreckten Beinen auf die Pedale trat und mit dem mächtigen Schalthebel herumfuhrwerkte, versteifte sich seine eigenartige Gestalt in diagonaler Linie über seinem Sitz.

»Komm schon, du Kuh!« rief er rüde, das Gesicht grimmig vor Anstrengung.

Mit einem lauten Knirschen schossen wir vorwärts und rumpelten in hohem Tempo die Zufahrt entlang. Auf meinem Sitz auf und ab ruckelnd, griff ich mehrmals nach dem Sicherheitsgurt, konnte aber keinen finden.

»Sie suchen umsonst«, brüllte Mr. Trimmer über den Motorenlärm hinweg. »Ist schon lange futsch.«

Ich fürchtete, er könnte mein Verhalten als Kritik an seiner Fahrweise interpretiert haben, aber mir fiel nichts ein, was ich sagen konnte, um diesen Eindruck auszulöschen. In einem Punkt um Worte verlegen, fand ich mich alsbald von einem größeren Schweigen umschlossen. Sosehr ich auch suchte, ich konnte kein Thema finden, auf dem sich auch nur ein kurzes Gespräch aufbauen ließe. Wir kamen ans Ende der Zufahrt und bogen links in die Straße nach Hilltop ein. Mr. Trimmer fuhr jetzt ein beängstigendes Tempo. Das Dröhnen des Motors stieg zu einem Heulen an, und der Landrover schaukelte hin und her. Die dunkelnde Straße raste uns entgegen, und ich hielt mich mit klopfendem Herzen am Armaturenbrett fest und schloß die Augen. Länger, als es möglich schien, rasten wir auf der Schneide zum sicheren Tod dahin, bis das Heulen des Motors schließlich eine Nuance tiefer wurde, dann noch eine, und ich es wagte, die Augen zu öffnen. Wir hatten Hilltop erreicht, und nachdem wir ein Stück die Hauptstraße entlanggesaust waren, riß Mr. Trimmer das Steuer brutal herum und kam vor dem Pub zum Stehen, wobei ich fast vom Sitz geschleudert wurde. Meine unmittelbare Reaktion auf diese unnötige Zurschaustellung von Draufgängertum war ungeheure Wut. So heftig und gerecht war mein Zorn, so übermächtig die Abneigung gegen Mr. Trimmer, die in mir aufwallte, daß ich mich berechtigt fühlte, auf der Stelle kehrtzumachen und zurück nach Franchise zu marschieren, was zudem den Vorteil gehabt hätte, mir den bevorstehenden gräßlichen Abend zu ersparen. Es ist jedoch viel leichter, diese Gedanken zu hegen, als sie in die Tat umzusetzen, und Sekunden später folgte ich Mr. Trimmer im vollen Bewußtsein der Unerträglichkeit meiner Situation zum Pub.

Alle Stühle und Tische im Freien waren besetzt, ich hoffte aber, daß es uns trotzdem gelingen würde, dort einen Platz zu finden; nicht weil ich den warmen Abend genießen wollte, sondern weil der Gedanke, mit Mr. Trimmer in einem geschlossenen Raum zu sein, meine Qual in Folter zu verkehren drohte. Während ich hinter ihm herzockelte, wurde ich von starken Empfindungswellen erschüttert, vor denen meine relative Zufriedenheit bei den Maddens mich bislang bewahrt hatte: Heimweh, Sehnsucht nach Edward, Selbstmitleid – all die Herzensschädlinge, die selbst eine kurzzeitige Schwächung der Lebensgeister entfesseln kann. Ja, ich fühlte mich so elend, daß ich nicht mehr auf mein Benehmen achtete. Mr. Trimmers ungehobeltes Verhalten hatte bei mir den Eindruck erweckt, daß er unsensibel war. Als ich neben ihm an der Bar stand, gab ich mir keine Mühe, mein Unglück zu verbergen, und versuchte sogar, es ihm mittels mürrischer Blicke und bedeutungsvoller Seufzer mitzuteilen. Ich wußte, hiermit bot ich seiner Gefühllosigkeit eine Herausforderung; es war eine Art kindliches Spiel mit mir selbst, das ich mir im Zustand meiner Selbstversunkenheit ausgesucht hatte. Ich erwartete keineswegs, daß er auf meinen Hohn reagierte; ich bildete mir ein, daß er ihn mit seinem infantilen Gemüt gar nicht bemerkte. Er stand an der Bar und blickte starr geradeaus, während das Geplapper um uns immer lauter wurde.

»Möchten Sie nach Hause?« fragte er plötzlich zu meinem Schrecken. Sein Gesicht im Profil war ausdruckslos, und sein Tonfall legte die Vermutung nahe, ich wollte nach Hause, weil ich etwas vergessen hatte oder weil man mich erwartete.

»Natürlich nicht!« rief ich aus; allerdings konnte ich schlechtgelaunt, wie ich war, nicht verhindern, daß mein Protest etwas unaufrichtig war.

»Sie haben *so* gemacht«, bemerkte er ausdruckslos. Ich hatte keine Ahnung, was er meinte. Er streckte den Arm aus und machte eine Klammerbewegung. Da wurde mir klar, daß er auf mein Verhalten im Landrover anspielte.

»Ich bin eine ängstliche Beifahrerin«, sagte ich.

»Möchten Sie etwas?«

Er gab nicht zu verstehen, was dieses Etwas sein könnte. Schließlich wurde mir klar, daß er mich fragte, ob ich etwas trinken wollte, und in diesem Moment fiel mir ein, was mir in Pamelas Küche kurz durch den Kopf geschossen war. Ich hatte kein Geld, und ich hatte mich daran erinnern wollen, sie um etwas zu bitten. Ich fragte mich, was ich tun sollte. Wenn ich Mr. Trimmer für mich bezahlen ließ, würde er bestimmt erwarten, daß ich mich im Laufe des Abends revanchierte. Inzwischen hatte mein Versäumnis, auf seine Frage zu antworten, ihn veranlaßt, mich fragend anzusehen. Er hatte wirklich eine sehr außergewöhnliche Visage. Er sah aus, als sei ihm wiederholt eine Tür ins Gesicht geschlagen worden. Weil ich ihn nicht beleidigen wollte, faßte ich einen Plan.

»Ich erledige das«, sagte ich.

Sein Kopf ruckte lebhaft. »Sehr freundlich«, sagte er nikkend.

Mit den übertriebenen Gesten eines Pantomimen faßte ich mir an die Hüfte, als fühlte ich nach meiner Handtasche. Da ich sie nicht fand, sah ich hierhin und dorthin. Mein Gesicht zeigte sorgsam kalkulierte Grade von Erstaunen, Unglauben, dann regelrechter Panik.

»O nein!« rief ich. »Ich hab meine Handtasche vergessen!«

Es war kein besonders kluger Trick, und ich bin keine besonders gute Schauspielerin. Mr. Trimmer reagierte nicht begeistert. Tatsächlich machte er ein Gesicht, als wünschte er, ich hätte sein Angebot, mich nach Hause zu fahren, angenommen. Zuerst fürchtete ich, daß er mir nicht glaubte, doch dann fiel mir ein, daß Pamela gesagt hatte, er sei »knikkerig«.

»Dann zahle ich«, sagte er.

»Es tut mir schrecklich leid«, fügte ich hinzu, obwohl es sicher vernünftiger gewesen wäre, nichts mehr zu sagen. »Ich verstehe nicht, was mit mir los ist. Es ist sonst nicht meine Art, so vergeßlich zu sein.« Mr. Trimmer musterte mich stumm. »Oh«, sagte ich, als mir klarwurde, er wartete darauf, daß ich ihm sagte, was ich haben wollte. »Ich nehme ein – einen Gin-Tonic, bitte.«

Mr. Trimmer kaufte sich einen Viertelliter Bier und trug es ohne zu fragen an einen kleinen Tisch im hinteren Bereich des Pubs. Wir saßen schweigend, die Getränke standen unangerührt zwischen uns. Das Pub selbst war sehr behaglich, wenn auch etwas düster für einen Sommerabend. Wegen der niedrigen Decke und der Reihe schwarzer Balken war es, als säße man im Brustkorb eines ungeheuren Tieres. Spielautomaten glimmerten unentwegt im Schatten.

»Waren Sie im Ausland?« fragte Mr. Trimmer kurz darauf. Er nahm sein Glas und trank einen Schluck.

»Ja«, sagte ich, unsicher, ob ein vollständigerer Bericht mit der Anführung von Orten und Häufigkeit erforderlich sei.

»Dann sprechen Sie also Spanisch.«

»Nein, leider nicht«, sagte ich verwirrt. Mr. Trimmers Beispiel folgend, griff ich nach meinem Glas. »Waren *Sie* im Ausland?«

»Nein«, sagte er und nickte. »Aber mein Freund. Er spricht Spanisch.«

»Oh.«

»Würden Sie mir zustimmen«, ließ er sich nach einer längeren Pause vernehmen, »daß Touristen einen ... schädigenden Einfluß auf die hiesigen ... Gemeinden haben?«

»Kommt drauf an«, sagte ich.

»Sie stimmen mir also nicht zu.«

»Es kommt auf das Ausmaß des Tourismus an und auf die Art von Tourist, der eine Ortschaft besucht«, sagte ich. Schon während die Worte aus meinem Mund kamen, spürte ich die Vergeblichkeit. Es war ein Gefühl, als kaute ich trockenes Brot.

»Mein Freund denkt, daß es so ist. Er sagt, die Einheimischen wollen einem bloß das Geld aus der Tasche ziehen.«

»Weil sie im Vergleich so wenig haben?« wagte ich zu fragen.

»Sehr richtig!« Mr. Trimmer schien ehrlich erfreut über meine Antwort. Ich hatte offenbar die Meinung seines Freundes bestätigt und in den Status einer Theorie erhoben.

»Aber der Tourismus kann Geld hereinbringen«, fügte ich vorsichtig hinzu. »Also ist er keine ganz schlechte Sache.«

Mr. Trimmers Enthusiasmus war abrupt erloschen. Er zog die Augenbrauen zusammen, runzelte die Stirn, ein beängstigender Ausdruck, als würde jemand fest auf beide Seiten seines Gesichtes drücken. Ich sah, daß er, während mein Glas schon halb geleert war, an seinem kaum genippt hatte.

»Wie lange arbeiten Sie schon bei den Maddens?« fragte ich, weil ich das Gefühl hatte, daß ein Themenwechsel angebracht war.

»Fünf Jahre. Ungefähr«, murmelte Mr. Trimmer. Sein Gesicht hatte einen Ausdruck des Widerwillens angenommen wie bei einem Kind, dem ein Löffel mit Medizin an die Lippen gehalten wird.

»Und gefällt es Ihnen dort?«

Er antwortete nicht. Ich sah auf meine Uhr und stellte zu meinem Entsetzen fest, daß kaum eine halbe Stunde vergangen war.

»Madden«, sagte er plötzlich. »Mad-den. Mad, verrückt. Kapiert?«

»O ja!« trällerte ich.

»Sind Sie verrückt?«

»Wie bitte?«

»Weiber sagen von sich, sie sind verrückt. Sind Sie's?«

»Bestimmt nicht.«

»Dann ist's ja gut.« Wieder eine lange Pause. »Sie, seine Missus, die ist übel.«

»Sprechen Sie von Mrs. Madden?«

»Mrs. Mad-den.« Er nickte. »Ich mag sie nicht.«

»Warum nicht?«

Ich war entschlossen, diesem bizarren Gespräch jeden Moment ein Ende zu machen, aber ich konnte nicht widerstehen, Mr. Trimmer fortfahren zu lassen, bloß um zu sehen, was er von sich geben würde. Es ist schwer zu vermitteln, wie fremd mir seine Redensweise war. Ich verstand kaum, was er sagte, nicht wegen seines Akzents, obwohl dieser stark war, sondern weil sich seine Worte und die Folge seiner Ideen, noch dazu durchsetzt mit endlos langen Sendepausen, in kein mir bekanntes Muster fügten. Mir kam der Gedanke, daß er vielleicht nicht sehr viel sprach. Er war jetzt in eine weitere lange Pause versunken, Mund und Augenbrauen arbeiteten, als würden sie sich ungeheuer anstrengen, einen voll ausgebildeten Ton zu gebären.

»Sie ist eine *Schlunze*«, erklärte er schließlich.

»Eine was?«

»Ich weiß es. Ich hab sie gesehen. Ich sehe alles, was vorgeht. Nicht bloß die eine Sache.«

»Welche Sache?«

»Wovon er Zustände gekriegt hat.« Er tippte sich an den Kopf. »Er weiß aber nicht alles. Wenn er es wüßte, dann ...« Er verbog die Finger an den Schläfen und formte sie zu einem Gebilde, das ich für einen Revolver hielt. Er bedachte mich mit einem idiotischen Grinsen.

»Welche Sache?« wiederholte ich.

»Hat nichts mit Ihnen zu tun«, erwiderte Mr. Trimmer schroff. »Sie brauchen sich keine Sorgen zu machen. Ist 'ne Eheangelegenheit.«

Ich hatte unterdessen ausgetrunken. Mr. Trimmers Glas war halb geleert. Ich fragte mich, ob er mir ein zweites Glas spendieren würde oder ob ich warten müßte, bis er mit seinem fertig war.

»Was meinen Sie damit, er hat Zustände gekriegt?« wollte ich wissen und hoffte, er würde beim Thema Mr. Madden entgegenkommender sein.

Mr. Trimmer schüttelte den Kopf.

»Er ist übergeschnappt«, sagte er dann. »Er geht eines Tages an sich selbst kaputt.«

»Wie das?«

»Tritt in eine von seinen eigenen Fallen, oder etwa nicht? Ist mir oft genug beinah passiert. Sie waren selbst nahe dran.«

»Im oberen Feld?«

Er nickte.

»Ich dachte, die Sprosse war gebrochen?«

Mr. Trimmer blähte sich stumm.

»Sie meinen, das war Absicht?«

Er verschränkte die Arme.

»Warum? Um Leute abzuschrecken, den Fußweg zu benutzen?«

»*Manche* Leute«, erklärte er schließlich. »Manche Leute.«

»Wen?«

»Sie sind naseweis.« Er tippte sich an die Nase und nickte mir zu. »Sie.«

»Nicht naseweis. Neugierig. Also«, faßte ich zusammen, »Mr. Madden sabotiert seine Fußwege, um *manche* Leute davon fernzuhalten. Das ergibt keinen Sinn. Wenn sich jemand verletzte, würde der doch sicher zur Polizei gehen, und Mr. Madden bekäme Ärger, oder?«

»Polizei war da.« Er bedachte mich mit einem listigen Grinsen. »Hat aber nichts gefunden.«

»Warum nicht?«

»Weil ich's repariert hab!«

Er brach in Lachen aus, ein schreckliches, unnatürliches Geräusch, worauf die Leute sich nach uns umdrehten.

»Also«, faßte ich geduldig zusammen, »Mr. Madden bricht Dinge entzwei, und Sie reparieren sie, bevor jemand zu Schaden kommt.«

»So ist es.« Er nickte und tippte sich wieder an den Kopf.

Von der Aufregung über diese Entdeckungen bekam ich Durst. Mr. Trimmer hatte sich langsam vorgearbeitet, so daß sein Glas nun fast leer war. Ich legte bedeutungsvoll die Finger um meins, in der Hoffnung, daß er den Hinweis verstünde. Tat er aber nicht.

»Aber warum«, fragte ich und räusperte mich, »warum sprechen Sie nicht mit ihm darüber? Mir scheint, Sie verschwenden so Ihre Zeit.«

Noch während ich das sagte, wußte ich, daß ich eine falsche Wendung genommen hatte, was mir mit mindestens fünf Minuten undurchdringlichem Schweigen vergolten wurde. Ich spielte ungeduldig mit meinem Glas, während Mr. Trimmer meinen Fehler verdaute. Ich war erschöpft von der Anstrengung, seinen dunklen Hirnwindungen Informationen zu entlocken, aber ich gab nicht auf. Ich hatte das Gefühl, mich etwas sehr Bedeutungsvollem zu nähern. Vor wem schützte sich Mr. Madden? Und hatte er einen plausiblen Grund dafür, oder war er einfach »übergeschnappt«, wie Mr. Trimmer sich ausgedrückt hatte? Ich fragte mich, ob das Wesen und seine geheime Bande Gleichgesinnter etwas damit zu tun hatten. Es kam mir unwahrscheinlich vor, daß sie es waren, vor denen Mr. Madden sich fürchtete. Welche Bedrohung konnten sie für ihn darstellen? Mir fielen die Schlingen ein, die bei dem Wesen an die Wand genagelt waren, und mich befiel dunkle Furcht. Dann merkte ich, daß Mr. Trimmer mich anstarrte, und ich lächelte ihm aufmunternd zu.

»Was Sie gesehen haben, war noch gar nichts«, verkündete er sodann.

Erschrocken sah ich, daß dies der Weg war, ihm zu entlokken, was er wußte.

»Sie meinen die gebrochene Sprosse?« Ich lächelte wieder, diesmal breiter.

»Genau.« Er nickte. »Es gibt Waffen.«

»Waffen?« Das Lächeln entglitt mir, und ich setzte es wieder auf, während ich obendrein mein Knie unter dem Tisch hervor und in volle Sicht schob. »Wo?«

»Überall.« Er richtete beim Sprechen den Blick auf mein Knie, als würde er davon ablesen. »Manche sind schon so lange da, daß er sie vergessen hat. Ich muß auf ihn aufpassen. Sonst erschießt er sich noch eines Tages.«

»Aber wie?«

»Indem er vor ihnen hergeht.«

»Sie meinen, sie sind geladen?«

Er sah mich scheel an und machte eine merkwürdige Handbewegung, als würde er eine Nadel einfädeln.

»Stolperdrähte«, sagte er schließlich. »Hat er beim Militär gelernt.«

Ich saß eine Weile verblüfft da. Mr. Trimmer starrte vorwurfsvoll auf unsere leeren Gläser. Er schüttelte den Kopf und seufzte. Dann blickte er auf seine Uhr, und als er sah, wie spät es war, schossen seine Augenbrauen in nicht überzeugender Überraschung in die Höhe.

»Sollte lieber gehen«, sagte er schließlich.

Er stand unvermittelt auf und ging zur Tür. Mir blieb nichts anderes übrig, als ihm zu folgen. Im Pub war es jetzt halbdunkel, da der Abend draußen unterdessen zu jenem Stadium verblaßt war, an dem elektrisches Licht die Dunkelheit eher zu vertiefen als zu erhellen scheint. Mr. Trimmer öffnete die Tür und trat auf die dämmrige Hauptstraße hinaus, doch bevor ich ihm folgen konnte, hörte ich eine bekannte Stimme aus dem Schatten dringen.

»*Hallo.* Daß ich Sie hier treffe!«

Ich drehte mich um und sah das Wesen, das auf einem Stuhl an einem Tisch in der Ecke der Tür kauerte. Es lächelte mich erfreut an.

»Hallo«, sagte ich.

»Mit Mr. Trimmer unterwegs, was? Es geschehen noch Zeichen und Wunder.«

»Ich kann jetzt nicht mit Ihnen reden. Er fährt mich nach Hause.«

»Passen Sie gut auf sich auf, meine Liebe. Er kann schon mal über die Stränge schlagen, wenn er was getrunken hat.«

»Ich glaube, ich habe herausgefunden, was mit Geoff passiert ist.«

»Wirklich?« Das Wesen hob sarkastisch eine Augenbraue. »Mir war nicht bewußt, daß die Sache, wie soll ich sagen, *zweifelhaft* war. Hat Mr. Trimmer mit Ihnen Süßholz geraspelt? Ich wußte gar nicht, daß der Hornochse das in sich hat.«

»Es ist nicht, was Sie denken. Ich komme morgen zu Ihnen.«

»Wie Sie wollen.« Das Wesen zuckte die Achseln. »Sie wissen ja, wo Sie mich finden.«

»Wiedersehen.«

Es hob den dünnen Arm zum Abschied. »Machen Sie's gut!«

Draußen saß Mr. Trimmer reglos im Landrover. Als er mich sah, ließ er den Motor an. Da meine Gedanken in Aufruhr waren, merkte ich kaum, daß er erheblich langsamer fuhr als auf dem Hinweg. Ich war tatsächlich so aufgewühlt von allem, was ich im Laufe des Abends erfahren hatte, daß ich, als der Landrover nach ein paar Minuten im Dunkeln knirschend zum Stehen kam, eine Weile brauchte, bis mir klarwurde, daß wir nicht vor dem Haus hielten, sondern im Schatten am Anfang der Zufahrt. Ich drehte mich zu Mr. Trimmer um, die Arme ausgebreitet und den Mund geöffnet, um zu protestieren, und auf diese Aufforderung hin stürzte er sich quer über den Sitz auf mich, mit der Brust voran wie ein Taucher, und warf seinen Körper in kunstloser Kollision auf meinen.

»O Baby!« rief er, sich an mir windend. »O Baby!«

Ich war von dieser Wendung der Ereignisse dermaßen schockiert, daß es seinen nassen, trägen Lippen gelang, mit meinen in Berührung zu kommen, bevor ich es schaffte, meine Hände auf seinen straffen Brustkasten zu legen und ihn abzuschütteln. Angewidert wischte ich mir mit dem Handrücken den Mund ab.

»Mr. Trimmer!« sagte ich.

Ich tastete nach dem Türgriff in der Absicht, auszusteigen

und zu laufen, aber da drehte Mr. Trimmer den Zündschlüssel herum und ließ den Motor wieder an. Er sah nicht besonders bedrückt aus. Er sah vielmehr wütend aus. Seine Unterlippe war vorgeschoben. Von der Seite, die Augen flach am Kopf und mit der schmollenden Lippe, glich er einem Fisch. Er legte einen Gang ein und spurtete so schnell die Zufahrt entlang, daß die Räder sich lärmend auf dem Kies drehten. Er kam mit quietschenden Bremsen vor dem Haus zum Stehen und blieb sitzen, das Lenkrad umklammernd, und starrte geradeaus. Er murmelte vor sich hin, aber ich konnte nicht verstehen, was er sagte.

»Tut mir leid«, erklärte ich nervös. »War ein schöner Abend.« Er reagierte nicht. »Na dann, Wiedersehen.«

Ich stieg aus dem Landrover und schloß vorsichtig die Tür. Als ich langsam die Zufahrt entlangging, konnte ich es mir nicht verkneifen, über die Schulter zu blicken, um festzustellen, ob er mir nachsah. Sein abartiges, funkelndes Starren glühte mich im Dunkeln durch die Windschutzscheibe an. Sobald ich um die Ecke und durch das Tor gelangt war, fing ich an zu rennen. Die Nacht war mondhell, und ich fand den Weg leicht. An der Tür des Cottage konnte ich noch das Brummen des Motors im Leerlauf hören. Ich blieb stehen und wartete mit wild klopfendem Herzen, daß er losfuhr. Die Minuten zogen sich hin. Ich fragte mich, was um alles in der Welt er machte. Endlich hörte ich das ferne Knirschen der Gänge, das Motorengeräusch wurde kurze Zeit lauter und verklang dann. Ich trat ins Cottage und ging schnurstracks zum Schrank in der Küche, in den ich den Gin gestellt hatte.

Einundzwanzigstes Kapitel

»*Stella!... Stella!*«

Ich schlug die Augen auf. Die Bewegung löste eine Schmerzwelle aus, die an Stoßkraft gewann, als sie sich meine Stirn hinaufwälzte.

»*Stella!* Sind Sie da?«

Sonnenlicht ergoß sich durchs Schlafzimmerfenster auf mein Gesicht. Undeutlich erinnerte ich mich, daß ich am Abend vergessen hatte, die Vorhänge zuzuziehen. Mein Körper auf dem Bett war schwer und leblos wie ein großer Anker, an dem mein zuckender Kopf befestigt war.

»Sind Sie da?«

Langsam wurden die ausladenden, weit verstreuten Gefilde von Denken, Wahrnehmung und Erinnerung in den sich auflösenden Schleier des Schlafes gehüllt, in der hellen Aura des Bewußtseins zusammengefaßt. Ich fuhr im Bett hoch und sah auf die Uhr. Es war zehn. Ich hatte verschlafen. Pamelas Stimme drängte sich vor, verfestigte sich in meinem Kopf. Sie mußte unten sein, war wohl gekommen, um nachzusehen, wo ich blieb. Ich warf die Bettdecke zurück und rannte im Nachthemd zur Treppe.

»Stella?«

Was als nächstes geschah, lärmend und lebhaft, konnte sich nur innerhalb weniger Sekunden abgespielt haben, aber für mich hatte es die erhöhte Bedächtigkeit, die gläserne Stille eines Traums. Ich kam zum Treppenabsatz. Ich blickte hinunter und sah am Fuß der Treppe Pamelas aufwärts gewandtes Gesicht. Ich machte den Mund auf, um zu sprechen, tat einen Schritt und flog. Im Fallen entging mir nicht, mit welch teilnahmsloser Miene Pamela mir zusah, und noch bevor mein

Rücken die erste brutale Berührung mit der Treppe hatte, registrierte ich die Peinlichkeit meines Unfalls, bereute die Dümmlichkeit meines Gesichtsausdrucks, erwog die gesellschaftliche Schwierigkeit, die sich daraus ergab, und bedachte die Anstrengungen, die notwendig sein würden, um den Normalzustand nach meinem unverzeihlichen Fehlverhalten wiederherzustellen. Ich polterte einmal, zweimal, dreimal, bevor ich steif und flach wie ein Brett Pamela vor die Füße rutschte, wo ich, zu ihr aufblickend, eine Zeitlang reglos liegenblieb. Ich wartete darauf – wie man auf Examensergebnisse oder eine Lohnzahlung warten mag –, über die genaue Schmerzmenge informiert zu werden, die mir mein Sturz eingebracht hatte; ein beachtliches Quantum, dachte ich, nach dem Geräusch zu urteilen, das ich gemacht hatte, als ich auf den Stufen aufschlug. Ich versuchte, diesen Augenblick erwartungsvoller Starrheit auszudehnen, doch allzubald stieg ein symphonisch schwellender Schmerz in großem Chor von meinem Rücken auf, weit mächtiger als in meiner Vorstellung.

»Alles in Ordnung?« fragte Pamela streng.

»Weiß ich nicht. Scheiße!« Fluchen war nicht meine Art, aber das Wort schien die Schmerzen zu lindern. »Das hat echt weh getan«, fügte ich hilflos hinzu.

»Ja, Sie sind regelrecht *geflogen*«, sagte Pamela. Sie sah aus, als wollte sie lächeln. Ich war gespannt, ob sie irgend etwas zu unternehmen gedachte.

»Scheiße«, sagte ich wieder. Der Schmerz schwoll weiter an und verharrte. Pamela verschränkte die Arme. »Herrgott!«

»Hören Sie, lassen Sie sich ruhig Zeit«, sagte sie schließlich. »Kommen Sie rüber, wenn Ihnen danach ist. Ich wollte bloß nachsehen, was mit Ihnen los ist.«

»Ich hab verschlafen«, sagte ich, jetzt wahnsinnig vor Schmerzen.

»Es hat keine Eile. Kommen Sie einfach, wenn Ihnen danach ist.«

Sie drehte sich um und schritt leichtfüßig davon, bevor ich noch etwas sagen oder gar von der Treppe aufstehen konnte. Pamelas Reaktion auf meinen Unfall schien, oberflächlich gesehen, ungemein grausam, doch seltsamerweise konnte ich trotz des Selbstmitleids, das ich angesichts meiner erbärmlichen Lage empfand, nicht glauben, daß die Teilnahmslosigkeit, die Pamela an den Tag gelegt hatte, vollkommen mutwillig war. Ich hatte ihr einen Augenblick intensiver Intimität aufgezwungen, indem ich die Treppe hinunterfiel, eine Intimität, die ihr, ob aus Unbeholfenheit oder aus Angst, unerträglich war und deren sich daraus ergebende Erfordernisse – Mitgefühl, Güte und praktische Hilfe – sie nicht erfüllen konnte. Sie war nicht mütterlich, womit ich meine, sie hatte anscheinend nicht, wie so viele Mütter, ihre Selbstachtung aufgegeben. Doch sie verteidigte ihre Unabhängigkeit so grimmig – was sie, wie Sie gesehen haben, sogar daran hinderte, jemandem in Not auch nur die geringste Hilfe anzubieten –, daß es auf eins von zwei Dingen schließen ließ: Entweder war ihre Gewalt über ihre Unabhängigkeit brüchig, oder sie fühlte sich ständig behelligt von anderen, die sie mit Leib und Seele mit Beschlag belegten, so daß sie vor jeder körperlichen oder emotionalen Herausforderung zurückwich, als sei es eine Falle. Ich erinnerte mich an ihr ungehöriges Benehmen mit Toby, und mir kam der Gedanke, daß das, was ich gesehen hatte, vielleicht gar nicht von so düsterer Bedeutung war. Vielleicht war die Sprache sexueller Verlockung die einzige, die Pamela kannte, oder jedenfalls die einzige, in der sie sich mitteilen konnte.

Unterdessen hatte ich mich aufgerappelt und stieg vorsichtig die Treppe zu meinem Schlafzimmer hinauf. Als ich mich herumdrehte, um mich im Spiegel zu betrachten, sah ich mehrere weiße Stellen auf meinem Rücken, die bestimmt bald zu blauen Flecken erblühen würden. Die Haut brannte bei der Berührung so sehr, daß es eine Weile dauerte, bis ich mich angezogen hatte, und noch länger, bis ich, am oberen Treppenabsatz kauernd, den Mut zusammennahm, ganz langsam die Stufen hinunterzusteigen. Schließlich schaffte ich es, in der Hitze den Weg entlang und hinten herum ins große Haus zu wanken.

Mein Mißgeschick wurde nicht leichter dadurch, daß ich, zweifellos dank des Umstands, daß ich abends zuvor die Flasche Gin auf nüchternen Magen geleert hatte, einen Kater zu haben schien. Es war mir notwendig erschienen, dem Aufruhr meiner Gedanken mit Alkohol Einhalt zu gebieten, aber jetzt war der Abend in meinem Kopf noch konfuser, als er es in seinen tumultartigen Nachwirkungen ohnehin schon war. Ich hatte nichts gelöst durch mein Saufgelage, das vermutlich auch schuld war an meinem unsicheren Halt auf der Treppe. Voller Selbstekel kam ich jetzt zu dem Schluß, daß ich ein Alkoholproblem hatte. Tatsächlich war ich an fast jedem Abend, den ich auf dem Land verbracht hatte, betrunken. Ich war so weit gegangen, Alkohol zu *stehlen*, um meine Sucht zu befriedigen. An dem einzigen Abend, an dem ich nicht betrunken war, hatte Armut mich davon abgehalten, es zu werden. Schon der bloße Gedanke an Alkohol verursachte ein Aufwallen von Übelkeit in meinem Magen. Ich schleppte mich die Treppe hinauf, mal nach vorn, mal nach hinten gebeugt, unentschlossen, welches meiner Leiden ich berücksichtigen sollte.

»Ich glaube, mir wird schlecht«, verkündete ich, als ich in Martins Zimmer platzte.

Getragen von dieser dringenden Not, nahm ich undeutlich zwei erschrockene Gesichter wahr, die mich bei meinem Eintritt ansahen. Das erste war Martins. Das zweite gehörte Mrs. Barker. Den Schrecken über ihre Anwesenheit mußte ich verdrängen, während ich mich nach etwas umsah, wohinein ich mich übergeben konnte.

»Ins Waschbecken«, sagte Martin sogleich. »Da drüben im Schrank.«

Er spurtete in diagonaler Bahn zum Schrank, während ich mich im anstoßenden Winkel von der Tür näherte. Wir trafen uns an der Schranktür, er öffnete sie, ich stürzte mich hinein und gab sogleich einen scharfen Strom bitterer Gallenflüssigkeit von mir. Als ich halb fertig war, legte Martin seine Hand auf meinen wunden Rücken. Ich fuhr mit einem Protestschrei hoch und stieß mir an einem Sims über dem kleinen Waschbecken den Kopf.

»Was ist?« fragte er besorgt.

»Hand!« brachte ich hervor.

Er nahm seine Hand fort, und ich übergab mich abermals, würgte hilflos aus meinem ausgetrockneten, leeren Magen heraus. Ich stüzte mich mit den Händen am Becken ab und ließ erschöpft den Kopf hängen.

»Was ist los mit ihr?« hörte ich Mrs. Barker hinter mir fragen.

»Ich weiß nicht«, sagte Martin leise.

»Zuviel getrunken gestern abend, darauf möchte ich wetten«, sagte Mrs. Barker, die damit genau ins Schwarze traf. »Kommen Sie hier zurecht, junger Mann? Ich muß weitermachen. Ich habe heute morgen wegen der da schon genug Zeit verloren.«

Demütigung durchströmte mich. Ich versuchte, die Kraft aufzubieten, um zu sprechen, konnte es aber nicht. Statt dessen würgte ich abermals.

»Hmpf!« machte Mrs. Barker triumphierend. »Die hat sich vollaufen lassen.«

»Es ist vermutlich eine Magenverstimmung«, sagte Martin. »Gehen Sie nur, Mrs. Barker. Wir schaffen das hier schon.«

Als sie weg war, blieb ich noch eine Weile über das Waschbecken gebeugt stehen. Schließlich hob ich den Kopf und sah mich im Spiegel über dem Becken. Mein Gesicht war knallrot, mein Mund mit Schleim bedeckt. Ein weißes Mal stand auf meiner Stirn, wo ich mich am Sims gestoßen hatte. Von der Anstrengung schimmerten Tränen in meinen Augen.

»Hast du ein Papiertaschentuch?«

»Warten Sie. Hier.«

Martin schob seine Hand in die Schachtel, wedelte mit einem Papiertuch wie mit einer weißen Fahne. Ich wischte mir das Gesicht ab, putzte mir die Nase und drehte mich dann schamhaft um.

»Kommen Sie. Wollen Sie sich nicht aufs Bett legen?«

Martin nahm meine Hand und schob mich zum Bett. Ich legte mich zitternd, mit angezogenen Beinen, auf die Seite.

»Ich bin die Treppe runtergefallen«, sagte ich und schloß die Augen. »Heute morgen.«

»Dann ist Ihnen wohl deswegen schlecht geworden. Das kommt oft vor, wenn man sich sehr gestoßen hat.«

Ich fühlte etwas Kühles auf meiner Stirn und merkte, daß es Martins Hand war. Er begann, mir über die Haare zu streichen, die mir, verfilzt von Schweiß, im Gesicht klebten.

»Arme Stel-la«, sagte er.

»Mrs. Barker. Wird sie es deiner Mutter erzählen?«

»Nein. Sie ist in Ordnung.«

»Ich glaube dir nicht. Ich werde gefeuert.«

»Nein, bestimmt nicht. Ich kümmere mich um Sie.«

Ich fühlte mich langsam unbehaglich bei Martins Streicheln, das sich nun bis zu meinem Hals ausdehnte. Ich verspannte mich unter seiner Hand, brachte es aber nicht fertig, ihm zu sagen, er solle aufhören. Die einzige Lösung war, aufzustehen, aber wenn ich meine Lage veränderte, fürchtete ich um meinen Magen, der in dieser Horizontalen eine annehmbare Ebene gefunden hatte. Der Gedanke, daß Pamela hereinkäme, um nachzusehen, und uns so finden würde, verdoppelte meine Nervosität. Martins Finger streichelten meinen Nacken und verschlangen sich in meinen Haaren.

»Nicht«, sagte ich matt.

»Ich kann nichts dafür.«

»Bitte.« Eine schreckliche Müdigkeit legte sich über meine Augen. »Das ist keine gute Idee.«

»Lassen Sie mich. Bloß eine kleine Weile. Ich will's nicht wieder tun. Sie sind so süß, Stel-la. Lassen Sie mich Sie einfach anfassen.«

Ich muß leider sagen, daß ich ihn gewähren ließ. Sicher, ich war schwach vor Schmerzen und Übelkeit; ich hatte ein Bedürfnis nach Trost und menschlicher Berührung, und das Gefühl von Martins großer Hand auf meiner Haut war auf sinnliche Art angenehm, aber tief im Innern, im Strudel des Halbbewußtseins, hatte ich ein kleines, festes Empfinden von Unrecht. Meine Gliedmaßen fühlten sich taub und unermeßlich an, zu weit entfernt von diesem schwachen Impuls, der sie antreiben könnte, und so blieb ich liegen, während Martin sich in seiner einseitigen Verzückung erging, und tat nichts, außer daß ich es unterließ, sie zu erwidern. Ich muß eingeschlafen sein, denn als ich nach einer Weile die Augen öffnete, saß Martin auf der anderen Seite des Zimmers am Fenster und beobachtete mich.

»Du hättest mich wecken sollen!« sagte ich und setzte mich auf. Mein Magen fühlte sich viel besser, aber in meinem Rükken tobte ein Akkord von Schmerzen, wenn ich mich bewegte.

»Sie haben den Schlaf vermutlich gebraucht«, sagte Martin. Er wirkte verlegen. »Wie fühlen Sie sich?«

»Besser.« Ich rieb mir die Augen und schwenkte die Füße vom Bett. Meine Schuhe standen ordentlich neben mir auf dem Boden. »Tut mir leid, das alles. War nicht meine beste Vorstellung.«

Ich spürte sogleich, daß ich etwas Falsches gesagt hatte. Martin fummelte mit den Händen herum, den Blick gesenkt.

»Was möchtest du gerne tun?« fragte ich und schlug mir enthusiastisch auf die Knie. »Wir könnten einen Spaziergang machen oder – oder wir könnten hierbleiben und Hausaufgaben machen«, hierauf stieß er ein leise schnaubendes Lachen aus, »oder – was möchtest du tun?« wiederholte ich.

»Immer – immer mit der Ruhe«, sagte er schließlich. Seine Miene war gequält.

»Was ist los?« Ich konnte anscheinend nichts sagen, ohne daß es einfältig und gefühllos klang.

»Lassen Sie mich einfach – Gott!« Er warf frustriert den Kopf zurück.

Ich sah, daß sich infolge des seltsamen Intermezzos auf dem Bett zwischen uns etwas verändert hatte. Diese Erkenntnis löste ungeheures Bedauern in mir aus. Ich konnte nicht glauben, daß ich es zugelassen hatte.

»Martin«, begann ich.

»Sagen Sie nichts!« Er hielt abwehrend eine Hand in die Höhe. »Seien Sie einfach still!«

»Aber ...«

»Mir fehlt nichts. Ich muß bloß nachdenken, das ist alles.«

Er saß mit entsprechend gedankenvoller Miene da und sah aus dem Fenster. Ich stand verlegen am Bett. Ich spürte, daß er trotz seines Befehls auf eine Äußerung wartete, doch ich konnte nicht geschickt genug mit Worten umgehen, um die zartfühlenden Sätze zu formulieren, die er verlangte. Jeder Weg von hier, und sei er noch so gewunden, führte zur Verweigerung dessen, was er sich wünschte. Ich konnte keinen Schritt tun, der uns nicht hinführte zu dem, was er nicht wissen wollte. Da ich ihm nichts Besseres zu bieten hatte als körperliche Nähe, durchquerte ich das Zimmer und warf mich in den Sessel. Dies erwies sich am Ende unvermutet als der direkteste Weg aus der Spannung zwischen uns; denn als mein übel zugerichteter Rücken mit der steifen Lederpolsterung in Berührung kam, sprang ich mit einem solchen Schrei wieder auf, daß Martin unwillkürlich in Lachen ausbrach.

»Ich hab eine Idee«, sagte er dann. »Wie wär's mit einem Picknick? Wir können uns was zu essen holen und irgendwohin gehen. Sie können mir von gestern abend erzählen. Was halten Sie davon?«

»Okay.«

Wir begaben uns in die Küche, um Pamela von unserem Vorhaben zu unterrichten. Mrs. Barker war zu meiner Erleichterung nirgends zu sehen.

»Das klingt lustig«, sagte Pamela, die mit der Brille auf der Nase am Küchentisch saß und fleißig auf ein Blatt Papier schrieb. »Das paßt mir sogar sehr gut. Die Männer sind heute wieder auf der Farm, und ich wollte ein paar Einkäufe machen, da kann ich ja jetzt losdüsen, wenn ihr zwei allein zurechtkommt.« Sie nahm die Brille ab und sah mich an. »Fühlen Sie sich besser?«

»Viel besser, danke.« Ich fragte mich, ob sie auf meinen Sturz anspielte oder ob sie von Mrs. Barker einen Bericht über mein nachfolgendes Betragen im Schlafzimmer erhalten hatte. »Ich habe ein paar ziemlich schlimme Prellungen, aber ich glaube, es ist weiter nichts Ernstes.«

»Sie sollten wirklich vorsichtiger sein. Wir wollen doch nicht, daß Sie sich etwas brechen und wochenlang das Bett hüten müssen. So!« Ihr Ton sagte mir, daß unser Gespräch beendet war. »Dann zieh ich jetzt los. Essen ist im Kühlschrank.

Ihr könnt euch alles nehmen bis auf den Lachs. Der ist fürs Abendbrot.«

»Dürfen wir uns Wein nehmen?« fragte Martin.

»Wein?« Pamela sah mich an. Es war schwer zu sagen, welcher Gesichtsausdruck zur Antwort angebracht war. Ich erwiderte ihren Blick mit verständnisloser Miene. »Oh, warum nicht? Geh nur nicht an die Spitzenweine deines Vaters. Im Schrank ist jede Menge einfacher Wein.«

Nachdem wir die Küche geplündert hatten, machten wir uns in der Sonne auf. Wir nahmen den Weg rechts am Haus vorbei zum Rosengarten. Martin hielt den Picknickkorb auf dem Schoß. Wir kamen am Teich vorüber, in den Martin an unserem ersten Tag beinahe gerollt wäre. Der Tümpel war unverändert, die Oberfläche belebt durch zart gefilterte Schatten.

»*Das* scheint mir eine Ewigkeit her zu sein«, sagte Martin.

Es war sehr mühsam, den Rollstuhl über den unebenen Grund zu schieben. Ich wollte schon vorschlagen, am Teich anzuhalten, aber irgendwie schien es mir zu abwegig, als könnte es bedeuten, daß wir in einem eigenartigen Wiederholungszyklus gefangen wären, aus dem es keinen Ausweg gab. Ich nahm meine Kräfte zusammen, beugte mich schräg nach vorn, um Spannung in die Schultern zu legen. Gleich darauf traten wir aus dem Gehölz auf eine Wiese.

»Dies ist mein Lieblingsplatz«, sagte Martin. »Wollen wir uns unter den Baum setzen?«

Die Wiese war wunderhübsch überwuchert, und es war erstaunlich kühl. Wildblumen wogten zwischen dem hohen Gras. Ich pflügte mit dem Rollstuhl durch die dichten, widerstrebenden Halme, während in meinem Rücken immer höhere Schmerztöne klangen. Bis wir zum Baum kamen, war ich schweißgebadet. Was ich empfand, als ich mich mit Martins Rollstuhl abmühte, war seltsamerweise nicht, wie zu erwarten gewesen wäre, Verärgerung über ihn, weil er sorglos eine so unzugängliche Stelle ausgesucht hatte, sondern vielmehr ein nüchternes Gespür für die Opfer, die seine Gesellschaft erforderte, Opfer, die ich getrennt von der Tatsache sah, daß ich angestellt war, um sie zu bringen. Es war, als taxierte ich ihn für einen anderen Zweck, eine Entwicklung, die ich mit einigem Unmut als Symptom für ein komplexeres Gefühl deutete, das seine Annäherungsversuche im Schlafzimmer mir eingepflanzt hatten. Er hatte bewirkt, daß ich eine Verantwortung für ihn fühlte, die größer war als diejenige, die zu tragen ich verpflichtet war. Ich verübelte ihm diese mir auferlegte Last, und doch kam sie mir irgendwie natürlich vor, als hätte ich die ganze Zeit auf eine Bürde gewartet, die jene ersetzte, die ich durch meinen Umzug aufs Land abgeworfen hatte.

»Mein Rücken tut weh«, sagte ich und setzte mich in den Schatten.

»Keine Sorge. Ich mach alles. Legen Sie sich einfach ein bißchen flach.«

Ich wollte mich nicht flach legen, sah aber ein, daß es helfen könnte. Ich hörte Martin von seinem Stuhl rutschen und schloß die Augen. Eine warme Brise stieg sanft von der Wiese auf und bewegte die Blätter über mir. Langsam begannen die Trennungslinien von Zeit und Raum zu zerfließen, und meine Erinnerungen spülten frei und unzusammenhängend wie Meereswellen an die Gestade der Gegenwart. Die Kruste, die meinen Körper umgab, wurde aufgebrochen, und ich schwamm tief unten zwischen Kindheitsblitzen, Gesichtern, fremd und vertraut zugleich, Gesprächsfetzen, Gefühlsbruchstücken, die weit fort von der Erinnerung trieben, weiter und weiter, bis ich schließlich an einem trockenen, heißen Ort angespült wurde, wo das anhaltende Verkehrsgebrumm von weit unten heraufkam und eine fremdländische Sonne hart auf meinen Rücken brannte. Etwas grub sich in meinen Bauch. Meine Augen waren geschlossen. Ich erinnerte mich an ein Metallgeländer, das im bröckeligen Beton des Balkonbodens verankert war. Bögen aus Farben, seltsam ölig, explodierten wie flüssige Feuerwerkskörper hinter meinen Lidern. Blut pochte in meinem Schädel, als ob ich unter Wasser wäre. Da fiel mir ein, daß ich mit dem Kopf nach unten über dem Geländer hing wie ein zum Trocknen aufgehängtes Handtuch. Etwas Merkwürdiges war geschehen. Ich versuchte mich zu erinnern, was es war. Es hatte eine Veränderung gegeben. Ich war, aus wer weiß welchem Grund, nicht mehr an dem Ort, an dem ich immer gewesen war. Ich hatte eine schreckliche Fahrt gemacht, eine Stromschnelle hinab oder über eine Brücke, die hinter mir eingestürzt war, und ich konnte nicht zurückkehren. Ich war an einen Ort gelangt, dessen Proportionen den von der Natur diktierten entgegengesetzt waren, wo Hoffnungslosigkeit und Dunkelheit das Licht überwältigt hatten. Ich hatte das starke Gefühl, damit eine verbotene Handlung begangen zu haben, nicht weil ich etwas Unrechtes getan hatte, sondern weil ich einer Versuchung nachgegeben hatte, der ich hätte widerstehen müssen. Nach einer klareren Erinnerung suchend, fühlte ich mich statt dessen verwachsen mit der Wiese, auf der ich lag. Mein Tagtraum wankte. Ich spürte das Gras unter mir, und die Schmerzen in meinem Rücken, die gewandert waren wie ein müßiger Wächter, schnellten scharf an ihren Platz zurück. In diesem Augenblick fiel mir ein Traum ein, in dem ich stundenlang in einem dunklen Zimmer eingesperrt war. War es das, woran ich dachte, als ich dort auf der Wiese lag? Ich war jetzt wieder voll ins Bewußtsein aufgetaucht, hielt aber die Augen geschlossen. Die Erinnerung an den Traum war vertraut, ließ sich jedoch nicht einordnen. Je mehr ich darüber nachdachte, desto unfaßbarer wurde die andere Erinnerung. Ich versuchte sie festzuhalten, doch sie verblaßte, bis ich nicht mehr recht wußte, woran ich mich eigentlich zu erinnern versuchte.

Zweiundzwanzigstes Kapitel

»Stel-la. Essen.«

Als ich die Augen öffnete, sah ich ein enormes Sandwich, das Martins Arm mir im Sonnenlicht vors Gesicht hielt. Aus dem eigenartigen Winkel, bedingt durch meine horizontale Lage, sahen die dicken Brotlippen mit der einer heraushängenden Zunge gleichenden Füllung gewaltig und roh behauen aus – wie große Steinplatten. Mein Magen verkrampfte sich vor Widerwillen.

»Wein?«

Ein dargebotenes Glas gesellte sich zu dem Sandwich auf seiner Platte aus Luft. Ich setzte mich mühsam auf und nahm das Glas; das Sandwich legte ich neben mich ins Gras. Trotz meiner Übelkeit suchte mein Mund das Glas, als enthielte es einen urtümlichen Treibstoff, ohne den der normale Lauf der Dinge nicht wieder einsetzen konnte. Der Wein war stark und prikkelte an meinem Gaumen. Sogleich fühlte ich mich angenehm befreit, als hätte ich einen drückenden Schuh ausgezogen.

»Sehr kultiviert«, sagte ich im Bemühen, den lauten, aber heimlichen Rhythmus meiner körperlichen Bedürfnisse zu übertönen.

»So ist das Landleben«, sagte Martin. Er hob sein Glas. »Ambrosia in Arkadien. Wie fühlen Sie sich, Stel-la?«

»Ganz gut.«

»Erzählen Sie mir von gestern abend.«

Komplizenhaft schlurfte er übers Gras näher zu mir. Außerhalb seines Rollstuhls sah Martin winzig und grotesk aus. Bevor ich mich dagegen wehren konnte, hatte ich zugelassen, daß mich bei der Erinnerung an seine Berührung ein flüchtiger Schimmer von Widerwillen durchfuhr.

»Worüber haben Sie mit Mr. Trimmer gesprochen?« wollte er wissen.

»Über nicht viel. Meistens über eure Familie«, sagte ich unbedacht. »Anscheinend will alle Welt über eure Familie reden.«

»Ich weiß.« Er schien richtig stolz darauf zu sein. »Bloß weil wir in einem alten Haus wohnen, denken die Leute, wir laufen mit dem Kopf unterm Arm herum.«

»Nicht ganz«, sagte ich, erstaunt über seine Naivität.

»Was dann?« Er beugte sich nach vorn, auf einen Arm gestützt, so daß seine Schulter vorsprang, und griff nach seinem Sandwich. »Kannibalistische Freßorgien? Rituelle Folter von Au-pair-Mädchen? Ich hoffe nicht, daß Sie die Leute auf Ideen gebracht haben, Stel-la.«

»Natürlich nicht! Es hatte mehr mit Sex zu tun.«

»Haha!« bellte Martin mit vollem Mund. »Ist das komisch«, fügte er hinzu.

»Warum?«

»Darum. Wir sind eine Familie. Was glauben die denn? Daß wir *miteinander* Sex haben?«

Martin konnte zuweilen sehr begriffsstutzig sein und beunruhigend zwischen Klugheit und Unreife schwanken. In diesem Fall war es ein Glück, daß er mich mißverstanden hatte, da ich einsah, daß es ein Fehler von mir war, das Thema zur Sprache zu bringen.

»Natürlich nicht«, sagte ich. »Ist ja bloß Klatsch.«

»Was für Klatsch?«

»Vergiß es.«

»Sagen Sie's mir!«

»Nein!«

»Was weiß Trimmer überhaupt?« fragte Martin dann. »Er hat sie nicht mehr alle. Hat er versucht, Sie zu küssen?«

»Ja.«

»Na, so was!« sagte Martin genüßlich. »Wie war es?«

»Widerlich.«

»Darauf möchte ich wetten!« Er warf die Lippen auf wie ein Fisch. »Das muß gewesen sein, als hätten Sie ein Stück rohe Leber geküßt.«

»Du bist ekelhaft.«

»Sie sind ekelhaft, Sie haben Mr. Trimmer geküßt.«

»Ich habe ihn nicht geküßt! Ich habe ihn abgewehrt. Ich glaube, er war wütend auf mich.«

»Sie sollten sich vorsehen, Stel-la. Er ist ein Irrer. Sein Vater war genauso. Er hat auch Brüder, verrückt wie Schlangen. Die ganze Familie. Inzucht. Sie hassen sich gegenseitig. Sie haben massenhaft Schießeisen. Eines Tages wird jemand zu dem Haus gehen und sie alle im Obstgarten in einer Blutlache liegen sehen.«

»Er wird mir doch nichts antun?« Ich fand Martins Vorstellung unheimlich.

»Ich denke nicht«, sagte Martin. »Aber seine Mutter wird er umbringen. Er kommt nicht los von ihr. Einmal hat er versucht, nach Buckley zu ziehen, hat sich eine Wohnung genommen und alles.«

»Und dann?«

»Nach sechs Monaten kam er zurück. Ganz kleinlaut. Ich glaube, Dora schlägt ihn.«

»Wie kann sie das tun? Er ist ein Riese!«

»Weiß nicht. Einmal hab ich ihn ohne Hemd gesehen. Er hatte Narben auf dem Rücken.«

Die üppige Wiese und der weitläufige, luxuriöse Garten dahinter schenkten uns Abgeschiedenheit. Ein leichter Wind bewegte die Bäume, und ein tiefes Rauschen, fast wie Donner, wogte über die Wiese.

»Kennst du die Person von der Post?« fragte ich.

»Was, den verrückten Typen? Nicht richtig. Hab ihn ein paarmal gesehen. Warum?«

»War bloß neugierig.«

Ich erwog, Martin vom Zimmer des Wesens und von den Flugblättern zu erzählen, aber etwas hielt mich zurück. Als ich die Worte formulieren wollte, war es, als würden die Bilder, die ich noch Sekunden zuvor klar im Kopf hatte, dahinschwinden. Unsicherheit ergriff mich; ich konnte nicht mehr gewiß sein, ob das Flugblatt, mein Besuch bei dem Wesen, ja alles, was ich auf eigene Faust unternommen hatte, seit ich auf dem Land war, Wirklichkeit war oder das Produkt meiner Phantasie.

»Stel-la«, sagte Martin nach einer Weile. »Was gedenken Sie wegen Edward zu tun?«

»Was meinst du mit tun?« fragte ich nervös. »Da gibt's nichts zu *tun.*«

»Aber sicher.« Martin beugte sich mit der Weinflasche nach vorn und schenkte mit strenger Miene ein. »Sie können nicht einfach verschwinden. Irgendwann müssen Sie sich mit ihm auseinandersetzen.«

»Ich wüßte nicht, warum«, entgegnete ich. Meine Stimme hatte jenen hohlen Klang, der auf eine tiefe Gefühlsregung hinweist. »Was hätte das für einen Sinn?«

»Sie haben ein Versprechen gegeben, Stel-la. Es zu brechen ist Ihrer nicht würdig.«

Panik regte sich in meiner Brust.

»Es ist beschämend für ihn«, beharrte Martin. »Was soll er den Leuten sagen?«

»Ich habe ihm einen Brief geschrieben.«

»Sie haben ihm Schande gemacht. Vor seinen Freunden und seiner Familie. Er verdient eine Erklärung.«

»Nein!« sagte ich erbost. Auf einmal hatte ich das Gefühl, als wäre mein Gesicht dicht in Zellophan verpackt, an dem ich wie eine Irre reißen müßte, um zu atmen. Ich hatte dieses Gefühl früher schon einmal. Die Erinnerung blitzte in meinen Gedanken auf, zu geschwind, um sie zu greifen. Auch andere Dinge kamen, Bruchstücke aus dem Gedächtnis, die vertraut schienen, aber nirgends hingehörten.

»Na gut«, sagte Martin. »Aber ich finde, Sie schulden ihm zumindest die Höflichkeit, ihm zu sagen, wo Sie sind.«

»Und ich finde, du solltest dich um deine eigenen Angelegenheiten kümmern. Was weißt du denn überhaupt?«

Vom Wein hatte ich ein lockeres Gefühl im Kopf, als würden Maschen aufgehen. Mein Mund war trocken. Mein Herz schlug wie wild. Ich dachte daran, auf der Stelle aufzustehen und zu rennen, über die Wiese und die Felder dahinter, bis ich undenkbar erschöpft weit fort wäre. Ich schloß einen

Moment die Augen. Als ich sie wieder aufmachte, erschien mir alles dermaßen unwirklich, daß ich mich fragte, ob ich mir sogar das Gespräch mit Martin eingebildet hatte.

»Ich finde bloß ...«

»Verstehst du denn nicht?« rief ich. »Ich will nicht daran denken! Ich will in Ruhe gelassen werden, das ist alles, was ich will! Kapiert? Ich will einfach in Ruhe gelassen werden. Wie ein Paar Augen in einem Glas.« Warum ich diese letzte Bemerkung gemacht habe, ist mir unbegreiflich, aber vielleicht habe ich mir in meinem überdrehten Zustand auch bloß eingebildet, das gesagt zu haben.

»So können Sie nicht leben. Erstens ist es feige.« Er zählte an den Fingern ab. »Zweitens werden Sie es bereuen. Drittens ...«

»Wie kannst du es wagen, mir Vorhaltungen zu machen?« Ich war jetzt sehr wütend. »Was gibt dir das Recht dazu? Andere Menschen richten nicht hart über sich selbst – am wenigsten deine Familie! Warum sollte ich es tun?«

»Wie meinen Sie das?« Martin rümpfte die Nase.

»Bloß weil ihr ein Luxusleben führt«, blaffte ich ihn an, »glaubt ihr, über jeden Vorwurf erhaben zu sein. Aber ihr habt Probleme! Das sieht doch jeder!«

»Natürlich haben wir Probleme. Niemand hat behauptet, wir hätten keine.«

»Ich war wenigstens ehrlich.« Ich begann, Händevoll Gras auszurupfen. »Ich sitze wenigstens nicht herum und hasse alles und tu dabei, als wäre es nicht so.«

»*Ich* hasse nichts«, sagte Martin bestürzt.

»Tust du wohl.«

»Was zum Beispiel?«

»Deine Mutter«, sagte ich ungerührt und hielt meine Finger in die Höhe, wie er es getan hatte, als wollte ich eine Liste aufzählen.

»Meine Mutter? Was bringt Sie bloß auf die Idee, daß ich sie hasse?«

»Es – es ist unverkennbar.« Ich verschränkte die Arme.

»Nein!« sagte er. Sein Körper war starr vor verletztem

Stolz, seine Stimme jung und bang. »Wie kommen Sie darauf?«

»Allein schon die Art, wie du mit ihr sprichst.« Das kurze Aufblitzen von Selbstvertrauen begann zu verblassen und legte ein tieferes Angstgefühl bloß. »Und das Bild, das du gezeichnet hast. Das im Zentrum hängt.«

»Das?« Martin wirkte ehrlich verblüfft. »Das sieht ihr überhaupt nicht ähnlich!«

»Mir schien es – kritisch«, sagte ich lahm.

»Es ist bloß nicht sehr gut.«

»Verzeihung.«

Wir saßen schweigend. Ich hatte erhebliche Schwierigkeiten, eine normale aufrechte Haltung zu bewahren.

»Schon gut«, sagte Martin. »Ich denke, ich verstehe, warum Sie vielleicht – na ja, manchmal ist es wirklich nicht leicht, mit ihr auszukommen. Sie hatte ein frustrierendes Leben, saß hier fest mit der Farm und uns allen. Ich glaube, sie hätte gern einen Beruf gehabt und etwas Zeit für sich selbst. Sie ist auch traurig.«

»Weswegen?«

»Oh, das liegt lange zurück.« Er riß ein paar Grashalme aus und zerstreute sie. »Es ist auch nicht leicht, mit Vater verheiratet zu sein.«

»Wie meinst du das?«

»Hm, er ist heutzutage in allem von ihr abhängig. Er hatte auch eine sehr unglückliche Kindheit. Sein Vater hat sich umgebracht.«

»Warum?«

»Weiß nicht. Er war beim Militär. Hat es wohl nicht verkraftet, als er pensioniert wurde. Dad war ein Einzelkind. Seine Eltern waren schon ziemlich alt. Ich glaube, seine Mutter ist danach ein bißchen seltsam geworden.«

»Inwiefern?«

»Oh, er wollte nicht darüber sprechen. Mum sagt, es war ziemlich bitter. Jedenfalls, er ging schließlich selbst zum Militär, aber er wurde entlassen, weil er durchgedreht ist. Dann hat er Mum kennengelernt. Sie hat ihn aus dem Sumpf gezogen. Sie würde alles für ihn tun. Und für uns. Sie ist diejenige, die alles zusammenhält, Stel-la.«

»Ja.«

»Man darf nicht sagen, daß unvollkommene Menschen nicht geliebt werden, Stel-la. Dazu sind Familien da. Sie nehmen Dinge in sich auf. Sie wachsen um sie herum. Sie mögen am Ende verzerrt und häßlich aussehen, aber sie sind wenigstens stark.«

Lange Zeit herrschte Schweigen. Martin zupfte an den Gräsern. Ich legte mich wieder auf den Rücken und schloß die Augen. Da wurde ich urplötzlich durch eine Erinnerung, die mir so vollständig und klar in den Kopf sprang, daß sie vor Lebendigkeit zu pulsieren schien, fortgetragen von Martin und der Wiese. Es war eine Erinnerung an meine Familie, wie wir zu Hause im Garten saßen. Es war vor dem Tod meines jüngeren Bruders, den ich in meiner Geschichte an früherer Stelle erwähnt habe und der einen langen, erdrückenden Schatten auf alles warf, was danach kam. Es war das Fehlen dieses Schattens und nicht so sehr das Wissen, wie alt ich damals war, was meine frühe Jugendzeit als Zeit dieser Erinnerung festlegte. Es herrschte eitel Sonnenschein, und damit meine ich nicht nur, daß Sommer war, sondern auch, daß die Atmosphäre ein Element enthielt, das ich seinerzeit natürlich nicht wahrgenommen hatte, dessen belastendes Fehlen ich aber hinterher spürte, als es so plötzlich aus unserem Haus abfloß, als sei ein Stöpsel gezogen worden. Es war nicht Glück oder Zufriedenheit, es war lediglich, vermute ich, Ahnungslosigkeit. Die Tragödie hatte uns noch nicht ereilt, und so konnten wir unser Leben in Anonymität und mit einer Unbefangenheit führen, die uns später abhanden kam.

In dieser Erinnerung lag ich auf einer Decke auf dem Rasen. Mein jüngerer Bruder war in der Nähe mit etwas beschäftigt – womit, habe ich vergessen –, eine flüchtige Gestalt in einem gestreiften T-Shirt. Der andere Bruder saß direkt vor mir in einem Liegestuhl. Er hatte Shorts an, und seine stämmigen Beine, die faszinierend mit dunklen Haaren bedeckt waren, hatte er V-förmig beiderseits von mir aufgepflanzt. Er las etwas vor, was uns zum Lachen brachte; denn er war damals ein Komödiant, ein Talent, das später durch den steten, unaufhörlichen Lauf trauriger Jahre ausgelöscht wurde. Meine Eltern saßen neben ihm an einem kleinen Tisch und spielten Karten. Ich hatte vollkommen vergessen, wie sehr sie das Kartenspiel liebten, wie wir morgens hinunterkamen und sie bereits bei der zweiten Runde Whist oder Rommé antrafen, und überall im Haus lagen Zettel herum, auf denen mein Vater in seiner exakten Handschrift den Punktestand notiert hatte.

Ich fühlte die Wärme der Sonne auf meinem Rücken, hörte die Stimme meines Bruders und das Kichern, das aus meinem zusammengedrückten Bauch gluckerte. Ich war glücklich. Die Erinnerung blieb und blieb, dann wurde sie allmählich gedämpft, unbeweglich, erstarrte zu einem einzigen unzugänglichen Bild, einem Schnappschuß gleich.

»Was hast du gesagt?«

»Ich meinte, wollen wir gehen?« sagte Martin.

Wir packten unsere Picknicksachen zusammen, und Martin hievte sich in seinen Rollstuhl. Mein Rücken schmerzte unerträglich, als ich aufstand.

»Ich könnte ein bißchen Schlaf vertragen«, sagte Martin, als wir aufbrachen, »nach all der Aufregung. Hätten Sie etwas dagegen?«

»Keineswegs«, sagte ich. »Ich hab eine Menge zu tun.«

Ich schob ihn ins Haus. Pamela war noch unterwegs, die Räume waren still. Ich brachte ihn in sein Zimmer und ging dann durch die kühle, leere Halle zur Haustür hinaus.

Dreiundzwanzigstes Kapitel

Kaum hatte ich mich vom Haus abgewandt, um die Zufahrt entlangzugehen, als ich Toby von rechts über den Kies kommen sah. Er trat zwischen den Hecken hervor, mit nacktem Oberkörper, die Haare ungekämmt, vereinzelte Strohhalme an der Jeans. Dieser Anblick versetzte mich sogleich in Panik, und ich blieb wie erstarrt stehen.

»Hal-*lo*!« rief Toby und winkte mit einer Hand; in der anderen hielt er sein Hemd. Er war krebsrot, mehr das Glühen von körperlicher Anstrengung als das gefährliche Scharlachrot eines Sonnenbrands, und eine Schweißschicht schimmerte auf der verlockenden Landschaft seiner Brust. Ich schloß daraus, daß er soeben von der Arbeit auf dem oberen Feld kam; die Plackerei, fand ich, stand ihm viel besser als sein übliches genüßliches Getue. Sein Gesicht hatte einen beinahe vergnügten Ausdruck; allerdings kam mir der Gedanke, daß es vielleicht eher das Neue als das Kraftvolle an der körperlichen Betätigung war, was ihm Freude machte. Er kam grinsend und keuchend näher, und seine körperliche Präsenz wurde so überwältigend und eindringlich, daß sie eine ausgeprägte Eigenständigkeit annahm, als sei eine dritte Person bei uns, die zu ignorieren unhöflich oder zumindest sonderbar wäre.

»Die Sonne macht mich immer lüstern«, sagte er und grinste noch breiter. »Sie nicht?«

»Schon möglich«, sagte ich tapfer nach einer Pause. Die Worte, oder zumindest die Gesinnung, die mit ihnen einherging, paßten nicht zu meiner Stimme. Sie kennzeichneten mich so deutlich als Hochstaplerin auf dem Gebiet sexuellen Geplänkels, daß ich überzeugt war, Toby werde mich mit einem spöttischen Lachen daraus vertreiben; er aber streckte sich nur ausgiebig und ließ mich seine behaarten Achselhöhlen sehen.

»Machen Sie einen Spaziergang?« fragte er und strich sich über seinen flachen Bauch. Ich hatte eine eigenartige Empfindung, als ich seine Hände seine glatte Haut berühren sah, ein Gefühl von Leere oder Mangel.

»Ja.«

»Sehr unternehmungslustig, muß ich sagen. Ich wollte mich gerade ein bißchen im Schwimmbad suhlen. Ich habe den ganzen Morgen geschwitzt wie ein Schwein.« Er musterte mich lässig. Ich war gespannt, ob er mich auffordern würde, mich mit ihm zu suhlen, doch dann schweifte seine Aufmerksamkeit ab. »Wie sehe ich aus?« fragte er, indem er einen Arm beugte, dann den anderen und an sich hinuntersah. »Ich entwickle mich langsam zu einem Muskelpaket, finden Sie nicht? Das ist genau so, als würde ich den ganzen Tag mit Gewichtheben verbringen. Und wenn man sich bewegt, wird man viel brauner, als wenn man bloß in der Sonne liegt.« Er fuhr mit den Fingern über die Haut auf seinem Arm und besah sie eingehend, schwelgend in seiner Eitelkeit. »Sie haben schon ganz schön Farbe bekommen«, fügte er hinzu, seine Betrachtungen auf mich ausdehnend. Er streckte den gebeugten Unterarm aus, als würde er mich zum Tanzen auffordern. »Schauen wir mal. Ja«, schloß er, als ich meinen Arm neben seinen hielt, »wissen Sie, viel brauner werden Sie vermutlich nicht, weil Sie hellhäutig sind. Ich habe Glück, ich werde richtig schwarz.«

»Offenbar läßt es einen schrecklich altern«, bemerkte ich unhöflich. »Man kann davon auch Krebs bekommen.«

»Oh, Sie glauben doch wohl nicht *daran*, oder? Leute, die so was behaupten, wollen bloß anderen den Spaß verderben. Ich hätte Sie nicht für eine Miesmacherin gehalten, Stella«, fügte er vorwurfsvoll hinzu.

»Bin ich auch nicht«, sagte ich schnell, gekränkt über sein Urteil. »Aber es stimmt offenbar.«

»Abbers stimmt offenbar!« spottete er. »Sagen Sie bloß nicht«, er riß die Augen weit auf und blickte mit übertriebener Geste

über die Schulter, »sagen Sie bloß nicht, *es ist alles eine Verschwörung.*«

»Nein, ich ...«

»O Gott, alle wollen mich kriegen! Sie sind hinter mir her! Hilfe!«

Er hielt inne und beugte sich nach vorn, hilflos vor Lachen. Wie ich ihn so sah, überkam mich eine Verzagtheit, die mir den Wunsch eingab, von ihm wegzukommen. Selbst seine körperliche Schönheit schien mit einemmal abweisend und unbefriedigend. Sie war nur ein Schauspiel, und ich wollte nicht länger zuschauen.

»Ich muß jetzt weiter«, sagte ich.

Toby hörte abrupt auf zu lachen. »Viel Spaß.« Er zuckte verächtlich die Achseln. »Lieber Sie als ich.«

Ich entfernte mich und ging die Zufahrt entlang, meine Haltung war linkisch bei dem Gedanken, daß er mich womöglich beobachtete. Ich war noch nicht weit gekommen, als ein Ruf mich veranlaßte, die Schultern zu straffen.

»Kopf hoch!« rief er mir nach. »Es muß ja nicht passieren!«

Der Weg ins Dorf erschien mir noch beschwerlicher als sonst. Vor lauter Ärger über Toby hämmerte mein Herz, so daß es im Einklang mit dem wütenden Knallen der Sonne am Himmel zu schlagen schien. Mehrmals vergaß ich vollkommen, warum ich überhaupt ins Dorf ging, und mit dem Wanken meines Beweggrundes verlangsamten sich meine Schritte zu einem mühsamen Stapfen. Mein Versprechen, das Wesen zu besuchen, war mal bedrückend, mal unerheblich. Ich wünschte, ich hätte es nicht gegeben, und doch hatte ich ein kleines, ängstliches Bewußtsein, was es bedeuten würde, wollte ich mein Wort brechen. Umdrehen und zur Franchise Farm zurückzukehren wäre eine Art Unterwerfung unter die Maddens gewesen, aber was genau ich dadurch aufgeben würde, war mir nicht klar.

»Hallo, meine Liebe«, sagte das Wesen, das aus dem Hinterzimmer auftauchte, gerade als ich vorn hereintaumelte und versehentlich die Tür zuschlug, so daß die Glocke wild schrillte. »Sie sehen fix und fertig aus. Sie sollten nicht in dieser Hitze herumwandern, ohne Hut und ohne Wasser. In diesem Zustand könnten Sie nicht mal 'nen bummelnden Wandersmann einholen. Was ist mit Ihrem Rücken passiert?«

»Ich bin die Treppe runtergefallen«, keuchte ich. Ich lehnte mich seitwärts an den Postschalter und faßte mich ans Rückgrat.

»Man kümmert sich nicht gut um Sie, nicht? Wenn das so weitergeht, überstehen Sie die Woche nicht.«

»Es ist nicht ihre Schuld.«

»Empfindlich bei diesem Thema, was? Auf jeden Fall sollten Sie darauf achten, wohin Sie treten. Man muß sich auf dem Land mehr vorsehen als in der Stadt. Auf sich achtgeben. Man kann nicht einfach rumlaufen, wie's einem paßt, und dann den Bus nach Hause nehmen.«

»Vermutlich nicht.«

»Dann wollen wir uns den Rücken mal vornehmen.«

»Ihm fehlt nichts.«

»Kann schon sein, aber ich sehe nicht, wie Sie das wissen können. Ein Rücken ist eine komplizierte Angelegenheit. Ein Knochen könnte gesplittert sein, aber es ist unwahrscheinlich, daß Sie dann bis hierher gekommen wären. Vermutlich nur eine kleine Prellung, und dafür habe ich das richtige Mittel.«

Das Wesen schlurfte zur Tür zum Hinterzimmer und hielt sie gebieterisch auf. Folgsam ging ich durch den düsteren Flur, dessen strenger und nun vertrauter Geruch mich verwirrend bestürmte wie eine Erinnerung, und wartete am Ende, während das Wesen das Licht anknipste.

»Hemd hochschieben«, sagte es in sachlichem Ton, während es das Zimmer durchquerte – das genau so war, wie ich es zuletzt gesehen hatte, wenngleich es jetzt irgendwie schäbiger und armseliger wirkte – und den Schrank öffnete. Ich nutzte die Gelegenheit, mir den Zeitungsausschnitt an der Tür, der mir bei meinem letzten Besuch ins Auge gefallen war, näher anzusehen. Da war das verwischte Bild von Pamela, darüber die Worte: *»Liebeszerwürfnis Hintergrund für Angriff auf Farm, sagt Polizei.«* Darunter stand folgender Text:

Der offenbar unmotivierte Angriff auf eine hiesige Farm, bei dem mehrere Farmgebäude und teure Maschinen erheblich beschädigt wurden und der, wie man annimmt, einen schweren Brand in einer Scheune auslöste, war womöglich nicht, wie anfangs gedacht, das Werk von Randalierern, sagte die Polizei von Sussex gestern abend. Die Franchise Farm bei Hilltop wurde am späten Montagabend durch einen verheerenden Angriff verwüstet, was erst am folgenden Morgen entdeckt wurde, als der Verwalter der Farm, Mr. George Trimmer, zur Arbeit kam.

»Ham sich reingeschlichen, die Sch...«, erklärte Mr. Trimmer dem Buckley Enquirer. »Müssen sich die Schuhe eingefettet haben. Drüben im großen Haus ham se keinen Pieps gehört.«

Am Tatort, wo auch umfassende auf Mauern gesprühte Graffiti, viele davon angeblich obszön, Schaden angerichtet haben, verbrachte die Polizei mehrere Stunden, weil sie eine Spur von den Eindringlingen zu finden hoffte, doch bis Montagabend konnte sie nicht einmal feststellen, ob der Angriff von mehr als einer Person ausgeführt worden war. Am Dienstag brachte jedoch ein Anruf bei der Polizei von Buckley etwas Licht in die rätselhafte Angelegenheit. Der Anrufer, dessen Namen die Polizei nicht nennen wollte, behauptete, der Angriff sei von einem abgewiesenen Liebhaber von Mrs. Pamela Madden, der Frau des Farmers, verübt worden.

»Es schien plausibel«, sagte ein Beamter, der bat, nicht genannt zu werden. »Viele Sprüche waren ausdrücklich an eine weibliche Person gerichtet. Es war ziemlich starker Tobak. Bei einigen Ausdrücken mußte ich meinen halbwüchsigen Sohn fragen, was sie bedeuteten!«

Mrs. Madden, die ihr Leben lang auf der Franchise Farm gewohnt und vier Kinder hat – das jüngste, ein sechsjähriger Junge, ist behindert –, verweigerte jeden Kommentar zu dem Vorfall und ist angeblich tief betrübt. Die Polizei bestätigte, daß ein Mann vernommen wurde, wollte sich jedoch weder zu Mutmaßungen äußern, der Mann sei der

Vater von Mrs. Maddens jüngstem Sohn, noch einen Hinweis auf seine Identität geben.

»Uralte Geschichte«, sagte das Wesen, das jetzt direkt hinter mir stand. »Am Ende mußten sie ihn laufenlassen. Sie wollte nicht auf einer Anklage bestehen.«

»Aber war es wahr?« fragte ich betrübt.

»Mehr oder weniger. Nicht, daß ich der alten Schlampe damit ein Kompliment machen will. Eine Bande Lästermäuler, wenn Sie mich fragen. Das war das einzige Mal, daß mir Mrs. Nasehoch mal leid getan hat. Man könnte ihr ja verzeihen, daß sie gern mal über die Stränge schlägt. Aber wenn man das Spiel so spielt, wie sie's getan hat, muß man sich auf Ärger gefaßt machen.«

»Was getan hat?«

»Oh, heutzutage ist sie lammfromm. Bekehrter Charakter, nach dem, was ich höre. Der Krüppel hat für alles bezahlt.«

»Wie meinen Sie das?«

»Vergeltung, meine Liebe. Sie dachte, sie würde für ihre Sünden bestraft. Nicht, daß Gott ins Spiel kam, soweit ich sehen kann. Menschen wie Pam, die denken, sie haben Glück, können Sie mir folgen? Oh, sie mögen sich benehmen, als wären sie dafür geboren und alles, aber im tiefen Innern haben sie Angst. Sie haben weniger Freiheit als Sie und ich. Denn wenn ihnen etwas mißglückt, wissen sie nicht, wie sie die Schuld von sich abwälzen können. Sie finden sich einfach damit ab und halten den Mund. Sie wissen nicht, wohin sie sich wenden können, verstehen Sie? Keine *Flexibilität.* Als die kleine Pam es also kommen sah, hat sie das Unglück in ihren Vorteil verkehrt. Heutzutage halten alle sie für eine Heilige. *Ist es nicht wundervoll, wie sie sich selbst um den Jungen kümmert, statt ihn in ein Heim zu geben?* Dabei rührt sie persönlich keinen Finger. Dafür sind Sie da. Schlau.« Das Wesen tippte sich an den Kopf. »Ihrem Mann kann man diesen Vorwurf nicht machen, wohlgemerkt. Er hätte die Sache verfolgen sollen. Einen solchen Betrug kann man nicht verzeihen, nicht richtig. Es frißt einen innerlich auf, macht einen seltsam im Kopf.

Sie hat ihn zum Gespött gemacht. Aber er ist ganz genauso, verstehen Sie? Kann nirgends hin, ist nichts ohne das Geld und das Haus und die Privilegien. Also verdrängt er es wie sie alle, tut so, als wäre nichts geschehen. Das ist Herzkrebs, meine Liebe. Eine typische Mittelklasse-Krankheit.«

»Aber warum greifen Sie ihn dann an?« rief ich. »Er hat so schon genug Probleme! Er tut es nicht absichtlich – er denkt, die Leute sind hinter ihm her. Deswegen sabotiert er die Fußwege. Das hat Mr. Trimmer mir erzählt. Es ist nicht, weil er boshaft ist. Die ganze Sache mit Geoff ist nur passiert, weil der Hund über einen Stolperdraht gelaufen sein muß.«

»Geoff starb einen Ehrentod.« Das Wesen hielt inne und blickte trübsinnig an die Decke. »Warum Mr. Madden es tut, interessiert mich nicht. Meinetwegen kann er sich von Adolf Hitler verfolgt fühlen. Es geht darum, daß unschuldige Menschen in Gefahr sind.«

»Aber er ist offensichtlich nicht gesund!«

»In diesem Fall sollte man ihn in eine Anstalt stecken. Aber sehen Sie, Leute wie die steckt man nicht weg, nicht wahr? Sie sind über das Gesetz erhaben. Sehen wir mal nach, was Sie da unter dem Hemd haben, meine Liebe. Lehnen Sie sich da drüben an den Tisch. Ja, so. Nein, er ist eine Gefahr für sich selbst, ebenso wie für andere. Hätte das Weibsstück nie heiraten sollen. Darf ich Ihnen einen guten Rat geben? Man soll nie eine heiraten, bei der man nicht sicher sein kann, daß sie bei einem bleibt. Am Ende denkt man, die ganze Welt will sie einem wegnehmen. Besonders wenn sie Geld hat. Wie fühlt sich das an?«

»Viel besser«, sagte ich erstaunt. Ich hatte die Finger des Wesens auf meiner Haut kaum gespürt, aber eine wohlige Wärme begann die empfindlichen Prellungen zu durchdringen.

»Sie werden sehen, es heilt im Nu. Nehmen Sie sich in Zukunft in acht. Man hat nur einen Körper. Und an Ihrem ist nicht viel dran. Gibt man Ihnen zu essen?«

»Ja.«

»Die werden sich auch noch Ihr Herz und Ihre Seele nehmen, wenn Sie nicht aufpassen. So sind die eben. Ich sehe, der junge Casanova zieht schon seine Kreise. Er hat keine Zeit verschwendet, um herzukommen und Sie in Augenschein zu nehmen.«

»Toby?«

»Derselbe. Der ist auch so einer. Wäre er da geboren, wo er zu sein verdiente, dann wäre er jetzt eingelocht. Halten Sie sich fern von dem, Mädchen.«

»So schlimm ist er nicht.«

»Leben Sie auf dem Mond? Er hat eben erst die letzte geschwängert, etwa nicht? Bringt sie in Schwulitäten und gibt ihr den Laufpaß. Sie war ein dummes kleines Ding, aber so ein Schicksal hat keine verdient.«

»Er ist nicht an mir interessiert.«

»Er ist an jeder interessiert, die er bumsen kann, wenn Sie mir meine Ausdrucksweise verzeihen wollen, meine Liebe. Behalten Sie Ihr Höschen an. Und jetzt fort mit Ihnen! Ich habe zu tun.«

Das Wesen öffnete die Tür und stellte sich daneben.

»Danke«, sagte ich. »Und bitte gehen Sie nicht zu hart mit Mr. Madden ins Gericht. Er ist wirklich nett.«

»Sie haben ein weiches Herz, was? Wir werden sehen. Ich habe sowieso vor, nicht mehr für die Rechte der Wanderer zu kämpfen und mich anderen Interessen zu widmen. Im Moment passieren interessante Sachen bei der Hetzjagd. Passen Sie auf sich auf.«

»Wiedersehen.«

»Machen Sie's gut!«

Am Abend beim Essen verkündete Pamela, daß sie und Martin am nächsten Tag fort wären.

»Wir müssen morgen Tante Lilian in Oxford besuchen, Stella, also werden Sie fast den ganzen Tag für sich haben.«

»Müssen wir?« quengelte Martin.

»Ja, verdammt. Das alte Mädchen macht's nicht mehr lange, und wenn wir eine Chance haben wollen, irgendwas aus ihr rauszuholen, dann müssen wir dort sitzen und lächeln, und wäre es unser Tod. Wenn ich's recht bedenke, Toby, es würde nicht schaden, wenn du auch mitkämst. Kannst du ihn morgen entbehren, Liebling?«

»Ja«, sagte Mr. Madden bestimmt.

»Wir dürften zum Tee zurück sein, Stella, wenn Sie mir also morgen abend zur Hand gehen könnten, ich denke, dann wären wir quitt.«

»Ist gut«, sagte ich.

»Übrigens, ich hätte im Moment nichts gegen ein bißchen Extraknete«, warf Toby dazwischen. »Können wir ihr nicht heimlich was in den Tee tun und das Ganze beschleunigen?«

»Das ist ja *entsetzlich*«, kreischte Pamela entzückt. »Tante Lilian«, fügte sie an mich gewandt hinzu, »ist eine sehr launische alte Dame. Sie hat einen *Haufen* Geld, und immer droht sie, es irgendeiner gräßlichen Organisation zu vermachen – wie heißt die noch mal?«

»Tierbefreiungsfront«, sagte Martin.

»*Richtig*. Also müssen wir ein-, zweimal im Jahr zu ihr eilen und es ihr ausreden. Ich glaube, sie macht das, um Aufmerksamkeit zu erregen. Sie denkt vermutlich, wir würden sie sonst nie besuchen.«

»Würden wir auch nicht«, sagte Martin.

»Ich nehme an, es ist eigentlich sehr traurig«, seufzte Pamela. »Sie war nie verheiratet, darum sind wir alles, was sie hat. Ihr Leben war recht einsam. Natürlich *betet* sie die Kinder an, aber sie haben sich immer ziemlich vor ihr gefürchtet.«

»Sie ist eine alte Hexe«, sagte Martin. »Sie hat so schuppige Hände, und wenn sie einen in die Backen kneift, gräbt sie einem ihre Nägel in die Haut.«

»Kleiner Junge!« gackerte Toby, wobei er sich über den Tisch beugte und Martin so fest in die Wangen kniff, daß sein Kopf vor und zurück flog. *»Komm her, kleiner Junge!«*

»Laß das!« schrie Martin und stieß ihn weg. Seine Wangen waren scharlachrot, wo Toby ihn gekniffen hatte. »Verpiß dich!«

»Jetzt reicht's«, erklärte Mr. Madden am anderen Ende des Tisches, ohne aufzusehen. Er betrachtete eingehend seine Hände, und sein Gesicht glühte vor Zorn.

»Ich *freue* mich einfach auf morgen abend!« sagte Pamela strahlend. »Es wird das erste Mal sein, daß unsere Familie vollzählig zusammen ist, seit – seit wann?«

Sie sah fragend in die Runde.

»Seit dem letzten Mal«, sagte Martin mürrisch.

Vierundzwanzigstes Kapitel

In dieser Nacht träumte ich von Edward, doch selbst der Traum hatte das reumütige Kolorit eines Zugeständnisses, als ob mein Unterbewußtsein eine eher pflichtbewußte als aufrichtige Rücksichtnahme offenbarte. Der Traum spielte sich auf der Franchise Farm ab, wo ich versuchte, Edward das Haus und den Garten zu zeigen und ihm von meinem neuen Leben zu erzählen. Im Traum vergaß ich ihn andauernd – wie ein widerwillig gegebenes Versprechen oder einen neu erworbenen, aber noch nicht geliebten Gegenstand – und erlebte einen Angstausbruch nach dem anderen, wenn er mir einfiel und ich dorthin stürmte, wo ich ihn zurückgelassen hatte. Der anstrengendste Aspekt dieses sonderbaren Kreislaufs war, daß ich jedesmal, wenn ich zurückging, um ihn zu holen, und ihn hilflos wie einen Säugling in dem Zimmer sah, wo ich ihn zuletzt abgesetzt hatte, gezwungen war, ihm nicht nur zu erklären, was ich getan hatte, sondern auch, *wie* ich imstande gewesen war, es zu tun. Mit anderen Worten, ich mußte ihm wieder und wieder Wort für Wort die Prinzipien von Wille und Antrieb erklären, von denen er nicht die leiseste Ahnung zu haben schien. Jedesmal sah er mich mit einem Ausdruck nahezu idiotischer Begriffsstutzigkeit an, und mich überkam ein unerträgliches Gefühl von Bedrückung oder Eingeschlossensein, und jedesmal, wenn ich dies empfand, fiel mir etwas hartnäckig Vergessenes ein, und ich blickte hinunter und sah, daß er in einem Rollstuhl saß.

Schließlich ging der Traum in einen stummen, entsetzlichen Alptraum über, in dem ich in meinem Bett im Cottage lag, während Vögel im Zimmer umherflogen, herabstießen und an meinem Körper pickten, und ich erwachte schwitzend und unter Schmerzen mit dem Gefühl, daß mir ein drohendes, unvermeidliches Unheil auflauerte. Vor dem Fenster trug der Tag die Reife des späten Vormittags, und ich konnte schwache Geräusche von Geschäftigkeit hören, das Brummen einer landwirtschaftlichen Maschine, das ferne Surren von Autos. Ein scharfes Zeitbewußtsein durchschnitt diese bedrückenden Vorahnungen. Ich fuhr in Panik hoch, die Bettdecke flog zurück, bevor mir einfiel, daß Pamela mit ihren Söhnen Tante Lilian besuchte und ich den Tag für mich hatte. Nur wenige Dinge sind erfreulicher als diese Art von Erkenntnis. Man wird nicht nur von dem ursprünglichen Vergehen freigesprochen, sondern auch von dem Verdacht, daß man es unter anderen Umständen tatsächlich begangen hätte, und von den Konsequenzen, die dann eingetreten wären; das alles wird zudem binnen weniger Momente fortgespült von einer vorausgeahnten Freude. Ich habe mir oft gewünscht, andere Probleme auf ähnliche Weise verschwinden lassen zu können. Wieder in die Kissen sinkend, dachte ich über meine doppelt garantierte Freiheit nach und fragte mich, was ich damit anfangen wollte. Da Mr. Madden auf der Farm beschäftigt war, gehörten der Tag und der Rest des Anwesens mir. In Gedanken schritt ich die Anlagen ab, begutachtete sie erneut mit Besitzerblick. Überrascht sah ich mich schamlos abschätzen, was mir nicht gehörte, als hätte ich nur auf diese Gelegenheit gewartet. Verschwommen kam es mir in den Sinn, daß dies eine Folge meines entrechteten Standes war. Jene Seiten des Lebens, die ich früher mit dem milden Blick der Berechtigten betrachtet hätte, lagen jetzt verlokkend hinter Schloß und Riegel. Da die Tür zum Privileg angelehnt war, konnte ich mich so wenig zurückhalten, sie unbefugt zu durchschreiten, wie ein Armer an einem Geldschein vorbeigehen könnte, der auf dem Bürgersteig liegt.

Nachdem ich finsteren Sinnes festgelegt hatte, was ich zu tun gedachte, hatte ich keine Eile, damit anzufangen. Ich blieb noch eine halbe Stunde liegen, nahm die flüchtige Bewegung der vom Deckenbalken zur Fensterbank flatternden Gedanken nur trübe wahr, bis das unvorhergesehene Bewußtsein meines leeren Kopfes zu weiteren räuberischen Ideen einzuladen schien. Rasch stand ich auf, um ihnen zu entkommen, doch als ich das Zimmer durchquerte, um mir etwas zum Anziehen herauszusuchen, sah ich mich unvermutet im Schrankspiegel. Bevor ich es verhindern konnte, hatte der Anblick mir meine Armut bewußtgemacht. Nicht gegen mein Spiegelbild gewappnet, hatte ich mich ahnungslos erwischt und durch diese kurze Lücke das erblickt, was das leidige, noch unbewegliche Hindernis zu meinem Verschwinden darstellte. Was mich überraschte, war die Erkenntnis, wie vertraut dieser Anblick war. Ich hatte ihn auf belebten Londoner Bürgersteigen inmitten eines Gedränges von Gesichtern gesehen: eine oder zwei Gestalten, deren Augen aus ihren Köpfen schauten wie hinter Gittern hervor, wo sie für das Verbrechen büßten, ihrem Unglück mehr Raum gegeben zu haben, als ihrem Fleisch zustand.

Ein paar Minuten später war ich gewaschen und angezogen – ich trug die abgeschnittene Hose, das einzige Kleidungsstück, das ich trotz der ihm anhaftenden Assoziationslast nicht als »Uniform« betrachtete, und ein kurzärmeliges T-Shirt. Ich hatte mich inzwischen so an die Hitze gewöhnt, daß ich keine Veränderung mehr erwartete – tatsächlich hatte ich den Rhythmus des Wetters vollkommen vergessen. Trotzdem traf mich, als ich die Tür des Cottage öffnete, die geballte Wut des Tages mit voller Wucht. Etwas Brutales war in die Luft eingedrungen. Es sprang mich an, unnatürlich und schmelzflüssig, und als ich in den Garten trat, fühlte ich die Pein auf meiner Haut, sie zwängte sich in meinen Mund und in meine Lungen. Ich bekam Angst vor der Hitze. Sie war außer Kontrolle geraten. Was, wenn es einfach immer heißer würde? Was sollten wir tun? Ich hatte das Verlangen nach einer Obrigkeit, der ich es melden konnte, und fragte mich, ob ich hingehen und es Mr. Madden sagen sollte. Es dauerte eine ganze Weile, bevor mir klarwurde, wie idiotisch diese Idee war. Ich ging auf der Suche nach Schatten durch den Garten. Es war unterdessen fast Mittag, und weil ich verschlafen hatte, dank der Schwüle im Cottage, hatte ich kein Frühstück gehabt. Der Gedanke an

Essen war mir widerlich, aber ich spürte, daß dies ein Streich war, den die Hitze mir spielte, und beschloß, ins Haus zu gehen und mir etwas zu essen zu suchen.

Die Hintertür war unverschlossen, und als ich in den kühlen, dunklen Flur trat, wurde mir schwindlig von dem abrupten Wechsel. Ich war ein paar Sekunden vollkommen irritiert und sah mich benommen um, stieß gegen die kalten, steinigen Wände. Trotzdem achtete ich auf Anzeichen von Mrs. Barkers Anwesenheit, denn hatte ich persönlich auch keine Skrupel wegen meiner Absicht, in der Küche der Maddens etwas zu essen aufzutreiben – zumal sie sich bislang weder erboten hatten, mir einen Vorschuß zu geben, von dem ich mir selbst etwas kaufen könnte, noch sich offenbar überhaupt Gedanken darüber gemacht hatten, was ich zum Frühstück aß –, sah ich doch ein, daß es für andere unentschuldbar war oder zumindest eine Energie erforderte, um es zu erklären, über die ich in diesem Moment nicht verfügte. Das Haus war still, und aus dem Politurgeruch, der beißend in der Luft hing, schloß ich, daß Mrs. Barker ihren Morgendienst beendet hatte und nach Hause gegangen war. Beruhigt schlich ich mich durch den Flur in die leere Küche. Sie war makellos sauber und seltsam abweisend ohne die üblichen Insassen. Die adrette Anordnung von Stühlen und Tischen, die geschrubbten Flächen und der glänzende Boden hatten etwas Mißtrauisches, Aufseherisches, als beobachteten sie mein Eindringen und würden jedes Vergehen – einen verirrten Krümel oder Fingerabdruck – mit Mißbilligung zur Kenntnis nehmen.

Mit gespielt lässigen Bewegungen schlenderte ich zum Kühlschrank und öffnete ihn. Der Inhalt – sorgsam verschlossene Schüsseln mit Resten, Blattsalat, silberne Butterpäckchen, Packungen mit rohem rosa Fleisch, eine Anzahl teuer aussehender Gläser mit Horsd'œuvres und dergleichen – schien schrecklich privat und absolut unerreichbar. Ich war sicher, daß jeder Überfall auf all dies kompliziert sein würde, sowohl hinsichtlich der Ausführung als auch der Verheimlichung. Mein Appetit begann zu schwinden. Ich wollte mich gerade geschlagen geben und die Kühlschranktür schließen, als vom obersten Fach eine Flasche nach vorn rollte. Aus Angst, daß sie herunterfallen würde, sprang ich vor und fing sie am Hals auf, worauf es einen fürchterlichen Knall gab, der mich vor Schreck fast umwarf. Eine Schaumfontäne spritzte aus der Flaschenöffnung und ergoß sich über meine Beine. Alles geschah so schnell, daß ich ein paar Sekunden lang die Art der Katastrophe nicht begriff. Mein Herz hämmerte gegen meine Brust, als der herbe Geruch von Wein einen schrecklichen Hinweis gab. Ich hob die Flasche mit zitternder Hand in die Höhe. Das dunkelgrüne Glas mit dem erlesenen goldenen Etikett bestätigte, was ich schon vermutet hatte. Es war Champagner, zudem eine Marke, von der ich aus meinem früheren Leben wußte, daß sie maßlos teuer war. Ein paar Folienfetzen klebten an der Flaschenmündung, aus welcher der Korken offensichtlich infolge meiner Unachtsamkeit herausgeflogen war. Ich war erstaunt, wieviel übriggeblieben war: Trotz meiner triefenden Beine war die Flasche noch dreiviertel voll.

Mein erster Gedanke war, den Korken aufzuheben und zu versuchen, ihn irgendwie wieder reinzustecken. Die Flasche noch in der Hand, startete ich eine panische Suche und förderte schließlich den Korken zutage, der, noch in seinem Drahtkorb und seiner Folienumhüllung, neben dem Tisch lag. Ich sah sogleich, daß es mir nicht gelingen würde, ihn in die Flasche zurückzustopfen, es sei denn, ich würde ihn mit einem Messer zuschneiden; denn er war zu einer hartnäckigen Dicke aufgequollen. Mir war klar, daß der Champagner, selbst wenn ich mit dieser Methode Erfolg haben sollte, durch den Druckverlust runiniert sein würde.

In kürzester Zeit hatte ich alle meine Möglichkeiten erwogen, die, zugegeben, begrenzt waren. Die erste war, daß ich es irgendwie schaffen würde, eine Flasche Champagner zu erstehen, um diejenige, die ich ruiniert hatte, zu ersetzen. Ich hatte zumindest die Zeit, dies zu versuchen, aber ohne Geld und Transportmittel mußte ich mich auf die Hoffnung beschränken, daß diese Flasche in Hilltop zu haben war, und zwar so zu haben, daß ich sie stehlen könnte. Die zweite Möglichkeit war, daß ich den Rest der Flasche so gut ich konnte bewahrte und Pamela alles gestand – ihr vielleicht zur Entschädigung einen Anteil meines Gehalts anbot –, wenn sie zurückkehrte. Die dritte war, daß ich den Inhalt der Flasche trank und dann ähnlich vorging.

Während die erste der letzten beiden Möglichkeiten zweifellos dazu führte, daß der Champagner verschwendet war, würde meine Reaktion auf die Notlage zumindest ein wenn auch sinnloses Bemühen um Tugendhaftigkeit beweisen. Die zweite war pragmatischer, aber leicht mißzuverstehen: Man könnte mich zum Beispiel beschuldigen, die Geschichte von dem explodierenden Korken – die, in diesem Lichte betrachtet, ziemlich unglaubwürdig klang – erfunden zu haben, um meinen feigen Diebstahl und den Konsum des Champagners zu verheimlichen. Der erste Weg, wenngleich unlogisch, war offenkundig vorzuziehen. In diesem Moment hatte ich jedoch eine Vision von Pamelas Gesicht, wie ich ihr reumütig eine fast volle Flasche schalen Champagners übergab. »Aber um Himmels willen, warum haben Sie ihn denn nicht einfach getrunken, Sie dummes Mädchen?« rief sie.

Unterdessen vertraut mit dem Auf und Ab von Pamelas Sinn für Etikette, hielt ich meine Vision für wahrscheinlich. Verwirrt durchdachte ich die Angelegenheit noch einmal. Mit jeder Betrachtungsweise wurde sie unschlüssiger, bis mein Verstand so durcheinander war, daß ich mich an den Tisch setzen mußte, den Kopf in den Händen, die Augen geschlossen. Da brach sich eine Idee listig Bahn durch das Gewirr. Ich schlug die Augen auf und betrachtete sie voll Ehrfurcht. Was, wenn ich mich einfach mit dem Champagner davonmachte und dann leugnete, etwas mit seinem Verschwinden zu tun zu haben? Pamela war erfolgreich beschwindelt worden, was die Flasche Gin betraf. Warum nicht noch einmal? Ja, gerade ihre Erinnerung an den Vorfall könnte ihre eventuell vorhandene Überzeugung untergraben, daß der Champagner im Kühlschrank war, als sie am Morgen das Haus verließ. Die ganze Sache nahm in meinem Kopf Gestalt an, bis ich überzeugt war, daß es mir bestimmt gewesen war, den Gin zu stehlen – als eine

Art Vorübung für den größeren Diebstahl, den ich jetzt plante.

Es ist schwierig, jedes Vorkommnis, und sei es noch so unerfreulich, bloßem Bedauern zu überlassen, und der Gedanke, mir zwei der dunkleren Episoden meines Aufenthalts auf dem Lande gleichzeitig auf diese Weise zunutze zu machen, gewann mit jedem Augenblick mehr Reiz. Was könnte an meinem freien Tag vergnüglicher sein, als in der Sonne zu sitzen und Champagner zu trinken, ein Vorhaben, auf das ich nie verfallen wäre, auf dem aber das Schicksal gütigerweise beharrte, indem es das Mißgeschick in der Küche herbeigeführt hatte?

Getragen von dieser schöngefärbten Welle der Logik, nahm ich die Champagnerflasche, an der jetzt rundum kalte flüssige Perlen äußerst verlockend hinabrannen, und ging mit ihr in den Garten. In der kühlen Küche hatte ich die Hitze draußen vorübergehend vergessen, und als sie mich auf dem Kiesweg überfiel, wurde ich wankend in meinem Entschluß. Wie vergnüglich konnte es sein, draußen in der Sonne zu sitzen? Ich würde mich dazu zwingen müssen, und es hatte keinen Sinn, etwas Ausgefallenes zu tun, wenn es Überwindung kostete. Ich bog um die Ecke und kam auf den hinteren Rasen, wo Gartentisch und Stühle in einladendem Rund aufgestellt waren. Als ich sie sah, hatte ich eine Idee. Ich stellte den Champagner auf den Tisch, machte kehrt und ging denselben Weg zurück. Ich suchte nach dem Sonnenschirm, den ich Mr. Madden mehr als einmal hatte herbeibringen und in das Loch in der Mitte des Tisches hatte stekken sehen. Er war damit von der Hausseite gekommen, aber ich hielt es für unwahrscheinlich, daß so ein sperriger Gegenstand im Haus aufbewahrt wurde. Ich vermutete, daß er im Schuppen war, dessen Tür sich gleich beim Hintereingang am Ende des Weges befand. Diesen Schluß zu ziehen war alles andere als schwierig, dennoch war ich froh, als ich die Tür öffnete und den Schirm zusammengeklappt direkt vor mir an die Wand gelehnt sah. Er war umständlich zu tragen und erstaunlich schwer, doch nach einigem Hantieren gelang es mir, ihn aus dem Schuppen zu bringen, worauf ich ihn zum Rasen schleppte.

In diesem Moment hörte ich vor mir ein leises, schnelles Tappen. Ich blieb instinktiv stehen, doch bevor ich das Geräusch definieren konnte, kam ein großer Hund um die Hausecke gesaust. Bei meinem Anblick blieb er schlitternd stehen und versperrte mir den Weg. Ich sage »ein Hund«; natürlich wußte ich, daß es Roy war, doch losgelöst von seinen Besitzern verlor er die Aura der Zahmheit und kehrte in den Zustand einer Bestie zurück. Er hob drohend den Kopf, die Ohren gespitzt. Ein Stein der Angst plumpste in meinen Magen hinab. Ich sah Roys weiße spitze Zähne in seiner triefenden Schnauze blitzen. Seine schwarze Brust hob und senkte sich verdächtig. Zwischen uns brodelte die Hitze.

»Hallo, Roy«, sagte ich.

Beim Klang meiner Stimme entrang sich ein entsetzliches Knurren dem Gehege seiner Zähne. Er fuhr, gestreckt geduckt, etwas zurück, die Augen gelb vor Argwohn.

»Ist ja gut, Roy«, sagte ich schrill. »Ich bin's nur.«

Wie der Blitz raste er mit wildem Gebell auf mich zu, Geifer sprühte aus seinem Maul, sein glänzender, muskulöser Leib war irre verrenkt zum wütenden Angriff. Mit der Traumhaftigkeit der Schreckensangst sah ich ihn kommen. Er landete mit einem Riesensatz vor mir, die Beine gespreizt, wand sich wie von unsichtbaren Bienen umschwärmt und schien sich für einen weiteren Sprung zu sammeln. Was dann kam, geschah so eindeutig unbewußt und ohne Berechnung, daß ich mir deswegen keine Vorwürfe machen kann. Als er zum Sprung auf mich ansetzte, spürte ich den Sonnenschirm in meiner Hand. In schierer Selbstverteidigung stieß ich ihn vorwärts wie eine Lanze und pflanzte mich dahinter auf. Der Hund sprang, und als er durch die Luft flog, gähnte ein Abgrund von Entsetzen und Fassungslosigkeit zwischen uns. Ich begegnete Roys Blick im Moment vor dem Aufprall und sah, daß er die Stange, die Unvermeidlichkeit des Zusammenstoßes, registrierte. Die Sekundenbruchteile krochen unendlich langsam dahin, und dann gab es plötzlich einen Bums, als seine Stirn mit der

Metallspitze des Schirms kollidierte. Sein Körper vollführte einen großen Salto, flog hoch in die Luft und landete mit einem Klatsch auf dem Kies, wo er regungslos auf der Seite liegenblieb.

Eine ganze Weile stand ich da, unfähig, mich zu rühren, den Schirm noch in den Händen. Der schwarze Haufen bewegte sich nicht, ein Prachtstück aus glänzendem Fell und prallem Fleisch. Soweit ich sehen konnte, schien Roy nicht zu atmen. Meine Angst, daß er tot war, war dreimal so groß wie die vor dem lebendigen Hund, selbst in seinen letzten, grausamsten Momenten. Ich konnte mich nicht dazu aufraffen, auch nur einen Schritt auf ihn zuzugehen, oder gar zu versuchen, ihm zu helfen oder ihn wiederzubeleben. In meiner sonderbaren, schmählichen Schreckensangst versuchte ich, die Auswirkungen dieser jüngsten, höchst unglücklichen Entwicklung abzuschätzen. Daß ich Roy ermordet hatte, auch wenn es Notwehr war, führte zu ungeheuren, vielleicht unüberwindlichen Schwierigkeiten gesellschaftlicher Art. Wie könnten die Maddens es begreifen, geschweige denn verzeihen? Ich spürte eine Beklemmung in der Brust und hatte plötzlich ein Schwächegefühl. Ich zitterte am ganzen Leib. Die Sonne versengte mir den Kopf. Frische Schweißkaskaden brachen aus meinen Poren. Ich mußte in den Schatten gehen und mich setzen.

Matt hievte ich den Sonnenschirm auf meine Hüfte und schleppte mich langsam den Weg entlang, wobei ich mich so weit wie möglich in die Hecke zu meiner Rechten drückte. Sobald ich an der Leiche vorbei war, verfiel ich in einen hektischen, unbeholfenen Trab und vernahm einen unnatürlichen Schrei, der sich meinen Lippen entrang. Ich spürte das Gewicht des Schirmes kaum, als ich ihn, noch rennend, um die Ecke und auf den hinteren Rasen schleppte. Irgendwie schaffte ich es, ihn über meinen Kopf zu stemmen und in die Öffnung zu stecken. Das Geräusch, das entstand, als er hindurchrutschte, war wie ein unheimliches Echo auf die Kollision mit Roy. Ich rang wimmernd mit dem Federmechanismus, um den Schirm aufzuspannen, und ließ mich schließlich in den nächsten weißen Plastikgartenstuhl fallen.

Eine Zeitlang sprangen meine Gedanken hin und her im Bemühen, der unabänderlichen Tatsache von Roys Ableben zu entrinnen. Auf die heuchlerische Art, in der man auf etwas zutiefst Verleugnetes reagiert, wurde ständig klarer, daß ich an der Situation nichts mehr ändern könnte. Meine Hand suchte die Champagnerflasche, die vor mir auf dem Tisch stand. Daß sie mich an die Bedeutungslosigkeit meines früheren Vergehens erinnerte, war tröstlich. Ich kippte etwas von dem Champagner hinunter. Er war warm, weil er in der Sonne gestanden hatte, und mir wurde komisch davon in meinem leeren Magen. Nach ein paar Schlucken stand ich wieder auf und ging zu der Seite des Hauses, wo der Kiesweg entlangführte. Als ich vorsichtig um die Ecke spähte, lag der schwarze Haufen zu meiner Enttäuschung noch genauso da wie vorher. So unglaublich erschien mir das Ereignis, und so mächtig war mein Wunsch, es zu leugnen, daß ich aufrichtig erwartet hatte zu entdecken, es sei Einbildung gewesen oder zumindest von einer größeren, vernünftigeren Gewalt außer Kraft gesetzt worden. Das jämmerliche Aussehen des Kadavers beunruhigte mich. Er sah kleiner aus als vorher. Auch mit Roys Fell stimmte etwas nicht. Es war auf einmal ganz struppig und räudig. Ich fragte mich, ob dies von der starken Sonnenbestrahlung kam und ob ich ihn zudecken sollte, damit er nicht auch noch zu verwesen begann. Ich ging und setzte mich wieder hin. Vom Pech verfolgt, wie ich war, gab es nichts mehr, was ich tun konnte. Vor lauter Beklommenheit traten mir Tränen in die Augen, und ich schlug mit der Hand auf den Tisch, worauf die Flasche in die Luft sprang und ich mich nach vorn werfen mußte, um sie aufzufangen. Ich brach erneut in Schweiß aus. Meine nackten Schenkel rieben sich in grotesker Weise schleimig aneinander, und ich fühlte die feuchten Lagunen unter meinen Armen. Ich hob die Champagnerflasche an die Lippen und trank durstig.

In dem Moment fiel mein Blick auf das einladende Türkis des Schwimmbeckens auf der anderen Seite des Rasens. Es mag merkwürdig erscheinen, daß mir der Gedanke an Schwimmen bis zu diesem Augenblick nicht gekommen war, aber durch die endlosen Aufschübe, die ich im Laufe der vergangenen Woche ertragen mußte, war ich zu einer besonderen Disziplin gezwungen worden. Ich war geradezu unterwürfig und hatte mich so daran gewöhnt, das Schwimmbad als bloßen Bestandteil der Landschaft zu betrachten, daß ich seinen Zweck mehr oder weniger vergessen hatte. Ich stieß einen Jubelschrei aus und stand auf. Meine gegenwärtige Aufgelöstheit, vereint mit allen gesammelten Erinnerungen an dieses ersehnte, aber entgangene Vergnügen, lösten in mir ein fast schmerzliches Gefühl der Vorfreude aus. Meine Haut kribbelte und prickelte bei dem Gedanken daran, daß ich gleich untertauchen würde. Meine Kopfhaut brannte und sehnte sich nach dem kalten Wasser. Nachdem mir der Gedanke gekommen war, schien es mir unerträglich, das Schwimmen auch nur um eine Minute hinauszuschieben, und da jede Suchaktion nach einem Badeanzug auch eine Begegnung mit Roy bedeutete, von einem Eindringen in die Geheimnisse von Pamelas Schlafzimmer ganz zu schweigen, beschloß ich, auf ein angemessenes Kleidungsstück zu verzichten und in meiner Unterwäsche zu schwimmen. Mich würde ja niemand sehen. Und wenn doch, hatte ich Beschuldigungen weitaus ernsterer Natur, als es die Unschicklichkeit war, zu gewärtigen.

Mit diesem unbekümmerten Gedanken zog ich die abgeschnittene Hose und mein T-Shirt aus und flitzte über den Rasen zum Wasser. Als ich ein paar Sekunden am gefliesten Bekkenrand verweilte, trieb die Gewißheit, daß ich in ganz kurzer Zeit im Wasser sein würde, mein Verlangen zu einer solchen Intensität, daß ich dachte, ich würde platzen. In dieser geladenen Pause schienen alle Ängste und Reuegefühle von den Eingeweiden zur Haut aufzusteigen in der Erwartung, entladen und fortgespült zu werden. Eine momentane Verzweiflung, wie ein im Schlaf gefühlter Schmerz, durch den man kurz aufwacht, durchströmte mich, dann sprang ich.

Wie kann ich die Wonne jenes Übergangs vom Wunsch zur Erfüllung vermitteln, die ich empfand, als das Wasser über meinem Kopf zusammenschlug? In der einen Minute war ich durcheinander, beschmutzt, durchlässig, in der nächsten war ich geläutert, gefaßt, und das, was weit verstreut und zertrampelt gewesen war, war nun zusammengefügt und wieder ordentlich in meine Körperhülle gepackt. Ich blieb lange unter Wasser, schlug seitwärts mit den Armen, um Auftrieb zu vermeiden, bis die vordringende Kälte des Wassers mich bis ins Innerste abgekühlt hatte, und dann tauchte ich auf, geschmeidig und keuchend, um die Sonnenstrahlen auf meinem nassen Gesicht zu spüren. Das Schwimmbecken der Maddens war nicht so groß, wie es wirkte, und nachdem ich selig eine Weile auf der Seite hin und her geglitten war, legte ich mich auf den Rücken und fühlte, wie die kalten Fluten an meine Kopfhaut plätscherten. Ich sah das dunkle Blau des Himmels hoch über mir, schloß die Augen, als die Wiege aus Wasser mein Gewicht trug. Der Faden meiner Zeit auf dem Lande schien mit einemmal zu reißen, und ich trieb fort von dem eng gewirkten Netz der vergangenen Woche in eine höhere Region, wo alle Dinge des Lebens sichtbar waren, aber entfernt, so wie es jetzt der Beckenboden für mich war.

Und wie es selbst den vergnüglichsten Erlebnissen eigen ist, fühlte ich schließlich den Drang, mein Bad zu beschließen, wenn auch nur, um demnächst wieder eintauchen zu können. Ich stemmte mich triefend auf den Beckenrand und ging über den Rasen zurück. Als ich um die Hausecke blickte, lag Roy, wie ich ihn zurückgelassen hatte. Eine Amsel pickte auf dem Kies neben seiner Leiche. Ich war niedergeschlagen wegen der Zähigkeit dieses Hindernisses zu meinem Glück, denn abermals hatte ich die eigentümliche Hoffnung gehegt, der Vorfall möge ausgelöscht worden sein. Vielleicht würde es ja noch geschehen, wenn ich nur lange genug wartete. Ich kehrte an den Tisch zurück, setzte mich und trank noch etwas von dem warmen Champagner. Der Geschmack im Mund befreite eine Erinnerung, die meine Gedanken ausweichend umrundete, ohne sich greifen zu lassen. Sogar im Schatten wurde mir schon wieder heiß. Die Sonne war ein gutes Stück nach links gewandert, so daß Schattenblöcke über den Rasen vordrangen, aber die Hitze hatte nachgelassen. Nebelhaft war ich mir meiner merkwürdigen Erscheinung bewußt, die größtenteils der extrem unterschiedlichen Hautfarbe an verschiedenen Stellen meines Körpers zu verdanken war, aber durch den sonderbaren Anblick meiner Unterwäsche in einem öffentlichen Rahmen noch verschlimmert wurde. Beklemmung ebbte in meinem Kopf auf und ab. Ich überlegte, wie spät es wäre und wann Pamela erscheinen mochte, ob ich den Sonnenschirm unverzüglich in den Schuppen zurückschaffen sollte, damit ich es später nicht vergaß, was ich mit Roy anstellen, wie ich die geringfügigere Sache mit dem Champagner verheimlichen sollte, bis ich über und über mit Sorgen befrachtet war und den Stillstand meiner nachmittäglichen Idylle meiner Problemliste anfügte.

Es bedurfte einer beträchtlichen Willensanstrengung, mir diese Sorgen aus dem Kopf zu schlagen, denn sie wurden durch die Tatsache verstärkt, daß ich den Beweggrund ihrer Invasion aus meinem früheren Leben erkannte und angsterfüllt betrachtete. Vor allem, um Ängsten dieser Art zu entkommen, war ich ja aufs Land gezogen. Ich beschloß, über absolut gar nichts nachzudenken, bis ich nicht wenigstens noch einmal geschwommen wäre. Ich trank den letzten Rest Champagner, der unterdessen richtig widerlich schmeckte, stand schwankend auf und ging über den Rasen zum Becken. Die Verbindung von Alkohol und Hitze hatte eine niederschmetternde Wirkung auf mich, und ich blieb eine Weile am Becken stehen, mit den Zehen den Rand umklammernd, um nicht hineinzufallen. Die Sonne brannte mir auf Schultern und Nacken. Ich fühlte mich ausgesprochen unwohl. Meine Augen suchten einen Gegenstand, auf den sie sich konzentrieren konnten, doch als ich aufsah, schien der Garten stark zu schwanken. Ich taumelte zur Seite, das Blut pochte in meinen Ohren, die verschwommenen Konturen der Bäume drehten sich um mich, und auf einmal schien alles mit ungeheurer Geschwindigkeit aufwärts zu rasen, als ich das Gleichgewicht verlor und kopfüber ins Wasser stürzte.

Ich kann mich kaum erinnern, was als nächstes geschah,

und ich glaube, ich bin wahrhaftig ohnmächtig geworden, als ich fiel. Ich trudelte abwärts, eine lange Strecke, wie es schien, und traf dann auf etwas Hartes, bei dem es sich, wie mir undeutlich bewußt wurde, um den Beckenboden handelte. Ich konnte nur wenige Sekunden dort gewesen sein, aber das Intermezzo hatte die Struktur eines Traums, in dem alles Wirkliche durch eine vollständige, völlig trügerische Erinnerung ersetzt wird, dazu bestimmt, das Erlebte zu verfestigen. Mit anderen Worten, es schien mir, daß ich immer auf dem Beckenboden gelegen hatte: Sein tiefes Schweigen war mein ureigener Laut, seine reizvollen Säulen aus gedämpftem Sonnenlicht waren überaus vertraut. So lag und lag ich, bis ich plötzlich aufwärts schoß und von etwas, was schmerzhaft meine Oberarme umklammerte, gewaltsam aus dem Wasser gezogen wurde. Ich hörte eine Frauenstimme wieder und wieder »O mein Gott! O mein Gott!« sagen, doch abermals schien es mir in diesem Traumzustand, daß sie dies schon immer gesagt hatte.

Beim Klang der Frauenstimme geschah jedoch etwas Merkwürdiges. Einerseits nahm ich sie deutlich wahr, und gleichzeitig war sie fern und jenseitig. Es war, als führe ich in einem Zug und sähe die Landschaft vorbeifliegen, und genau wie das Auftauchen von Häusern und Telegraphenmasten mir gesagt hätte, daß ich gleich an meinem Bahnhof ankäme, schien die Frauenstimme zu verkünden, daß ich gleich aufwachen würde. Doch obwohl das Geräusch an sich deutlich war, ließen die Worte meinen Zug sogleich außer Kurs geraten, so daß ich mich plötzlich mit rasender Geschwindigkeit von dort entfernte, wohin ich fahren wollte, weiter und weiter, und alles um mich herum verschwamm, bis er nach geraumer Zeit allmählich langsamer wurde. Ich fühlte, wie die Hitze auf meinen Kopf schlug und etwas Hartes sich an meinen Bauch drückte. Weit weg konnte ich Verkehrsgeräusche hören, und schwaches Kreischen erhob sich mißtönend über das ständige Surren. Jemand sagte: »O mein Gott! O mein Gott!«, aber diesmal war es eine Männerstimme, die für eine Weile nichts mit mir zu tun zu haben schien. Dann erkannte ich, daß es

Edwards Stimme war, und er sagte es wieder und wieder, ja so oft, daß ich ihn am Ende am liebsten aufgefordert hätte, einfach den Mund zu halten und zu verschwinden. Doch dies war mir unmöglich. Meine körperliche Verfassung ließ es nicht zu. Ich schien auf dem Kopf zu stehen, und obwohl ich zu verschreckt war, um die Augen zu öffnen, sagten mir meine langsam einsetzende Erinnerung sowie der Verkehrslärm weit, weit unten, daß ich sehr hoch oben war und jeden Moment stürzen konnte.

Ich erinnerte mich, daß ich auf dem Balkon unseres Hotelzimmers stand und auf die belebte Straße mehrere Stockwerke tiefer hinuntersah. Im Geiste stand ich wieder dort. Der Lärm erfüllte meinen Kopf wie ein lauter Streit. Die Sonne knallte auf meine Schultern. Edward war nicht da. Da fiel mir ein, daß er fortgegangen war, um etwas zu erledigen – was, habe ich vergessen –, doch meine Gedanken waren finster, empfanden seine Rückkehr als Bedrohung. Es waren meine Flitterwochen, der dritte oder vierte Tag vielleicht, und die Tatsache meiner Eheschließung hing noch an mir wie ein häßliches, schlechtsitzendes Kostüm. Ich war jeden Morgen mit der Hoffnung aufgewacht, daß es weicher, lockerer geworden sei, sich mir angepaßt hätte, aber seine juckende Enge, das Schamgefühl, das es mir bereitete, waren unerbittlich. Ich wußte, daß ich am falschen Ort war, so sicher, als würde ich ihn mir auf einer Karte ansehen; und ich hatte nur panische Gedanken an Flucht und Befreiung im Kopf, die aber bislang noch keinen Ablauf gefunden hatten. Mit diesen Gedanken lehnte ich über dem eisernen Balkongeländer. Die tiefe, fremde Schlucht mit ihrem gleichgültigen Verkehrsgewühl öffnete sich mir mit der Verheißung meiner Bedeutungslosigkeit. Mir wurde klar, daß ich irgendwo anders sein wollte. Es war nicht so, daß es mir hier gefiel, nur daß ich auf die Einladung dieser grausamen Perspektive hin wie rasend nach einem Gefühl der Zugehörigkeit, der Heimat, nach etwas, wo ich vielleicht lieber sein würde, gesucht und nichts gefunden hatte. Es gab keinen heimlichen Trost, keinen Polarstern in meinem leeren Herzen. Ich saß einfach fest an der unbequemen Verbindung – diesem kleinen, bröckelnden Balkon –, zwischen einer Vergangenheit, die ich mit Freuden hinter mir gelassen hatte, und einer Zukunft, deren fremdartige Aussicht den Beweis zu liefern schien, daß ich nie dort ankommen würde. In diesem Augenblick in meinem hohen, heißen Gefängnis war es, daß ich den Wunsch hatte zu fliegen, ja, ich wußte, daß es mein einziger Weg war. Und als hätte ich ein wissenschaftliches Experiment durchgeführt, begriff ich in diesem Augenblick, daß die Schwere meines Lebens nicht genügen würde, mich aufzuhalten.

Schließlich verhinderte das Eisengeländer des Balkons das, was ich – davon war ich unterdessen überzeugt – keineswegs wollte; denn als ich dort stand, rief der Schock über meine Erkenntnis, zusammen mit dem starken Sonnenlicht, ein plötzliches Schwindelgefühl hervor, und ich muß kurz ohnmächtig geworden sein. Als ich zu mir kam, Edwards monotonen Ausruf in meinen Ohren, war ich in einer Art V über der Balustrade zusammengeklappt, was, hätte sie nachgegeben, zu meinem sicheren Tod geführt hätte.

Wie lange diese unselige Erinnerung anhielt, konnte ich nicht sagen. Nachdem ich sie in Gedanken durchgegangen war, wurde ich von starken Gefühlsregungen überspült, die in unregelmäßigen Wellen über mir zusammenschlugen. Alles verwirrte sich, doch dann kam ich dort auf dem Rasen der Franchise Farm wieder zu Bewußtsein. Meine Augen waren geschlossen, aber ich fühlte das warme, stachlige Gras unter Rücken und Beinen und merkte, daß ich flach lag.

»Sie ist noch bewußtlos«, sagte eine Männerstimme. »Ich glaube aber, daß ihr nichts weiter fehlt.«

Ich öffnete die Augen einen Spalt. Der Mann hockte neben mir. Er trug ein blaues T-Shirt und blickte fort, so daß ich sein Gesicht nicht sehen konnte.

»Meinst du wirklich, wir sollen keinen Notarzt rufen?« fragte die Frau, die ich nicht sehen konnte, ohne meinen Kopf zu bewegen. Ihre Stimme klang jung und redegewandt.

»Vielleicht. Ich weiß nicht. Sie hat viel Wasser erbrochen, das ist die Hauptsache.«

Ich machte die Augen wieder zu, hellwach jetzt.

»Vielleicht ist sie mit dem Kopf aufgeschlagen.«

»Könnte sein. Sieht aber nicht danach aus. Sie wacht bestimmt jede Minute auf.«

»Gott, wo bleibt Daddy bloß?« rief die Frau ungeduldig. »Nie ist er da, wenn man ihn braucht! Ich weiß nicht mal, wer sie ist.«

»Vermutlich seine Geliebte«, sagte der Mann lachend. »Rennt im Schlüpfer durch die Gegend.«

Ich spürte, wie Röte meine Wangen überzog. Jetzt wagte ich nicht, die Augen zu öffnen, und fragte mich, wie lange ich mein Koma würde durchhalten können.

»Mark!« sagte die Frau vorwurfsvoll. Ich konnte ein Lächeln in ihrer Stimme hören. »*Gott* sei Dank waren wir hier, um sie herauszuziehen. Eine Minute später, und sie wäre ertrunken.«

»Sie hat großes Glück gehabt.«

Die Frau kicherte plötzlich. »Sie sieht schrecklich komisch aus. Hör zu, ich laufe jetzt ins Haus und sehe nach, ob er sich vorne hereingeschlichen hat.«

»Okay.«

Nach einer Weile räusperte sich der Mann neben mir mehrmals. Ich spürte den unwiderstehlichen Wunsch, mich zu bewegen. Die Sonne verbrannte mir das Gesicht.

»Mark!« rief die Frau in diesem Moment von ferne. »Sieh dir das an!«

»Himmel!« sagte er nach einer Pause. »Das erklärt alles. Sie muß sternhagelvoll gewesen sein. Kein Wunder, daß sie weggetreten ist.«

»Eben ist es mir eingefallen«, sagte die Frau, näher jetzt. »Sie muß Martins Au-pair-Mädchen sein. So ein *Skandal*! Mami wird bestimmt fuchsteufelswild.«

Ich schlug die Augen auf. Die Frau – ein Mädchen eigentlich – stand über mir zu meiner Linken. Sie trug ein rotes ärmelloses Kleid.

»Oh, schau!« sagte sie und sah mir in die Augen. »Sie wacht auf. Hal-*lo.*« Sie kniete sich neben mich, plötzlich besorgt, und legte ihre Hand auf meinen Arm. »Wie fühlen Sie sich? Sie wären fast ertrunken.«

Ich konnte meine Augen nicht von ihrem Gesicht abwenden. Sie war ungefähr in meinem Alter und sehr schön, dunkel und schlank mit einer Masse schwarzer Ringellöckchen. Ihr Gesichtsausdruck war weich. Um den Hals hatte sie eine feine Goldkette. Ich glaube, nie im Leben habe ich jemanden so gehaßt, wie ich dieses Mädchen in diesem Augenblick haßte.

»Schön, daß Sie wieder da sind!« sagte der Mann fröhlich, dann kniete er sich hin und legte der Frau liebevoll den Arm um die gebräunten Schultern.

Sobald ich sein Gesicht sah, wußte ich, daß alles aus war. Ich setzte mich abrupt auf, und unsere Blicke begegneten sich.

»Stella?« fragte er.

Fünfundzwanzigstes Kapitel

»Aber woher *kennst* du sie?« fragte Pamela wieder, als könnte sie es nicht fassen.

»Von der Uni«, sagte Mark. »Eigentlich kannte ich Edward besser als Stella. Ich habe sie seit Jahren nicht gesehen. Zuerst habe ich sie nicht erkannt. Sie hat sich verändert.«

»Wer ist Edward? Ihr Exfreund?«

»Nein.« Mark wirkte überrascht. »Er ist ihr Mann.«

Ich befand mich hinter der Tür in dem dunklen Vorraum, ein ausgezeichneter Standort, um zu belauschen, was in der Küche gesprochen wurde.

»Ihr *Mann*!« kreischte Pamela. »Wie um Himmels willen – warum um Himmels willen hat sie uns nichts davon gesagt? Ist sie geschieden?«

»Nicht daß ich wüßte. Sie haben erst vor ein paar Wochen geheiratet.«

»Mark war zur Hochzeit eingeladen«, warf Millie ein.

»Aber dann kam die Ägyptenreise dazwischen, und ich konnte nicht hingehen.«

»Ist das zu *glauben*?« fügte Millie hinzu.

»Also wirklich.« Pamela seufzte theatralisch. »Ich muß sagen, ich bin höchst *erstaunt*.«

»So ein Zufall«, erklärte Millie.

»Aber weiß er, daß sie hier ist? Ich meine, warum hat er sich nicht gemeldet? Warum hat sie nie erwähnt, daß sie einen Ehemann versteckt hält?«

»Ich habe *gehört*«, begann Mark zweifelnd, »daß etwas passiert ist.«

»Was?«

»Ein Unfall oder so. Mehr weiß ich auch nicht.«

»Rede nicht um den Brei herum«, sagte Pamela forsch. »Was für ein Unfall?«

»Nein, wirklich, ich habe nur äußerst vage Gerüchte gehört. Ich weiß nichts Genaues. Ich möchte nichts Falsches sagen.«

»Ach, um Gottes willen«, sagte Pamela.

»Komm schon, Mark«, sagte Millie.

»Es passierte auf ihrer Hochzeitsreise. Mehr weiß ich auch nicht. Ich glaube, sie hatte einen leichten Sturz oder so, und das ist das letzte, was man von ihr gehört hat.«

»Was *meinst* du nur?« rief Pamela. »Was für ein Sturz? Meinst du, sie ist von einer Klippe gestürzt, und ihr Mann konnte sie nicht finden, und hast du nicht gesehen, wurde sie hier angespült?«

»Beruhige dich, Mami.«

»Sie ist gefallen«, berichtete Mark mit gepreßter Stimme weiter, »und wäre fast über den Balkon ihres Hotelzimmers gestürzt. In Rom, glaube ich. Sie war nicht verletzt. Aber seitdem ist sie offenbar ein bißchen gestört.«

»Im Kopf?« wollte Pamela wissen.

»Möglicherweise. Es wurde gemunkelt, daß es vielleicht – *Absicht* war, falls ihr versteht, was ich meine. Aber sagt bloß nicht, daß ihr das von mir habt. Ich habe nur äußerst vage Gerüchte gehört. Jedenfalls, sie kam ohne Edward nach London zurück, und dann ist sie verschwunden.«

»Hm, vielleicht hat sie Edward nicht gemocht. Vielleicht ist das alles.«

Ich spürte eine Woge von Zuneigung für Pamela, während ich dort hinter der Tür des Vorraums gequetscht stand.

»Warum hat sie ihn geheiratet, wenn sie ihn nicht mochte?« fragte Millie.

»Oh, woher soll ich das wissen?« meinte Pamela gereizt. Ich hörte Töpfe klappern. »Reich mir mal die Schüssel, ja? Ich muß wirklich zusehen, daß ich mit dem Essen fertig werde. Es ist schon schrecklich spät geworden.«

»Ich verstehe immer noch nicht, was sie hier macht«, sagte Mark nach einer Pause. »Selbst wenn mit ihr und Edward was schiefgegangen ist, scheint es mir ziemlich abartig, einfach den Job zu schmeißen und aus London zu verschwinden und alles.«

»Was für einen Job?« fragte Pamela. »Ich denke, sie war Zeitarbeiterin.«

»O nein, das glaube ich nicht. Sie war Rechtsreferendarin, soweit ich mich erinnern kann. So was Ähnliches jedenfalls. Sie hat promoviert, um Gottes willen!«

»Ich sehe nicht, was eine Promotion damit zu tun haben soll, falls sie die hat. Wir sind hier unten keine Barbaren. Du denkst vielleicht, auf dem Land sitzen die Leute herum und schwafeln über Dreifelderwirtschaft, aber ...«

»Mami!« sagte Millie.

»Ich wehre mich nur gegen die Annahme, wir wären so was wie zweite Wahl. Ich glaube nicht, daß Stella sagen würde, sie hätte sich gelangweilt. Man braucht keinen Doktortitel, um mit Martin auszukommen, um Himmels willen!«

Es folgte Schweigen, und wieder war Klappern zu hören.

»Ich denke, ich sollte Edward anrufen«, sagte Mark. »Er ist fast wahnsinnig geworden, weil er nicht weiß, wo sie ist. Ihre Eltern offensichtlich genauso. Und ihr Chef muß fuchsteufelswild sein. Sie kann von Glück sagen, wenn er sie wieder einstellt.«

»Offen gestanden, ich werde es bedauern, sie zu verlieren«, sagte Pamela. »Martin *betet* sie an, und dieser ewige Wechsel alle Naselang ist so eine Strapaze für ihn. Um ehrlich zu sein«, ihre Stimme war jetzt tränenerstickt, »ich weiß gar nicht, wie wir zu Rande kommen sollen.«

»Ach, das *geht* schon«, tröstete Millie.

In meiner schattigen Ecke hörte ich jetzt von anderswo Geräusche, eine Art Scharren, das von weiter hinten im Flur kam. Ich stand steif wie ein Brett und wagte nicht, mich zu rühren. Das Scharren wurde zum Schlurfen, und urplötzlich spürte ich einen Luftstrom, und etwas drängte sich an meine Beine. Ein überraschter Schrei kam über meine Lippen.

»Himmel, was war das?« fragte Pamela in der Küche.

Zwei teuflische Augen funkelten mich im Halbdunkel an. Ich hörte ein vertrautes Keuchen, das unmißverständliche

Schmatzen von Hundelefzen. Roy oder sein Geist war zurückgekehrt, um mich zu peinigen.

»Der Wind, der Wind, das himmlische Kind!« sagte Mark mit Geisterstimme, und Millie trällerte zustimmend.

»Fang du nicht auch noch an«, sagte Pamela. »Meine Kinder halten mich sowieso schon für bescheuert. Sei so lieb und sieh mal nach, ja? Alle sagen, wir sind verrückt, weil wir immer noch unsere Türen offenlassen, aber ich hasse es, mich zu verbarrikadieren.«

Ich hörte Schritte über den Küchenboden nahen. Wie der Blitz war ich leise aus dem Vorzimmer in die Halle gestürmt und ließ Roy – das Wunder der Wiederauferstehung, das zu würdigen ich noch gar keine Zeit gehabt hatte – als Hauptverdächtigen für das unerklärliche Geräusch zurück. Leise stieg ich die Treppe zu Martins Zimmer hinauf und blieb vor seiner Tür stehen.

Der Gedanke an eine Begegnung mit Martin behagte mir gar nicht, selbst wenn die schwerwiegende Geschichte mit Roy nicht mehr auf meinem Gewissen lastete. Nach dem Vorfall am Schwimmbecken war ich in das Cottage geflohen, wo ich außer Sicht geraume Zeit in meinem Schlafzimmer neben dem Kleiderschrank kauerte. Niemand war gekommen, um nach mir zu sehen, selbst nachdem ich Pamelas Wagen in der Zufahrt gehört hatte. Daß kein Suchtrupp kam, hatte meiner Vermutung – die gerade jetzt durch das, was ich aus der Küche mithörte, bestätigt wurde – Gewicht verliehen, daß Mark und Millie Pamela umgehend und ausführlich von meiner Schandtat Bericht erstattet hatten, daß ich aus der Gesellschaft der Familie verstoßen worden war und man sich später, wenn sich die Gelegenheit ergab, mit mir befassen würde, vermutlich ohne Erbarmen. Trotzdem hatte ich ein schlechtes Gewissen, weil ich außerstande gewesen war, mein Pamela gegebenes Versprechen, ihr beim Abendessen zur Hand zu gehen, zu halten. Ich hatte daran gedacht, mich mit diesem Angebot in die Küche zu begeben, als wäre nichts geschehen, und war tatsächlich mit dieser Absicht ins Haus gekommen.

Nachdem dieser Akt der Sühne nun ausgeschieden war,

mußte ich mich der härteren Wahrheit stellen, nämlich der, daß meinem Leben auf dem Lande ein abruptes Ende bereitet werden würde und ich so bald wie möglich nach London zurückkehren mußte, mit wenigen guten Wünschen von seiten derer, die ich zurückließ. Ich will mich nicht über meine Empfindungen äußern, die diese Aussicht betrafen. Sie werden sich vielleicht an die Briefe erinnern, die ich vor meiner Abreise schrieb. Ich hatte das für unaufhörliches Mißgeschick typische Gefühl, daß ich sehr schnell bergab kullerte, durch einen pechschwarzen Tunnel, und daß ich meinen Rutsch weder aufhalten noch sehr viel davon spüren konnte. Diese Art Kontrollverlust hat fast etwas Läuterndes, als könnte man vergessen, daß er unweigerlich irgendwann zu der brutalsten Berührung mit dem festen Boden der Realität führen wird.

»Hallo«, sagte Martin, als ich ins Zimmer trat. Er saß in seinem Rollstuhl und las ein Buch.

»Hallo«, erwiderte ich und setzte mich in den Ledersessel. Es wurde schon dunkel, und im Zwielicht zeigte Martins Gesicht einen Anflug von Schönheit. »Du solltest nicht im Dunkeln lesen.«

»Ich hab nicht gelesen.«

»Wie war Tante Lilian?«

»Alt. Tantig.«

»Seit wann seid ihr zurück?«

»Seit einer Stunde. Etwas länger.«

»Entschuldige. Es schien nicht viel Sinn zu haben, rüberzukommen.«

Es folgte eine Pause.

»Was ist passiert, Stel-la?« fragte Martin ernst und wandte mir sein Gesicht zu.

Zwar hatte ich meine Entschuldigung in der Annahme vorgebracht, daß die Nachricht von meinem nachmittäglichen Tun ihn erreicht hatte, trotzdem bekümmerte es mich, diese Annahme bestätigt zu sehen. Schon als Kind war es mir verhaßt, in Schwierigkeiten zu stecken, und ich hatte die Machenschaften jener Autoritäten, mit denen ich mich angelegt hatte – die tödliche Weitergabe von Informationen, die eherne Heimlichkeit der Beratschlagung, die sich daraus ergebende Maßregelung –, seltsam unheilvoll gefunden. Sie erzeugten eine primitive Angst in mir, und obwohl ich mich nicht direkt vor den Maddens fürchtete und sogar gute Gründe dafür vorweisen konnte, daß es mich nicht im geringsten interessierte, was sie von mir dachten, fühlte ich jetzt diese Angst.

»Ich könnte es erklären«, sagte ich, »aber du würdest mir nicht glauben.«

»Versuchen Sie's.«

Ich dachte an die Durchsuchung des Kühlschranks der Maddens am Morgen, an das unschuldige kleine Delikt, für das ich so folgenschwer büßen mußte. Was hätte ich denn sonst tun sollen, allein gelassen ohne Essen und ohne Geld, um mir etwas zu besorgen?

»Ich war hungrig!« rief ich. Mein immer noch ungestilltes Verlangen nach Nahrung überflutete mich bei diesen Worten, und ich ließ mich matt im Sessel zurücksinken. »Ich habe den ganzen Tag nichts gegessen«, fuhr ich trockenen Mundes fort.

»Warum denn nicht?« fragte Martin. »Sie müssen nicht Diät halten. Sie sind schlank.«

»Ich will nicht schlank werden!« wimmerte ich. »Ich hab bloß kein Geld!«

»Ich weiß ja, *viel* ist es nicht«, sagte Martin zweifelnd. »Aber es sollte doch sicher reichen, um ...«

»Nein«, sagte ich und schloß die Augen. »Ich meine, ich habe *wirklich* nichts. Sie – deine Eltern haben mir noch nichts bezahlt.« Unter Aufbietung meiner letzten Energiereserven erklärte ich die Kette von Konsequenzen, die von dieser schlichten Unterlassung dahin geführt hatte, daß man mich betrunken und bewußtlos im Schwimmbecken fand.

»Oh, ich glaube, es war nicht nur das«, sagte Martin mit diesem Anflug von »Autorität«, der mir solche Angst einflößte. »Ich glaube, sie dachten, Sie seien nicht – *glücklich.*«

»Was soll das heißen?« fragte ich, mich langsam wieder erholend.

»Ach nichts«, sagte Martin. »Hören Sie, ich spreche mit ihnen. Mal sehen, ob ich diese Geschichte ins Reine bringen kann. Es muß da ein Mißverständnis gegeben haben.«

»Das wirst du nicht schaffen. Sie sind fest entschlossen.«

»Woher wissen Sie das?«

»Ich weiß es eben.«

Es folgte eine lange Pause.

»Wenn es so ist«, folgerte Martin mit einem Seufzer, »dann vermutlich, weil sie denken, es ist zu Ihrem Besten, Stel-la. Und irgendwo haben sie recht. Sie sind an einen anderen Typ Mädchen hier gewöhnt – die für ein Jahr kommen, um Englisch zu lernen, mutterseelenallein im Ausland. Aber Sie haben ein Leben, um Himmels willen!«

»Aber ich will es nicht!«

Von unten war eine schwache Stimme zu hören.

»Mum ist auf dem Kriegspfad«, sagte Martin. »Wir sollten besser nach unten gehen. Es ist schließlich Dads Geburtstagsessen. Kommen Sie.«

»Ich kann nicht!«

»Wieso nicht?«

»Ich kann denen allen nicht vor die Augen treten! Mark, deiner Schwester und deinen Eltern ...«

»Man muß den Dingen immer ins Auge sehen. Anders geht es nicht. Kommen Sie.«

Wir begaben uns in den Flur, dessen lampenlose Düsternis uns vorwärts drängte, gleichsam eine Maßregelung, weil wir uns so lange oben aufgehalten hatten. Ich blieb am Treppenabsatz stehen, und Gesprächswellen trieben aus der offenen Tür des Zimmers unten durch die leere Halle. Auf dieses Geräusch hin, das er offenbar als den Ruf seines Stammes erkannte, schlurfte Martin hastig hinunter, und einen Augenblick lang sehnte ich mich danach, auch Teil dieser menschlichen Laute zu sein, zu fühlen, wie der Schmerz des Alleinseins durch andere Körper gelindert, die Stachel und Spiralen der Einsamkeit, die wie unsichtbare Hörner aus mir herausragten, von der frohgemuten wärmenden Reibung der Gesellschaft abgeschliffen wurden.

»Beeilung«, rief Martin über die Schulter. »Sie sind schon zum Essen hineingegangen.«

Ich folgte Martin die Treppe hinunter, so trübsinnig, als folgte ich dem Trommelschlag eines Scharfrichters. Ich konnte nicht glauben, daß ich denen vor die Augen treten sollte, die, wenn sie mich sahen, nur den einzigen Gedanken haben konnten, daß ich meine Anwesenheit hier nicht zu rechtfertigen vermochte und fortgeschickt werden mußte. Er hievte sich auf seinen Rollstuhl und schwenkte geschwind nach rechts, auf die Stimmen zu. Ich blieb furchtsam und ungläubig vor der Tür stehen und wankte dann hinter Martin ins Zimmer.

Welch reizende Szenerie bot sich mir, hätte ich sie nur mit anderen Augen betrachten können! Wir waren ins Speisezimmer getreten, einen Raum, den ich noch nicht kannte, und das Neue daran war geschmückt mit dem Zauber der besonderen Gelegenheit. Der Raum war nur von hohen weißen, geriffelten Kerzen erhellt, die auf einem riesigen Tisch standen und deren Schein in der samtenen Dunkelheit allen Flächen ein überaus kostbares Aussehen verlieh. Das Licht funkelte auf Gläsern und Besteck, glitzerte auf den Rändern der Porzellanteller, blitzte auf Ringen und Halsketten und strömte warm über den Kreis der um den Tisch versammelten Gesichter, die mir halbwegs vertraut und zu dieser Zeit vermutlich feindlich gesinnt waren, die aber für Martin das Szenarium von allem bildeten, was er liebte.

»Endlich!«

»Wo bist du *gewesen*?«

»Wir haben dich *stundenlang* gerufen, Liebling!«

Die Salve von Ausrufen ließ mich vorübergehend in den Schatten zurückschrumpfen, doch Martin blickte über die Schulter, als wollte er mich herbeizwingen, und ich folgte ihm widerstrebend zum Tisch. Nachdem der Nebel unseres Eintreffens sich leicht gelichtet hatte, konnte ich die Gesichter voneinander unterscheiden. Caroline erstrahlte in einem geblümten Kleid mit eleganten Puffärmeln, aus denen ihre feisten Arme ragten, machtvoll auf dem Tisch ruhend. Neben ihr saß ein Mann, den ich nicht kannte, mit einem Babygesicht und sehr bleichem ovalem Kopf, an dem in Ohrhöhe ein blonder wuscheliger Haarkranz klebte wie eine Flutmarke. Neben ihm saß Mark und daneben Millie. Selbst bei diesem hastigen ersten Überblick über die Tischgesellschaft konnte ich nicht umhin, erneut von Millies Liebreiz gefesselt zu sein. Sie trug dasselbe rote Kleid, in dem ich sie zuvor gesehen hatte, und auf ihrem Mund schimmerte ein dunkler Lippenstift. Neben ihr saß Toby, perfekt gestriegelt und ausstaffiert, in gestärktem weißem Hemd und dunklem Sakko, und neben ihm Pamela, deren unvorstellbar mädchenhafte Figur von einem engen schwarzen Kleid umschlossen wurde. Um den Hals hatte sie eine Perlenschnur. Mr. Madden strahlte hocherregt neben ihr. Zwischen ihm und Caroline war eine doppelte Lücke frei geblieben, und ich brauchte eine Weile, bis ich begriff, daß diese die an mich ergangene Einladung zum Essen ausdrückte. Nebelhaft registrierte ich die Verhaltensweisen in dieser fremden, funkelnden, glücklichen Welt. Sie waren, erkannte ich nun, ihr Gesetz, ihre Disziplin, ihre Religion. Ich mochte verschmäht, verunglimpft, für unfähig befunden werden, aber aus Gründen, die mir unklar und meinem Empfinden nach für diesen Anlaß keiner Überprüfung unterzogen worden waren, galt es nun mal als korrekt, daß ich beim Essen zugegen war.

»Stella, wollen Sie sich nicht neben Piers setzen?« fragte Pamela. »Und Martin kann sich neben Caroline reinschieben.«

»Alles Gute zum Geburtstag«, sagte ich zu Mr. Madden, als ich mich auf den hochlehnigen Stuhl neben ihm setzte. Ein hübsch arrangierter Teller, offensichtlich der erste Gang, stand vor mir, mit einem kleinen Stück Pastete und etlichen köstlichen Toastscheiben.

»Noch nicht!« bellte er jovial, wobei er mit abrupten, zukkenden Gesten in die Runde sah, ein verwundertes, leicht verzweifeltes Lächeln im Gesicht, als sei er nicht sicher, ob ein Irrtum vorlag.

»Das wissen wir, Liebling«, sagte Pamela beschwichtigend und legte ihm ihre Hand auf den Arm. »Wir feiern in deinen Geburtstag hinein.«

»Laßt uns anstoßen!« rief Toby plötzlich und hob sein Glas.

»O ja, stoßen wir an«, sagte Pamela.

»Auf...« Toby blickte in die Runde und ließ erkennen, daß er keinen speziellen Trinkspruch im Sinn hatte. Sein Blick fiel auf Caroline. »Auf Carolines Baby!«

Alle stimmten im Chor zu. Caroline errötete.

»Und Dereks«, erklärte sie über den Lärm hinweg. »Es ist auch Dereks Kind!«

»Caro«, sagte Derek vorwurfsvoll.

»Wir wissen, daß es Dereks Kind ist, Schätzchen«, sagte Pamela.

»Es sei denn, da ist was, was du uns nicht erzählt hast!« schnaubte Toby und blickte in die Runde, um im Gefolge seines Trinkspruch-Triumphs zu neuerlichem Beifall aufzufordern.

»Es ist ja bloß, du bist unsere *Tochter*«, fuhr Pamela fort. »Margaret empfindet für dich vermutlich dasselbe, nicht, Derek?«

Derek nickte. »Sie freut sich sehr.«

»Das will ich hoffen!« sagte Pamela. »Caroline hat uns erzählt, ihr wollt das Kind nach ihr nennen.«

»Nur, wenn's ein Mädchen wird«, sagte Derek zweifelnd.

»*Selbstverständlich* nur, wenn's ein Mädchen wird, Liebling«, sagte Caroline durch die Zähne.

»Ich wäre sehr geschmeichelt, wenn ich sie wäre«, sagte Pamela. »Ich muß meine Kinder wohl furchtbar mißhandelt haben. Sie würden lieber *sterben,* als mir eine solche Ehre zu erweisen.«

»Ahhh!« machte Toby und legte seinen Arm um sie. »Arme Mami.«

»Ist doch wahr!« beharrte Pamela. »Wenn ich daran denke, was ich durchgemacht habe, um euch vier Brocken auf die Welt zu bringen! Und nie ein Wort des Dankes, von keinem von euch!«

»Ich bin kein Brocken«, sagte Millie zu Mark.

»Mami!« gellte Caroline nervös. »Wie kannst du so was sagen?«

»Danke, daß du uns geboren hast!« verkündete Martin feierlich.

»Aber, aber«, sagte Mr. Madden.

»Danke, daß du uns gezeugt hast«, fuhr Martin, an ihn gewandt, fort.

Hierauf blieb mir ein Stück Pastete, an dem ich verstohlen gekaut hatte, während die anderen sich unterhielten, im Halse stecken, und ich mußte würgen.

»Um Gottes willen!« rief Millie.

»Raus damit!« sagte Toby.

»Nicht schon *wieder*«, sagte Pamela, während Martin mir auf den Rücken klopfte.

»Verzeihung«, stotterte ich mit tränenden Augen.

»Geht's wieder?« fragte Mark. Ich spürte, daß er mich von der anderen Tischseite her beobachtete.

»Ja, danke«, sagte ich und warf ihm einen Blick zu.

Am Tisch entstand eine Pause, während man die Unterbrechung, die ich verursacht hatte, verkraftete. Wie auf Kommando blickten die Versammelten mit gesenkten Köpfen auf ihre Teller oder griffen nach ihren Gläsern.

»Mark und ich haben euch etwas zu sagen«, verkündete Millie dann. Sie nahm Marks Hand fest in die ihre. Die schmalen Finger der beiden lagen verschränkt auf dem Tisch.

»Was?« fragte Caroline mit vollem Mund und sah sich um, als ob sie etwas verpaßt hätte.

»Oh, ihr *Lieben*!« rief Pamela mit angehaltenem Atem und drückte gespannt die Hände an die Brust.

Millie strahlte. »Wir haben beschlossen, zusammenzuziehen.«

»*Was* habt ihr beschlossen?« fragte Caroline.

»Oh, ihr *Lieben*«, sagte Pamela in ernsterem Ton. »Seid ihr sicher, daß das eine gute Idee ist?«

»Was sagen sie?« fragte Mr. Madden, wobei er sich verwirrt nach Aufklärung umsah, bis er sich schließlich an mich wandte.

»Sie ...« Ich fand, es stand mir nicht zu, die Verkündung zu wiederholen, darum lehnte ich mich weit auf meinem

Stuhl zurück und gab so die Verantwortung an Martin weiter.

»Sie wollen zusammenziehen«, erklärte Martin. »In London.«

»*Zusammenziehen?*« fragte Mr. Madden. »Nicht heiraten?«

»Wir wollen nicht heiraten, Dad«, sagte Millie.

»Warum denn nicht? Caroline ist verheiratet.«

Hierauf nahm Carolines Gesicht sogleich einen starren Ausdruck an. Die Auszeichnung hatte sie offenbar überrascht, aber nicht so sehr, daß sie sich nicht hüten konnte, sich ihren Triumph anmerken zu lassen. Sie legte die Hand unters Kinn und sah ihren Vater aufmerksam an.

»Mark ist dagegen«, sagte Millie.

»*Dagegen?* Wie kann man *gegen* heiraten sein?« Mr. Madden lachte schallend wie über einen gelungenen Witz, und er erwartete offenbar, aufgeklärt zu werden, daß die Bemerkung seiner Tochter ein solcher war.

»Seine Eltern sind geschieden«, sagte Millie, während Mark stumm auf seinen Teller blickte. »Er hat gesehen, welchen Schaden eine Heirat anrichten kann.«

Wenngleich ich nicht erkennen konnte, warum, wurde diese Bemerkung offensichtlich für eine Übertretung der Grenzen des guten Geschmacks gehalten. Die Atmosphäre im Raum kühlte augenblicklich ab. Millie saß mit betretener Miene da. Caroline berührte Dereks Arm und bat ihn leise, ihr die Butter zu reichen. Pamela stand auf.

»Schön«, sagte sie munter. »Ich denke, ich hole jetzt den zweiten Gang. Könnte mir jemand helfen?«

»Ich mach das«, sagte ich.

»Danke, Stella.« Pamela warf mir einen freundlichen Blick zu. Durch Millies Taktlosigkeit war offenbar ein bestimmtes Quantum an Anerkennung frei geworden, die ich durch mein Anerbieten für mich beanspruchen konnte. »Wenn Sie nur die Teller stapeln und abtragen würden, dann kann ich weitermachen.«

Folgsam ging ich um den Tisch herum und sammelte die Reste vom ersten Gang ein. Jedesmal, wenn ich über eine

Schulter langte, um einen Teller abzuräumen, war es, als würde ich kurz in die spannungsgeladene Aura eines anderen Menschen eintauchen, seine unglaubliche Eigenständigkeit schmecken. Als ich mich an Millie vorbeibeugte, schien sie vor meiner Nähe zurückzuschrecken, als wäre sie zu zart und zerbrechlich, um sie auszuhalten. Marks robuster, sonnengebräunter Nacken kribbelte sichtlich, als ich zu ihm kam. Derek war lammfromm, er ergab sich ohne weiteres der kurzzeitigen Autorität meines Tuns.

»Familien!« rief Pamela, als ich in die Küche kam. Sie tippelte auf ihren hohen Absätzen herum, unangemessen elegant. »Ist Ihre Familie auch so laut wie unsere, Stella?«

»Nein«, sagte ich.

»Stellen Sie sich vor, ich habe Sie nie nach Ihrer Familie *gefragt*!« kreischte sie über das Klappern von Tellern und Schüsseln hinweg. »Wie viele sind Sie?«

»Fünf. Vier«, sagte ich.

»Sie scheinen sich nicht sehr sicher zu sein«, bemerkte sie.

»Ein Bruder ist gestorben.«

»Oh.« Sie beugte sich herab, die Hände in Topfhandschuhen, und öffnete das Bratrohr. »Wie traurig.«

»Ja.«

»Sie müssen ihn schrecklich vermißt haben.«

»Ja. Aber es ist lange her.«

Sie sagte nichts mehr. Als sie sich aufrichtete, sah ihr Gesicht verkniffen und ziemlich verdrossen aus.

»Soll ich anfangen, die Sachen aufzutragen?« fragte ich.

»Sie sind ein Schatz.« Sie legte kurz ihre Hand auf meinen Arm, und ich errötete vor Freude. »Ich weiß nicht, was ich ohne Sie anfangen würde. Ich hoffe, das ist nicht zu heiß.«

Sie reichte mir eine Servierschüssel mit dampfendem, glänzendem Gemüse. Ich trug die Schüssel aus der Küche ins Vorzimmer. Sie war tatsächlich sehr heiß, und als ich in die Halle kam, mußte ich stehenbleiben und sie einen Moment auf die Erde stellen, um meine Hände zu schonen.

In diesem Moment, als ich neben der dampfenden Schüssel

auf dem Boden hockte, hatte ich ein höchst sonderbares Gefühl. Es begann als Empfindung einer nahezu übermächtigen Unwirklichkeit, als wäre ich aufgewacht und befände mich dort, ohne die leiseste Ahnung, wie ich dahin geraten war, doch dann wogte dieses Gefühl zu einem Gipfelpunkt auf, und ich spürte, wie es aus mir herausströmte wie etwas Übergekochtes. Als es vergangen war, nahm ich eine ungewöhnliche Stille wahr, nicht im Haus, sondern in mir selbst. Das Getöse der letzten Woche war verebbt. Ich war ruhig. Ich war innerlich ruhig. Ich hob die Servierschüssel auf und trug sie ins Speisezimmer.

»*Himmel* noch mal, wo sind bloß all meine Geschirrtücher geblieben?« fragte Pamela, als ich in die Küche zurückkehrte, um das nächste Gericht aufzutragen. »Ich hatte Unmengen davon.«

»Das ist nicht *fair*«, jammerte Millie, als ich wieder ins Speisezimmer kam. »Ich weiß nicht, warum sie immer so tun muß, als ob alles eine persönliche Beleidigung wäre. Sie kann uns sowieso nicht davon abbringen. Da kann sie es genausogut nett aufnehmen.«

»Altmodisch sein«, bemerkte Mr. Madden ungewöhnlich scharf, »ist bei Eltern kaum eine unvernünftige Eigenschaft. Deine Mutter hat ein Recht auf ihre Meinung, und ich habe ein Recht auf meine. Ich sehe nicht ein, warum wir so tun sollen, als würden wir uns freuen, wenn es nicht so ist.«

»Dein Vater hat ganz recht«, sagte Mark diplomatisch und nickte. Seine Stirn glänzte von Schweiß.

»Mami und Daddy sind nur ehrlich«, ergänzte Caroline. »Ich finde, du bist etwas überempfindlich, Millie.«

»Du mußt ihnen ja nicht *unbedingt* die Zunge in den Arsch stecken«, sagte Martin grob.

»Daddy!« kreischte Caroline. »Derek!«

»Schluß jetzt«, sagte Derek, aber zu wem, war nicht klar.

»Ich kann dich verstehen, Kumpel«, sagte Toby, der Mark gräßlich angrinste. »Ich würde mir auch alle Möglichkeiten offenlassen wollen.«

»Das ist nicht komisch«, sagte Millie.

»Wenn du wirklich glaubst, daß Mami und Daddy euch nicht davon abbringen können«, hänselte Caroline, »dann sehe ich nicht, wieso du dich so aufregst. Das läßt vermuten, daß dir sehr *wohl* daran liegt, was sie denken.«

»Natürlich liegt ihr daran«, sagte Martin. »Sie wünscht sich eben ihren Segen.«

»Genau«, nickte Millie.

»Ich hab's gehört«, fauchte Caroline Martin an.

»Was hat er gesagt? Was hat er gesagt?« fragte Toby beschwörend.

»Das werde ich nicht wiederholen. Es war sehr ungezogen, kein Wunder. Unser junges Genie scheint nicht gerade viel Phantasie zu haben.«

Martin sagte lautlos etwas zu Toby, der sich ungehörig glucksend über den Tisch beugte.

»Können wir bitte das Thema wechseln?« fragte Mark gequält.

»Ich hoffe, ihr habt alle Hunger!« verkündete Pamela, die auf einer riesigen silbernen Platte einen Braten hereintrug.

Ich setzte mich auf meinen Platz, während Mr. Madden aufstand und sich ans Tranchieren machte. Meine Hände ruhten in meinem Schoß, aber dann fühlte ich den warmen feuchten Druck einer anderen Hand, Martins, der meine faßte, sie von meinem Schoß nahm und unterm Tisch hielt. Ich sah ihn aus dem Augenwinkel an. Er blickte geradeaus, als sei nichts Ungewöhnliches geschehen. Ich wehrte mich nicht gegen seine Geste, die ich als tröstend und solidarisch gemeint auffaßte. Was mich mehr überraschte, war, daß ich tatsächlich körperlich darauf zu reagieren schien. Elektrische Wellen stiegen von seiner Hand meinen Arm hinauf. Ich deutete dies nicht als ein tief in mir verschüttetes romantisches Gefühl für Martin. Ich war sicher, es war nur, weil ich nicht sehr oft von einem anderen Menschen berührt worden war. Ein Teller mit Fleisch und Gemüse wurde vor mich hingestellt. Die Pastete war eher dazu angetan gewesen, meinen Appetit anzuregen, statt ihn zu stillen, und beim Anblick des gefüllten Tellers lief mir das Wasser im Mund zusammen. Ich fragte mich, wie ich essen sollte, wenn Martin meine rechte Hand hielt.

»Greift zu!« rief Mr. Madden fröhlich.

»Bon appetit!« sagte Toby.

»Das sieht *köstlich* aus«, sagte Millie.

»Großartig«, bestätigte Mark.

»Mami hat sich *so* viel Arbeit gemacht«, erklärte Caroline.

»Sieht sagenhaft aus, Mrs. M.«, sagte Derek.

»Alles Gute zum Geburtstag, Liebling«, sagte Pamela. Sie beugte sich zu ihrem Mann und gab ihm einen Kuß auf die Wange.

»Hmmpf!« machte Mr. Madden, der offensichtlich fand, es lohne die Mühe nicht, erneut darauf hinzuweisen, daß er noch nicht Geburtstag hatte.

Ich nahm meine Gabel mit der Krümmung nach oben in die linke Hand – das ist erstaunlich einfach, wenn man sich erst daran gewöhnt hat – und begann zu essen. Es schmeckte gut. Mein Weinglas stand unangetastet vor mir. Martin verschob seinen Griff ein wenig, drückte meine Finger fester. Ich drückte zurück. Wir drehten die Köpfe, unsere Blicke trafen sich, und wir lächelten.

Mein Dank gilt Bridget Lutyens und John Cox von der Slade Farm, Dulverton, denn sie haben mich mit dem Landleben bekannt gemacht; meiner Verlegerin Katie Owen für ihren Beistand, durch Kritik ebenso gewährt wie durch Talent; und Josh Hillman.